Kugane Maruyama | illustration by so-bin

마루야마 쿠가네 지음 김완 옮김

OVERLORD [1] The undead king

불사자의 왕

1

오버로드

Contents 목차

Prologue

소녀와, 그보다도 더 어린 소녀를 앞에 두고 전신갑주로 몸을 감싼 자가 검을 쳐들었다.

일격에 목숨을 앗아가는 것이 자비라는 양, 높이 치켜든 검이 햇빛을 받아 번뜩였다.

소녀는 눈을 감았다. 아랫입술을 꼭 깨문 그 얼굴은 결코 이 상황을 바라는 표정이 아니었다. 그저 어쩔 도리가 없으니 받아들일 뿐이었다. 만일 소녀에게 무언가 힘이 있었다면 눈앞에 있는 자에게 휘두르고 도망쳤으리라.

그러나—— 소녀에게는 힘이 없었다.

그렇기에 결말은 단 하나밖에 존재하지 않았다.

소녀는 이곳에서 죽는다.

검이 날아들고——

——아픔은 아직도 오지 않았다.

꼭 감았던 눈을 뜬다.

소녀의 세계에 처음으로 보인 것은 날아들다가 멈춘 검이었다.

다음으로 비친 것은 검의 주인.

기사는 마치 얼어붙은 것처럼 움직임을 도중에 멈춘 채 소녀 옆으로 주의를 돌리고 있었다. 완전히 무방비한 그 모습은 기사의 내면에 솟아난 놀라움을 강하게 드러냈다.

기사의 시선에 이끌리듯 소녀 또한 똑같은 방향으로 얼굴을 돌렸다.

그리고——절망을 보았다.

그곳에는 어둠이 있었다.

종잇장처럼 얇지만, 바닥을 가늠할 수 없을 정도로 깊은 칠흑. 그것이 아래쪽을 잘라낸 타원형으로 지면에서 솟아난 것이다. 신비로움과 함께 말로 표현할 수 없는 불안감이 느껴지는 광경.

문?

그것을 본 소녀는 어쩐지 그런 생각이 들었다.

심장이 한 차례 고동을 친 후, 그 생각이 옳았다는 사실이 증명되었다.

어둠 속에서 주르륵, 무언가가 떨어졌다.

그것이 무엇인지 인식한 순간——

"흐윽!"

——소녀는 목청이 찢어져라 비명을 질렀다.

인간은 결코 당해내지 못할 존재.

백골이 된 두개골의 공허한 눈구멍에서는 탁한 불꽃처럼 붉은 것이 일렁였다. 그것이 두 소녀에게 향하니 마치 살아있는 사람이라는 이름의 사냥감을 싸늘하게 노려보는 것 같았다. 살도 가죽도 없는 손에는 신성하면서도 두려움이 느껴지는, 이 세계의 온 아름다움을 모아놓은 듯한 스태프(Staff)를 쥐었다.

마치 섬세한 장식이 들어간 칠흑의 로브를 걸친 '죽음' 이 다른 세계로부터 어둠과 함께 이 세계에 태어난 것 같았다.

순식간에 공기가 얼어붙었다.

절대자의 강림 앞에 시간마저 얼어붙은 듯했다.

소녀는 영혼을 빼앗긴 것처럼 호흡조차 잊어버렸다.

시간감각마저 사라진 듯한 이 상황에서, 소녀는 숨이 가빠져 헐떡이듯 공기를 들이마셨다.

——나를 데려가려고 저세상에서 사자(使者)가 온 거야.

소녀는 그렇게 생각했으나 금세 이상한 것을 느꼈다. 자신들을 노리던 기사 또한 움직임을 멈추었기에.

"커억……."

비명이라고도 할 수 없는 숨소리가 들렸다.

그것은 누가 흘린 소리였을까. 자신의 것 같기도 했고, 온몸을 부들부들 떠는 여동생의 것 같기도 했고, 눈앞에서 검을 들고 있는 기사의 것 같기도 했다.

천천히, 살점이 모조리 떨어져 나가 뼈밖에 없는 손가락이 천천히 뻗어나오고——무언가를 쥐려는 듯 펼쳐진 손이 소녀가 아니라 기사를 향했다.

눈을 떼고 싶은데도 무서워서 그럴 수가 없었다. 눈을 돌렸다가는 더 끔찍한 광경으로 바뀌고 말 것 같았으므로.

〈——심장장악Grasp Heart〉.

죽음의 화신이 무언가를 움켜쥐는 몸짓을 보이고, 소녀의 바로 곁에서 요란한 금속성이 났다.

'죽음' 에서 눈을 돌리기는 두려웠지만, 마음속에 솟아난 아주

작은 호기심에 떠밀려 시선을 움직인 소녀는 땅에 엎드린 기사의 모습을 보았다. 그는 이제 움직이지도 않았다.

죽었다.

그렇다, 죽었다.

소녀에게 육박했던 생명의 위기는 헛웃음이 나올 정도로 어이없이 사라졌다. 그러나 기뻐할 수만도 없었다. 왜냐하면 '죽음' 은 모양을 바꾸어 보다 농밀한 모습으로 현현했을 뿐이었으니.

소녀의 겁먹은 시선을 한 몸에 받던 '죽음' 이 소녀를 향해 움직였다.

시야 한복판에 모인 어둠이 부풀었다.

——저대로 나를 에워쌀 거야.

그런 생각이 떠올라 소녀는 여동생을 꼭 끌어안았다.

도망친다는 생각 따위 이제 머릿속 어디에도 없었다.

상대가 인간이라면 행여나 일말의 희망을 품고 움직일 수 있었으리라. 그러나 눈앞에 있는 것은 그런 희망도 쉽게 날려버릴 만한 존재였다.

——최소한 고통 없이 죽게 해 주세요.

그렇게 기도하는 것이 고작이었다.

허리춤에 매달려 공포에 바들바들 떠는 여동생. 구해주고 싶은데도 구해주지 못한다. 자신의 무력함을 사과할 수밖에 없었다. 자신이 함께 가니 쓸쓸하지 않기를 빌 뿐이었다.

그리고——.

1장 끝과 시작

Chapter 1 | End and beginning

1

서기 2138년 현재, DMMO-RPG라는 단어가 있다. 〈Dive Massively Multiplayer Online Role Playing Game〉의 약자로, 사이버 기술과 나노테크놀로지의 정수를 모은 뇌내 나노컴퓨터 네트워크——뉴런나노인터페이스와 전용 콘솔을 연결해, 가상세계를 현실처럼 플레이할 수 있는 체감형 게임을 말한다. 다시 말해 게임 세계 속에 실제로 들어간 것처럼 플레이하는 게임이다. 수없이 개발된 그런 DMMO-RPG 가운데 찬란하게 빛나는 한 타이틀이 있었다.

위그드라실YGDRASIL.

그것은 12년 전인 2126년, 일본의 한 개발사가 만반의 준비를 갖추고 발표한 게임이었다. 위그드라실은 당시의 어떤 DMMO-RPG와 비교해도 '플레이어의 자유도가 어마어마하게 높은' 게임이었다.

게임의 근간을 이루는 클래스의 수는 기본 클래스와 상위 클래스를 합치면 가볍게 2000개가 넘는다.

모든 클래스는 15레벨이 최대이므로, 종합 레벨 한계인 100레벨에 도달할 때까지는 적어도 7개 이상을 겸직해야만 한다는 뜻이다. 게다가 전제조건만 만족하면 이것저것 맛만 봐도 된다. 마음만 먹으면 효율은 떨어지지만 1레벨 직업을 100개 겸직하는 것도 가능하다. 다시 말해 일부러 그렇게 만들지 않는 한 100퍼센트 똑같은 캐릭터는 나올 수 없는 시스템인 것이다.

이 자유도는 비주얼에서도 마찬가지여서, 별도로 판매하는 크리에이트 툴을 사용하면 무기와 방어구의 외견이며 내부 데이터, 캐릭터 비주얼, 플레이어 하우스의 상세한 설정까지도 바꿀 수 있다.

그런 세계로 여행을 떠난 플레이어를 기다리는 것은 광대한 맵. 아스가르드, 알프헤임, 바나헤임, 니다벨리르, 미드가르드, 요툰헤임, 니블헤임, 헬헤임, 무스펠헤임으로 이루어진 9대 세계.

광대한 세계, 방대한 클래스, 얼마든지 뜯어고칠 수 있는 비주얼.

이처럼 일본인의 장인정신에 로켓 연료를 쏟아 넣은 듯한 장난감이었기에, 훗날 '비주얼 인기' 라 불리는 현상을 일으킨 것이다.

그러한 폭발적인 인기를 등에 업고, 일본 국내에서 DMMO-RPG라고 하면 위그드라실을 가리키는 것이라는 평가를 얻기에 이르렀다.

——그러나 그것도 한 세대 전의 이야기.

*

실내 한복판에서 흑요석의 광채를 뿜어내는 거대한 원탁. 41개의 호화로운 좌석이 이를 에워싸고 있었다.

그러나 대부분 공석이었다.

한때는 전원이 앉던 자리에 지금 보이는 실루엣은 단둘뿐.

하나는 금색과 보라색으로 테두리를 장식한 호화로운 칠흑색 아카데믹 가운(Academic Gown)을 입었다. 목덜미 부분은 다소 장식이 과도한 것 같았지만 그것이 오히려 묘하게 어울렸다.

다만 그 위로 드러난 머리는 가죽도 살도 붙지 않은 해골.

뻥 뚫린 공허한 눈구멍에는 검붉은 빛이 있었으며 머리 뒤에는 새까만 후광 같은 것이 어른거렸다.

또 다른 자리에 앉은 자 또한 인간이 아니었다. 검은색의 끈적거리는 덩어리였다. 콜타르를 연상케 하는 표면은 푸들 푸들 움직이며 1초도 같은 모양을 유지하지 않는다.

전자는 엘더 리치(Elder Lich)——매직 캐스터(Magic Caster)가 궁극의 마법을 추구하여 언데드가 된 존재——중에서도 최상위인 오버로드(Overlord). 후자는 엘더 블랙우즈(Elder Black Ooze), 슬라임 종 가운데에서 최강에 가까운 강력한 산성 능력을 지닌 종족이었다.

양쪽 모두 최고 난이도 던전에서 몬스터로 이따금 볼 수있으며 오버로드 계열은 최고위에 속하는 흉악한 마법을 구사하기 때문에, 엘더 블랙우즈는 무기와 방어구의 성능을 떨어뜨리는 능력이 있어서 기피 대상으로 유명했다.

그러나 이들은 진짜 몬스터가 아니다.

플레이어 캐릭터였다.

위그드라실에서 플레이어가 선택할 수 있는 종족은 인간, 드워프, 엘프 등으로 대표되는 기본 인간종. 고블린, 오크, 오우거처럼 외견은 추악하지만 인간종보다 성능 면에서 우대를 받는 아인종(亞人種). 그리고 몬스터 능력을 보유했으며 능력치도 다른 종족보다 높지만 다양한 면에서 제약을 받는 이형종(異形種)으로 크게 나눌 수 있다. 그리고 이들의 상위종족까지 포함하면 전체 종족 수는 총 700종에 이른다.

당연히 오버로드도 엘더 블랙우즈도 플레이어가 찍을 수있는 이형종의 상위종족 중 하나이다.

그 두 사람 중 오버로드가 입을 움직이지도 않은 채 말을 했다. 한 세대 전의 최고봉 DMMO-RPG라 해도 대화에 맞춰 표정을 바꾸는 것까지는 기술상 불가능했기 때문이다.

"정말 오랜만이네요, '헤롱헤롱' 님. 위그드라실 서비스 마지막 날이긴 하지만, 솔직히 진짜로 와주실 줄은 몰랐거든요."

"그러게요. 진짜 간만이네요, '*모몬가' 님."

엘더 블랙우즈도 성인 남성의 목소리로 대답하기는 했지만 오버로드에 비하면 패기가, 혹은 생기라 할 만한 것이 없었다.

"현실세계에서 전직하신 후로는 처음이니 얼마나 지났죠? ……2년쯤 됐나요?"

"아— 그쯤 됐나 보네요. 우와~ 벌써 그렇게 됐구나……. 어떡한다. 요즘 매일 야근을 하다 보니 시간감각이 이상해졌어요."

"그거 진짜 위험한 거 아닌가요? 괜찮으세요?"

"몸이요? 완전 빡세죠. 의사한테 갈 정도는 아니지만, 거의 그

* 모몬가 : 일본어로 날다람쥐를 뜻함.

직전이에요. 진짜 도망가고 싶다니깐요. 그래 봤자 먹고살려면 돈을 벌어야 하니, 노예처럼 채찍질당하면서 필사적으로 벌고 있죠, 뭐."

"우와……."

오버로드—— 모몬가는 머리를 슬쩍 빼며 질렸다는 제스처를 보였다.

"진짜, 죽겠어요."

완전히 질린 모몬가에게 추격타를 가하듯, 믿을 수 없을 정도로 실감이 깃든 헤롱헤롱의 어두운 목소리가 날아들었 다.

현실세계의 업무에 관한 불평은 더욱 가속했다.

기본 개념도 없는 부하 이야기, 어제와 완전히 달라진 기획서, 할당량을 채우지 못해 받아야 하는 상사의 추궁, 일이 너무 바빠 집에 돌아가지도 못하는 나날, 생활리듬이 어긋나 나타나는 비정상적인 체중 증가, 나날이 늘어나는 약.

결국 헤롱헤롱의 푸념이 봇물 터진 듯 쏟아져 모몬가는 어느새 일방적으로 듣기만 하는 입장이 되었다.

가상세계에서는 현실세계 이야기를 기피하는 사람도 많다. 가상세계에까지 현실세계를 끌어들이고 싶지 않다는 그 기분도 이해가 간다.

그러나 여기 있는 두 사람은 그렇게 생각하지 않았다.

그들이 속한 길드——플레이어끼리 모여 개설해 조직하고 운영하는 팀——아인즈 울 고운의 가입 규칙은 두 가지였다.

첫째는 사회인일 것. 그리고 둘째는 이형종일 것.

그런 길드이기 때문에 현실세계의 업무에 대한 푸념이 화제가 되는 경우가 많다. 그리고 길드원들도 이를 받아들였다. 두 사람의 대화는 아인즈 울 고운의 일상 풍경이라고도 할 수 있었다.

충분한 시간이 지나자 헤롱헤롱에게서 흘러나오던 탁류가 점점 맑아졌다.

"……죄송합니다. 푸념만 늘어놓고. 저쪽에선 이런 얘기 잘 못 하거든요."

머리로 보이는 부위를 꿈틀거려 머리를 숙이려 하는 헤롱헤롱에게 모몬가가 말했다.

"괜찮아요, 헤롱헤롱님. 그렇게 피곤한데도 억지로 와달라고 한 건 저였잖아요. 푸념 정도야 얼마든지 들어드리고말고요."

헤롱헤롱에게서, 조금 전에 비하면 생기가 돌아온 희미한 웃음소리가 새어나왔다.

"정말 고맙습니다, 모몬가님. 저도 로그인해서 오랜만에 친구를 만나니 기쁘네요."

"그렇게 말씀해주시면 저도 기뻐요."

"……하지만 이젠 그만……."

헤롱헤롱의 촉수가 허공에서 무언가를 건드리듯 움직였다. 콘솔을 조작하는 것이다.

"아, 정말. 많이 늦었네요."

"죄송합니다, 모몬가님."

모몬가는 살짝 숨을 내쉬었다. 내면에 떠오른 감정을 들키지 않기 위해.

"그렇군요. 유감이에요. ……정말이지, 즐거운 시간은 금방 가네요."

“사실은 마지막까지 함께 있고 싶지만 너무 졸려서요.”

“아~ 피곤하시구나. 얼른 아웃해서 푹 쉬세요.”

“진짜 죄송합니다. ……모몬가님, 아니, 길드장님은 어떻게 하실 거예요?”

“전 서비스가 끝나서 강제 로그아웃될 때까지 남아있을까 해요. 아직 시간도 있으니, 어쩌면 또 다른 분들이 와주실지도 모르고요.”

“그렇구나. ……하지만 솔직히 이곳이 아직 남아있을 줄은 생각도 못 했어요.”

이럴 때 표정을 움직이는 기능이 없다는 것은 정말 다행이었다. 만약 움직였다면 얼굴이 일그러진 것이 한눈에 보였을 테니까. 그래도 목소리에는 감정이 드러날 테니 모몬가는 입을 열 수 없었다. 한순간 치민 감정을 억누르기 위해.

모두 함께 만들었기에, 그렇기에 필사적으로 유지했던 것인데, 동료 중 한 사람이 그런 말을 하면 너무나 많은 것이 한꺼번에 치밀어 형용하기 어려운 감정도 생겨나는 법. 다만 그런 감정도 헤롱헤롱의 다음 말에 무산되었다.

“길드장으로서, 우리가 언제든 돌아올 수 있게 모몬가님이 유지해주셨던 거군요. 고맙습니다.”

“……다 함께 만든 거잖아요. 누구든 언제든 돌아올 수 있게 유지하고 관리하는 게 길드장이 할 일인걸요!”

“그런 모몬가님이 길드장이었기 때문에 우리가 이 게임을 그만큼 재미있게 플레이했던 거겠죠. ……다음에 만날 때는 위그드라실 II였으면 좋겠는데.”

"II 소문은 들어보지 못했지만…… 그래도 정말, 그렇게 되면 좋겠어요."

"그때는 꼭 다시 만나죠! 그럼, 이젠 진짜진짜 졸려서…… 아웃할게요. 마지막에 만나서 좋았어요. 즐겜하세요."

"——."

한순간 모몬가는 말문이 막혔다. 그러나 이내 마지막 말을 건넸다.

"저도 덕분에 즐거웠어요. 즐겜하세요."

감정 아이콘 중 하나인 스마일 마크가 헤롱헤롱의 머리 위에 반짝 떠올랐다. 위그드라실에서는 표정이 움직이지 않기 때문에 감정을 표현할 때는 감정 아이콘을 조작한다. 모몬가도 콘솔을 조작해 같은 아이콘을 띄웠다.

헤롱헤롱의 마지막 말이 들렸다.

"또 다른 데서 만나요."

——찾아와주었던 세 명의 길드원 중 마지막 멤버가 사라진다.

정적이—— 이제까지 사람이 있었다고는 생각할 수 없는 정적이 실내에 돌아왔다. 여운도 앙금도 아무것도 없는 정적.

조금 전까지 헤롱헤롱이 앉아 있던 의자에 시선을 보내며 모몬가는 마지막에 하려던 말을 툭 내뱉었다.

"오늘이 서비스 종료 날이니, 피곤한 건 이해하지만 기왕 오신 거 마지막까지 계시면 안 될까요——."

물론 돌아오는 대답은 없었다. 헤롱헤롱은 이미 현실세계로 아웃했으니까.

"하아."

모몬가는 마음속 깊은 곳에서 나오는 한숨을 내쉬었다.

그런 말을 어떻게 하겠는가.

헤롱헤롱이 항상 피곤하다는 것은 짧은 대화 속에서 묻어난 분위기로 충분히 알 수 있었다. 그런 사람이 자기 메일을 보고 오늘, 서비스 종료일── 위그드라실의 마지막 날에 찾아와주었다. 그것만도 감사해야 한다. 이 이상을 바라면 뻔뻔함을 넘어서 민폐라고 해야 한다.

모몬가는 헤롱헤롱이 조금 전까지 있던 자리를 응시하고, 시선을 돌렸다. 그리고 그가 바라본 것은 39개의 의자. 옛동료들이 앉아 있던 장소다. 휙 둘러보고, 마지막으로 다시 헤롱헤롱의 자리까지 돌아온다.

"다른 데서 만나자고……."

언젠가 또 만나요.

또 봐.

그런 말은 몇 번이고 들었다. 하지만 그것이 실제로 일어 나는 일은 거의 없었다.

아무도 위그드라실에는 돌아오지 않았다.

"어디서, 언제 만나자는 거야……."

모몬가의 어깨가 크게 떨렸다. 그리고 오랫동안 가라앉혀 놓았던 본심이 터져 나왔다.

"──웃기지 마!"

노성과 함께 두 손이 테이블을 내리쳤다. 공격이라고 판단한 위그드라실 시스템이 모몬가의 맨손 공격력과 테이블의 구조물 방어치 등 무수한 변수를 계산해, 그 결과 모몬가가 손을 내리친 곳에 숫자 0을 띄웠다.

"여긴 다 같이 만든 나자릭 지하대분묘잖아! 어떻게 다들 그리 쉽게 버릴 수 있는 거야?!"

격한 분노 뒤에 찾아온 것은 적막감이었다.

"……아니, 그게 아니지. 쉽게 버린 게 아니야. 현실과 공상 중에서 어느 쪽을 택하겠느냐는 선택에 직면했을 뿐이잖 아. 어쩔 수 없는 일이고, 누구도 배신한 게 아니야. 다들 어렵게 선택했겠지……."

모몬가는 자신을 타이르듯 중얼거리고 자리에서 일어났다. 그가 향한 곳은 한 자루의 스태프가 걸린 벽이었다.

헤르메스 신의 지팡이 케뤼케이온을 모티브로 한 그 스태프는 일곱 마리의 뱀이 서로 얽힌 모양이었다. 꿈틀거리는 뱀의 입은 각각 다른 색의 보석을 머금었다. 그립 부분은 수정처럼 투명한 재질로 청백색 빛을 뿜어냈다.

누가 보더라도 최고급품인 이것이야말로 각 길드마다 하나밖에 소지할 수 없다는 '길드 무기' 이며, 아인즈 울 고운의 상징이라고도 할 수 있는 아이템이었다.

원래는 길드장이 지녀야 하는 그것을 왜 방에 장식해놓았는가.

그것은 이것이 다름 아닌 길드를 상징하는 존재이기 때문 이다.

길드 무기가 파괴되는 것은 곧 길드 붕괴를 의미한다. 그렇기에 길드 무기는 강대한 성능을 발휘하는 일 없이 가장 안전한 곳에 보관하는 경우가 많다. 그리고 그것은 최고봉 길드인 아인즈 울 고운에서도 예외는 아니었다. 길드장인 모몬가에게 맞춰 만들었음에도, 모몬가가 한 번도 들어보지 않고 이곳에 장식한 데는 그런 이유가 있었다.

모몬가는 여기에 손을 뻗다가 중간에 움직임을 멈추었다.

지금 이 순간——위그드라실 서비스 종료라는 최후의 순간을 맞았으면서도, 모두 함께 만들었던 찬란한 기억을 땅에 떨어뜨리는 행위에는 망설임이 느껴졌기 때문이다.

길드 무기를 만들기 위해 모두 함께 모험을 되풀이했던 나날.

팀으로 나뉘어 경쟁하듯 재료를 모으고, 외견을 어떻게 할지 다투고, 각자 제시한 의견을 취합해 조금씩 만들어나가던 그 시간.

그것은 아인즈 울 고운의 전성기——가장 찬란하던 시절의 이야기였다.

업무에 지친 몸을 채찍질해가며 와준 사람이 있었다. 가족 서비스를 내팽개치는 바람에 아내와 크게 싸우고 온 사람도 있었다. 유급휴가를 냈다며 웃던 사람이 있었다.

하루 종일 수다를 떨며 시간을 보낸 적이 있었다. 실없는 이야기에 열을 올렸다. 모험을 계획하고 보물을 쓸어 담던 날이 있다. 적대 길드의 본거지인 성에 기습을 감행해 함락시켰던 적이 있다. 세계급(世界級) 에너미라 불리는 최강의 히든 보스 몬스터에게 엉망으로 박살났던 적도 있다. 미발견 자원을 수없이 발견했다. 다양한 몬스터를 본거지에 배치해 쳐들어오는 플레이어를 소탕했다.

하지만 지금은 아무도 없다.

41명 중 37명이 그만두었다. 나머지 셋은 이름만 길드에 올렸을 뿐, 오늘을 제외하면 마지막으로 온 것이 언제였는지 기억도 나지 않는다.

모몬가는 콘솔을 열어 공식 데이터에 액세스했다. 그리고 그중에서 길드 순위를 찾아보았다. 800개 남짓한 길드 중에서 한때 9위까지 올라갔던 지위는 현재 29위까지 떨어졌다.

그래도 서비스 마지막 날에 이 정도라니. 최하위였을 때는 48위까지도 떨어졌는데.

그나마 이 정도 하락에 머문 것은 모몬가의 활약 덕이 아니라 옛 동료들이 남겨준 아이템——과거의 잔재 덕이다.

이젠 잔해나 마찬가지인 길드지만, 빛나던 시절이 있었다.

——그런 시절의 결정체.

길드 무기, 스태프 오브 아인즈 울 고운.

찬란한 기억이 깃든 무기를 지금과 같은 잔해의 시절로 끌어내리고 싶지 않았다. 그러나 반대되는 마음 또한 모몬가의 내면에서 불꽃을 피웠다.

그동안 아인즈 울 고운은 다수결을 중시했다. 길드장이라는 자리에 있으면서도 그가 했던 일은 사실 연락을 비롯한 잡무 처리였다.

그렇기에.

아무도 없는 지금, 길드장이라는 권력을 써보고 싶다는 생각이 처음으로 고개를 들었다.

"이 차림은 별로 멋이 안 나는걸."

모몬가는 중얼거리고 콘솔을 조작하기 시작했다. 최고봉 길드의 장으로서 어울릴 만한 무장을 갖추기 위해.

위그드라실의 무장은 내장한 데이터 용량으로 구분된다.

많은 데이터를 담을수록 상위 무기인 것이다. 최하급에서 시작해 하급, 중급, 상급, 최상급, 유산급(遺産級), 성유물급(聖 遺物級), 전설급(傳說級)으로 이어지는데, 지금 모몬가는 그중에서도 최고 수준인—— 신기급(神器級)으로 불리는 무장 으로 몸을 감쌌다.

뼈밖에 없는 열 개의 손가락에는 각각 다른 힘이 깃든 아홉 개의 반지를 끼운다. 여기에 목걸이, 건틀릿(Gauntlet), 부츠, 망토, 상의, 서클릿(Circlet)까지 모두 신기급이다. 가격만 따지자면 하나같이 어마어마한 가치가 있는 명품뿐이 다.

가슴받이며 어깨받이에서는 조금 전의 것보다도 훨씬 훌륭한 가운이 늘어졌다.

출렁이는 듯한 검붉은 오라가 발치에서부터 피어오른다.

보기에도 흉흉한, 그리고 사악한 오라였다. 이는 모몬가의 스킬이 아니었다. 로브의 비주얼 데이터 용량에 자리가 남아서 '흉흉한 오라' 이펙트 데이터를 심었을 뿐이다. 당연히 건드려 봤자 아무 일도 일어나지 않는다.

모몬가의 시야 구석에서 능력이 상승했음을 알리는 아이콘이 여럿 떠올랐다.

장비를 변경하고 완전무장을 갖춘 모몬가는 이만하면 길드장에 어울린다고 만족하며 고개를 끄덕였다. 그리고 손을 뻗어 스태프 오브 아인즈 울 고운을 쥔다.

손에 든 순간 스태프에서 일렁이며 뿜어져 나오는 검붉은 오라. 이따금 그것은 인간의 고통에 찬 표정을 이루며 무너 지고 사라졌다. 마치 고통의 목소리가 들리는 것처럼 생생했다.

"……디테일 쩐다."

완성한 후로 한 번도 손에 쥐어본 적이 없었던 최고급 스태프는 마침내 위그드라실 서비스 종료를 앞두고 본래 주인의 손에 들어간 것이다.

모몬가는 다시 한 번 자신의 스탯이 극적으로 상승하는 아이콘을 확인하면서 쓸쓸함 또한 느꼈다.

"가 볼까, 길드의 상징아? 아니지――길드의 상징이여."

2

모몬가는 원탁이라는 이름이 붙은 방에서 나왔다.

길드 멤버에게만 주어지는 반지를 가진 사람은, 특정 상황이 아니라면 게임에 접속했을 때 무조건 이 방에 출현한다.

만약 누군가가 돌아올지도 모른다고 생각한다면 이 방에서 대기해야 할 것이다. 그러나 모몬가는 다른 길드 멤버가 올가능성이 거의 없음을 잘 알고 있었다. 이 거대한 나자릭 지하대분묘에서 마지막 순간을 보낼 플레이어는 이제 모몬가 하나밖에 남지 않았다는 것을.

파도처럼 밀려드는 감정을 억누르며 모몬가는 묵묵히 아지트 안을 걸어 나갔다.

그곳은 대리석으로 지은 거성을 방불케 하는 장엄함과 현란함을 겸비한 세계.

까마득히 올려다봐야 하는 천장에선 일정한 간격으로 드리워진 샹들리에가 따뜻한 빛을 뿜어냈다. 넓은 통로의 반들 반들한 바닥은 대리석처럼 천장에서 내려오는 빛을 반사해 별이 깃든 것처럼 반짝인다. 통로 좌우로 즐비하게 늘어선 문을 열면 그 안의 화려한 세간에 눈길을 빼앗길 것이다.

만일 나자릭이라는 이름을 아는 자가 이곳에 온다면, 그 악명 높은 곳에 이렇게 아름다운 광경이 펼쳐져 있다는 사실에 분명 아연실색했으리라.

그도 그럴 것이, 나자릭 지하대분묘는 과거 8개 길드 연합 및 관계 길드며 용병 플레이어, 용병 NPC까지 합쳐 1500명으로 이루어진 서버 오픈 이래 최대의 '토벌대' 가 제압을 시도했다가 전멸하는 전설을 낳은 곳이니까.

처음에는 6계층이었던 나자릭 지하대분묘는 아인즈 울 고운의 지배에 들어간 후 증축을 거치면서 극적으로 모습을 바꾸었다. 현재는 전체 10계층으로 이루어졌으며 계층마다 특색을 지녔다.

1~3계층――분묘.

4계층――지저호수.

5계층――빙하.

6계층――대삼림.

7계층――용암.

8계층――황야.

그리고 9계층과 10계층은 신역(神域)―― 한때는 수천을 헤아렸던 위그드라실의 길드 중에서도 최고의 10대 길드에까지 이름을 올렸던 아인즈 울 고운의 본거지였다.

신성하다는 표현이 가장 잘 어울리는 세계에 모몬가의 발소리가 울려 퍼지고, 지팡이가 바닥을 두드리는 딱딱한 소리가 뒤를 따랐다. 넓은 통로를 걸어 몇 번인가 모퉁이를 돌았을 때, 전방에서 한 여성이 모몬가 쪽으로 다가오는 것이 보였다.
풍성한 금발을 어깨까지 늘어뜨린, 이목구비가 뚜렷한 미녀였다.
복장은 메이드복이다. 에이프런이 널찍하며 스커트 자락이 길다. 신장 170센티미터 정도에 팔다리는 늘씬하게 뻗었고, 풍만한 두 개의 언덕이 메이드복의 가슴 부분을 안쪽에서 밀어내듯 자기주장을 한다. 전체를 보면 정숙하다는 인상이 느껴진다.
이윽고 두 사람의 거리가 좁아지자 전방에 있던 여성은 통로 구석으로 비켜나며 모몬가에게 깊이 고개를 숙였다. 모몬가는 손을 가볍게 들어 화답했다.
여성의 표정에 변화는 없었다. 조금 전과 다를 바 없이 보일 듯 말 듯한 미소를 짓고 있을 뿐. 위그드라실이라는 게임에서는 원래 표정이 변하지 않는다. 그렇지만 그녀의 경우에는 의미가 조금 다르다.
메이드는 NPC(Non Player Character)로 불리는 존재였 다. 실제로 인간이 움직이는 것이 아니라 만들어진 AI—— 프로그램이 조작한다. 다시 말해 움직이는 마네킹이나 마찬가지다. 아무리 치밀하게 만들어졌고 인사를 할 수 있다 해도 모두 프로그램의 행위일 뿐이다.
조금 전 모몬가의 인사도 마네킹에게 대답한 것이라 생각하면 어리석다고도 할 수 있다. 하지만 모몬가에게는 함부로 대할 수 없는 이유가 있었다.
이곳 나자릭 지하대분묘에서 일하는 41명의 NPC메이드는 모두 다른 일러스트를 토대로 만든 것이다. 원화를 그린 것은 당시

일러스트로 먹고살았으며 현재는 월간지에서 만화를 연재하는 길드원이었다.

모몬가는 메이드를 뚫어지게 바라보았다. 외견도 그렇지만 모몬가가 관찰한 것은 메이드복이었다. 놀라울 정도로 치밀했다. 특히 에이프런 부분에 놓인 섬세한 자수는 경탄스러울 정도였다.

'메이드복은 결전병기' 라고 호언장담하던 사람이 일러스트를 맡았던 만큼 상식을 벗어나는 치밀한 디테일이었다. 비주얼 제작 담당자가 비명을 질렀던 그리운 기억이 떠올랐다.

"아아…… 맞아. 그때부터『메이드복은 저스티스!』라고 그랬어……. 그러고 보니 요즘 그리는 만화도 메이드가 히로인이죠? 아직도 디테일을 파서 어시스턴트들을 울리고 있나요, '화이트브림' 님?"

그리고 행동 AI 프로그램을 설계한 것은 헤롱헤롱과 그 밖의 프로그래머 다섯 명이었다.

다시 말해 메이드 또한 과거의 길드원들이 힘을 합쳐 만들어낸 존재인 만큼 어쩐지 무시하기가 힘들었다. 스태프 오브 아인즈 울 고운과 마찬가지로 이 메이드 또한 찬란한 기억의 일부이니까.

모몬가가 그런 생각을 하고 있으려니 고개를 든 메이드는 마치 무슨 일이라도 있느냐고 묻듯 고개를 갸웃했다.

——일정 시간 근처에 있으면 이런 포즈를 취하는 거였던가?

모몬가는 기억을 더듬으며 헤롱헤롱의 치밀한 설정에 감탄했다. 그 밖에도 숨겨진 포즈가 얼마든지 있을 것이다. 전부 보고 싶다는 욕구가 치솟았으나 안타깝게도 시간이 얼마 남지 않았다.

모몬가는 왼쪽 손목에 떠오른 반구형 시계판에 눈을 돌리고 현재 시각을 확인했다.
역시 느긋하게 있을 만한 시간은 없었다.
"수고가 많다."
모몬가는 감상에서 나온 말을 건네곤 그 옆을 지나쳐 걸어갔다. 당연히 대답은 없다. 그러나 그래도 마지막 날 정도는 그렇게 해야 한다는 생각이 들었다.
메이드를 내버려두고 모몬가는 다시 걸음을 옮겼다.
이윽고 열 명 이상이 나란히 팔을 벌리고도 지날 수 있을 만큼 거대한 계단이 모몬가 앞에 모습을 드러냈다. 붉은색을 베이스로 한 융단이 깔린 훌륭한 계단이다. 그런 계단을 천천히 내려가 최하층 —— 나자릭 지하대분묘 10계층에 도착했 다.
계단을 다 내려오니 그곳은 광장처럼 넓은 공간이었으며, 사람이 몇 명 보였다.
처음 눈에 들어온 것은 전통적인 집사복을 멋들어지게 입은 노인이었다.
머리카락은 완전히 흰색이며 입가에 난 수염 또한 잡티 하나 없는 흰색이다. 그러나 등은 똑바로 펴고 있어서 강철로 만든 검을 방불케 했다. 백인처럼 눈가가 우묵한 얼굴에는 주름이 눈에 띄었고, 그 때문에 온화하게도 보이지만 날카로운 눈매는 마치 먹이를 노리는 매의 눈 같다.
그리고 그 집사의 뒤를 그림자처럼 따르는 여섯 명의 메이드. 하지만 조금 전의 메이드와는 장비가 완전히 달랐다.
금색, 은색, 검은색 금속으로 만든 건틀릿과 그리브(Greave)를 착용하고, 만화에서 나온 듯한 메이드복 모티브의 갑옷을 걸치고, 머리에는 투구 대신 화이트브림을 썼다.

여기에 저마다 각자 다른 종류의 무기를 들었다. 메이드 전사라 부르기에 손색이 없는 모습이었다.

머리 모양도 다채롭다. 시뇽, 포니테일, 스트레이트, 땋은 머리, 롤 헤어, 프렌치 트위스트. 공통점은 모두 엄청난 미인 이라는 것뿐이었다. 물론 그 아름다움도 요염, 건강미, 전통미 등등 다양했지만.

그들도 당연히 NPC이기는 하지만, 조금 전의 반 장난으로 만든 메이드와는 달리 이들을 만든 목적은 침입자 격퇴였다.

위그드라실이라는 게임에서 성 이상 수준의 본거지를 소유한 길드에는 몇 가지 특전이 주어진다.

그중 하나가 본거지를 지키는 NPC였다.

나자릭 지하대분묘에서는 언데드 몬스터가 여기에 해당한다. 이것들은 '스폰 NPC' 로 불리며 30레벨 제한이 있지만 죽더라도 길드에 금전 손해를 미치지 않고, 일정 시간이 지나면 다시 부활한다.

그러나 이 스폰 NPC는 플레이어가 원하는 비주얼로 바꾸거나 AI를 탑재할 수가 없다. 그렇기 때문에 침입자—— 다른 플레이어를 격퇴하기에는 너무 약하다.

반면 이것과는 다른 특전 중에 오리지널 NPC를 자작하는 권한이 있다. 구체적으로 말하자면, 성 정도 되는 약한 길드 거점을 점거했을 때는 최저 포인트인 700레벨을 마음대로 배치해 NPC를 만들어도 된다. 위그드라실의 한계 레벨은 100이므로 100레벨 5명과 50레벨 4명을 만들 수도 있는 셈이다.

이렇게 만든 NPC는 비주얼과 AI는 물론, 무장이 가능한 비주얼이라면 무장까지도 고칠 수 있다. 이렇게 스폰 NPC 보다도 훨씬 강한 경비병을 만들어 중요 거점에 배치하는 것이다.

딱히 전투를 생각하고 만들 필요는 없다. 성을 거점으로 삼은 길드 중 '고양이님 대왕국' 이란 데서는 NPC를 모조리 고양이 혹은 고양이과 동물로 만들었을 정도니까. 길드 나름의 분위기를 내기 위한 권한이라 해도 과언이 아닐 것이다.

"흠."

모몬가는 자신 앞에 고개를 숙인 집사와 메이드들을 바라보며 턱에 손을 가져갔다. 평소에는 전이 마법을 사용해 방에서 방으로 이동하다 보니 이 부근까지 오는 일은 별로 없었다. 그렇기에 집사와 메이드들의 외견에는 그리움마저 느꼈다.

모몬가는 콘솔에 손을 뻗어 길드 멤버만이 열람할 수 있는 페이지를 열었다. 그리고 그곳에 있는 체크박스 중 하나를 켰다. 그 순간 집사와 메이드들의 머리 위에 이름이 떠올랐다.

"아, 이런 이름이었구나."

모몬가는 가볍게 웃었다.

기억하지 못했다는 데 대한 쓴웃음이었으며, 기억 한구석에서 되살아난, 이름을 결정할 때의 다툼을 그리워하는 미소이기도 했다.

집사── 세바스에게 주어진 설정은 하우스 스튜어드까지도 겸한 집사였다.

주위의 여섯 메이드는 세바스의 직속 전투메이드로 팀명은 '플레이아데스' . 세바스는 그녀들 이외에도 남자 하인과 집사 조수를 지휘한다.

텍스트 로그에는 보다 세밀한 설정이 있겠지만, 그것까지 다 읽을 마음은 생기지 않았다. 시간도 별로 없거니와, 서비스가 종료될 때에는 다른 곳에 앉아있고 싶었다.

참고로 메이드를 포함한 NPC 전원에게 세밀한 설정이 있는 이유는 다름이 아니라 아인즈 울 고운에 설정을 디테일하게 파는 것을 좋아하는 자들이 잔뜩 있었기 때문이다. 일러스트레이터며 프로그래머가 많이 있었던 덕에 비주얼에 집착할 수 있는 환경이 구비되었던 점도 박차를 가했다.

원래 이 세바스와 메이드들은 침입자를 격퇴하는 최종 방어선 바로 앞의 지킴이였다. 그러나 여기까지 쳐들어온 플레이어들을 격퇴할 수 있을 것 같진 않았으므로, 어디까지나 시간을 버는 의미밖에 없었다. 다만 여기까지 침입한 플레이어가 아직까지 없다 보니 그들은 이곳에서 하염없이 차례를 기다렸던 셈이다.

그 누구에게서 명령을 받는 일도 없이, 이곳에서, 언제 쳐들어올지도 모르는 적을.

모몬가는 손에 든 스태프를 꽉 쥐었다.

NPC를 가엾게 여기다니 바보 같은 짓이다. NPC는 어차피 데이터일 뿐. 만약 감정이 있다는 생각이 든다면 그것은 AI를 짠 사람이 뛰어나기 때문이다.

그러나——.

"길드장 된 몸으로서, NPC에게는 일을 시켜야겠지."

불쑥 튀어나온 오만한 말에 속으로 딴죽을 걸면서 모몬가는 다시 말했다.

"따라오라."

세바스와 메이드들은 한 번 고개를 숙여 명령을 수락했음을 드러냈다.

이들을 이 자리에서 옮기는 행위는 길드 동료들이 처음 생각했던 목적을 무시하는 것이다. 아인즈 울 고운은 다수결을 중시하던 길드였다. 단 한 사람의 아집 때문에 모두 함께 만들었던 것을 뒤집어놓아선 안 된다.

하지만 오늘은 모든 것이 끝나는 날. 그런 날이라면 다들 용서해 주리라.

모몬가는 그렇게 생각하며, 뒤를 따르는 일곱 쌍의 발소리를 이끌고 걸어나갔다.

이윽고 거대한 돔 모양의 홀에 도착했다. 천장에서는 네 가지 색의 크리스탈이 백광을 뿜어낸다. 벽에는 72개의 홈이 있고 대부분 조각상이 안치되어 있었다.

조각상은 모두 악마를 본뜬 것. 숫자는 67개.

이 방의 이름은 '솔로몬의 작은 열쇠' 레메게톤. 유명한 마술서의 이름이다.

안치된 조각상은 그 마술서에 실린 솔로몬의 72악마를 모티브로 삼은, 매우 희귀한 마법 금속을 사용해 만든 골렘이다. 원래는 72마리 있어야 할 골렘이 67마리밖에 없는 것은 만들던 사람이 도중에 싫증을 냈기 때문이다.

천장의 네 가지 색깔 크리스탈은 몬스터이며 적이 침입하면 지수화풍(地水火風)의 상위 엘레멘탈을 소환하는 동시에 광범위한 마법공격 폭격을 개시한다.

이를 모두 동원하면 100레벨 플레이어 풀 파티 2개—— 12명 정도는 쉽게 녹일 만한 전력이 된다.

이 방이야말로 나자릭 지하대분묘의 심장부를 지키는 최종 방어선.

모몬가는 하인들을 거느린 채 레메게톤을 가로질러 맞은편의 커다란 문 앞에 섰다.

5미터도 넘는 거대한 양여닫이문의 왼쪽 문짝에는 여신이, 오른쪽 문짝에는 악마가 지극히 치밀한 형상으로 조각되어 있었다. 문에서 튀어나와 공격을 할 것 같다는 생각이 들만큼 생생했다.

하지만 움직일 것 같기는 해도, 모몬가가 아는 한 실제로 움직이지는 않을 것이다.

——여기까지 왔다면 용자님들을 환영해 주자고. 우리를 악이니 뭐니 하는 놈들이 많은데, 그럼 우린 끝판왕답게 안에서 당당하게 기다리고 있어야 하는 거 아냐?

그렇게 발언한 인물의 의견이 다수결로 채용되었기 때문 다.

"'우르베르트' 님이었지……."

'우르베르트 알레인 오들'. 길드 멤버 중에서도 가장 '악'이라는 단어에 집착하던 사람.

"중2병이었으니까……."

모몬가는 홀을 둘러보며 절절히 실감했다.

"……어디, 덮치진 않으려나?"

불안이 배어나온 것은 사실이었다.

아무리 모몬가라 해도 이 미궁 전체의 설정을 완전히 파악한 것은 아니었다. 어쩌면 이미 은퇴한 누군가가 유별난 선물을 남겨놓고 갔다 해도 이상할 것이 없다. 그리고 이 문의 제작자는 그런 짓을 저지를 법한 타입이었다.

한번은 강한 골렘을 만들었다는 말에 기동시켜 봤더니, 사실은 전투 AI에 버그가 있어서 갑자기 공격을 퍼부어댔었다. 혹시 일부러 노리고 한 짓은 아닐지 모몬가는 지금도 의심했다.

"이봐요, '루시★퍼' 님. 하필 오늘 그런 일이 터지면 진짜 화낼 거예요."

조심스레 문을 잡은 모몬가의 걱정은 기우로 끝나고, 자동 문이었던 것처럼—— 그러나 중후한 자태에 어울리는 느릿느릿한 속도로, 천천히 문이 열렸다.

공기가 바뀌었다.

이제까지도 신전처럼 적막함과 장엄함을 함께 품고 있기는 했으나 눈앞에 펼쳐진 광경은 그것마저도 능가했다. 분위기의 변화가 압력이 되어 온몸에 밀려드는 것 같았다.

그곳은 넓고도 높은 실내——.

수백 명이 들어가고도 남을 만한 넓이. 고개를 들고 올려다보아야 할 정도로 높은 천장. 벽의 기조는 흰색이며 금색 위주의 세공이 가미되었다. 천장에서 드리워진 수많은 호화 샹들리에는 일곱 색깔 보석으로 만들어져 환상적인 광채를 뿜어냈다. 벽에는 각각 다른 문양이 그려진 커다란 깃발이 천장에서 바닥까지 합계 마흔 한 장 드리워졌다.

금과 은을 아낌없이 사용한 실내의 가장 안쪽에는 십여 단 정도 되는 낮은 계단이 있었으며, 그 꼭대기에는 거대한 수정을 깎아 만든 듯한, 등받이가 하늘을 찌를 듯 높은 옥좌가 보였다. 그 뒤의 벽에는 길드 사인을 수놓은 진홍색 거대한 천이 걸려 있었다.

나자릭 지하대분묘 심장부이자 가장 중요한 곳, 옥좌의 홀이다.

"오오……."

모몬가조차 이곳의 존재감에는 감탄의 한숨이 나왔다. 아마 위그드라실에서도 1, 2위를 다투는 스케일일 거라고 확신 했다.

그런 방이야말로 최후의 순간을 맞이하기 딱 좋은 곳이었다.

모몬가는 발소리를 모두 빨아들일 것처럼 광대한 실내로 발을 들이고, 시선을 옥좌 옆에 서 있는 여성형 NPC에게 돌렸다.

그것은 순백색 드레스를 걸친 아름다운 여성이었다. 어렴풋한 미소를 지은 얼굴은 여신과도 같다. 드레스와는 반대로 새까만 머리카락은 윤기 있게 흘러내렸으며 허리 언저리까지 닿았다.

금색으로 빛나는 홍채와 세로로 갈라진 동공이 기이하기는 했지만 나무랄 데 없는 절세의 미녀. 다만 좌우 관자놀이에서는 산양을 연상케 하는 굵은 뿔이 구불거리며 앞으로 튀어 나왔다. 아니, 그것만이 아니었다. 허리 언저리에서는 까맣게 물든 천사의 날개를 펼치고 있다. 뿔이 드리운 희미한 그림자 탓인지 여신과 같은 미소는 무언가를 감춘 가면처럼 보이기도 했다.

목에는 거미줄을 연상케 하는, 어깨에서 가슴께까지 덮는 황금색 목걸이를 걸쳤다. 비단 같은 광택이 도는 장갑을 낀 가녀린 손에 완드Wand로 보이는 기괴한 물체를 들었다. 길이는 45센티미터 정도 되는 완드의 끄트머리 연장선상에는 까만 구체가 아무런 지지대도 없이 공중에 둥실둥실 떠 있었다.

그녀의 이름은 아무리 모몬가라 해도 잊지 않았다.

그녀가 바로 나자릭 지하대분묘 계층수호자 총책임자 알베도.

일곱 명의 계층수호자를 총괄하는 NPC였다. 그것은 곧 나자릭 지하대분묘 전 NPC의 정점에 선 캐릭터라는 뜻이다. 그렇기에 심장부인 옥좌의 홀에 대기할 수 있는 것이리라.

다만 모몬가의 눈은 다소 험악한 기운을 띤 채 알베도를 보고 있었다.

"여기에 세계급 아이템이 있다는 건 알았지만, 두 개나 있는 건 무슨 이유지?"

위그드라실에 200개밖에 없다는 궁극 아이템, 세계급 아이템.

유일무이한 힘을 지닌 아이템이며, 어떤 것은 운영 시스템의 일부 변경마저도 요구할 수 있는 밸런스 브레이커였다.

물론 모든 세계급 아이템이 그런 막무가내를 저지를 수 있는 것은 아니지만.

그래도 개인이라면 하나 손에 넣기만 해도 위그드라실에서 지명도가 최고 수준까지 치솟을 것이 분명하다.

그런 아이템을 아인즈 울 고운은 11개 보유하고 있다. 이는 모든 길드 중에서 최고 보유수였다. 그것도 자릿수가 다를 정도로. 2위의 보유수가 3개밖에 되지 않으니 말이다.

그런 궁극 아이템 중 하나는 모몬가가 개인적으로 가지고 있어도 상관이 없다고 길드 멤버의 허락을 받은 후 소지했 다. 그 이외의 몇 가지는 나자릭 내에 뿔뿔이 흩어져, 대부분은 보물전 깊은 곳에서 아바타라(Avatara)들의 수호 속에서 잠들고 있다.

그런 비보를 모몬가도 모르는 사이에 알베도가 소지했다면 이유는 하나밖에 없다. 알베도를 설정한 길드원이 준 것이다.

아인즈 울 고운은 다수결을 중시하는 길드다. 다 함께 모은 보물을 자기 마음대로 움직여서는 안 된다.

모몬가는 가벼운 불쾌감과 함께 이를 다시 빼앗아야 할지를 생각했다.

그러나 오늘은 마지막 날이다. 알베도에게 아이템을 준 동료의 마음도 포용해 주어야 한다고 판단하고 실행에는 옮기지 않았다.

"거기서 멈추어라."

옥좌로 이어지는 계단 바로 앞까지 이동하자 모몬가는 뒤를 따라오던 세바스와 플레이아데스에게 무거운 어조로 명령했다.

계단에 발을 딛고 몇 단을 올라갔을 때, 뒤를 따르던 발소리가 사라지지 않는 것을 깨닫고 쓴웃음을 지었다——. 물론 모몬가의 비주얼인 해골의 얼굴은 조금도 움직이지 않았지 만.

NPC는 어차피 융통성이 없는 프로그램일 뿐이다. 정해진 문장으로 말해야만 명령을 받아들인다. 그런 것도 잊어버릴 만큼 자신이 오랫동안 NPC를 움직이지 않았다는 사실을 깨달았다.

길드 멤버들이 없어진 후 모몬가는 혼자 무리하지 않는 선에서 사냥을 다니며 나자릭의 유지 자금을 모았다. 결코 다른 플레이어와 함께 다니지 않고, 몰래, 들키지 않도록, 길드원들이 있었을 때라면 거침없이 들어갔을 위험한 장소를 피해서.

그렇게 번 돈을 보물전에 털어 넣고 로그아웃하는 나날.

그렇듯 '작업' 과도 같던 하루하루에는 NPC와 조우할 이유가 없었다.

"——대기."

발소리가 멈추었다.

모몬가는 정확한 커맨드를 내리고 안쪽 계단을 올라 옥좌 앞에 도착했다.

옆에 선 알베도를 빤히, 사양하지 않고 바라본다. 어지간해서는 이 방에 들어오지 않다 보니 이렇게 자세히 들여다본 기억이 없었다.

"어떤 설정을 해놨으려나?"

알베도의 설정에서 기억나는 점이라고는 수호자 총책임자이며 나자릭 지하대분묘의 최상위 NPC라는 것뿐이었다.

모몬가는 호기심에 마음이 들뜨는 것을 느끼며 콘솔을 조작해 알베도의 설정을 열람했다.

그러자 시야에 방대한 문자의 홍수가 쏟아졌다. 일대 서사시처럼 장대한 문장이었다. 천천히 읽고 있다간 금방 서비스 종료 시각이 지날 것 같았다.

만약 모몬가의 얼굴이 움직였다면 어이가 없어 완전히 질렸을 것이다. 어쩐지 지뢰를 밟은 기분이었다. 알베도를 작성한 멤버가 이런 데 집착하는 인간이었던 것을 잊어버렸던 자신을 질책하고 싶은 기분이 들었다.

한번 열어본 이상 어쩔 수 없다는 체념의 마음으로 모몬가는 열람을 개시했다. 속독 정도가 아니라 머리글자만 읽듯 단숨에 스크롤했다.

긴 문장을 건너뛰고 겨우 도달한 설정 마지막 부분. 그곳에 적힌 문구에서 모몬가의 생각이 뚝 끊겼다.

『참고로 무지무지 밝힌다.』

말도 나오지 않았다.

"……엥? 이게 뭐야?"

자기도 모르게 괴상한 소리를 냈다. 몇 번을 응시해도 다른 문자로는 보이지 않았다. 그리고 암만 생각해도 처음 생각했던 것 이외의 다른 의미는 떠오르지 않았다.

"밝힌다는 건…… 역시 야릇한 의미로 그렇다는 거겠지?"

길드원 41명은 각각 최소 하나의 NPC 설정을 맡았는데, 자신이 만든 캐릭터에 과연 그런 설정을 붙였을까 하는 의문이 떠올랐다. 혹시 전체 문장을 가만히 읽어보면 다른 의미로 받아들일 수도 있을까?

하지만 생각해 보면 삐딱한 방향으로 날아간 듯한 설정을 생각하는 멤버도 있었다. 알베도를 만든 '타블라 스마라그디나' 도 그런 부류였다.

"아. 갭에 환장하는 사람이었던가, 타블라님은? ……암만 그래도……."

——암만 그래도 이건 너무한 거 아냐?

그런 생각이 들었다. 각 멤버가 만든 NPC는 길드의 유산이나 마찬가지. 그런 NPC의 정점에 선 존재가 이래서야, 뭐랄까, 구제의 여지가 없다.

"으음……."

길드 멤버가 자신만의 애착을 담아 만든 NPC를 개인의 감정으로 고쳐도 되는 걸까? 모몬가는 한동안 생각하고, 결론을 냈다.

"바꾸자."

길드 무기를 소지한 지금, 자신은 명실공히 길드 마스터이 다. 거의 쓴 적이 없었던 특권을 행사해도 괜찮을 것이다. 길드원의 잘못은 고쳐야 한다는 막무가내 논리로 자신의 망설임을 부수고,

스태프를 내민다. 원래는 크리에이트 툴이 있어야만 조작할 수 있는 설정에 길드장 특권을 구사해 액세스했다. 콘솔 조작으로 '무지무지 밝힌다.'를 즉시 지웠다.

"일단은 됐고."

모몬가는 잠시 생각한 다음, 알베도의 설정에 뚫린 빈 공간을 바라보았다.

——뭔가 채워놓을까……?

"아니, 그건 좀 아니지."

모몬가는 막 떠오른 자신의 생각을 비웃으면서도 콘솔의 키보드로 문자를 입력했다. 그것은 다음과 같은 짧은 문장이었다.

『참고로 모몬가를 사랑함.』

"으헉, 오글거려."

모몬가는 손으로 자기 얼굴을 가렸다.

이상형의 애인 설정을 만들어 연애담을 써놓은 듯한 민망함에 한동안 몸부림을 쳤다. 뱃속이 근질거렸다. 부끄러워서 다시 쓸까 생각가기도 했지만, 뭐 어떠냐고 마음을 고쳐먹었다.

오늘은 서비스 마지막 날이다. 이 부끄러움도 금방 사라지고 말 것이다. 게다가 지운 글자 수와 쓴 글자 수가 딱 맞는 이 완벽함. 그냥 지워서 공백으로 남겨두기에는 조금 아깝기도 했다.

옥좌에 앉아 미미한 만족감과 그 몇 배는 되는 수치심에서 눈을 돌린 다음 실내를 둘러본 모몬가는, 눈 아래에 세바스와 메이드들이 꼼짝 않고 있는 것을 깨달았다. 뻣뻣이 서 있는 것도 이 방에서는 조금 적막한 기분이 들었다.

——분명 이런 커맨드가 있었지?

모몬가는 옛날에 본 적이 있는 명령 세트를 떠올리며 한 손을 가볍게 위에서 아래로 움직였다.

"꿇어라."

알베도, 세바스, 그리고 여섯 메이드는 일제히 한쪽 무릎을 꿇고 신하의 예를 올렸다.

이제 됐다.

모몬가는 왼손을 들어 시간을 확인했다.

23:55:48

늦지는 않은 시각이었다.

아마 지금쯤 밖에서는 GM이 플레이어들에게 말을 걸고, 사방에서 폭죽을 터뜨릴 테지. 그런 것들을 모조리 차단한 모몬가는 알 수 없는 노릇이지만.

모몬가는 등을 옥좌에 맡기고 천천히 천장을 올려다보았다.

토벌대를 괴멸시켰던 길드 본거지인 만큼, 마지막 날인 지금 쳐들어오는 파티가 있을지도 모른다고 생각했다.

기다리고 있었다. 길드장으로서 도전을 받아들이기 위해.

옛 동료 모두에게 메일을 보냈으나 와준 사람은 거의 없었다.

기다리고 있었다. 길드장으로서 동료들을 환영하기 위해.

"과거의 유물이구만……."

모몬가는 생각했다.

이제 알맹이는 텅 비었다. 그래도 이제까지는 즐거웠다.

눈을 움직여 천장에서 드리워진 커다란 깃발을 헤아렸다.

숫자는 다 합쳐서 41. 길드원 숫자와 같으며 디자인도 저마다 다르다. 모몬가는 그 깃발 중 하나에 백골 손가락을 내밀었다.

"나."

그리고 손가락을 옆의 깃발로 움직인다. 그 깃발에 있는 것은 아인즈 울 고운——아니, 위그드라실이라는 게임에서 최강의 자리를 차지한 사람 중 하나였던 플레이어. 이 길드의 발기인. 그리고 전신이었던 「퍼스트 나인」을 차지했던 인물의 사인.

" '터치 미' ."

다음으로 가리킨 것은 현실세계에서 대학교수라고 하는, 아인즈 울 고운 최연장자의 사인이 들어간 깃발.

" '사수천 주작' ."

손가락은 서서히 속도를 높였다. 다음은 아인즈 울 고운의 멤버 중 셋밖에 없는 여성 중 하나였다.

" '팥고물떡' ."

흐트러짐 없이 모몬가는 사인의 소유주인 길드 멤버의 이름을 열거해나갔다.

" '헤롱헤롱' , '페로론치노' , '부글부글찻주전자' , '타블라 스마라그디나' , '무인 타케미카즈치' , '배리어블 탈리스만' , '겐지로' ——."

동료 40명의 이름 전부를 열거하는 데는 시간이 별로 오래 걸리지 않았다.

아직도 모몬가의 뇌리에 단단히 새겨진 벗들의 이름.

모몬가는 지친 듯 옥좌에 기대어 앉았다.

"그래. 즐거웠지……."

월정액 요금은 무료였지만 모몬가는 월급의 3분의 1을 캐시 구입에 쏟아부었다. 수입이 많은 건 아니지만 달리 취미도 없다 보니 돈 쓸 곳이라곤 위그드라실뿐이었던 것이다.

대박 아이템을 노리는 캐시 복권에는 대박을 치고도 수지가 안 맞을 정도로 돈을 쏟아 부었다. 그렇게 해서 간신히 얻은 레어 데이터를 길드 멤버 중 한 사람인 '야마이코'가 점심식사 한 끼 값으로 얻었을 때는 방을 데굴데굴 굴러다닐 정도로 억울해했다.

아인즈 울 고운 자체가 사회인으로 구성된 곳이기도 하다 보니 멤버들은 거의 모두 캐시를 구입했지만, 그중에서도 모몬가는 톱 클래스였다. 서버 전체를 통틀어도 상위에 속할 것이다.

그만큼 푹 빠졌기 때문이었다. 모험도 재미있었다. 그러나 그 이상으로 친구들과 플레이하는 것이 즐거웠다.

부모님은 이미 타계했으며 현실세계에 친구도 없는 모몬 가에게는 이 길드 아인즈 울 고운이야말로 자신과 친구들의 빛나는 시간이 모여 있는 결정체였다.

그것이 지금 사라진다.

이 얼마나 분하고, 이 얼마나 불쾌한 일인가.

스태프를 꽉 움켜쥐었다. 단순한 일반 사회인인 모몬가에게는 그것을 어떻게 할 만한 재력도 연줄도 없다. 모든 것이 끝날 시간을 그저 가만히 받아들여야 하는 일개 유저에 불과 했다.

시야 구석에 비친 시각 표시는 23:57. 서버 정지 시각은 0:00.

이제 거의 시간이 없다. 공상의 세계는 끝나고 현실의 하루하루가 다가온다.

당연하다. 인간은 공상의 세계에서 살아갈 수 없다. 그렇기에 모두 떠나갔다.

모몬가는 한숨을 쉬었다.

내일은 4시에 일어나야 한다. 이 서버가 사라지면 즉시 잠들어야 업무에 지장이 없다.

23:59:35, 36, 37…….

모몬가도 숫자를 함께 세었다.

23:59:48, 49, 50…….

눈을 감았다.

23:59:58, 59——.

시계와 함께 흐르는 시간을 센다. 환상이 끝나는 순간을——.

눈앞이 어두워지고——.

0:00:00…… 1, 2, 3.

"……응?"

모몬가는 눈을 떴다.

눈에 익은 자신의 방으로 돌아온 것이 아니었다. 변함없이 위그드라실, 옥좌의 홀이었다.

"……어떻게 된 거야?"

시간은 정확했다. 지금쯤 서버다운 때문에 강제로 튕겼어야 하는데도.

0:00:38

0시는 확실하게 지났다. 서버와 동기화된 시각 표시에 잘못이 있으리라고는 생각할 수 없다.

모몬가는 당황하면서도 무언가 정보가 없을까 주위를 살폈다.

"서버 다운이 연기됐나?"

혹시 로스타임이 적용되기라도 했나?

무수한 가능성이 머리를 스치지만, 모두 결정적이라고 할수는 없었다. 다만 가장 가능성이 높은 것은 모종의 요인—— 별로 바람직하지 못한 원인으로 서버 다운이 연기되었다는 것이다.

만약 그렇다면 GM이 무언가를 발표했을 가능성이 있다.

모몬가는 황급히 이제까지 꺼두었던 채팅 채널을 열려다가—— 손을 멈추었다.

콘솔이 표시되지 않았다.

"뭐지……?"

모몬가는 초조함과 곤혹스러움을 미미하게 느끼며——또한 의외로 냉정한 자신에게 당황하며——다른 기능을 불러내려 했다. 콘솔을 쓰지 않는 시스템 강제 액세스, 채팅 기능, GM 콜, 강제 종료 등등.

어느 것 하나 반응이 없었다. 마치 완전히 시스템에서 제외된 것처럼.

"……이게 어떻게 된 거야!"

분노를 담은 모몬가의 목소리가 넓은 홀에 울려 퍼지면서 사라졌다.

오늘은 마지막 날. 모든 것을 마무리하는 날에 이런 사태가 일어나다니. 유저를 물로 보나.

모몬가를 엄습한 것은 영광의 종식을 깔끔하게 맞이할 수없었다는 데 대한 짜증이었다. 그 생각이 목소리 곳곳에서 묻어났다. 그런 분풀이와도 같은 목소리에, 원래는 반응이 돌아올 리가 없었다.

——그러나.

"무슨 일이시옵니까, 모몬가 님?"

처음 듣는 여성의 아름다운 목소리.

모몬가는 어안이 벙벙해져 목소리가 들린 곳을 찾아보았다.

그리고 누가 말한 것인지 깨달았을 때, 아연실색했다.

그것은 고개를 든 NPC—— 알베도였다.

3

카르네 마을.

제국과 왕국의 경계선——아제를리시아 산맥. 그 남쪽 끝자락에 펼쳐진 숲——토브 대삼림 바깥쪽에 위치한 조그만 마을이다.

인구는 약 120명. 25세대로 이루어진 이 마을은 리 에스티제 왕국 변경에서는 그리 드물지 않은 규모였다.

숲에서 나는 산림자원과 농작물이 주요 생산품이며, 약사가 약초를 캐려고 오는 것을 제외하면 징세관이 1년에 한 번 오는 것이 고작인 마을. 거의 사람의 왕래가 없는, 시간이 멈추었다는 표현이 딱 어울리는 곳이었다.

마을의 아침은 일찍 시작된다. 주민들은 보통 해가 뜨는 시각에 일어난다. 대도시처럼 마법 조명――〈영속광Continual Light〉이 없는 마을에서 태양과 함께 일어나고 자는 생활은 기본이다.

엔리 에모트의 아침은 인근 우물가에서 물을 긷는 것에서 시작된다. 물을 긷는 것은 여자가 할 일이다. 집에 놓아둔 커다란 항아리에 물을 가득 채워야 첫 일이 끝난다. 그때쯤이면 어머니가 식사 준비를 마치고 가족 넷이 나란히 앉아 아침을 먹기 시작한다.

아침식사는 보리와 밀로 만든 오트밀, 볶은 야채. 가끔은 햇볕에 말린 과일이 나올 때도 있다.

그리고 어머니, 아버지와 함께 밭으로 나간다. 열 살이 된 여동생은 숲 입구 부근에서 땔감을 줍거나 밭일을 거든다.

마을 한복판―― 광장 변두리에서 종이 울리는 정오 무렵이면 잠시 일손을 멈추고 점심을 먹는다. 점심 메뉴는 며칠 전에 구운 흑빵, 말린 고기조각을 넣은 수프.

그리고 다시 밭일. 하늘이 붉게 물들 무렵, 밭에서 집으로 돌아가 저녁을 먹는다.

저녁은 점심과 같은 흑빵, 콩 수프. 마을 사냥꾼이 동물을 잡아온 날이면 고기를 조금 얻어먹을 때도 있다. 식사 후에는 주방의 불빛 밑에서 가족끼리 담소하며 해진 옷을 깁기도 한다.

잠자리에 드는 것은 18시 무렵일 것이다.

엔리 에모트라는 소녀는 이 마을의 일원으로 태어나서 이제까지 16년 동안 그렇게 지냈다.

그렇게 변화 없는 하루하루가 언제까지고 이어질 줄 알았다.

그날, 여느 때처럼 엔리는 아침을 맞아 우물가에 나갔다.

물을 길어 조그만 항아리에 옮겼다. 집에 두는 큰 항아리가 가득 찰 때까지는 세 번을 왕복해야 한다.

"영차."

엔리는 팔을 걷었다. 햇볕에 타지 않은 살이 드러나 놀랄 정도로 새하얀 빛을 냈다. 밭일로 단련된 팔은 늘씬했지만 단단했으며 근육이 살짝 솟아난 곳도 보였다.

항아리는 물이 들어서 꽤 무거웠지만 여느 때처럼 들어 올렸다.

좀 더 큰 항아리면 왕복하는 횟수가 줄어들어 편해질까? 하지만 그렇게 되면 들지 못할지도 몰라.

그런 생각을 하며 엔리가 집으로 돌아가기 시작했을 때, 무언가를 들은 것 같아 고개를 그쪽으로 돌렸다. 공기가 끓어오른 것처럼, 가슴속에서 무언가가 술렁였다.

미미하게 들리는, 나무로 만든 무언가를 내리치는 듯한 소리. 그리고――.

"비명――?"

목이 졸린 새 소리 같기도 하면서, 그것과는 완전히 다른 것.

엔리의 등에 싸늘한 것이 퍼졌다. 그럴 리 없어. 기분 탓이야. 착각이야. 불안을 지우려는 말이 수없이 떠올랐다가 사라졌다.

황급히 뛰어갔다. 비명이 들린 방향에 자신의 집이 있었다.

항아리는 내팽개쳤다. 이렇게 무거운 것을 들고 갈 때가 아니다.

긴 스커트가 발에 걸려 넘어질 뻔했지만 운 좋게 균형을 유지하고 달렸다.

다시 들리는 목소리.

엔리의 심장이 요란하게 고동을 쳤다.

사람 비명이었다. 틀림없다.

뛴다. 뛴다. 뛴다.

이렇게 빨리 달린 기억이 없었다. 발이 꼬여 넘어질 것 같은 속도로 뛰었다.

말이 울부짖는 소리. 사람의 비명. 고함.

점점 커진다.

엔리의 시야 멀찍한 곳에서, 갑옷을 입은 사람이 마을 주민에게 칼을 휘두르는 것이 보였다.

그는 비명을 지르며 쓰러졌다. 갑옷을 입은 사람은 확인하듯 재차 검을 내리꽂았다.

"……모르거 아저씨."

이런 작은 마을에선 다들 얼굴을 알고 지낸다. 모두 친척이나 마찬가지다. 지금 죽은 사람도 당연히 잘 아는 사람이 다. 조금 소란스러워도 마음은 착한 사람이었다. 저렇게 죽어야 할 사람이 아니다. 발을 멈출 뻔했지만——이를 악물고 다리에 더욱 힘을 주었다.

물을 길을 때는 얼마 되지도 않는다고 생각했던 거리가 지금은 한없이 길게만 여겨졌다.

노성과 욕설이 바람을 타고 들려오기 시작했다. 그런 가운데 겨우 집이 눈에 보였다.

"엄마! 아빠! 넴!"

가족의 이름을 부르며 문을 연다.

그곳에는 눈에 익은 세 사람이 겁먹은 표정으로 한데 웅크리고 있었다. 그 얼굴은 엔리가 들어온 것을 보고 일제히 풀어졌으며 그 안에서 안도의 빛이 나타났다.

"엔리, 무사했구나!"

농사로 딱딱해진 아버지의 손이 엔리를 꽉 끌어안았다.

"아아, 엔리……."

어머니의 따뜻한 손도 엔리를 끌어안았다.

"자, 엔리도 왔으니 얼른 도망치자!"

지금 엔리네 가족의 상황은 매우 좋지 못했다. 엔리와 헤어질 것을 두려워해 집에서 나오지 못하는 바람에 도망칠 시간을 잃어버렸다. 위험은 매우 가까운 곳까지 다가왔을 것이다.

그리고 그 우려는 현실이 되었다.

다 함께 도망치려 했을 때—— 열려 있던 현관 너머에서 그림자 하나가 나타났다. 햇빛을 등지고 선 것은 온몸을 완전히 갑옷으로 감싼 기사. 가슴에는 바하루스 제국의 문장. 손에는 칼집에서 뽑아든 날붙이——롱 소드(long sword)를 들고 있었다.

바하루스 제국—— 리 에스티제 왕국의 이웃이며 항상 침략 전쟁을 벌이는 나라. 그러나 그 전쟁은 성새도시 에 란텔을 중심으로 일어날 뿐 이 마을까지 손길이 뻗친 적은 없었는데.

하지만 그 평온도 마침내 깨진 것일까.

클로즈드 헬름(closed helm) 틈새에서 엔리네 가족의 수를 세는 얼어붙을 듯한 시선이 느껴졌다. 끈적끈적한 시선이.

기사가 검을 든 손에 힘을 주는지 건틀릿이 삐걱거리는 소리가 들렸다.

그리고 집에 들어오려고——.

"이야아!!"

"윽!"

——아버지가 지금 막 들어오려던 기사에게 태클을 감행했다. 그대로 한데 뭉쳐 두 사람은 집 밖으로 굴러나갔다.

"얼른 가!!"

"이 자식!"

아버지의 얼굴에 피가 희미하게 흘렀다. 돌격을 감행할 때 어딘가 찢어진 것이리라.

아버지와 기사는 한데 뒤엉켜 땅바닥을 굴렀다. 아버지가 쥔 나이프를 한 손으로 붙든 기사. 기사의 단검을 한 손으로 붙든 아버지.

가족의 피를 본 엔리의 머릿속은 완전히 새하얗게 물들었다. 아버지를 도와야 할까, 아니면 도망쳐야 할까.

"엔리! 넴!"

절규에 의식을 되돌리자, 어머니가 비통한 표정으로 고개를 가로젓는 것이 보였다.

엔리는 여동생의 손을 잡고 뛰어나갔다. 망설임과 미련이 머리채를 뒤에서 잡아당기는 것 같았다. 그러나 한시라도 빨리, 조금이라도 일찍 대삼림까지 도망쳐야만 한다.

말 울음소리와 비명, 노성, 금속성. 그리고── 무언가가 타는 냄새.

마을 곳곳에서 엔리의 귀에 코에 눈에── 날아든다. 어디서 오는 것일까. 그것을 필사적으로 느끼려 하면서 뛰었다.

넓은 길을 달릴 때는 몸을 웅크리며. 집과 집 사이로 숨으면서.

몸이 얼어붙을 듯한 공포. 심장이 요란하게 고동치는 것은 달리기 때문만은 아니었다. 그래도 움직인 것은 손 안에 있는 조그만 손 때문.

──동생의 목숨이야.

몇 발짝 앞서 달리던 어머니가 모퉁이를 돌려다 뻣뻣하게 굳더니 갑자기 뒷걸음질을 쳤다.

뒤로 손을 돌려 저리로 가라는 신호를 보낸다.

그 이유를 깨달은 순간, 엔리는 입술을 꽉 깨물고 터져 나오려는 울음을 참았다.

여동생의 손을 쥔 채 조금이라도 그곳에서 멀리 떨어지고자 뛰었다. 이제 곧 일어날 광경을 보고 싶지 않았다.

4

"무언가 문제라도 있사옵니까, 모몬가 님?"

알베도가 다시 물었다. 모몬가는 여기에 무어라 대답해야 좋을지 알 수 없었다. 이해할 수 없는 사태에 사고회로 어딘가가 누전을 일으킨 것 같았다.

"실례하겠사옵니다."

알베도가 일어나 자신의 바로 곁에 서는 것을 모몬가는 멍하니 바라보았다.

"무슨 일이라도 있으셨는지요?"

그 아름다운 얼굴로 모몬가를 빤히 쳐다보는 알베도.

모몬가의 콧속을 조심스럽지만 향긋한 내음이 간질였다.

그 향이 모몬가의 사고회로를 고쳐주었는지, 어딘가로 날아갔던 생각이 천천히 돌아왔다.

"아……아무것도 아니에…… 아니, 아무것도 아냐."

모몬가는 마네킹과 존댓말로 이야기하는, 어떤 의미에서는 순수함을 가진 그런 사람은 아니었다. 그러나…… 이 알베도가 말을 건 순간 자신도 모르게 대답을 하고 말았다. 그 몸짓이나 어조에서는 무시할 수 없는 인간성이 엿보였기 때문이었다.

모몬가는 알베도와 자신을 에워싼 환경에서 엄청난 위화감을 느꼈으나 그 정체를 파악하지는 못했다. 그런 어정쩡한 이해 속에서 혼란이니 경악처럼 쓸데없는 것들을 밀어내고자 열심히 노력했다. 그러나 일반인인 모몬가에게는 불가능했다.

소리를 지르고 싶어진 그 순간, 길드원 하나가 곧잘 입에 담던 말이 뇌리에서 번뜩였다.

——초조함은 실패의 씨앗이며, 냉정한 논리적 사고야말로 항상 갖추어야 할 것. 마음을 가라앉히고 시야를 넓혀야지. 생각에 사로잡히지 말고 회전시켜야 해, 모몬가님.

그 말에 모몬가는 원래의 냉정함을 되찾았다.

아인즈 울 고운의 제갈공명이라고 불리던 사나이—— '뽕실 모에' 에게 모몬가는 감사의 마음을 보냈다.

"……왜 그러시옵니까?"

너무 가까웠다. 서로의 숨결이 섞일 거리까지 접근한 알베도는 아름다운 얼굴을 귀엽게 갸웃하며 재차 물었다.

코앞까지 다가온 미모에 기껏 되찾았던 모몬가의 냉정함이 다시 어딘가로 날아가버릴 것 같았다.

"…………GM 콜이 안 먹히는 것 같아서."

알베도의 젖은 듯한 눈동자에 빨려 들어가, 자신도 모르게 NPC에게 하소연을 하고 말았다.

이제까지 모몬가의 인생에서, 이성이 이런 표정으로 이렇게 가까이 다가온 적은 없었다. 특히 이처럼 은밀한 분위기를 풍기는 여성은. 인공의 존재인 NPC임을 알고 있는데도 마치 살아 있는 것처럼 자연스러운 표정 변화가 모몬가의 마음을 흔들었다.

그러나 그런 자연스러운 감정변화 또한 억압된 것처럼 침착하게 가라앉았다.

모몬가는 느닷없이 기복을 보이지 않는 자신의 마음에 일말의 불안을 느꼈다. 조금 전까지는 옛 동료의 금언 덕분이라고 생각했다.

——그러나 과연 그럴까?

모몬가는 고개를 가로저었다. 지금은 그런 생각을 할 때가 아니다.

"……용서해 주십시오. 무지몽매한 몸인지라 모몬가 님께서 물으신 GM 콜이라는 것에 대답을 드릴 수 없나이다. 기대에 부응하지 못한 저에게 이 추태를 불식할 기회를 내려주신다면 그보다 더한 기쁨은 없을진대, 부디 무엇이든 하명하시옵소서."

……대화를 나누고 있어. 진짜로.

그 사실을 깨달았을 때 모몬가는 몸이 뻣뻣하게 굳는 경악에 사로잡혔다.

말도 안 돼.

이것은 결코 있을 수 없는 일이었다.

NPC가 말을 한다. 아니, 말을 하도록 자동 반응 매크로를 짜놓을 수는 있다. 포효 데이터나 환성 데이터도 배포되었으니까. 그러나 대화를 나누도록 매크로를 짜는 것은 불가능하다. 실제로 조금 전의 세바스와 메이드들은 간단한 커맨드 워드로 내리는 명령 이외에는 받아들이지 않았다.

그렇다면 어째서 지금 이런 현상이 일어난단 말인가? 알베도만 특별한 걸까?

알베도에게 물러나도록 손짓했다. 모몬가의 시선은 한순간 아쉬워하는 표정을 짓는 알베도에게서 아직까지 고개를 숙이고 있는 집사와 여섯 명의 메이드에게 옮겨갔다.

"세바스! 메이드들!"

"예!"

일곱의 목소리가 깔끔하게 겹쳐지고 전원이 고개를 들었 다.

"옥좌 아래로 좀 와봐."

"알겠사옵니다."

다시 전원이 목소리를 맞춰 대답하며 조용히 일어난다. 그리고 등을 쭉 편 반듯한 자세로 옥좌 계단 바로 아래까지 다가와, 다시 한쪽 무릎을 꿇은 채 머리를 숙인다.

이로써 두 가지 사실을 깨달았다.

하나는 일부러 커맨드 워드를 쓰지 않고 명령을 내렸는데도 진의를 받아들이고 실행했다는 점.

또 하나는 말을 하는 것이 알베도만이 아니라는 점이었다.

최소한 이 옥좌의 홀에 있는 NPC 전원에게 이상사태가 발생한 것은 분명했다.

여기까지 생각한 모몬가는 자신에게, 그리고 눈앞의 알베도에게 조금 전과 똑같이 위화감을 느꼈다. 그 위화감의 정체를 파악하고자 알베도를 날카롭게 노려보았다.

"——왜 그러시옵니까? 제가 무언가 실수라도……?"

"……아!"

위화감의 원인을 인식한 모몬가의 입에서 신음인지 절규인지 알 수 없는, 언어로 표현할 수 없는 말이 새어나왔다.

그 정체는 표정 변화. 입이 움직이면서 말이 들렸다——.

"……말…… 안!"

모몬가는 당황해서 자신의 입가에 손을 대보았다. 그리고 목소리를 냈다.

——입이 움직여.

그것은 DMMO-RPG의 상식에서 생각하면 있을 수 없는 일이었다. 입이 움직이며 말을 하다니.

비주얼의 표정은 고정된 채 움직이지 않는 것이 기본이다.

그렇지 않다면 왜 감정 아이콘을 만들어놨겠는가.

게다가 모몬가의 얼굴은 해골이며 입술도 성대도 없다. 아래를 내려다보면 살도 가죽도 없는 손이 있다. 그렇게 따지면 폐를 비롯한 내장도 없을 것이다. 그런데 어떻게 목소리가 나올까.

"말도 안 돼……."

이제까지 오랜 기간에 걸쳐 쌓았던 자신의 상식이 우르르 무너지는 것이 느껴졌다. 같은 크기의 초조함과 함께.

모몬가는 손을 옥좌 팔걸이에 내리쳤다. 예견한 것처럼 대미지 수치는 역시 나타나지 않았다.

"……어떻게 해야 하지……? 무엇이 최선이지……?"

이해할 수 없는 상황이었으나 분풀이를 해봤자 아무도 도와주지 않는다.

가장 먼저 해야 할 일은——정보 수집이었다.

"——세바스."

고개를 든 세바스에게서 살짝 엿보인 표정은 진지함 그 자체. 그 모습은 마치 정말로 살아 있는 것 같았다.

——명령을 내려도 문제는 없겠지? 무슨 일이 일어났는지는 모르겠지만 이 분묘의 모든 NPC가 나에게 충성한다고 생각해도 될까? 애초에 눈앞에 있는 자들은 정말 모두가 함께 만든 NPC일까?

무수한 의문이 떠오르고 그에 따른 불안이 슬금슬금 밀려왔지만, 모몬가는 이를 모두 집어삼켰다. 어쨌거나 정보 수집을 시키는 데 세바스만 한 적임자는 없다. 옆으로 물러난 알베도에게 잠깐 시선을 보내면서도 모몬가는 마음을 굳히고 세바스에게 명령을 내렸다.

회사에서 중역이 일반 사원에게 명령을 내리는 이미지를 머리에 떠올리며, 자신은 높은 사람이라는 연기를 한다.

"대분묘를 나가 주변 지리를 확인하라. 만일 지적 생명체가 있을 때는 교섭하여 우호적으로 이곳까지 데려오도록. 교섭할 때는 상대의 조건을 최대한 받아들여도 좋다. 행동 범위는 주변 1킬로미터로 한정한다. 전투행위는 가능한 피하라."

"알겠사옵니다, 모몬가 님. 즉시 행동을 개시하겠나이다."

본거지를 지키기 위해 만들어진 NPC가 밖으로 나간다는, 위그드라실에서는 절대로 불가능한 일이 가능했다. 아니, 그것은 세바스가 정말로 나자릭 지하대분묘의 밖으로 나가야 확실히 밝혀질 것이다.

"……플레이아데스 중에서 하나만 데려가도록. 만일 네가 전투를 시작하게 된다면 즉시 그녀를 철수시켜 정보를 가지고 오게 하라."

일단 첫 번째 행동은 이 정도로 시작했다.

모몬가는 스태프 오브 아인즈 울 고운에서 손을 떼었다.

스태프는 지면에 쓰러지지 않고 마치 누군가가 든 것처럼 허공에 머물렀다. 물리법칙을 완전히 무시한 광경이지만 게임과 다를 바 없는 모습이기도 했다. 위그드라실에서 놓았을때 공중에 정지하는 아이템은 그리 드물지 않다.

고통의 표정을 짓는 오라가 아쉬운 듯 모몬가의 손에 달라붙었지만 이를 태연히 무시했다. 눈에 익은…… 것은 아니지만 그런 매크로를 짜놓았다 해도 이상할 것은 없으니 모몬가는 손목의 스냅을 살려 오라를 털어냈다.

모몬가는 팔짱을 끼고 생각에 잠겼다.

다음 행동. 그것은——

"……운영자와 연락을 해야겠지."

모몬가가 처한 이상사태에 대해 가장 확실한 정보를 쥔 사람은 역시 운영자일 것이다.

문제는 연락을 취할 수단. 원래는 외치기나 GM 콜로 금방 연락을 취할 수 있겠지만 그런 수단을 쓸 수 없다고 한다면——.

"〈전언Message〉?"

마법 중에는 연락을 나누기 위한 것이 있다.

원래는 특수한 상황이나 장소에서만 쓰이지만, 지금이라면 효과적으로 작용하지 않을까?

그러나 문제는 이 마법이 원래 다른 플레이어와 연락하는 데 쓰이는 마법이라는 점이었다. GM에게 도달할지 어떨지는 모른다.

게다가 이 비상사태에 마법이 잘 돌아가리라는 보장도 없었다.

"……그래도……."

알아봐야만 한다.

모몬가는 100레벨 매직 캐스터다. 마법을 쓸 수 없다면 전투력은 물론 행동 범위도 정보 수집능력도 뚝 떨어지고 만다.

지금이 어떤 상황인지는 감도 잡을 수 없다. 그렇기에 마법을 쓸 수 있는지 어떤지 확인해야만 한다. 그것도 빨리.

그렇다면 마법을 쓰기에 적합한 곳은——?

그렇게 생각한 모몬가는 옥좌의 홀을 둘러보고 고개를 가로저었다. 비상사태이기는 하지만 정숙하며 숭고한 장소인 이곳에서 마법 실험을 하고 싶지는 않았다. 그렇다면 어디가 좋을까를 생각하다, 안성맞춤인 장소를 하나 떠올렸다.

게다가 자신의 힘을 확인하는 한편으로, 해야 할 일이 한 가지 더 있었다.

그것은 자신의 권력을 체크하는 것. 아인즈 울 고운의 길드장이라는 권력이 아직도 유지되고 있는지를 확인해야만 했다.

이제까지 만난 NPC는 모두 충성심을 품은 것 같았다. 그러나 나자릭 지하대분묘에는 모몬가에 필적하는 레벨을 가진 NPC가 수없이 있다. 그들의 충성심을 확인해야 한다.

그렇다 해도——.

모몬가는 무릎을 꿇고 있는 세바스와 메이드들을 내려다보았다. 그리고 자신의 곁에 있는 알베도에게 시선을 돌렸다.

알베도는 무언가 말하고 싶은 양 얼굴에 웃음을 짓고 있었다. 아름답기는 했지만 뿔 때문에 얼굴에 그늘이 져서 속내를 감춘 웃음처럼 보였다. 그것이 모몬가에게 불안을 주었 다.

지금 NPC들이 가진 충성심은 불가침이자 불변의 것일까? 현실세계라면 바보 같은 짓만 하는 상사에게는 충성심 따위 금세 사라지고 만다. 그들도 마찬가지일까? 아니면 한 번 충성심을 입력해놓으면 배신하지 않는 걸까?

만약 충성심이 변동하는 거라면 어떻게 해야 유지할 수 있을까?

포상? 보물전에는 막대한 재물이 있다. 과거의 동료들이 남겨준 유산에 손을 대는 것은 가슴이 아프지만, 이런 비상사태에 아인즈 울 고운을 존속시키기 위해서라면 허락해 주리라. 그렇다고 부하들에게 지불할 액수까지는 알 수 없었지 만.

그렇다면 위에 선 자로서 우수함을 보여주어야 할까? 그러나 무엇에서 우수해야 하는지는 알 수 없었다. 이 던전을 유지하는 것이라면 어떻게든 될 것 같기도 한데.

아니면——.

"——힘인가?"

왼손을 펼치자 스태프 오브 아인즈 울 고운이 자동으로 날아왔다.

"압도적인 힘?"

스태프에 박힌 일곱 개의 보석이 빛을 뿜었다. 마치 자신들이 간직한 막대한 마력을 행사해 달라고 호소하듯.

"……뭐, 그건 나중에 생각하기로 할까."

모몬가는 왼손을 놓았다. 스태프는 잠시 휘청거리더니 심통이 난 것처럼 바닥에 굴렀다.

일단 주군의 태도를 보이면 지금 당장 적의를 보이는 일은 없으리라. 원래 약점을 드러내지 않는 우두머리에게는 송곳니를 들이대기 힘든 법. 그것은 동물만이 아니라 인간도 마찬가지다.

모몬가는 목소리를 높였다.

"플레이아데스여. 세바스를 따라갈 한 명을 제외하고 나머지는 9계층으로 올라가 8계층에서 침입자가 내려오지는 않는지 경계하라."

"알겠사옵니다, 모몬가 님."

세바스의 뒤에 있던 메이드들이 명령을 받드는 뜻을 보였다.

"즉시 행동을 개시하라."

"알겠사옵니다, 주군!"

목소리가 울려 퍼지고, 세바스와 전투 메이드들은 옥좌에 앉은 모몬가에게 무릎을 꿇은 채 예를 올린 후 일제히 일어나 걸어나갔다.

거대한 문이 열리고, 닫힌다. 세바스와 메이드들의 모습은 문 너머로 사라졌다.

싫다고 하지 않아 정말 다행이다.

모몬가는 안도하면서 마지막 남은 자에게 시선을 돌렸다.

바로 옆에 서 있던 알베도였다. 알베도는 부드러운 미소를 지으며 모몬가에게 물었다.

"하오면 모몬가 님, 저는 무엇을 하면 좋겠사옵니까?"

"아, 음…… 그래."

모몬가는 옥좌에서 몸을 내밀어 스태프를 주웠다.

"내 곁으로 오라."

"예."

진심에서 우러난 기쁨이 담긴 목소리와 함께 알베도가 바짝 다가섰다. 모몬가는 알베도가 손에 든 완드에 한순간 경계심을 품었으나 일단은 잊기로 했다. 그동안에도 조금 전보다 더 바짝, 품에 안길 듯이 다가온 알베도.

좋은 냄새가── 아니, 내가 무슨 생각을 하는 거람.

다시 치밀어 오르려는 상념을 모몬가는 즉시 떨쳐냈다. 지금은 그런 쓸데없는 생각을 할 때가 아니었다.

모몬가는 손을 뻗어 알베도의 손을 잡았다.

"……크!"

"음?"

고통을 참듯 얼굴을 찡그리는 알베도. 모몬가는 전류라도 흐른 것처럼 손을 떼었다.

대체 무슨 일이었을까. 혹시 기분이라도 상한 걸까?

수많은 슬픈 추억──편의점 여자 점원의 거스름돈 공중 투하라든가——이 뇌리에 떠오르는 가운데 모몬가는 해답에 도달했다.

"……아."

오버로드의 하위종족인 엘더 리치에게는 레벨업으로 얻을 수 있는 특수능력 중 접촉한 상대—— 보통은 공격한 상대에게 부정 속성의 대미지를 입히는 스킬이 있다. 여기에 생각이 미친 것이다.

하지만 만약 그렇다면 역시 의문이 남는다.

위그드라실이라는 게임에서는 나자릭 지하대분묘에 출현한 몬스터와 NPC는 시스템상 '아인즈 울 고운 소속' 속성을 가진다. 그리고 같은 길드 소속일 때는 프렌들리 어택(Friendly Attack. 아군 공격)이 통하지 않을 것이다.

그렇다면 길드 소속이 아니라는 뜻일까? 아니면 프렌들리 어택 금지가 해제된 것일까?

——후자일 가능성이 높다.

모몬가는 그렇게 판단하고 알베도에게 물었다.

"미안하구나. 부정접촉Negative Touch의 해제를 잊었다."

"괘념치 마십시오, 모몬가 님. 그 정도 대미지는 대미지도 아니옵니다. 게다가 모몬가 님께서 주시는 것이라면 어떤 아픔도……꺄."

귀여운 비명과 함께 부끄러운 듯 뺨에 손을 가져가는 알베도에게 어떤 태도를 보여야 좋을지 알 수 없어 모몬가는 말을 흐렸다.

"……어…… 응……. 그러냐……. 아, 아무튼 미안했다."

역시 부정접촉으로 입은 대미지인 모양이었다. 그걸 마치 첫경험의 아픔인 것처럼 말하는 알베도에게서 있는 힘껏 시선을 돌리면서, 모몬가는 패시브 스킬을 일시적으로 해제할 방법을 생각하다가── 느닷없이 그 방법을 깨달았다.

모몬가가 보유했던 오버로드의 수많은 능력. 그것은 지금 인간이 숨을 쉬는 것과 마찬가지로 자연스럽게 쓸 수 있는 능력이 되었던 것이다.

지금 자신이 처한 기이한 상황에, 모몬가는 무의식적으로 웃음을 지었다. 이런 이상사태가 이어지면 이 정도는 놀랄 일도 아닐 것이다. 인간의 적응력이란 정말 무섭다.

"다시 잡겠다."

"앗."

능력을 해제한 다음 손을 뻗어 알베도의 손을 잡았다. 가녀리구나, 하얗구나 등등 온갖 무수한 상념이 떠올랐으나 남자로서 품을 수 있는 감정은 모조리 치워버렸다. 알고 싶었던 것은 손목의 맥이었다.

──있다.

두근두근, 리드미컬하게 되풀이되는 고동. 그것은 생물이라면 당연한 것이었다.

생물이라면.

손을 놓고 모몬가는 자기 손목을 보았다. 그것은 살도 피부도 아무것도 없는 새하얀 뼈였다. 혈관이 없으니 당연히 고동도 느껴지지 않는다. 그렇다. 오버로드는 언데드. 죽음을 초월한 존재. 있을 리가 없다.

시선을 돌리고 눈앞의 알베도를 바라보았다.

알베도의 젖은 눈동자 안에 자신의 모습이 비치는 것을 알 수 있었다. 그녀의 뺨은 발갛게 달아올랐다. 체온이 급상승한 것이리라. 그런 알베도의 변화는 모몬가를 동요시키기에 충분했다.

"……이게 뭐야."

이것은 NPC가, 단순한 데이터가 아니란 말인가? 정말로 살아 있는 것 같다——. 어떤 AI가 이럴 수 있단 말인가. 그보다는 마치 위그드라실이라는 게임이 현실이 되고 만 듯한…….

말도 안 된다.

모몬가는 고개를 가로저었다. 그런 판타지가 있을 리 없다. 하지만 제아무리 떨쳐내려 해도 한번 뇌리에 달라붙은 생각은 쉽게 떨어지질 않았다. 알베도의 변화에 미묘한 불안 감을 느끼며 모몬가는 다음으로 해야 할 일을 망설였다.

다음…… 마지막 행동. 이를 확인하면 모든 예감이 확신으로 바뀐다. 지금 자신이 처한 상황, 현실과 비현실의 사이에서, 천칭은 어느 한쪽으로 기울 것이다.

그렇기에 이것은 해야만 하는 행위였다. 그녀의 완드에 공격을 당해도 어쩔 수 없기는 하지만…… 그래도…….

"알베도…… 가, 가슴을 만져도 되겠느냐?"

"예?"

공기가 얼어붙은 것 같았다.

알베도가 눈을 깜빡거린다.

말을 꺼낸 모몬가도 몸부림을 치고 싶은 기분에 사로잡혔 다.

어쩔 수 없다고는 하나 여성에게 이 무슨 파렴치한 소리란 말인가. 나는 저질이라고 소리를 지르고 싶은 심정이었다.

아니, 상사의 권력을 이용한 성희롱이라니, 저질이 아니고 무엇이겠는가.

하지만 어쩔 수 없다. 그렇다. 이것은 필요한 행위다.

자신을 열심히 타이르며 재빨리 정신의 안정을 되찾은 모몬가는 군주로서 한껏 위압감을 담아 말했다.

"상관어벼…… 없겠지?"

넵, 무리였습니다.

그런 모몬가의 더듬거리는 어조에 알베도는 꽃이 피어난 것처럼 환하게 웃음을 지었다.

"물론이옵니다, 모몬가 님. 부디 뜻대로 하소서."

알베도가 불쑥 가슴을 들이밀었다. 풍만한 두 개의 융기가 모몬가 앞으로 접근한다. 만약 침을 삼킬 수 있었다면 모몬가는 분명 몇 번이나 침을 삼켰을 것이다.

드레스 안에서 팽팽하게 자신을 주장하는 가슴. 지금부터 그것을 만진다.

기이한 긴장감과 동요도 있었지만, 한편으로는 머리 한구석이 이상하게 냉정함을 유지하며 자신의 모습을 객관적으로 관찰한다. 모몬가는 자신이 바보가 된 기분이 들어서 참을 수 없었다. 어째서 이런 수단을 생각하고 실행으로 옮기려 한단 말인가.

흘끔 알베도를 보니 어째서인지 눈을 반짝반짝 빛내며 채근하듯 가슴을 몇 번이고 들이민다.

흥분 때문인지, 아니면 수치심 때문인지 자꾸만 떨릴 것같은 손을 의지의 힘으로 억누르며, 마음을 굳게 먹고, 모몬가는 손을 뻗었다.

드레스 안쪽에는 살짝 단단한 감촉이 있었으며 그 너머에서 부드러운 무언가가 형태를 바꾸는 것이 모몬가의 손에 전해졌다.

"후아…… 아……."

알베도에게서 젖은 목소리가 새나오는 가운데 모몬가는 다시 한 가지 실험을 마쳤다.

자신이 제정신이라는 전제하에, 모몬가가 지금까지 이 상황을 파악하고 내놓았던 가설은 두 가지였다.

첫째는 새로운 DMMO-RPG일 가능성. 다시 말해 위그드라실이 끝난 것과 동시에 이를테면 위그드라실 II가 시작되 었으리라는 것이었다.

그러나 이 가설은 이번 실험으로 매우 신빙성이 약해졌다고 할 수 있다.

위그드라실에서는 청소년에게 해로운 행위를 엄격하게 금했다. 때로는 청소년 이용불가 수준이 아니라 15세 미만 이용불가 수준까지도. 위반하면 공식 홈페이지에 위반자의 이름이 공개되는 데다 계정 정지라는 매우 혹독한 벌칙까지 주어진다.

이는 로그가 공표될 경우 풍속영업규제법에 저촉될 가능성이 있기 때문이다. 지금 모몬가의 행위는 보통 게임 같았으면 불법행위로 간주되어도 이상하지 않았다.

만약 지금이 게임이라면—— 위그드라실 세계라면, 이러한 행위는 불가능하도록 모종의 방어책이 있을 것이다. 또한 GM이나 운영업체가 감시를 한다면 모몬가의 행위를 저지하지 않았겠는가. 그러나 그런 낌새도 없었다.

게다가 DMMO-RPG가 속한 기본 법률, 즉 전뇌법(電腦法)에서는 상대의 동의 없이 강제로 게임에 참가시키는 것을 영리유괴로 간주한다. 억지로 테스트에 참가시키는 것은 금방 적발될 만한 행위였다. 게다가 강제종료가 불가능하다니, 이건 감금죄를 적용해도 이상하지 않다.

이런 행위는 적발하기도 쉽다. 전용 콘솔에는 7일 간의 기록이 보존되어야 한다는 법률 규정이 있기 때문이다. 모몬가가 회사에 출근하지 않는다면 누군가 살펴보러 올 것이며, 경찰이 전용 콘솔을 조사하면 문제는 해결된다.

그러나 즉시 적발될 범죄행위를 조직 단위로 저지르는 기업이 있을까?

그야 '위그드라실 II 체험판입니다' 라든가 '패치를 했을 뿐입니다' 라고 하면 아슬아슬하게 무마할 수 있을지는 모르지만, 그런 위험한 짓을 저지른다고 제작사나 운영업체가 무슨 메리트를 얻는단 말인가.

따라서 이 사태에는 제작사 측의 의도가 아닌 다른 무언가가 영향을 미쳤으리라 생각해도 좋을 것이다. 그렇다면 사고방식을 근본적으로 바꾸지 않는 한 아무리 머리를 굴려 봤자 헛수고로 끝나지 않을까. 문제는 어떻게 바꾸어야 좋을지 알 수 없다는 점이었다.

그래서 둘째 가설이 고개를 들게 되는 건데…….

……가상현실이 현실이 되었다면.

말도 안 된다.

모몬가는 즉시 부정했다. 그런 말도 안 되는, 부조리한 일이 일어날 리가 없다고.

그러나 반면 그것이야말로 정답이 아닐까 하는 생각은 시간이 지남에 따라 점점 강해졌다.

게다가——조금 전 알베도에게서 감돌던 향기를 떠올렸다.

전뇌법에 따라 오감 중 미각과 후각은 가상세계에서 완전히 삭제되었다. 위그드라실에는 음식을 먹고 마시는 시스템이 있지만, 모두 시스템상 소비될 뿐이다. 그리고 촉각도 어느 정도 제한을 받는다. 현실세계와 혼동하는 일이 없도록 조치한 것이 아닐까. 이런 제약이 있다 보니 가상세계를 이용한 윤락업소는 별로 유행하지 못하는 결과를 낳았다.

그러나 그것이 지금은 있다.

이 사실은 모몬가에게 큰 충격을 주었다. 그야말로 내일 출근은 어떻게 할지, 이대로 못 빠져나가면 어떡할지를 비롯한 수많은 불안을 완전히 날려버릴 정도로.

"……가상세계가 현실이 되지 않는 한…… 데이터 용량 때문에라도, 이건 말이 안 돼……."

모몬가는 있지도 않은 목구멍을 꼴깍 움직였다. 머리로는 이해할 수 없었지만 마음으로는 이해하고 말았기 때문에.

그제야 알베도의 풍만한 가슴에서 힘없이 손을 내렸다. 충분하고도 남을 만큼 주물러댔던 것 같지만 확인하기 위해서는 어쩔 수가 없었다고 모몬가는 자신을 타일렀다. 결코 부드러웠기 때문에 손을 뗄 수 없었다거나 그런 이유가 아니었다. ……아니었을 것이다.

"알베도, 미안하다."

"하아아……."

빰을 완전히 새빨갛게 물들인 알베도는 온몸의 열기가 담긴 듯한 한숨을 토해냈다. 그리고 모몬가에게 고개를 살짝 돌리며 질문을 던졌다.

"이곳에서 저는 첫 순간을 맞이하는 것이옵니까?"

그 말에 모몬가는 자신도 모르게 괴상한 소리를 냈다.

"……엥?"

무슨 말인지 한순간 이해하지 못했다.

첫 순간? 뭐가? 무슨? 아니, 저기요? 왜 이 아가씨는 이런 표정을 짓는 거죠?

"옷은 어떻게 하시겠나이까?"

"……어?"

"스스로 벗는 것이 좋겠습니까, 아니면 모몬가 님께서……? 입은 채로는 그, 뭐랄까…… 때를 타니…… 아니, 모몬가 님께서 그것이 좋다고 하신다면 저는 이의가 없사옵니다."

간신히 뇌에 그 말이 스며들기 시작했다. 아니, 지금 모몬가에게 뇌가 있는지는 의문이지만.

그리고 알베도의 반응과 행위가 어떠한 이유에서 비롯되었는지 깨달은 모몬가는 삐걱거리는 감정을 느꼈다.

"잠깐. 잠깐 멈추어라, 알베도."

"예? 알겠사옵니다."

"지금은 그딴…… 아니, 그럴 시간이 없다."

"화, 황송하옵니다! 모종의 긴급사태가 일어났는데도 제 욕망만을 챙기고 있었으니……!"

펄쩍 뒤로 물러난 알베도가 무릎을 꿇으려 했다. 모몬가는 이를 손으로 제지했다.

"됐다. 모든 잘못은 내게 있다. 모두 용서하마, 알베도. 그보다는…… 네게 명하고 싶은 것이 있다."

"무엇이든 하명하시옵소서."

"각 계층의 수호자에게 연락해 6계층의 암피테아트룸까지 오도록 전하라. 시각은 지금으로부터 한 시간 후. 아우라와 마레에게는 내가 직접 전할 테니 필요 없다."

"알겠사옵니다. 복창하겠나이다. 6계층수호자 2명을 제외한 각 계층수호자에게, 지금으로부터 한 시간 후 6계층 암피테아트룸까지 오도록 전하겠나이다."

"좋다. 가 보거라."

"예."

알베도는 살짝 빠른 걸음으로 계단을 내려갔다.

그 뒷모습을 지켜보며 모몬가는 피곤이 가득한 한숨을 내쉬었다. 그리고 알베도의 모습이 옥좌의 홀에서 사라진 후고뇌의 신음소리를 냈다.

"……이럴 수가, 그냥 사소한 장난이었는데……. 이렇게될 줄 알았으면 그런 짓은 하지 말 걸 그랬어. 난…… 타블라 님이 만든 NPC를 더럽힌 거야……."

알베도가 그런 반응을 보인 이유를 생각하면 해답은 하나밖에 떠오르지 않았다.

그때 알베도의 설정 텍스트를 지우고 대신 써넣은 문장.

'모몬가를 사랑함.'.

그것이 알베도의 반응으로 이어진 것이리라.

"……아아, 젠장……!"

모몬가는 끙끙 신음했다.

백지 캔버스에 타블라 스마라그디나가 필사적으로 그렸던 명작이 바로 알베도였다. 그런데 모몬가가 자기 멋대로 그위에 그림물감을 덧칠하고 말았다. 그 결과가 이것이었다.

명작을 더럽히고 만 듯한, 그런 끔찍한 기분에 사로잡혔다.

그러나 얼굴을 일그러뜨리며——해골 얼굴은 표정이 뚜렷이 드러나지 않지만——모몬가는 옥좌에서 일어났다.

일단 그 문제는 뒤로 미루자, 지금 해야만 하는 일을 순서에 따라 생각하자고 자신을 타이르면서.

2장 계층수호자

Chapter 2 | Floor guardians

1

"돌아가라, 레메게톤의 악마들이여."

모몬가의 말에 따라 초희귀 광석으로 만든 골렘들은 체구에 비해 가벼운 발소리를 내며 자신의 자리로 돌아갔다. 그리고 조금 전과 마찬가지로 경계 태세를 취했다.

가상현실이 현실이 된 것이 아닌가 하는 의혹을 정식 채용할 각오를 다진 모몬가가 처음 취한 행동은 신변 안전 확보였다. 지금까지 만난 NPC들은 일단 자신에게 순종하는 분위기였으나, 앞으로 만날 자들도 하나같이 아군이리란 법은 없다. 또한 가령 그렇다 해도 앞으로 어떤 위험이 있을지는 모른다.

나자릭 내의 설비, 골렘, 아이템, 마법…… 그러한 것들이 제대로 돌아가는지, 생존을 위해 시급히 확인할 필요가 있었다.

"당분간은 문제없겠군."

안도감 속에서 혼잣말을 중얼거리며 골렘들을 돌아보았다. 추가로 자기 이외의 명령은 듣지 않도록 지령을 내렸다.

이제는 최악의 사태가 벌어졌을 때, 다시 말해 NPC가 반란을 일으켰을 때 자신을 지킬 무기는 확보했다고 생각해도 될 것이다.

골렘의 굳강한 모습에 만족감을 얻은 모몬가는 자신의 백골 손을 내려다보았다.

열 개의 손가락에는 모두 아홉 개의 반지를 끼워놓았지만 왼손 약지에만 아무것도 없었다.

위그드라실에서는 원래 반지를 한 손에 하나씩만 끼울 수있다. 그러나 모몬가는 영구 효과를 지닌 값비싼 캐시 아이템의 힘을 사용해 열 손가락에 반지를 끼우고――다만 왼손 약지에 설정했던 반지는 빼서 보물전에 놓아두었다――나아가 그 모든 힘을 끌어낼 수 있었다. 딱히 모몬가가 특별한 것이 아니라, 이 정도 캐시 아이템은 어느 정도 효율을 중시하는 플레이어라면 당연히 구입하곤 했다.

그 아홉 개의 반지 중에서 모몬가가 바라보던 반지는 옥좌 뒤의 벽에 걸린 진홍색 장막의 자수와 똑같은 문양을 새겨놓은 것이었다.

그것은―― 링 오브 아인즈 울 고운.

열 개나 되는 반지의 힘을 모두 끌어낸다고는 해도, 어떤 반지를 착용할지는 캐시 아이템을 사용할 때 선택해야만 한다. 나중에 바꿀 수도 없다. 게다가 이 반지는 모몬가가 가진 다른 반지에 비교해 약한 능력밖에 없다. 그럼에도 이를 선택한 이유는 특정 상황에서 사용횟수가 어마어마하기 때문이었다.

그 반지의 능력은 나자릭 지하대분묘라는 이름을 가진 곳이라면 어디로든 횟수 무제한으로 자유로이 전이할 수 있는 것이다. 나아가 밖에서 단숨에 내부로 전이하는 것도 가능하다. 특정한 장소 사이를 오갈 때가 아니면 전이 마법은 방해를 받는 이 대분묘 내부에서 이만큼 편리한 아이템도 없다.

이 반지로도 전이하지 못하는 곳은 옥좌의 홀이나 길드 멤버의 개인실 정도밖에 없다. 게다가 이 반지 없이는 보물전에 들어가는 것이 불가능하다. 그렇기에 절대 떼어놓을 수 없었다.

모몬가는 크게 한숨을 내쉬었다.

이제부터 이 반지의 힘을 사용할 것이다. 지금은 미지의 상황. 이 반지의 힘이 기대한 것과 같은 효과를 발휘할 수 있을지 불안을 털어낼 수는 없지만, 시험해볼 필요는 있다.

반지의 힘을 해방하자—— 눈 깜짝할 사이에 시야가 검은색으로 물들었다.

그리고—— 조금 전까지 보였던 광경이 뒤바뀌어 주위는 어스름한 통로로 변모했다. 전방에는 거대한 격자문이 있다.

틈새로는 백색광과도 같은 인공적인 빛이 들어왔다.

"성공이다……."

전이가 성공한 데 안도의 중얼거림이 흘러나왔다.

모몬가는 넓고 높은 통로를 나아가 조금 전의 거대한 격자문으로 다가섰다.

석제 통로는 모몬가의 발소리를 크게, 그리고 여러 겹으로 반사했다.

통로에 걸어놓은 횃불의 불꽃이 음영을 자아내고 그림자는 춤추듯 일렁였다. 마치 모몬가가 여러 사람 있는 것 같았다.

격자문에 다가가자 퀭한 구멍밖에 뚫리지 않은 콧구멍에 온갖 냄새가 흘러들었다. 발을 멈추고 모몬가는 호흡을 되풀이했다. 강한 풀 냄새와 대지의 냄새—— 그것은 깊은 숲의 냄새였다.

그러나 폐도 기도도 없는 몸인데 어떻게 숨 쉬는 시늉을 할 수 있는 걸까.

모몬가는 고민하다가, 진지하게 생각하는 것도 어리석게 여겨져 즉시 생각을 포기했다.

격자문은 모몬가가 접근함에 따라 자동문처럼 타이밍을 딱 맞춰 힘차게 위로 올라갔다. 그 밑을 빠져나간 모몬가의 시야에 들어온 것은 몇 층으로 이루어진 객석이 중앙의 공간을 에워싼 장소―― 콜로세움이었다.

긴지름 188미터, 짧은지름 156미터의 타원형이며 높이는 48미터. 제정 로마 때 만들어진 콜로세움 그 자체였다.

곳곳에 설치한 〈영속광〉 마법이 새하얀 빛을 주변에 뿜어 냈다. 이 때문에 한낮처럼 주위를 둘러볼 수 있었다.

무수한 객석에 앉은 수많은 흙무더기―― 골렘에게선 움직이려는 기색이 보이지 않았다.

이 장소에 붙은 이름은 암피테아트룸, 다시 말해 원형경기장. 배우는 침입자이며 관객은 골렘이고, 귀빈석에 앉는 것은 아인즈 울 고운의 멤버들이다. 물론 공연 내용은 살육.

1,500명의 대침공 때를 제외하면 아무리 강인한 침입자라 해도 이곳에서 최후를 맞았다.

모몬가는 투기장 한복판으로 걸음을 옮기며 하늘을 올려다보았다. 그곳에는 새까만 밤하늘이 있었다. 만일 주위에서 백광을 뿜어내는 조명이 없었다면 하늘에 뜬 별까지도 보였을 것이다.

물론 이 장소는 나자릭 지하대분묘의 제6계층. 땅속이며, 천공에 뜬 것은 가짜 하늘이다. 하지만 어마어마한 데이터를 할애했기 때문에 시간이 지남에 따라 변화하면서 햇빛과 똑같은 작용을 하는 태양까지 뜨고 진다.

만들어진 것이라 해도 하늘을 보니 마음의 무게가 줄어들어 한결 편안한 기분을 느낀다. 그것은 해골 외모와는 달리 모몬가의 내면이 인간이기 때문일까. 아마 옛 길드원의 집착을 다시 한 번 느꼈기 때문이기도 할 것이다.

이대로 여기서 느긋하게 있고 싶다는 마음도 들었지만, 지금은 상황이 그것을 용납하지 않았다.

모몬가는 주위를 둘러보았다.

없다. 여기는 분명 그 쌍둥이가 관리하는 곳일 텐데…….

그때 문득 시선을 느꼈다.

"타앗!"

기합성과 함께 귀빈석에서 도약하는 그림자.

6층 건물에 필적하는 높이에서 뛰어내린 그림자는 공중에서 한 바퀴 돌더니 날개라도 단 것처럼 가볍게 대지에 내려섰다. 마법의 작용은 조금도 없었다. 오로지 육체능력만으로 보여준 묘기였다.

다리만 살짝 구부려 충격을 완전히 흡수한 그 그림자는 자랑스럽다는 표정을 지으며 양손으로 승리의 사인을 보냈다.

"브이!"

뛰어내린 것은 열 살 남짓한 어린아이. 햇살 같다는 형용사가 잘 어울리는 미소를 얼굴에 짓고 있다. 어린아이 특유의, 소년으로도 소녀로도 보이는 귀여운 인상을 겸비했다.

금실 같은 머리카락은 어깨 위로 가지런히 정리했는데, 주위의 백광을 반사해 천사의 고리처럼 윤기가 났다. 숲의 색과 바다의 색, 좌우 색깔이 다른 눈동자가 강아지처럼 반짝반짝 빛난다.

귀는 길고 뾰족하며 피부는 갈색. 엘프의 근친종인, 다크엘프라고 불리는 인종이다.

상하의 모두 가죽갑옷 위에 검붉은 용왕린(龍王鱗)을 붙여 놓은, 몸에 딱 붙는 경장갑옷을 걸쳤다. 그 위에는 하얀 바탕에 금실이 들어간 조끼를 입었으며 가슴 부분에는 아인즈 울 고운의 길드 사인이 있다. 그 조끼에 맞춘 하얀색 바지. 황금색으로 빛나는, 도토리를 본뜬 커다란 황금색 목걸이. 손등 부분에는 마법 금속판을 덧댄 장갑을 끼었다.

허리와 오른쪽 어깨에는 각각 채찍을 감아두었으며 등에는 커다란 활——핸들, 림, 그립 부분에 기이한 장식이 가미된 것——을 짊어졌다.

"아우라구나."

모몬가는 자신 앞에 나타난 다크엘프 소녀의 이름을 불렀 다.

나자릭 지하대분묘 제6계층수호자. 환수(幻獸)며 마수(魔獸)를 부리는 비스트 테이머 겸 레인저——아우라 벨라 피오라였다.

아우라는 종종걸음으로 모몬가에게 다가왔다. 종종걸음이라고는 해도 짐승의 전속력에 가까운 어마어마한 속도였다.

순식간에 거리가 줄어들었다.

아우라가 발로 급브레이크를 밟자 *히히이로카네 합금판을 발바닥에 댄 운동화가 좌좌착 대지를 가르며 흙먼지를 일으켰다. 모몬가에게 흙먼지가 닿지 않도록 계산한 거라면 대단한 능력이다.

"휴우."

땀 한 방울 흘리지 않았으면서 아우라는 이마를 훔치는 시늉을 했다. 그리고 강아지가 달라붙을 때와 같은 미소를 지었다. 그러

* 히히로카네 : 일본의 신화에 등장하는 가공의 금속.

곤 여자아이 특유의 다소 높은 목소리로 모몬가에게 인사한다.

"어서 오세요, 모몬가 님. 제가 수호하는 계층에 잘 오셨어요!"

알베도나 세바스에 비하면 공경보다 친근감이 강한 인사지만, 모몬가에게는 그 정도가 부담스럽지 않아서 좋았다. 너무 떠받들면 그런 경험이 없는 모몬가는 오히려 곤혹스러울 따름이었다.

아우라의 얼굴에 넘쳐나는 미소에서 적의는 느껴지지 않았으며 〈적 감지Sense Enemy〉에도 반응은 없었다.

모몬가는 오른쪽 손목에 감긴 밴드에서 눈을 떼고 스태프를 쥔 손에 주었던 힘을 풀었다. 비상사태가 일어나면 온 힘을 다해 공격을 감행하고 즉시 퇴각하리라 생각했지만, 그럴 필요는 없을 것 같았다.

"……그래. 잠시만 방해하마."

"무슨 말씀이세요~. 모몬가 님은 나자릭 지하대분묘의 주인! 절대지배자이신걸요? 그런 분께서 어디를 찾아가신다 한들 방해를 받았다고 생각할 사람이 어디 있겠어요!"

"그러냐……? ……한데, 아우라 너는 여기 있다만……."

모몬가가 말을 다 끝내기도 전에 이미 눈치를 챘는지 아우라가 획 돌아서서 귀빈실을 노려보며 고함을 쳤다.

"모몬가 님께서 오셨어! 얼른 내려와! 실례잖아!"

귀빈실의 어둠 속에서 무언가가 까딱까딱 움직이는 것이 보였다.

"마레도 저기 있느냐?"

"네! 맞아요, 모몬가 님. 재는 진짜 약골이라니깐……. 얼른 뛰어내리지 못해!"

"무, 무리야…… 아우라……."

그 목소리에 꺼질 듯한 대답이 들렸다. 귀빈석과의 거리를 생각하면 목소리가 들린 것이 기적이지만, 사실 이것은 아우라가 장비한 목걸이의 마법 효과 덕분이다.

아우라는 "하아."하고 한숨을 내쉬더니 머리를 싸쥐었다.

"저, 저기, 모몬가 님. 동생이 좀 겁쟁이라서요. 일부러 이런 실례되는 태도를 보이는 게 아니에요."

"물론 알고 있다마다. 나는 한 번도 너희의 충의를 의심한 적이 없다."

모몬가는 크게 고개를 끄덕이며 아우라가 안심할 수 있도록 부드러운 목소리로 대답했다. 사회인이라면 입 밖으로 나가는 말과 가슴에 담아야 할 말을 구분할 줄 알아야 한다. 그리고 때로는 거짓말도 방편이 된다.

아우라는 눈에 띄게 안도한 태도를 보였지만, 이내 귀빈실에 있던 인물에게 분노의 표정을 돌렸다.

"최상급자인 모몬가 님께서 오셨는데 계층수호자가 즉시 마중을 안 나오는 게 얼마나 못난 짓인지 몰라?! 만약 무서워서 못 내려오는 거면 격려 대신 내 발차기가 네 등을 떠밀 거야!"

"우우…… 계단으로 내려갈게……."

"모몬가 님을 더 기다리게 하지 말라구! 빨리 와!"

"아, 알았어……. 에, 에잇~."

기합을 넣은 것치고는 얼빠진 목소리와 함께 폴짝 무언가가 뛰어내렸다.

역시 다크엘프였다. 그 다크엘프는 두 발로 착지하더니 비틀거렸다. 조금 전의 아우라와는 하늘과 땅 차이지만, 그래도 낙하 대미지를 입은 기색은 없었다. 낙하의 충격은 단순한 육체능력으로 중화한 것이리라.

그리고 '오종종' 이라는 의성어가 잘 어울릴 속도로 달려온다. 당연히 진심으로 뛰는 것이겠지만 아우라에 비하면 너무나도 느렸다. 같은 생각을 했는지 아우라의 미간이 실룩실룩 경련했다.

"얼른 못 와!"

"아, 아, 아아알았어!"

그리고 나타난 것은 아우라와 쏙 닮은 아이였다. 머리카락의 색이나 길이, 눈동자 색, 얼굴 생김까지 쌍둥이 이외에는 설명할 방법이 없다. 다만 아우라가 태양이라면 이 아이는 달처럼 빛났다. 우물쭈물하며 지금 당장에라도 야단을 맞는 것은 아닐까 긴장하는 기색이었다.

두 사람의 그런 모습에 모몬가는 가벼운 놀라움을 품었다.

모몬가가 아는 마레는 이런 캐릭터가 아니었다. 하기야 NPC는 원래 고정된 표정으로 뻣뻣이 서 있을 뿐이었다. 아무리 장대한 설정을 잡아놓았다 해도 인격으로 드러나지는 않는다. 하지만 모몬가 앞에서 표정을 이리저리 바꾸는 두 다크엘프 꼬마.

"——이게 찻주전자님이 진짜로 원했던 아우라와 마레겠지."

부글부글찻주전자. 두 다크엘프 꼬마를 설정한 길드원.

그녀에게 이 광경을 보여주고 싶었다.

"오, 오래 기다리셨죠, 모몬가 님……."

쭈뼛쭈뼛 모몬가의 눈치를 살피듯 눈을 위로 뜨고 바라보는 어린아이.

푸른색이라고 할까, 남색의 용왕린으로 만든 몸통 갑옷.

그리고 진녹색을 띤, 마치 나뭇잎처럼 짤막한 망토를 걸쳤 다.

아우라처럼 하얀색을 기조로 한 복장이기는 했지만 약간 짤막한 스커트에서는 맨살이 살짝 드러났다. 살짝이라고 한것은 하얀 스타킹을 신었기 때문이다. 목걸이는 아우라의 것과 매우 흡사한 도토리였지만 이쪽은 은색이다.

아우라에 비하면 무장은 적었다. 비단처럼 광택을 가진 날씬한 하얀 장갑을 낀 손에 이리저리 구부러진 까만 나무 지팡이를 들었을 뿐이었다.

마레 벨로 피오레.

아우라와 마찬가지로 나자릭 지하대분묘 제6계층의 수호자다.

모몬가는 눈을 가늘게 뜨고——공허한 눈구멍에 안구는 없지만——두 사람을 빤히 바라보았다. 아우라는 가슴을 펴고, 마레는 쭈뼛쭈뼛, 모몬가의 시선을 몸에 받았다.

자신 앞에 선 아이들의 모습이 옛 동료의 마음이 담긴 결정이라는 사실에 만족하고, 모몬가는 몇 번 고개를 끄덕인후 입을 열었다.

"둘 다 건강한 것 같아 다행이다."

"건강하고말고요~. 하지만 요즘은 심심해 죽겠어요. 오랜만에 침입자라도 오면 좋을 텐데."

"나, 난 만나기 싫어……. 무, 무섭단 말야……."

마레의 말에 맞춰 아우라의 표정이 무표정으로 바뀌었다.

"……헤유. 모몬가 님, 잠시 실례할게요. 마레, 너 잠깐 와봐."

"아, 아파, 아우라. 아파아."

모몬가가 가볍게 고개를 끄덕이자 마레의 뾰족한 귀를 잡고 아우라가 모몬가에게서 조금 떨어졌다. 그리고 아우라가 마레에게 소곤소곤 말하기 시작한다. 멀리서 봐도 아우라가 마레를 야단치는 것을 알 수 있었다.

"침입자라. 나도 마레와 같은 생각인데. 만나기 싫은 걸……."

하다못해 기반을 조금이라도 다져놓은 다음에 와줬으면 싶었다. 그런 생각을 하며 모몬가는 쌍둥이를 쳐다보았다.

어느샌가 마레는 무릎을 꿇고 앉은 채 아우라에게 호되게 야단을 맞고 있었다. 그 모습이 옛 동료였던 두 남매의 역학 관계를 방불케 해 모몬가는 쓴웃음을 지었다.

"나 참. 마레는 페로론치노님이 만든 게 아니었는데. 아니면 찻주전자님에겐 '누나는 순종의 대상' 이란 생각이 있었나? ……그건 그렇고, 생각해 보니 아우라도 마레도 한 번 죽었다 살아났을 텐데…… 그 점은 어떻게 됐을까?"

과거 1,500명이나 되는 대군이 쳐들어왔을 때는 8계층까지 침투당했다. 다시 말해 아우라와 마레는 사망했다. 그때의 기억은 어떻게 남았을까.

죽음이라는 개념은 현재의 두 사람에게 어떤 의미를 가질까.

위그드라실에서는 죽을 때 5레벨 다운과 함께 장비 아이템 하나를 떨어뜨리는 것이 기본 사양이다. 다시 말해 원래 5레벨 이하라면 캐릭터는 사라진다. 그러나 플레이어는 특별한 가호를 받아 소멸은 면하며 레벨이 1에서 멈춘다. 따라서 어디까지나 설정상의 이야기에 불과하다.

레벨 다운도 〈소생Resurrection〉이나 〈사자부활Raise Dead〉로

대표되는 부활 마법을 써서 완화할 수 있다. 나아가 캐시 아이템을 사용하면 경험치가 조금 떨어지는 정도로 끝난다.

NPC들은 더 쉽다. 레벨에 따라 달라지는 부활용 자금을 길드에서 지불하면 페널티 없이 살아난다.

이렇게 해서 죽음이라는 레벨 다운은 캐릭터를 다시 만들고 싶은 사람이 애용하는 수단 중 하나로 전락했다.

물론 막대한 경험치가 필요한 게임에서는 1레벨이라도 떨어지면 어마어마한 페널티가 될 것이다. 그러나 위그드라실에서는 레벨이 어느 정도—— 90대 후반까지는 매우 빠른 속도로 올라간다. 때문에 보통은 레벨 다운을 그리 두려워하지 않는다.

이는 레벨 다운에 겁을 먹고 미개지를 개척하지 않는 것이 아니라, 용기를 가지고 뛰어들어 새로운 발견을 하라는 제작사의 바람에서 비롯된 것이라고 한다.

그런 사망 규칙을 생각해 봤을 때, 여기 있는 두 사람은 1,500명이 침공했을 당시 사망한 개체와는 다른 사람일까, 아니면 죽었다가 부활한 것일까?

확인해보고 싶은 기분도 있었지만 억지로 긁어 부스럼을 만들 필요는 없다. 대침공은 두 사람에게 공포의 체험이었을 지도 모른다. 적의가 없는 것으로 보이는 아우라를 호기심 때문에 이리저리 찔러보는 것은 득책이 아닐 것 같았다. 그리고 무엇보다 아인즈 울 고운의 멤버가 만든, 사랑해야 할 NPC가 아닌가. 두 사람의 사고방식은 현안이 모두 끝난 다음 물어봐도 좋을 것이다.

게다가 지금은 죽음이라는 개념이 과거와 크게 달라졌을 가능성도 있다. 현실의 세계에서는 죽어버리면 당연히 끝장이다. 하지만 그렇지 않을 수도 있다. 조만간 실험해보고 싶다는 마음은 들지만 다른 수많은 정보를 얻기 전에는 우선순위를 결정할 수 없었다.

——일단은 동결 사안 중 하나 정도로 보류해두는 것이 좋겠지.

결국 모몬가가 알던 위그드라실과 지금 현재 사이에 얼마나 큰 변모가 있는지를 알 수 없기에 의문은 수없이 존재한다는 뜻이다.

모몬가가 멍하니 그런 생각을 하는 동안에도 아우라의 잔소리는 이어졌다. 모몬가는 슬슬 마레가 불쌍하게 여겨졌다.

딱히 그렇게 혼날 만한 말을 한 것도 아니다 싶었지만.

옛 동료들이 형제싸움을 벌였을 때는 잠자코 지켜봤을 뿐이었으나 지금은 달랐다.

"그만하는 게 어떻겠느냐."

"모몬가 님! 하, 하지만 마레도 수호자니까……."

"——괜찮다, 아우라. 네 마음은 나도 잘 안다. 계층수호자인 마레가 하필이면 내 앞에서 겁먹은 언행을 보여선 안된다고 여긴 것도. 하지만 나는 아우라도 마레도 이곳 나자릭 지하대분묘에 누군가가 쳐들어왔을 때는 용감하게, 죽음을 두려워하지 않고 싸우리라 믿어 의심치 않는다. 필요할 때 그럴 수만 있다면 그렇게까지 야단을 칠 필요도 없지."

두 사람의 곁으로 다가간 모몬가는 손을 뻗어 마레의 손을 잡아당겨 일으켜주었다.

"그리고 마레. 착한 누이에게 고마워하거라. 그렇게 혼을 내는 모습을 보여주면 설령 내가 불쾌했더라도 용서해야만 하지 않겠느냐."

마레가 조금 놀란 표정으로 자신의 누이를 쳐다본다. 아우라가 황급히 목소리를 높였다.

"네? 아, 아니, 아니에요! 모몬가 님께 그런 마음을 먹고 야단친 게 아니에요!"

"아우라, 괜찮다. 진의가 어쨌든 네 착한 마음씨는 잘 아니까. ……다만 나는 마레가 계층수호자라는 데 불안을 품은 적이 없다는 것도 알아주었으면 한다."

"어, 네, 네엣! 고맙습니다, 모몬가 님!"

"고, 고맙습니다."

두 사람의 인사를 받은 모몬가는 매우 멋쩍었다. 특히 둘 다 반짝거리는 눈으로 바라보는 바람에 더욱. 이런 존경 어린 시선을 받아본 적이 거의 없는 모몬가는 쑥스러움을 감추는 한편 화제를 바꾸고자 헛기침을 한 차례 했다.

"음, 그보다도. 아우라, 한 가지 물어보고 싶은 것이 있다. 침입자가 쳐들어오지 않으니 심심하더냐?"

"——아, 아뇨. 저기, 그게."

아우라의 쭈뼛거리는 태도에 모몬가는 자신의 질문이 다소 좋지 못했음을 깨달았다.

"아니, 딱히 책망하는 것은 아니다. 솔직한 심정을 말해다오."

"……네, 좀 심심해요. 요즘은 호각으로 싸울 만한 상대가 없어서요."

좌우 검지 끝을 쫑쫑 서로 찔러대며 가만히 올려다보는 아우라.

수호자인 아우라의 레벨은 당연히 100이다. 그에 필적하는 자는 이 던전 내에도 별로 없다. NPC라면 아우라, 마레를 포함해 전부 아홉 명. 그리고 예외가 하나.

"마레는 어떠냐?"

숨으려는 것처럼 조그맣게 몸을 웅크리고 있던 마레가 흠칫 몸을 떨었다. 눈을 적신 채 고개를 좌우로 도리도리 흔든다. 완전히 겁을 먹었다. 그런 마레를 보고 "하아아." 하고 한숨을 내쉬는 아우라.

그에 맞춰 어쩐지 달콤한 냄새가 주위에 퍼졌다. 알베도의 것과는 다른, 어딘가 달라붙는 듯 달짝지근한 냄새. 그제야 그녀의 능력을 떠올린 모몬가는 그 공기에서 물러나기 위해 한 발짝 후퇴했다.

"앗! 죄송합니다, 모몬가 님!"

이를 깨달은 아우라는 공기를 퍼뜨리려고 파닥파닥 팔을 휘저었다.

아우라가 지닌 비스트 테이머 계열의 패시브 스킬 중에는 버프와 디버프를 동시에 발동하는 것이 있다. 이는 입김과 함께 허공을 떠돌며 반경 몇 미터, 경우에 따라서는 몇 십 미터, 스킬까지 사용하면 어마어마한 범위에 걸쳐 효과를 미친다.

위그드라실이었다면 버프와 디버프 효과를 나타내는 아이콘이 시야에 나타나기 때문에 발동했음을 확실하게 알았겠지만, 지금은 그런 모든 변화가 시야에 나타나지 않아서 몹시 불편했다.

"어, 이젠 괜찮아요, 껐으니까요!"

"그래……?"

"……하지만 모몬가 님은 언데드니까 정신작용 효과는 의미가 없지 않나요?"

위그드라실에서는 그렇다. 언데드는 정신작용 효과는 좋은 것도 나쁜 것도 받지 않는다.

"……지금 내가 그 효과 범위에 들어가 있었느냐?"

"엑."

아우라가 겁먹은 듯 어깨를 움츠리자 곁에 있던 마레까지도 고개를 집어넣었다.

"……화를 내는 게 아니다, 아우라."

가능한 부드럽게 타일렀다.

"너무 그리 두려워하지 마라. 네가 진심으로 발동하지도 않은 스킬에 다른 사람도 아닌 내가 영향을 받을 리 있겠느냐? 그저 단순히 내가 네 스킬 범위 안에 있었는지를 물었을 뿐이다."

"아, 네! 어…… 제 능력 범위에 있었어요."

안도의 빛이 역력한 아우라의 대답에 모몬가는 자신의 존재가 아우라에게 얼마나 두려움을 주는지를 충분히 알았다.

모몬가는 로브 안쪽 어디에도 없는 위장이 시큰거리는 듯한 압박감에 사로잡혔다. 만약 이랬는데 자신이 약하다면 어떻게 하지 그런 생각이 들 때마다 온 힘을 다해 도망치고 싶었다.

"그래서, 어떤 효과를 주는 것이었지?"

"어, 아까 그건…… 분명 공포였을 거예요."

"흐음……."

공포 같은 것을 느낀 적은 없다. 위그드라실이었다면 같은 길드나 파티에 속한 멤버끼리는 프렌들리 어택이 무효로 처리된다. 지금은 그것이 해제되었을 가능성이 높지만, 이 자리에서 분명히 확인하는 편이 좋을 것 같았다.

"옛날에는 아우라의 힘은 같은 길…… 조직에 속한 자들에게는 부정적인 효과를 주지 않았던 것 같았는데?"

"네?"

어리둥절한 표정을 짓는 아우라. 그리고 바로 곁의 마레 또한 같은 표정을 짓는다. 모몬가는 그렇지 않다는 것을 깨달았다.

"기분 탓이었나?"

"예. 아마 제가 효과 범위를 마음대로 조절할 수 있어서 그렇게 오해하신 게 아닐까요?"

역시 프렌들리 어택의 제한은 풀렸다. 근처에 있는 마레에게 영향이 나타나지 않았던 것은 정신작용 무효 계열 아이템을 장비했기 때문이리라.

그에 반해 언데드인 모몬가가 장비한 신기급 아이템에는 정신작용에 내성 효과를 지닌 아이템이 없었다. 그렇다면 모몬가가 공포를 느끼지 않았던 것은 무슨 이유에서였을까.

두 가지로 추측해볼 수 있다.

기본 능력치로 레지스트(저항)했을 가능성. 혹은 언데드의 특수능력 때문에 정신작용 효과 무효가 발휘되었을 가능성.

"다른 효과를 시험해 보지 않겠느냐?"

아우라는 고개를 갸웃하며 의문의 감정이 담긴 기묘한 목소리를 냈다. 모몬가는 이번에도 강아지를 연상하며 자신도 모르게 손을 뻗어 아우라의 머리를 쓰다듬었다. 비단 실처럼 부드러운 감촉이 기분 좋다. 아우라가 싫어하는 기색은 보이지 않았으므로 이대로 계속 만지고 싶을 정도였다. 그러나 빤히 바라보는 마레의 시선이 무서워서 모몬가는 손을 멈추었다. 그 시선에 담긴 감정은 대체 무엇이었을까.

한동안 생각하다 스태프를 놓은 모몬가는 나머지 손도 내밀어 마레의 머리도 쓰다듬었다.

마레의 머리카락 촉감이 더 좋은 것 같았다. 멍하니 그런 생각을 하며 모몬가는 충분히 만족할 때까지 머리를 쓰다듬었다. 그리고 해야 할 일을 간신히 떠올렸다.

"그러면 부탁한다. 지금 이것저것 실험을 하는 중이라 말이다. ……아우라의 도움을 받고 싶구나."

두 사람도 처음에는 곤혹스러워했지만 손을 떼었을 때는 부끄러운 듯 기쁜 듯, 딱히 싫지만은 않은 표정으로 바뀌었다.

아우라는 신이 나 대답했다.

"네, 알겠습니다! 맡겨만 주세요, 모몬가 님. 그럼……."

"아, 그 전에."

팔을 걷어붙일 듯 기세등등한 아우라를 잠시 저지한 모몬가는 허공에 떠 있던 스태프를 쥐었다.

조금 전과 같다. 반지의 힘을 사용했을 때처럼 스태프에 의식을 집중한다. 무수히 깃든 힘 중에서 모몬가가 선택한 것은 스태프에 박아놓은 보석 중 하나. 신기급 아티팩트 '달의 보옥(寶玉)' 에 깃든 힘 중 하나.

――월랑 소환Summon Moon Wolves.

소환계(召喚係) 마법 발동에 맞춰 허공에서 배어 나오듯 짐승 세 마리가 모습을 드러냈다. 소환 마법을 발동할 때 몬스터가 등장하는 이펙트는 위그드라실과 같았으므로 모몬가가 놀랄 일은 아니었다.

월랑은 시베리아늑대와 흡사하지만 몸은 살짝 은색으로 빛나는 늑대였다. 그런 몬스터와 자신 사이에서 모몬가는 피지배자와 지배자의 명확한 관계를 나타내는 듯 기묘한 연대감을 느꼈다.

"월랑을 소환하셨어요……?"

아우라의 목소리에는 이런 약한 몬스터를 왜 불러냈는지 이해할 수 없다는 의문이 담겨 있었다.

월랑은 이동속도가 매우 빨라 기습대원으로 쓸 수 있기는 하지만 레벨은 20대여서, 모몬가나 아우라가 보기에는 약하디약한 몬스터였다. 그러나 이번 목적에는 이 정도면 충분하다. 오히려 약하다는 점이 중요했다.

"그래. 나와 함께 입김의 효과 범위에 넣어다오."

"네? 그래도 돼요?"

"상관없다."

아직까지 수긍하지 못하는 아우라에게 강한 어조로 말했 다.

게임과 완전히 똑같지 않은 이상, 가능성을 무시할 수 없는 문제가 있었다. 아우라의 능력이 올바르게 기동하지 않았을지도 모른다는 것. 이를 확인하기 위해서는 제3자와 동시에 영향을 받아 봐야만 했다. 그러기 위해 월랑을 소환한 것이다.

그로부터 아우라가 한동안 몇 번이나 입김을 크게 내뱉었지만, 모몬가는 영향을 받은 것 같지 않았다. 도중에 뒤로 돌기도 하고 긴장을 풀어보기도 했지만 역시 효과는 없었다.

마찬가지로 범위에 들어간 월랑에게는 영향이 있었으니 아우라의 힘이 발동하지 않았던 것은 아니다.

따라서 아마 모몬가에게는 정신작용 효과가 소용없는 것이리라.

이는 다시 말해──.

위그드라실에서는 아인종이나 이형종이 규정 종족 레벨에 도달했을 때 종족 특수능력을 얻을 수 있다. 오버로드까지 만렙을 찍은 모몬가가 현재 보유한 능력은──.

상위 언데드 창조 : 4마리/하루
중위 언데드 창조 : 12마리/하루
하위 언데드 창조 : 20마리/하루
부정접촉
절망의 오라Ⅴ(즉사)
부정수호
암흑의 혼
칠흑의 후광
불사의 축복
부정한 가호
검은 지혜
사악언어 이해
능력치 대미지Ⅳ
찌르기 무기 내성Ⅴ
베기 무기 내성Ⅴ
상위 퇴산 내성Ⅲ
상위 물리 무효화Ⅲ
상위 마법 무효화Ⅲ

냉기, 독, 전기속성 공격 무효화
마법시력 강화 : 투명 간파

여기에 클래스 레벨에 따라 습득한 것이 아래와 같다.

즉사 마법 강화
암흑의식 숙련
불사의 오라
언데드 작성, 언데드 지배, 언데드 강화 등등.

그리고 언데드의 기본 특수능력으로는 이런 것들이 있다.

크리티컬 히트 무효
정신작용 무효
음식 및 음료수 불필요
독, 병, 수면, 마비, 즉사 무효
사령(死靈)마법 내성
육체 페널티 내성
산소 불필요
능력치 대미지 무효
에너지 드레인 무효
네거티브 에너지로 회복
암시Dark Vision 등등.

물론 약점도 있다.

정(正), 광(光), 신성 공격 쇠약 Ⅳ
구타 무기 쇠약 Ⅴ
신성, 정속성 에어리어에서 능력치 페널티 Ⅱ
화염 대미지 배가 등.

——이처럼 언데드가 원래 가지는 능력이나 레벨업 도중에 얻은 특수능력도 그대로 가져왔을 가능성이 매우 높다는 뜻이다. 이번 실험으로 모몬가는 그 사실을 확인했다.

"그렇군. 충분한 결과야. ……고맙다, 아우라. 네게는 무언가 문제가 있더냐?"

"아뇨, 아무것도요."

"그렇구나. ——귀환."

월랑 세 마리의 모습이 시간을 되감은 것처럼 사라졌다.

"……모몬가 님이 오늘 저희가 수호하는 계층에 오신 것은 지금 이게 목적이셨나요?"

마레도 고개를 끄덕거린다.

"음? 아, 그렇구나. 아니, 그게 아니다. 오늘 온 것은 훈련을 할까 해서였지."

"네? 훈련요? 모몬가 님이요?!"

아우라와 마레는 눈알이 굴러떨어질 정도로 눈을 크게 떴다. 최고위 매직 캐스터이자 이 나자릭 지하대분묘를 지배하고 모든 자들의 정점에 군림하는 존재가 무슨 말을 하는 것이냐는 놀라움이었다. 이를 예견했기 때문에 모몬가의 반응은 빨랐다.

"그렇다."

간소한 대답과 함께 모몬가가 스태프를 지면에 가볍게 내리치는 것을 보고 아우라의 표정에 이해하는 빛이 떠올랐다.

이 또한 예상했던 반응이었으므로 모몬가는 내심 만족했다.

"저, 저, 저기, 그, 그게 그 유명한 최강의 무기…… 모몬가 님만이 건드릴 수 있다는 전설의 그것인가요?"

전설의 그것이란 게 대체 무슨 뜻일까.

모몬가는 살짝 의문을 품었지만 마레의 눈이 빛나는 것을 보면 나쁜 의미는 아니라는 것을 눈치챌 수 있었다.

"그렇다. 이것이…… 이것이야말로 우리 모두가 함께 만들어낸 최고위 길드 무기. 스태프 오브 아인즈 울 고운이 다."

모몬가가 스태프를 쳐들자 스태프가 주위의 빛을 반사하며 더할 나위 없이 아름답게 빛났다. 마치 스태프 스스로가 자신을 뽐내는 듯 휘황찬란한 광채였다. 다만 동시에 흉흉한 검은색 오라도 발했기 때문에 사악한 분위기밖에 느껴지지 않는다는 게 문제였지만.

모몬가의 있지도 않은 콧대가 한 치는 더 높아지고 목소리에는 열기가 깃들었다.

"여기 일곱 마리 뱀이 입에 문 보석은 각각 신기급 아티팩트다. 세트 아이템이기 때문에 모두 갖추어서 보다 강대한 힘을 발휘하지. 이를 모으느라 막대한 노력과 막대한 시간을 허비해야만 했다. 실제로 우리 사이에서도 관두자는 의견이 몇 번이나 나왔을 정도였다. 이걸 드롭한다는 몬스터를 얼마나 사냥해댔는지……. 그리고 이 스태프 본체에 심어놓은 힘 또한 신기급을 초월하여 세계급 아이템에 필적할 수준이다. 특히 대단한 것이 자동 요격 시스…… 어흠흠."

……나도 모르게 말이 많아지고 말았군.

옛 동료들과 함께 만들기는 했지만 밖으로 가지고 나온 적이 없다 보니 자랑하고 싶어도 그럴 수가 없었다. 그러나 지금 바로 그 대상이 나타나는 바람에 감정이 폭발하고 만 것이다. 아직 더 자랑하고 싶은 욕구를 모몬가는 간신히 억눌렀다.

꽤 창피하기도 했고.

"뭐, 아무튼, 그랬던 거다."

"괴, 굉장하다……."

"정말 굉장해요, 모몬가 님!"

두 아이의 반짝반짝한 눈동자에 모몬가는 자신도 모르게 몸이 뜨거워졌다. 관리가 안 되는 표정에 한껏 힘을 주고――원래 해골 얼굴에는 표정이 나타나지 않지만――말을 이었다.

"그런고로 여기서 스태프를 실험하고 싶구나. 이것저것 준비해 줄 수 있겠느냐?"

"네, 알겠습니다! 당장 준비할게요. 그리고…… 그 실험은 저희도 구경해도 돼요?"

"그래, 좋다. 나 말고는 절대로 가질 수 없는 최고의 무기가 어떤 힘을 지녔는지 똑똑히 보거라."

"만세~!"

기뻐하는 아우라. 폴짝폴짝 귀엽게 뛰어다닌다. 마레 또한 희색을 감추지 못했다. 그 증거로 긴 귀가 까딱까딱 움직이고 있었다.

――아, 이런. 나의 위엄 서린 표정이여, 흐트러지지 마라.

모몬가는 그렇게 자신을 타이르며 의지력을 총동원했다.

"……그리고 아우라, 전 계층수호자를 이곳에 불러놓았다. 앞으로 한 시간 내로 모일 예정이다."

"네? 그, 그럼 환영 준비를――."

"아니, 그럴 필요는 없다. 시간이 될 때까지 이곳에서 기다리면 된다."

"그런가요? ……어? 전 계층수호자?―― 샤르티아도 오는 거예요?!"

"전 계층수호자다."

"……헤유."

그 순간 긴 귀를 추욱 늘어뜨리는 아우라. 마레는 그 정도는 아니었다. 설정상 아우라와 샤르티아는 그리 사이가 좋지 않지만, 마레는 딱히 그렇지도 않았던 것이리라.

대체 무슨 일이 일어나려나.

모몬가는 살짝 중얼거렸다.

2

50명 정도 되는 집단이 초원에서 말을 몰고 있었다.

모두 하나같이 다부진 몸을 가졌지만, 그중에서도 한층 눈에 띄는 사내가 있었다.

굴강하다는 말 외에는 어울리는 말을 찾아보기 힘든 사내였다. 가슴받이 갑옷을 입었지만 그 안의 몸이 두꺼운 근육으로 뒤덮였음을 쉽게 알아볼 수 있었다.

나이는 30대. 볕에 그을린 얼굴을 찡그려 깊은 주름을 지었다. 까만 머리카락은 짧게 깎았으며 까만 눈동자에는 날카 로운 검의 광채가 깃들었다.

그런 사내와 나란히 말을 달리던 자가 말했다.

"전사장님, 이제 곧 순회 코스의 첫 마을에 도착하는군 요."

"음. 그렇군, 부관."

리 에스티제 왕국이 자랑하는 전사장 가제프 스트로노프의 시선 너머에서 아직까지 마을은 보이지 않았다.

조바심을 꾹 누르며 가제프는 말의 속도를 일정하게 유지했다. 말이 지치지 않을 정도라고는 하나 상당한 강행군으로 왕도(王都)에서 이곳까지 달려왔다. 가제프의 몸속에서는 미미한 피로가 떨어질 줄을 몰랐다. 그리고 그것은 기마 또한 마찬가지였다. 이 말에 더 부담을 줄 수는 없었다.

"아무 일도 없다면 좋겠습니다만."

부관이 입을 열었다.

그 말속에 섞인 감정은 불안. 그리고 가제프 또한 같은 감정을 품고 있었다.

가제프 일행이 왕으로부터 받은 임무는 아래와 같았다.

『왕국 국경에서 목격되었다는 제국 기사단을 확인하고 이것이 사실일 경우 토벌하라.』

원래는 근교 도시인 에 란텔에서 병사를 보내는 편이 빠르다. 그러나 제국 기사들은 강하고 무장도 충실하다. 징병된 병사들과는 천지 차이다. 왕국 내에서 그들과 호각 이상의 싸움을 벌일 수 있는 자들은 가제프의 직속 병사들뿐이었다.

다만 가제프의 부대에게 모든 것을 맡긴 이 상황은 정말로 어처구니가 없었다.

가제프 일행이 목적지에 도착할 때까지라도 병사들을 동원해 마을을 경호케 한다면 그만큼 충분한 억지력이 되지 않겠는가. 그 외에도 취할 수 있는 수단은 얼마든지 있다. 그러나 그런 수단을 전혀 고려하지 않는, 아니 고려할 수 없는 현재 상황.

이유를 알기에 가제프의 짜증은 수그러들지 않았다. 고삐를 쥔 손에서 힘을 빼려고 노력했다. 그래도 마음속에 타오른 감정은 진화하기 어려웠다.

"전사장님, 우리가 도착한 다음에야 수색을 시작한다는건 너무나도 어리석은 짓입니다. 게다가 부대 전원을 데려왔다면 여럿으로 나뉘어 행동할 수도 있었을 텐데요. 아니, 에 란텔에서 모험자라도 고용해 기사들을 찾으라고 의뢰하는 정도라도 좋겠지요. 어째서 이런 수단을 택해야 하는 겁니 까?"

"……그만두게, 부관. 제국 기사들이 왕국 영내를 활보한다는 사실이 알려져서 좋을 건 별로 없지 않겠나."

"전사장님, 지금은 듣는 사람도 없습니다. 허울이 아니라 진실을 말씀해 주시지요."

부관의 얼굴에 슬쩍 웃음이 떠올랐다. 그것은 호의와는 거리가 먼 웃음이었다.

"귀족 놈들이 간섭한 거죠?"

내뱉는 듯한 그 말에 가제프는 대답할 수가 없었다. 그것이 사실이었기 때문이다.

"빌어먹을 귀족 놈들에겐 백성의 희생도 그저 권력투쟁의 도구로군! 게다가 이 부근은 전하의 직할령이니, 피해가 나오면 전하를 공격할 재료도 되겠다는 심산이겠죠."

"……귀족 전체의 생각은 아닐세."

"그야 개중에는 전사장님 말씀처럼 백성들을 생각하는 사람도 있을 겁니다. 유명한 황금공주처럼. 하지만 그 숫자가 얼마나 될까요? ……제국 황제처럼 모든 권력을 장악했다면 빌어먹을 귀족 놈들을 무시하고 백성들만 생각할 수도 있을 텐데."

"억지로 끌고 갔다간 나라를 양분하는 전쟁이 벌어질 걸세. 이웃에 영토 확대를 노리는 제국이 있는 가운데 그런 일이 벌어지면, 그야말로 백성들에게는 불행한 결과가 아니겠나."

"그건 알지만……."

"이제 그쯤 하……."

여기까지 입에 담았던 가제프는 입술을 꾹 다물고 전방을 날카롭게 노려보았다.

앞에 나타난 높지막한 언덕 너머에서 가느다란 연기가 올라오고 있었다. 그것도 한둘이 아니었다.

이것이 무엇을 의미하는지 깨닫지 못한 자는 이 자리에 아무도 없었다. 가제프는 혀를 차고 말의 옆구리에 박차를 가했다.

언덕으로 재빨리 올라간 가제프 일행의 시야에 날아든 것은 예측했던 광경. 초토로 변한 마을의 흔적. 불타고 남은 가옥의 잔해가 묘비처럼 드문드문 서 있었다.

가제프는 강철 같은 음성으로 하명했다.

"전원 행동을 개시하라. 신속히."

*

마을은 모조리 불탔으며, 무너진 집의 잔해에만 예전의 모습이 간신히 남아 있었다. 잔해 사이를 걷는 가제프에게 타는 냄새와 그 사이에 섞인 피 냄새가 와 닿았다.

가제프의 얼굴은 태연했으며 감정은 일절 보이지 않았다.

그러나 그 사실이 무엇보다도 뚜렷하게 가제프의 심중을 말해 주었다. 가제프의 옆을 걷는 부관 또한 별로 다를 바 없는 표정이었다.

백 명이 넘는 마을 주민 중 살아남은 자는 겨우 여섯. 그 밖에는 모두 참살당했다. 여자고 아이고 할 것 없이. 심지어 갓난아이까지.

"부관, 인원을 차출해 생존자를 경호하여 에 란텔까지 귀환하라."

"안 됩니다! 그 방법은 가장……."

"그래, 가장 어리석은 방법이지. 하지만 이대로 둘 수는 없다."

에 란텔은 왕의 직할령이며, 그 인근 마을을 지키는 것은 왕의 의무이다. 이곳에서 살아남은 주민을 내버려둔다면 왕에게 큰 흠집이 될 것이다. 그리고 항상 왕을 몰아붙이려는 귀족 파벌이 옳다구나 달려들 것 또한 눈에 선했다.

게다가 무엇보다——.

"생각을 바꾸십시오. 생존자가 제국 기사를 더러 보았다고 합니다. 이로써 전하께서 하명하신 첫 번째 임무는 완수한 셈입니다.

일단 후퇴해 에 란텔에서 준비를 갖추는 편이 좋을 겁니다."

"그건 안 되네."

"전사장님! 이미 눈치채셨을 텐데요. 이건 분명 함정입니다. 마을이 습격을 당한 시기와 우리가 에 란텔에 도착한 타이밍이 너무나도 정확히 맞아떨어집니다. 이건 분명 우리를 노리고 저지른 만행! 게다가 일부러 몰살하지 않았다는 시점에서 함정 말고는 더 생각할 수 없습니다."

생존자는 도망쳐서 기사들의 손을 벗어났던 것이 아니다.

습격자가 일부러 죽이지 않았을 뿐이다. 아마 생존자를 보호케 하여 병력을 분산시키려는 술책이리라.

"설마 전사장님, 함정이란 것을 아시면서도 놈들을 추적하시겠다는 겁니까?!"

"……그럴 생각일세."

"진심이십니까?! 물론 전사장님은 강하십니다. 제국 기사 라면 백 명과 붙어도 틀림없이 이기실 테지요. 하지만 제국이라면…… 그 매직 캐스터가 있지 않습니까. 만약 그 노괴가 왔다면 전사장님이라 해도 위험합니다. 제국이 자랑하는 4기사가 있어도 지금처럼 무장을 완전히 갖추지 못한 전사장님이라면 패배할지도 모릅니다. 그러니 부디 물러나 주십시오. 앞으로 마을 몇 곳이 더 희생된다 해도 전사장님을 잃는 것이 왕국에는 더 큰 손실입니다!"

여전히 입을 다물고만 있는 가제프에게 부관은 피를 토할 듯이 말했다.

"그럴 수 없으시다면…… 생존자를 버리고 모두 함께 추적해야 합니다."

"그것이 가장 현명한 선택이겠지……. 하지만 그것은 구할 수 있는 목숨을 버리자는 뜻일세. 생존자를 이곳에 남겨두면 그들이 살아남을 수 있겠나?"

부관은 아무 말도 하지 않았다. 생존율이 낮다는 것을 그도 알기 때문이다.

그들은 경호를 붙여주지 않는다면, 그리고 안전한 장소까지 데려가주지 않는다면 며칠 안으로 목숨을 잃을 것이다.

그래도 부관은 말했다. 아니, 말하지 않을 수 없었다.

"……전사장님, 이 부근에서 목숨의 가치가 가장 큰 사람은 전사장님입니다. 마을 주민의 목숨 따위야 어떻게 되든 무슨 상관입니까."

부관이 찢어지는 심정으로 호소한다는 것을 잘 아는 가제프는 이런 말을 하게 만든 자신에게 분노를 느꼈다. 그러나 인정할 수는 없었다.

"나는 평민 출신일세. 그리고 자네도 그랬지."

"그렇습니다. 전사장님을 동경해 전사단에 들어왔으니까 요."

"자네도 이런 시골 마을 출신이겠지."

"그렇습니다. 그러니……."

"시골 생활은 잘못하면 곧장 죽음으로 이어지네. 몬스터에 습격당해 수많은 희생을 치르는 일도 드물지 않지. 내말이 틀렸나?"

"……맞습니다."

"몬스터가 쳐들어오면 단순한 병사로는 상대할 수 없네. 몬스터 퇴치의 전문가라고도 할 수 있는 모험자들을 고용할 돈이 없으면, 고개를 숙이고 몬스터가 지나가기만 기다릴 수밖에 없지."

"……그렇습니다."

"그렇다면 기대한 적은 없었나? 도움이 필요할 때, 귀족들이 나타나 주기를. 힘 있는 자가 구해주기를."

"……기대하지 않았다면 거짓말이겠지만, 실제로는 아무도 나타나지 않았습니다. 적어도 저희 마을을 영지로 거느렸던 귀족은 돈을 내주지 않았습니다."

"그렇다면…… 그렇지 않다는 것을 보여주세. 지금 우리가 주민들을 구하세."

부관은 말문이 막혔다. 자신의 체험을 떠올리면서.

"부관, 보여주세나. 위험을 무릅쓰고 목숨을 거는 자들의 모습을. 약한 이들을 구하는 강한 자들의 모습을."

가제프와 부관의 시선이 교차하고 무수한 감정이 오갔다.

이윽고 지친 듯, 그러나 무언가 타오르는 것을 느끼게 하는 목소리로 부관이 대답했다.

"……그러면 제가 부하들을 데리고 수색을 마치겠습니다. 저를 대신할 자는 있지만 전사장님을 대신할 자는 없으니까 요."

"멍청한 소릴. 내가 있으면 생존율이 더 높아지잖나. 우리는 죽으러 가는 게 아니야. 왕국 백성들을 구하기 위해 가는 거지."

부관은 입을 몇 번 열려다 결국 다물고는 이렇게 말했다.

"즉시 주민들을 에 란텔까지 경호할 자들을 선발하겠습니다."

*

붉게 물든 초원에 띄엄띄엄 사람들의 실루엣이 드러났다.

그 숫자는 45명.

아무것도 없는 곳에서 솟아나듯 모습을 드러낸 그들의 위장 수단은 보통 것이 아니었다. 마법이었다.

그들이 단순한 용병이나 여행자, 모험자가 아님은 일목요연했다.

통일된 차림을 했으며, 몸에 걸친 것은 특수한 금속을 실처럼 짜서 만들어서 기동성과 방어성을 중시한 방어구였다. 여기에 강력한 마화(魔化)로 한층 증폭해놓았기 때문에 방어 효과는 풀 플레이트 아머(Full Plate Armor)를 능가한다.

등에 짊어진 가죽가방은 조그마해서 여행을 하는 사람의 짐으로는 보이지 않았다. 마법으로 만든 것이 아니라면. 허리에 찬 특수한 형상의 벨트에는 포션(Potion) 병이 여럿 담겨 있고 등에 걸친 망토에서도 마법의 오라가 맴돌았다.

이만한 마법 아이템을 인원에 맞게 갖추기란 매우 힘든 일이다. 금전 면에서도 수고 면에서도. 그럼에도 그러한 장비를 온몸에 걸쳤다는 것은 그들 뒤에 국가 수준의 지원이 있음을 증명해 주었다.

그러나 그들이 장비한 물건에 신분이나 소속을 증명할 만한 것들은 전혀 존재하지 않았다. 다시 말해 일부러 정체를 감추어야만 하는 자들―― 비합법부대였다.

그들의 눈빛이 향한 곳은 폐촌. 피와 불타는 냄새가 자욱한 마을을 바라보면서도 눈동자에 감정의 빛은 없었다. 마치 그 광경이 당연하다는 듯한 냉철함.

"……놓쳤군."

미미한 실망을 담은 조용한 목소리가 흘러나왔다.

"……어쩔 수 없지. 미끼는 그대로 마을을 습격하도록 내버려 두어라. 짐승을 우리까지 유도해야만 하니."

사내는 날카로운 시선을 가제프 일행이 떠나간 방향으로 돌렸다.

"다음 미끼가 행동할 마을의 위치를 보고하라."

3

모몬가는 마법을 발동하기 위해 투기장 한구석에 세워진 밀짚인형에 천천히 손가락을 뻗었다.

모몬가가 익힌 마법은 직접 대미지를 주는 마법보다 즉사 같은 부가효과를 주는 마법에 특화되었다. 때문에 무생물에는 효과가 적다. 이럴 때는 단순한 직접 대미지 마법을 쏴야겠지만, 모몬가는 클래스도 사령 계통을 선택해 그 계열의 마법을 강화했다. 그 결과 직접 대미지 면에서는 전투에 특화한 매직 캐스터보다 훨씬 떨어졌다.

모몬가는 호기심이라는 이름의 광채를 눈동자로 뿜어내는 두 아이를 곁눈으로 엿보았다. 그 기대에 호응할 수 있을까 하는 불안감에 압박감도 느꼈다.

모몬가가 다음으로 훔쳐본 것은 두 마리의 거대한 몬스터.

역삼각형 체형을 가진 3미터의 거구로, 인간과 드래곤을 합친 듯한 골격을 뒤덮은 근육은 우락부락했다. 그 근육을 감싼 것은 강철보다도 단단한 비늘. 그리고 드래곤을 연상케 하는 얼굴. 거목과도 같은 꼬리. 날개는 없지만 두 다리로 선 드래곤과 매우 흡사했다.

성인 남성의 몸통보다도 굵은 위팔로 길이가 자신의 몸 절반은 될 법한 두꺼운——검인지 방패인지 모를 무기를 들었 다.

드래곤 킨(Dragon Kin)이라는 이름을 가진 몬스터이며, 아우라가 비스트 테이머 스킬로 사역하는 투기장의 청소부였다. 레벨은 55로 별로 높지 않으며 특수능력도 거의 없지만, 굵은 팔로 날리는 일격과 지칠 줄 모르는 체력은 상위 몬스터에 필적한다.

모몬가는 살짝 숨을 토해내며 시선을 돌려 다시 밀짚인형을 보았다.

저렇게 기대에 찬 눈으로 쳐다보면 솔직히 난감했다. 이번 목적은 마법이 정말로 발동하는지 어떤지를 확인하는 것이었다.

아우라와 마레에게 마법 발동 실험 견학을 허락한 것은 다른 수호자가 오기 전에 자신의 힘을 보여주어 자신과 적대한다는 것이 얼마나 어리석은지를 가르쳐 주려는 속셈도 있었다.

사실 배신할 기색은 전혀 없었으며, 그뿐 아니라 두 아이가 그런 짓을 하리라는 생각은 조금도 들지 않았다. 다만 행여나 자신의 마법이 사라졌을 때 두 사람이 여전히 충성을 다할지 모몬가는 자신이 없었다.

아우라와 마레는 모몬가와 전부터 면식이 있었던 것처럼 굴었지만 모몬가는 그녀를 처음 만나는 것이나 마찬가지였 다. 분명 캐릭터를 설정할 때는 길드 멤버가 다 함께 아이디어를 모았으니, 두 사람은 모두가 함께 만들어낸 보물이다.

그러나 모든 상황에 대한 반응과 행동 양식을 완벽하게 정해놓은 것은 아니다. 반드시 설정의 틈새라 할 만한 부분이 있을 것이다. 그렇다면 그들이 독립된 지성체로 존재하고 자율적으로 사고하며 행동한다면, 그 틈새를 메우는 설정 이외의 면이 분명 드러날 것이다.

이 틈새에, 약한 상대에게도 충성을 다한다는 개념이 없다면 어떻게 될까? 아니, 따지고 보면 충성심에 관한 설정을 명기해놓았던 자가 더 적다. 그렇다면 명령에 따를지 따르지 않을지는 결국 각자의 판단에 맡겨야 한다. 따르지 않는 건 그렇다 쳐도, 길드장에게 실력이 없을 때 반기를 들 만한 성격이라면……?

괜히 의심하는 것도 문제지만, 완전히 믿어버리는 것은 바보나 하는 짓이다.

돌다리도 두드려 보고 건넌다. 그것이 현재 모몬가에게는 당연한 사고방식이었다.

그리고 한 가지 노림수가 더 있었다. 그것은 마법이 발동하지 않았을 때 아우라와 마레에게 상담을 한다는 것이었다.

두 사람은 모몬가가 스태프의 힘을 확인하러 온 거라고 믿어 의심치 않는다. 그렇다면 매직 아이템의 힘이 발동하는 것은 이미 증명이 되었으니, 얼마든지 얼버무릴 수 있으리 라.

계획은 완벽하다.

모몬가는 자화자찬하면서도, 자신이 이렇게나 냉정하고 머리가 잘 돌아가는 사람이었던가 하고 의문을 느꼈다. 그러나 여기에 답해줄 수 있는 사람은 아무 데도 없었다.

의문을 머리에서 털어낸 모몬가는 위그드라실에서 쓸 수 있었던 마법을 생각해 보았다.

위그드라실에는 구사레벨 제1위계에서 제10위계까지의 마법이 있으며, 여기에 초위(超位)까지 더해 모두 6,000가지가 훨씬 넘는다. 이러한 마법이 여러 계통으로 나뉘어 존재하는데, 그중에서 모몬가가 쓸 수 있는 마법은 718가지.

보통 100레벨 플레이어가 쓸 수 있는 것이 300가지 정도이니 파격적인 숫자였다.

이제는 달달 외우다시피 한 수많은 마법 중에서 이 상황에 가장 적합한 것을 찾아보았다.

우선 프렌들리 어택이 해제되었으므로, 효과 범위가 어떻게 달라졌는지를 알아봐야 한다. 그러기 위해 효과 대상이 하나가 아니라 범위인 마법 중에서 골랐다. 다음으로는 표적의 속성을 생각했을 때——.

위그드라실에서는 눈앞에 떠오른 아이콘을 클릭하기만 하면 마법을 쓸 수 있었다. 하지만 그것이 나오지 않는 지금은 다른 수단을 취해야 한다.

예상하기는 했지만 어느 정도 실마리는 잡았다. 자신의 내면에 깃든 능력. 부정접촉을 차단했을 때와 마찬가지로 여기에 의식을 돌렸다. 마치 아이콘이 허공에 나타난 것처럼——.

그리고 모몬가는 희미하게 웃었다.

알 수 있었다.

효과 범위가 어느 정도인지, 한 번 마법을 쓰면 다음 마법은 언제 발동이 가능한지 완벽하게 파악할 수 있었다. 그렇게 자신의 능력을 확신하니 휘몰아치는 듯한 고양감이 느껴졌다. 마법이 자신의 힘이라는 만족감이었으며 충실감이었다. 이런 기분은 위그드라실에서도 맛본 적이 없다.

급속도로 냉정해지는 마음이 고양감을 한층 더해 주었다.

마음속에 떠오른 환희의 모양을 바꾸어 손가락 끝에 모으고, 힘이 깃든 말을 자아낸다.

〈화염구Fire Ball〉.

밀짚인형을 향해 내민 손가락 끝에서 불덩어리가 부풀어 올랐다가 튀어나갔다.

겨냥한 대로 밀짚인형에 부딪치고, 화염구를 형성했던 불꽃은 충돌의 충격으로 터지면서 내부에 담아둔 불꽃을 단숨에 흩뿌렸다. 펼쳐진 불꽃이 주위의 대지까지도 순식간에 뒤덮었다.

모두 한순간에 일어난 일. 불에 탄 밀짚인형 이외에는 아무것도 남지 않았다.

"후후후후…….."

자신도 모르게 나직한 웃음을 흘리는 모몬가를 아우라와 마레가 이상하다는 듯 쳐다보았다.

"——아우라, 다른 밀짚인형을 마련해라."

"아, 네! 야, 얼른! 당장 준비해!"

드래곤 킨 한 마리가 움직여, 새까맣게 탄 밀짚인형 옆에 미리 준비해둔 밀짚인형을 세웠다.

모몬가는 옆으로 천천히 이동해 밀짚인형을 다시 돌아보고 마법을 발동했다.

〈소이Napalm〉.

밀짚인형에서 아주 조금 옆으로 떨어진 곳에서, 갑자기 나타난 불기둥이 주위를 삼켜버리며 천공을 향해 치솟았다. 모몬가는 한 박자의 호흡을 두고 이제는 거의 잔해가 된 밀짚 인형에 마법을 쏘았다.

〈화염구〉.

착탄해 밀짚인형이 완전히 파괴되었다.

리캐스트 타임(Recast Time. 주문 재사용 시간)도 위그드라실 때와 같다. 오히려 범위마법을 쓸 때는 마법을 선택하고 범위를 지정하는 커서를 움직이는 조작이 없어진 만큼, 어쩌면 마법을 발동하는 시간 자체는 더 빨라진 것 같았다.

"완벽해."

만족감은 독백이 되어 모몬가의 입에서 마음대로 새나왔다.

"모몬가 님, 밀짚인형을 더 많이 준비하는 게 좋을까요?"

아우라는 역시 의아한 모양이었다. 모몬가는 옛날부터 강력한 매직 캐스터로 통했을 테니, 아우라가 보기에 이 정도 재주는 딱히 새롭지도 않을 것이다.

하지만 그것이야말로 모몬가가 쌍둥이에게 심어주고 싶었던 인상이었으며, 두 사람의 표정은 이 행위가 성공으로 끝났음을 말해주었다.

"……아니, 그럴 필요는 없다. 다른 실험을 하고 싶거든."

모몬가는 아우라의 제안을 거절하고 다른 목적에 착수했 다.

〈전언〉.

제일 먼저 연락할 상대는 GM이었다. 위그드라실에서는 〈전언〉 마법을 썼을 때 상대가 게임에 접속한 상태이면 핸드폰 벨소리 같은 것이 들리고, 접속하지 않았다면 콜 소리마저 들리지 않은 채 금방 끊어진다.

이번에는 그 중간이라고 해야 할까. 실 같은 것이 뻗어나가 무언가를 찾는 느낌이 들었다. 모몬가가 태어나서 처음으로 맛보는 형용하기 힘든 감각이었다.

그 감각이 한동안 지속되다가, 마침내 〈전언〉은 어디에 이어질 기미도 없이 효과시간을 마쳤다.

실망감이 컸다.

모몬가는 같은 마법을 반복했다. 다음으로 선택한 대상은 GM이 아니었다.

옛 동료――아인즈 울 고운의 길드원들이었다.

1퍼센트의 기대와 99퍼센트의 체념이 뒤섞인 마음으로 발동한 마법에는 예측한 대로 아무런 반응이 없었다. 40명 전원, 아니 41명에게 모두 걸어보고, 아무와도 이어지지 않는 다는 것을 확인한 모몬가는 살짝 고개를 가로저었다.

설령 체념했다고는 하나 사실이 밝혀진 만큼 낙담은 컸다.

마지막으로 모몬가는 세바스에게 마법을 날렸다.

――이어졌다.

이제 〈전언〉은 제대로 작동했다는 유감스러운 결과가 드러났다. 물론 〈전언〉이 이 세계에서 만난 대상에게만 발동할 지도 모른다는 미미한 가능성이 남기는 했지만.

『아, 모몬가 님.』

머릿속에 울려 퍼지는 것처럼 들리는 진심 어린 경의의 목소리. 모몬가는 세바스도 〈전언〉 너머에서 현실사회의 회사처럼 고개를 숙이고 있을까 생각해 보았다.

그런 쓸데없는 상상을 하는 동안의 침묵을 어떻게 받아들였는지 세바스의 의아한 목소리가 다시 들렸다.

『……무슨 일이라도 있으십니까?』

"아, 음, 미안하다. 잠깐 생각에 잠기는 바람에. 그보다 주위의 상황은 어떤가?"

『예. 주변은 초원이 되었으며 지성을 지닌 존재는 확인하지 못했습니다.』

"초원이라고……? 늪지대가 아니라?"

옛날 나자릭 지하대분묘는 투베이크라 불리는 개구리 인간 비슷한 몬스터가 사는 대습지 안쪽에 있었다. 주변에는 옅은 안개가 피어나고 곳곳에 독늪이 존재하는 넓은 습원 한가운데 오도카니 자리를 잡고 있지 않았던가.

『예. 초원이옵니다.』

모몬가는 자신도 모르게 슬쩍 웃었다.

이젠 뭐가 뭔지…….

"다시 말해 나자릭 자체가 어딘가 알 수 없는 곳으로 전이했다는 뜻인가? ……세바스, 하늘에 무언가 떠 있거나 메시지가 흘러가지는 않느냐?"

『아니요, 그러한 것은 전혀 없사옵니다. 6계층과 같은 밤하늘이 펼쳐졌을 뿐이옵니다.』

"뭐?! 밤하늘이라고? ……그것 말고는 주변에 무언가 이상한 것은 하나도 없느냐?"

『예…… 특별한 것은 보이지 않습니다. 나자릭 지하대분묘를 제외하면 인공 건축물조차 없사옵니다.』

"그래……? 그렇단 말이지……."

무슨 말을 해야 좋을까. 이제 모몬가에게는 머리를 싸쥐는것 말고 다른 방법은 없었다. 다만 마음속 어디선가 그럴 가능성도 있으리라 생각했던 것은 사실이었다.

세바스의 침묵이 자신의 지시를 기다린다는 것을 알려주 었다. 모몬가는 왼손 손목의 밴드에 시선을 보냈다. 시간으로 보건대 다른 수호자들이 오려면 20분 정도가 남았다. 그렇다면 여기서 내릴 명령은 단 하나.

“앞으로 20분 후 귀환하라. 나자릭에 도착하면 암피테아트룸까지 오도록. 수호자 전원을 소집했으니 그곳에서 네가 본 것을 설명해 주어야겠다.”

『알겠사옵니다.』

“그럼 그때까지 최대한 정보를 수집하라.”

알겠다는 말을 듣고 모몬가는 〈전언〉을 해제했다.

이제 해야 할 일은 대충 끝났나 싶어 모몬가가 한숨을 돌렸을 때, 두 사람의 기대 어린 시선이 떠올랐다.

스태프의 힘을 확인한다고 했으니 힘을 해방하는 모습을 보여줄 필요가 있었다. 모몬가는 스태프를 들고 무엇을 발동하면 좋을지 잠시 망설였다. 그런 모몬가에게, 스태프 오브 아인즈 울 고운에 담긴 무수한 힘이 자신을 써 달라고 말을 거는 것 같았다.

——이럴 때는 역시 어느 정도 화려한 게 좋겠지.

그런 생각과 함께 선택한 것은 불의 보옥. 그 안에 담긴 힘중에서 발동한 것은 〈원초 화염정령 소환Summon Primal Fire Elemental〉.

모몬가의 의식을 따르듯 뱀이 머금은 보석 중 하나에 힘이 일렁였다. 충분한 힘의 유동을 느낀 모몬가는 스태프 오브 아인즈 울 고운을 내밀었다. 그 끄트머리에 거대한 빛덩어리가 생겨나고, 이를 중심으로 규모가 다른 불꽃의 소용돌이가 치솟았다.

소용돌이는 눈 깜짝할 사이에 커지더니 직경 4미터, 높이 6미터까지 부풀었다.

홍련의 연옥이 주위에 열풍을 일으킨다.

시야 한구석에서는 드래곤 킨 두 마리가 거구를 펼쳐 열풍으로부터 아우라와 마레를 감쌌다. 열파에 휩쓸린 모몬가의 로브가 펄럭펄럭 나부꼈다. 화상을 입어도 이상하지 않을 열량이었으나 모몬가는 언데드의 약점을 없애기 위해 불에 대한 절대내성을 익혔으므로 영향은 받지 않았다.

이윽고 주위의 공기를 잡아먹으며 충분히 성장한 불꽃의 회오리는 녹은 쇠 같은 광채를 뿌리며 일렁이더니 인간 비슷한 형태를 띠었다.

원초 화염정령── 원소정령Elemental 중 한없이 최상위에 가까운 존재. 80레벨 후반의 고레벨 몬스터였다. 역시 월랑 때와 마찬가지로 연대감이 느껴졌다.

"우와~……."

아우라가 감탄하며 올려다본다.

소환 마법으로는 결코 불러낼 수 없는 최상위 클래스의 정령을 눈앞에 두고, 가지고 싶었던 장난감을 받은 어린아이 같은 표정을 짓는다.

"……싸워 보겠느냐?"

"네?"

"에, 에엥?"

한순간 어리둥절했다가 아우라는 천진난만한 어린아이 같은 웃음을 지었다. 어린아이의 것치고는 다소—— 아니, 꽤나 일그러진 것이었다. 바로 옆에 있던 마레의 표정이 그나마 어린아이다웠다.

"그래도 돼요?"

"상관없다. 어차피 쓰러졌다 해서 문제 될 것도 아니니."

어깨를 으쓱하는 모몬가. 스태프의 힘으로는 하루에 한 마리밖에 소환할 수 없다. 그러나 바꿔 말해 내일이면 또 소환할 수 있는 그런 존재밖에 안 된다는 뜻. 딱히 이것이 쓰러진다 해서 문제 될 것은 없었다.

"저, 저기, 저는 해야 할 일이 생각나서……."

"마~레."

도망치려는 마레를 덥석 붙잡는 손. 아우라는 놓칠 마음이 전혀 없는 모양이었다. 그녀의 미소가 마레를 꽁꽁 묶어놓았다. 모몬가가 보기에는 귀여운 소녀의 미소였지만, 똑같이 생긴 사람에게는 다른 것으로 보이는지 마레의 옆얼굴이 뚜렷하게 얼어붙었다.

화염정령 앞으로 질질 끌려 나온 마레의 눈이 도움을 청하듯 이리저리 움직이다 모몬가에게 멈추었다.

꽃이 피어나는 듯한 만면의 미소.

모몬가는 그 미소에 묵념을 올렸다.

꽃은 단숨에 시들었다.

"뭐, 둘 다 적당히 싸워보거라. 다쳐도 안 되니까."

"네~!"

씩씩한 아우라의 목소리. 꺼질 듯 어두운 마레의 목소리도 살짝 겹쳐 들렸다. 모몬가는 마레가 있으면 다칠 일도 없으리라 판단하고, 조금 전 느꼈던 연대감 너머로 원초 화염정령에게 쌍둥이를 공격하도록 명령을 내렸다.

불꽃이 미쳐 날뛰듯 기세를 더하며 덤벼드는 원초 화염정령에 맞서 아우라가 전열, 마레가 후열을 짜고 상대했다. 아우라의 두 손에 들린 채찍이 공기와 함께 화염정령을 두드리고 마레의 마법이 착실하게 대미지를 준다.

"역시 여유롭군, 이 정도는."

압도적이라고도 할 수 있는 전투에서 눈을 떼지 않은 채, 모몬가는 그 외에도 알아봐야 하는 일에 대해 생각했다.

마법이나 아이템이 기동하는지는 확인했다. 그렇다면 남은 것은 소지품이다. 특히 중요한 것은 스크롤(scroll), 스태프, 완드 같은 소비성 아이템. 이런 것들에는 마법이 담겨 있으며 스크롤은 일회용, 스태프와 완드는 정해진 충전 횟수만큼 마법을 발동할 수 있는 아이템이다.

모몬가도 이런 것들을 상당수 보유했다. 성격상 소비성 아이템은 아까워서 쓰지 못한다. 최고급 회복약 같은 것들은 끝판왕과 싸울 때도 쓰지 않는 그런 타입. 신중하다기보다는 거지 근성이라 해야 하리라. 그렇기 때문에 소비성 아이템은 쌓여갈 뿐이었다.

그런 아이템을 위그드라실에서는 인벤토리에 담아두었는데, 지금은 어디 있을까?

모몬가는 인벤토리를 열 때를 떠올리면서 허공에 뼈밖에 없는 손을 뻗어 보았다. 손이 호수에 잠기듯 어디론가 빨려 들어갔다.

옆에서 보면 모몬가의 팔 절반이 허공으로 사라진 것처럼 보일 것이다.

그대로 윈도우를 열 때처럼 옆으로 크게 슬라이드시켰다.

공간에 창문 같은 것이 나타났다. 그 안에는 몇 자루나 되는 스태프가 가지런히 정돈되어 있었다. 이것이야말로 위그드라실의 인벤토리 그 자체였다.

손을 움직여 아이템 화면과도 같은 공간을 움직여나간다.

스크롤, 완드, 무기, 방어구, 장식품, 보석, 포션으로 대표되는 소비성 아이템……. 막대한 양의 마법도구.

모몬가는 안도감에 웃음을 지었다. 이 정도라면 이 대분묘 내의 거의 모든 존재가 적으로 돌아서더라도 자신의 안전을 지킬 수 있었다.

아직도 격전을 펼치는 아우라와 마레를 멍하니 시야 속에 담은 채, 모몬가는 이제까지 얻은 정보를 정리하기 시작했다.

——지금까지 만났던 NPC는 프로그램인가?

아니다. 의식을 가진 인간과 무엇 하나 다를 바 없는 존재였다. 이만큼 세밀한 감정의 흐름을 프로그래밍으로 표현할 수는 없을 것이다. 모종의 사태로 프로그램이 아닌 인간과 같은 존재가 되었으리라 가정해야 한다.

——다음으로, 이 세계는 무엇인가?

모른다. 위그드라실의 마법이 존재하는 것을 보면 위그드라실 게임 내부라 보는 것이 타당하겠지만 앞서 제기한 의문과 함께 생각해 보면 게임이라고는 도저히 생각하기 힘들었다.

게임 내부, 혹은 이세계. 그중 어느 하나가 아닐까? 있을 수 없는 이야기이기는 하지만.

——자신은 앞으로 어떻게 대응해나가야 할까?

위그드라실 내의 힘을 쓸 수 있다는 것은 확인했다. 따라서 이 나자릭 지하대분묘 내의 몬스터나 NPC의 능력은, 위그드라실의 데이터를 기준으로 생각한다면, 당해내지 못할 것이 없다. 문제는 위그드라실의 데이터에 없는 무언가가 있을 때인데, 그때는 배를 쨀 수밖에 없으리라. 일단은 군주로서 위엄을 보이고——위엄이 있다면 말이지만——행동할 수밖에.

——앞으로의 행동방침은?

정보 수집에 전념한다. 이 세계가 무엇인지는 알 수 없지만, 현재 모몬가는 그저 아무것도 모르는 뜨내기일 뿐이다.

방심하지 말고 신중하게 정보를 수집해야 한다.

——가령 이세계라고 한다면, 원래 세계에 돌아가도록 노력해야 할까?

의문이다.

만약 친구가 있다면 돌아가고자 노력했을 것이다. 만약 부모님이 살아계셨다면 죽을힘을 다해 돌아갈 방법을 모색했을 것이다. 부양할 가족이 있다면, 애인이 있다면…….

그러나 그런 것은 없다.

회사에 가서, 일을 하고, 퇴근해, 잔다. 얼마 전까지는 퇴근하면 위그드라실에 접속해 언제 동료들이 와도 함께 플레이할 수 있도록 준비를 해두었지만, 이제는 그것도 없다. 그런 세계에 돌아갈 가치가 있을까?

하지만 돌아갈 수 있다면 돌아가기 위해 노력하는 편이 나을 것이다. 선택지는 많아서 나쁠 것이 없다. 나자릭의 바깥이 지옥 같은 세계일 가능성도 충분히 있으니까.

"그러면 어떻게 한다……."

모몬가의 쓸쓸한 혼잣말이 허공에 흩어졌다.

4

허공에 녹아들듯 원초 화염정령의 거대한 몸이 사라져간다. 주위에 휘몰아치던 열기도 급속히 수그러들었다. 모몬가가 어렴풋이 느꼈던 지배 관계 또한.

원초 화염정령은 차원이 다른 파괴력과 내구력을 지녔지만 주위에 있기만 해도 입히는 화염 대미지를 완전히 무효화하며 멋진 회피를 보여주는 아우라 앞에서는 거대한 표적에 불과했다.

반대로 한 방이라도 맞았다면 아우라의 체력이 제법 깎였겠지만, 드루이드인 마레가 그렇게 내버려둘 리가 없다. 버프, 디버프를 효율적으로 구사해 아우라를 지원해 주었다.

전열과 후열의 역할을 착실하게 분담한 멋진 전술. 그와 동시에 모몬가에게 실전이란 말을 느끼게 해준, 게임과는 다른 생생한 전투였다.

"훌륭하다……. 둘 다…… 아주 멋졌다."

모몬가의 진심 어린 감탄사에 두 아이는 기쁨의 웃음을 지었다.

"고맙습니다, 모몬가 님. 이렇게 운동해 보긴 오랜만이에요!"

둘 다 별것 아니었다는 듯 얼굴에 맺힌 땀을 닦는다. 하지만 닦아도 닦아도 땀방울이 솟아나 갈색 피부 위로 흘러내렸 다.

모몬가는 잠자코 인벤토리를 열었다. 그곳에서 처음 꺼낸 것은 마법 아이템——무한의 물병Pitcher of Endless Water.

식사와 갈증 같은 위그드라실의 시스템은 언데드인 모몬가에게는 상관이 없으므로 개인적으로는 전혀 쓰지 않던 아이템이다. 기승용 동물에게나 가끔 사용해주었을 뿐이다.

유리처럼 투명한 재질로 만든 피처에는 신선한 물이 가득했으며 온도 차이 때문인지 용기에는 이슬이 무수히 맺혔다.

다음으로 꺼낸 깨끗한 컵에 물을 따라 두 사람에게 내민다.

"아우라, 마레. 마시거라."

"네? 하지만 모몬가 님께서…… 황송하게……."

"마, 맞아요. 물은 제 마법으로도!"

파닥파닥 손을 좌우로 흔드는 아우라, 도리도리 고개를 가로젓는 마레. 그런 두 사람에게 모몬가는 쓴웃음을 지었다.

"이 정도는 마음에 두지 마라. 언제나 열심히 일하는 너희에게 주는 소소한 감사의 뜻이다."

"우와~."

"흐에~."

멋쩍은 듯 얼굴을 붉히는 아우라와 마레가 조심스레 손을 내밀어 잔을 받았다.

"고, 고맙습니다, 모몬가 님!"

"모, 모몬가 님께서 직접 따라주시다니!"

——그렇게 좋아할 일인가?

이번에는 사양하지 않고, 아우라는 잔을 받아 단숨에 마셨다. 목이 꿈틀거리면서 입술 끝에서 샌 물방울은 매끄러운 목덜미를 타고 흘러 가슴께로 사라졌다. 그에 반해 마레는두 손으로 단단히 든 컵을 조금씩 조금씩 기울였다. 물을 마시는 모습 하나만 해도 두 사람의 성격 차이가 여실히 드러 났다.

모몬가는 그 모습을 보며 자신의 목에 손을 가져갔다. 경추에 얇은 가죽이 붙은 듯한 감촉.

이 몸이 된 후로 갈증을 느낀 적은 없었다. 수면욕 또한.

언데드가 그런 것을 느낄 리가 없다는 것은 잘 알지만, 그래도 정신이 들고 보니 인간을 그만두었다니, 마치 농담과도 같은 이야기였다.

모몬가는 다시 손을 움직여 자신의 몸을 만져보았다. 피부, 살점, 혈관, 신경, 내장. 어떤 것도 찾아볼 수 없는 백골뿐인 육체. 알고 있었지만 실감이 나질 않아 더듬어 본다.

촉각은 인간일 때에 비해 약간 무뎠다. 만져도 사이에 엷은 천이 낀 것처럼 느낌이 둔했다. 반면 다른 감각은 상당히 예민하다. 시력도 청력도 매우 날카롭다.

골격 외에는 아무것도 없는 몸이라 금방이라도 부러질 것같은데, 뼈 하나하나가 강철보다 튼튼한 것 같았다.

그리고 예전의 몸과 전혀 다른데도 이것이 자신의 진짜 몸이라는, 기괴한 만족감인지 충실감인지 모를 것이 있었다.

그렇기에 백골의 몸이 되었음에도 공포를 느끼지 않는 거겠지.

"한 잔 더 마시겠느냐?"

무한의 물병을 들어 물을 다 마신 두 사람에게 물었다.

"어…… 아뇨! 이젠 괜찮아요!"

"그러냐. 그럼 마레는? 필요 없느냐?"

"네?! 어, 저기, 저, 저도 괜찮습니다. 이, 이젠 목이 안 말라요."

모몬가는 알았다는 뜻으로 고개를 끄덕이고 두 사람에게 잔을 받아 다시 공간 속에 집어넣었다.

아우라가 중얼거렸다.

"……모몬가 님은 더 무서운 분인 줄 알았어요."

"응? 그러냐? 그게 낫다면야 그렇게 하겠다 만……."

"지금이 더 나아요! 훨씬 나아요!"

"그럼 이대로 있지."

힘찬 아우라의 대답에 눈을 깜빡이면서 모몬가가 대답했다.

"호, 혹시 우리에게만 다정하게 대해주시는 건~?"

소곤소곤 중얼거리는 아우라에게 뭐라 대답해야 좋을지 알 수 없어서 모몬가는 아우라의 머리를 가볍게 몇 차례 쓰다듬듯 두드려주었다.

"에헤헤헤."

좋아하는 간식을 받은 강아지 같은 태도의 아우라, 부러워하는 마레.

그때 제삼자의 목소리가 들렸다.

"어머나, 제가 가장 먼저 도착하였는지요?"

말투에 비해 매우 어리게 느껴지는 목소리와 동시에 대지에서 그림자가 부풀면서 솟아올랐다. 그림자는 그대로 마치 문 같은 모양을 이룬다. 그 안에서 천천히 모습을 드러내는 자가 있었다.

온몸을 감싼 것은 부드러운 칠흑색의 무도회 가운. 스커트 부분은 크게 부풀어 상당한 볼륨감을 자랑했다. 프릴과 리본이 달린 볼레로 카디건을 폭 뒤집어쓰고 레이스가 달린 핑거 리스 글로브를 끼어 맨살은 거의 보이질 않았다.

그런 가운데 절세라는 말이 어울리는 단아한 얼굴만이 백랍처럼 하얀 피부를 드러내고 있었다. 긴 은발을 한쪽으로 모아 틀어 올린 다음 늘어뜨렸기 때문에 얼굴에는 전혀 닿지 않았다. 진홍색 눈동자에는 요사스러운 희열의 빛이 어렸다.

나이는 열넷 정도, 혹은 그 이하. 아직 앳된 티를 완전히 벗지는 못했다. 귀여움과 아름다움이 뒤섞여 태어난, 그런 미의 결정체였다. 하지만 가슴만은 나이에 어울리지 않을 만큼 큰 융기를 보였다.

"……전이 마법은 방해를 받는 나자릭에서 굳이 〈전이문Gate〉을 쓰는 이유가 뭐야? 투기장 안쪽까지는 그냥 왔을 테니 그대로 걸어왔으면 됐잖아, 샤르티아."

모몬가의 바로 옆에서 어이없다는 목소리가 들렸다. 그 얼어붙을 듯한 감정을 담은 목소리에 조금 전의 강아지 같던 분위기는 없었다. 있는 것이라고는 가득 차다 못해 넘쳐날 것 같은 적개심.

그 옆에서는 마레가 다시 부들부들 떨기 시작한다. 조금씩 누이의 곁에서 떨어지는 것이 제법 똑똑하다. 실제로 아우라의 갑작스런 변모에는 모몬가도 조금 겁을 먹었던 참이었다.

최상위 전위마법을 사용해 이 자리에 모습을 드러낸, 샤르티아라고 불린 소녀는 모몬가 곁에서 얼굴을 찡그린 아우라에 게는 눈길조차 주지 않고 몸을 이리저리 꼬며 모몬가 앞에 섰다.

몸에서 피어나는 향수 냄새.

"……아우, 구려."

아우라가 툭 내뱉는다.

"언데드라 썩은 거 아냐?"

모몬가가 자신도 모르게 자기 팔을 들어 냄새를 맡는 모습이 보였는지 샤르티아가 미간에 시퍼런 핏대를 세웠다.

"……그런 말씀은 삼가시와요. 모몬가 님도 언데드인데."

"아앙? 무슨 소리야, 샤르티아. 모몬가 님이 그냥 언데드랑 똑같아? 아마 슈퍼 언데드나 갓 언데드나 뭐 그런 거 아니겠어?"

샤르티아와 마레에게서 "아~." 라느니 "응." 이라느니 하는 수긍의 목소리가 들렸다.

——무슨 소린지는 모르겠지만 위그드라실에서는 그냥 언데드 맞는데…….

모몬가는 조금 불안한 마음으로 생각했다. 어쨌거나 슈퍼 언데드니 갓 언데드 같은 괴상한 종족은 없다.

"아, 아무튼 아우라, 지금 그건 좀 안 좋았어."

"그, 그런가? 좋아, 그럼 테이크 2. 어흠…… 살이 썩어서 냄새나는 거 아냐?"

"그거라면…… 뭐, 괜찮겠사와요."

아우라의 테이크 2에 수긍한 샤르티아는 나긋나긋한 손을 모몬가의 목에 좌우로 뻗어서 끌어안는 듯한 자세를 취했다.

"아아, 나의 주군이시여. 소녀가 지배할 수 없는 유일한 분이시자 사랑하는 주군이시여."

새빨간 입술이 갈라지며 젖은 혀가 모습을 드러냈다. 혀는 마치 살아 있는 생물인 것처럼 입술 위를 한 바퀴 돈다. 벌어진 입에서는 향긋한 냄새가 피어났다.

요염한 미녀라면 매우 어울렸겠지만, 그녀는 나이 면에서 부족하다 보니 어정쩡한 느낌이 들었다. 애초에 신장이 모자라기 때문에 팔을 뻗어 안았다기보다는 목에 대롱대롱 매달린 것으로밖에 보이지 않는다. 어딘가 귀여운 광경이라는 느낌마저 들었다.

그래도 여성에게 내성이 없는 모몬가에게는 충분히 요염 게 여겨졌다. 한 걸음 후퇴할 뻔했지만 마음을 굳게 먹고 그 자리에 머물렀다.

——얘가 이런 캐릭터였나?

그런 생각을 떨칠 수가 없었다. 그러나 이 소녀를 설정한 옛 동료가 페로론치노라는 것을 생각해보면 충분히 있을 법한 일이었다. 야게임을 더없이 사랑해 '야게임 이즈 마이 라이프'를 자신의 테마라고 호언장담하던 인물이었으니까.

그런 폐인이 설정한 그녀가 바로 샤르티아 블러드폴른. 나자릭 지하대분묘 제1계층에서 제3계층을 맡은 수호자이자 '진조True Vampire'였다.

그리고 야게임에 흔히 있을 법한 설정을 모조리 쏟아부은 소녀이기도 하다.

"작작 좀 하지……?"

무겁고 나직한 목소리에 샤르티아는 처음으로 반응해 조소를 머금으며 아우라를 보았다.

"어머나, 꼬맹이. 거기 계셨사와요? 시야에 들어오질 않아서 미처 몰랐사와요."

아까 같이 얘기했잖아, 라고 태클을 걸 마음은 들지 않았다.

아우라는 얼굴에 핏대를 세웠고, 샤르티아는 이를 무시하듯 마레에게 말을 걸었다.

"그대도 참으로 힘드시겠사와요. 이렇게 머리가 이상한 누이를 두었으니. 하루 빨리 독립하는 편이 좋지 않을는지요? 그렇지 않으면 그대마저 이렇게 될 터인데."

마레의 안색이 단숨에 창백해졌다. 샤르티아가 자신을 핑계로 누이에게 싸움을 건다는 사실을 깨달았기 때문이었다.

그러나 아우라는 씨익 웃었다. 그리고――.

"시끄러워, 가짜 찌찌."

――폭탄을 투하했다.

"……어떻게 알았어!!"

――아, 캐릭터 붕괴.

모몬가는 그런 말을 중얼거렸다. 본성을 드러낸 샤르티아에게서 조금 전과 같은 괴상한 규방 말씨는 찾아볼 수 없었 다.

"보면 뻔하지 뭐. 모양이 완전 이상한데. 몇 겹이나 쑤셔 넣은 거야?"

"와악――! 와악――!"

아우라의 발언을 없애려는 것처럼 팔을 파닥파닥 휘저어대는 샤르티아. 이때만큼은 나이에 어울리는 표정이 보였다.

그에 반해 아우라는 사악한 미소를 짓고 있다.

"그렇게 집어넣으면…… 뛸 때마다 가슴이 막 흔들리지?!"

"크힉!!"
아우라가 손가락을 척 내밀자 샤르티아가 괴성을 지른다.
"찔리는구나! 큭큭큭! 흔들리는구나! 그러니까 서두르면서도 뛰어오지 않으려고 〈전이문〉을 썼던 거야~."
"조용히 해, 이 꼬맹아! 넌 아예 없잖아! 난 쬐끔은…… 아니, 꽤 있단 말야!"
샤르티아의 필사적인 반격. 그 순간 더욱 사악한 미소를 짓는 아우라. 샤르티아는 주춤거리며 한 걸음 물러났다. 은근슬쩍 가슴을 가리는 모습이 어쩐지 애잔하다.
"……나는 이제 겨우 76살. 아직 오지 않은 시간이 있다구. 하지만 언데드에겐 미래가 없으니 참 힘들겠다~. 성장하질 않잖아."
샤르티아는 신음 소리를 내며 더욱 후퇴한다. 받아칠 말이 없는 것이다. 그것이 표정에 여실히 드러났다. 아우라는 이를 확인하고 균열 같은 웃음을 더욱 틀어 올렸다.
"지금 있는 걸로 만족하시지—— 푸풉!"
모몬가는 샤르티아에게서 무언가가 뚝 끊어지는 소리가 들린 것 같았다.
"아우, 이걸 그냥! 너 오늘 임자 만난 줄 알아!"
장갑을 낀 샤르티아의 손에 시커먼 안개 같은 것이 일렁일렁 배어 나왔다. 아우라는 이에 맞서려는 듯 조금 전 사용했던 채찍을 손에 든다. 그리고 그런 두 사람을 앞에 두고 안절부절못하는 마레.
모몬가는 이 광경을 예전에도 본 것 같아 두 사람을 말려야 할지 망설였다.

아우라와 마레를 설정한 부글부글찻주전자는 샤르티아를 설정한 페로론치노의 누나였다. 이 두 사람은 이따금 친한 사이에서나 가능한 싸움을 벌이곤 했다. 바로 지금 이런 식으로. 모몬가는 싸우는 두 사람의 등 뒤로 옛 동료들의 모습이 떠오르는 것 같았다.

"시끄. 럽. 군."

모몬가가 옛 동료들의 기억에 잠겨 있으려니 인간이 아닌 무언가가 억지로 인간의 목소리를 내듯 딱딱하게 일그러진 목소리가 두 사람의 다툼을 갈라놓았다.

목소리가 들린 방향. 그곳에는 언제 나타났는지 주위에 냉기를 흩뿌리는 이형의 존재가 서 있었다.

2.5미터는 됨직한 거구와 여섯 개의 팔다리는 두 발로 선 곤충을 연상케 했다. 악마가 일그러뜨려 놓은 사마귀와 개미의 융합체가 있다면 이런 느낌이 아닐까. 키의 두 배는 될 법한 굵은 꼬리와 온몸에는 고드름처럼 날카로운 스파이크가 무수히 돋아났다. 좌우로 열렸다 닫히는 힘 있는 아래턱은 인간의 팔 정도는 순식간에 자를 수 있을 것이다.

두 개의 팔로는 은백색 할버드(Halberd)를, 나머지 두 팔로는 시커먼 오라를 흩뿌리는 흉흉하면서도 멋진 메이스(Mace)와 칼집에 담을 수도 없을 정도로 괴상한 형태의 브로드 소드(Broad Sword)를 들었다.

냉기가 달라붙어 다이아몬드 더스트처럼 반짝이며 밝은 푸른색을 띤 단단한 외골격은 갑옷 같았다. 어깻죽지나 등언저리는 빙산처럼 불룩하다.

그것은 나자릭 지하대분묘 제5계층수호자이며 '동하(凍河)의

지배자' 인 코퀴토스였다.

손에 든 할버드를 지면에 내리치자 그 주위의 대지가 천천히 얼어붙기 시작한다.

"주군. 앞에서. 장난이. 지나. 치구나……."

"이 계집애가 소녀에게 결례를――."

"난 사실대로――."

"아우우우……."

다시 샤르티아와 아우라가 무시무시한 안광을 뿌리며 노려보고, 마레가 당황했다. 모몬가도 조금 어이가 없어 일부러 목소리를 깔며 두 사람에게 경고했다.

"……샤르티아, 아우라. 노는 것도 좋다만 그쯤 해두거라."

두 사람의 몸이 펄쩍 뛰더니 동시에 고개를 푹 숙였다.

"죄송합니다!"

모몬가는 천천히 고개를 끄덕여 사죄를 받아들이고 지금 막 나타난 자에게 몸을 돌렸다.

"잘 왔다, 코퀴토스."

"부름에. 즉각. 응하는. 것이. 신하된. 도리. 일진저."

코퀴토스의 구강기관에서 하얀 입김이 새 나왔다. 이에 반응해 공기 중의 수분이 얼어붙는지 쩌적쩌적 소리가 났다.

원초 화염정령의 불꽃에 필적하는 냉기. 주위에 있기만 해도 저온 때문에 온갖 디버프와 함께 육체 손상을 입는다. 그러나 모몬가에게는 아무것도 느껴지지 않았다. 애초에 이 자리에서 불꽃, 냉기, 산(酸) 같은 공격에 내성이나 저항 수단이 없는 자는 존재하지 않았다.

"요즘은 침입자도 없어 한가하지 않더냐?"

"솔직.히.그랬.습니다."

아래턱을 따닥따닥 울린다. 말벌이 위협하는 소리 같지만, 모몬가는 웃고 있는 것이라 생각하기로 했다.

"——그렇.다곤.하나.마땅히.해야.할.일도.있는.바.그리.한가하지.만도.않.았습니다."

"호오, 마땅히 해야 할 일이라니? 그것이 무엇이냐?"

"단련.이옵니.다. 언제.어느.순간에도.도움이.될.수.있도록."

코퀴토스는——외견에서는 상상할 수 없지만——무인(武人)이라는 설정이다. 성격도 컨셉 디자인도. 그렇기 때문에 이곳 나자릭 지하대분묘에서 무기를 다루는 자로 따지면 으뜸가는 공격능력을 보유한 자이기도 하다.

"나를 위해서 노고가 많구나."

"그.말씀만.으로도.과분한.보답.입니다. 음? 데미우르고스.와.알베도가.온.모양이.군요."

코퀴토스의 시선을 따라가니 투기장 입구에 나타난 두 명의 실루엣이 보였다. 앞에 선 것은 알베도였다. 그 뒤를 따르듯 한 사내가 걸어온다. 충분히 거리가 가까워지자 알베도는 웃으며 모몬가에게 깊이 고개를 숙였다.

다른 사내 또한 우아하게 인사하며 입을 열었다.

"기다리게 해 드려 죄송합니다."

신장은 180cm 정도 되며 피부는 볕에 그을린 듯한 색. 얼굴은 동양계이고 올백으로 단정히 빗어 넘긴 머리카락은 칠흑색이다. 동그란 안경 안쪽에서는 실눈이라기보다는 슬쩍 감은 듯한 눈이 있었다. 옷차림은 재킷에 넥타이는 물론 조끼까지 완벽하게 갖춘 정장이었다. 뛰어난 비즈니스맨이나 변호사 같은 수완가의 분위기가 풍겼다.

다만 신사의 모습을 하고는 있어도 사악한 분위기는 결코 감출 수 없었다. 뒤에서는 은색 플레이트로 감싼 꼬리가 뻗어 나왔으며 그 끄트머리에는 가시가 여섯 개 돋아났다. 주위에 일렁이는 듯한 칠흑색 불꽃을 흩뿌리는 이 사내야말로 '염옥(炎獄)의 조물주' 데미우르고스였다.

나자릭 지하대분묘 제7계층의 수호자이며 거점 방위 때는 NPC의 지휘관을 맡는 악마였다.

"이제 모두 모였군."

"――모몬가 님, 아직 두 명이 오지 않은 것 같습니다만."

데미우르고스의 목소리는 인간의 마음속으로 미끄러져 들어오는 듯 깊고 끌어들이는 듯 팽팽했다. 그의 목소리에는 패시브 스킬이 담겨 있다. 그 이름은 '지배의 주언(呪言)'.

마음 약한 자들을 순식간에 자신의 꼭두각시로 바꾸는 효과가 있는 힘이다.

그렇다고는 하나 이 자리에서 그 스킬은 효과를 발휘하지 못한다. 효과가 있는 것은 40레벨 이하의 상대뿐이므로 이 자리에 있는 자들에게는 기껏해야 듣기 좋은 목소리에 불과하다.

"괜찮다. 그 둘은 모두 특정한 상황에서만 일할 것을 우선시해 배치한 수호자이니. 지금과 같은 상황에서는 부를 필요가 없다."

"그렇습니까?"

"……소인의. 맹우(盟友). 또한. 오지. 않은. 듯합니다."

그 목소리에 샤르티아와 아우라의 움직임이 우뚝 멈추었 다. 알베도의 웃음마저 뻣뻣하게 굳은 것 같았다.

"……그, 그건, 어디까지나나나, 소소소녀의 계층 일부를 맡은 지킴이일 뿐이사와요."

"그, 그치~?"

샤르티아에게 뻣뻣한 미소를 지으며 아우라가 동조하고, 알베도는 끄덕끄덕 몇 번이나 고개를 세로로 움직였다.

"……공포공(恐怖公) 말이냐. 하긴, 영역수호자에게도 알려두는 편이 좋긴 하겠군. 그러면 홍련(紅蓮)과 그랜트 같은 영역수호자들에게도 전달하도록. 이는 각 계층수호자들에게 맡기겠다."

나자릭 지하대분묘의 관리직인 수호자에는 두 종류가 있다.

첫 번째가 지금 모몬가 앞에 모인, 하나 혹은 여러 개의 계층을 맡은 계층수호자이다. 그리고 두 번째가 각 계층의 일부분을 맡는 영역수호자이다. 쉽게 말하면 영역수호자는 계층수호자의 관리 아래 한 구역을 지키는 자들이다. 숫자가 제법 많다 보니 그리 강해 보이지는 않으므로 나자릭에서는 그냥 수호자라고 하면 계층수호자를 가리키는 말로 통했다.

모몬가의 지령을 받은 각 계층수호자가 명령을 받드는 뜻을 보이자 알베도가 입을 열었다.

"그러면 여러분, 지고의 존재에게 바치는 충성의 의식을."

모든 수호자가 일제히 고개를 끄덕이더니 모몬가가 뭐라 하기도 전에 대열을 재정비했다. 알베도를 앞에 세우고 조금 물러난 곳에서 수호자 전체가 일렬로 늘어선다. 수호자들의 표정은 외경심에 딱딱하게 굳어졌으며 더 이상 장난을 치려는 분위기는 보이지 않았다.

끄트머리에 서 있던 샤르티아가 한 걸음 앞으로 나섰다.

"제1, 제2, 제3계층수호자 샤르티아 블러드폴른, 주군을 뵙나이다."

무릎을 꿇고 가슴께에 한쪽 손을 가져다대며 깊이 고개를 숙인다. 신하의 예를 취한 샤르티아에 이어 앞으로 한 걸음 나선 것은 코퀴토스였다.

"제5.계층.수호자.코퀴토스.주군을.뵙나이다."

샤르티아와 마찬가지로 신하의 예를 취하며 모몬가에게 고개를 숙인다. 다음으로 다크엘프 둘이 나섰다.

"제6계층수호자 아우라 벨라 피오라, 주군을 뵙나이다."

"가, 같은 제6계층수호자, 마레 벨로 피오레, 주, 주군을 뵙나이다."

역시 무릎을 꿇고 고개를 숙인다. 샤르티아, 코퀴토스, 아우라, 마레. 체격의 차이가 있는 만큼 한 걸음의 차이가 있어야 정상인데도 무릎을 꿇은 위치는 깔끔하게 직선을 그렸다.

이어서 데미우르고스가 우아하게 한 걸음 나섰다.

"제7계층수호자 데미우르고스, 주군을 뵙나이다."

시원한 음성과 함께 우아한 자세를 무너뜨리지 않고, 그러 면서도 진심이 깃든 예를 보인다. 마지막으로 남은 알베도가 한 걸음 나왔다.

"수호자 총책임자 알베도, 주군을 뵙나이다."

모몬가에게 어렴풋한 미소를 보이며 다른 수호자들과 마찬가지로 무릎을 꿇는다. 다만 알베도만은 여기서 그치지 않는다. 고개를 조아린 채 낭랑한 목소리로 모몬가에게 마지막 보고를 올렸다.

"제4계층수호자 가르간투아 및 제8계층수호자 빅팀을 제외한 각 계층수호자, 주군 앞에 무릎을 꿇나이다. ……하명하시옵소서, 지고의 주군이시여. 소신들의 모든 충성을 주군께 바치나이다."

고개를 숙인 여섯 명을 앞에 두고 모몬가는 움직일 리가 없는 목이 꼴깍 소리를 내는 것 같았다. 감도는 긴장감. 아니, 팽팽한 공기를 느낀 것은 모몬가뿐일 것이다.

——어떡해야 좋을지 모르겠다.

이런 장면은 보통 사람이라면 평생 한 번도 경험할 수 없으리라. 모몬가는 혼란 때문에 실수로 특수능력 일부를 해방해 주위에 오라를 뿜어내기도 하고 후광을 발하기도 했다.

미처 해제할 여유조차 없었다. 어쨌거나 영화나 TV 같은 데서 보았던 광경을 열심히 기억에서 불러내며 그럴듯한 행동을 취하고자 고심했다.

"고개를 들라."

'척' 이라고 의태어를 써놓으면 어울릴 법한 동작으로 전원의 머리가 일제히 올라왔다. 그 동작도 일사불란해 모몬가는 연습이라도 한 거냐고 묻고 싶을 지경이었다.

"그러면…… 우선, 이렇게 모인 데 감사한다."

"감사라니, 당치 않사옵니다. 소신들은 모몬가 님께 충성만이 아니라 이 몸까지도 모두 바친 자들일진대, 지극히 당연한 일이옵니다."

알베도의 대답에 다른 수호자들이 끼어들려는 기색은 없었다.

역시 수호자 총책임자의 지위에 오를 만했다.

진지한 표정으로 이쪽의 눈치를 살피는 수호자들의 얼굴을 보고 모몬가는 있지도 않은 목구멍에 무언가가 꽉 막힌 듯한 감각에 사로잡혔다. 지배자답게 굴어야 한다는 속박이 중압이 되어 모몬가를 엄습했다.

그것만이 아니었다. 자신의 명령이 향후를 좌우할 것이다.

결정을 내리는 데 자꾸만 망설임이 들었다.

자신의 결정으로 나자릭 지하대분묘가 붕괴되는 것은 아닐지, 그런 불안이 자꾸만 고개를 들었다.

"……모몬가 님께서는 망설이시는 듯 보입니다. 당연한 일이옵니다. 모몬가 님께서 보기에 소신들의 힘은 부족하기 이를 데 없을 테니……."

미소를 지우고 결연한 표정을 다진 당당한 얼굴로 알베도가 말했다.

"하오나 모몬가 님께서 하명만 하신다면 소신들――각 계층수호자 전원은 그 어떤 난업이라 할지라도 전심전력을 다하여 수행할 것이옵니다. 조물주이신 지고의 41인――아인즈 울 고운에 부끄러움 없는 충절을 맹세하옵니다."

"맹세하옵니다!"

알베도의 목소리에 맞춰 계층수호자 전원이 이구동성으로 대답했다. 그 목소리는 힘이 넘쳐나 그 누구도 이들을 막을 수 없을 것 같았다. NPC가 배신할 가능성을 생각하던 모몬가를 비웃는, 금강석과도 같은 충성심이 느껴졌다.

마치 눈앞의 어둠이 아침 햇살 속에서 사라지는 듯한 기분에 사로잡힌 모몬가는 감동에 몸을 떨었다. 아인즈 울 고운의 동료들이 만든 NPC가 이렇게 멋진 자들이라는 것을 깨달은 것이다.

황금처럼 찬란하게 빛나던 그 시절은 지금도 이곳에 있다.

모두의 마음이 모인 결정, 고생해 만들었던 결실이 이곳에 있다는 데 기쁨을 느끼고.

모몬가는 활짝 웃었다. 물론 뼈로 이루어진 얼굴에 큰 표정의 변화는 없었다. 그러나 눈구멍에 깃든 광채는 아름다운 붉은색으로 강하게 번뜩였다.

조금 전까지 느꼈던 불안이 온데간데없이 사라지면서 모몬가의 입에서는 길드장의 위엄 어린 말이 술술 흘러나왔다.

"훌륭하도다, 수호자들이여. 그대들이라면 나의 목적을 이해하여 실수 없이 수행하리라고, 지금 이 순간 강하게 확신했다."

모몬가는 수호자 전체의 얼굴을 다시 한 번 훑어보았다.

"그러면 다소 의미가 명료하지 못한 점이 있을지도 모르나 마음을 열고 들어주기 바란다. 현재 나자릭 지하대분묘는 이유를 알 수 없는, 예측하지 못한 사태에 휘말린 것으로 보인다."

수호자 전원의 얼굴은 진지해서 조금도 흐트러지지 않았 다.

"무슨 원인으로 이 사태가 유발되었는지는 알 수 없으나, 적어도 나자릭 지하대분묘가 과거에 위치했던 늪지대에서 초원으로 전이했다는 것만은 분명하다. 이 이상 사태에 대해 무언가 전조로 보이는 점을 확인한 자가 있었나?"

알베도가 천천히 어깨 너머로 각 수호자들의 얼굴을 살폈다. 전원의 얼굴에 떠오른 응답을 읽고 입을 연다.

"아뢰옵기 황공하오나 소신들에게는 짚이는 바가 없나이다."

"하면 다음으로 각 계층수호자에게 묻겠다. 자신의 계층에서 무언가 특별한 이상 사태가 발생했던 자는 있는가?"

그 말에 비로소 수호자들이 입을 열었다.

"제7계층에는 이상이 없었습니다."

"6계층도 없었습니다."

"아, 네. 아우라 말이 맞아요…… 맞습니다."

"제5.계층.이상.무."

"제1계층에서 제3계층까지도 아무 이상 없었사와요."

"——모몬가 님, 속히 제4, 제8계층의 탐사를 개시하고자 합니다."

"하면 그 건은 알베도에게 맡기겠다만, 제8계층은 주의하도록. 만일 그곳에서 비상사태가 발생했다면 네가 대처하지 못할 수도 있다."

명령을 받드는 뜻으로 고개를 깊이 숙인 알베도 다음으로 샤르티아가 말했다.

"그렇다면 지표는 제가……."

"아니다. 이미 세바스가 지표를 탐색하는 중이다."

이 명령을 내릴 때 그 자리에 함께 있던 알베도는 당연히 가만히 있었지만, 다른 수호자의 얼굴에는 채 억누르지 못한 동요가 한순간 떠올랐다.

나자릭 지하대분묘에는 육탄전에서 최강이라 불리는 NPC가 넷 있다. 무기를 들면 최고의 공격능력을 지닌 코퀴토스. 중장갑으로 몸을 감싸고 수호한다는 의미에서는 타의 추종을 불허하는 알베도. 순수한 격투전에서 가장 뛰어나며 진정한 모습을 보이면 종합 전투능력에서는 코퀴토스나 알베도마저 뛰어넘는다는 세바스. 그리고 그들 셋마저 능가하는 자가 하나.

수호자들의 동요는, 꼼수가 개입되지 않은 정면 승부에서는 비할 데 없는 능력을 자랑하는 세바스를 정찰이라는 간단한 임무에 보냈다는 데에서 비롯된 것이리라. 모몬가가 이번에 얼마나 강한 경계심을 품었는지를 이해하고 위기감을 느낀 것으로 보였다.

"슬슬 돌아올 때가 됐는데……."

이때 세바스가 종종걸음으로 다가왔다. 모습을 드러낸 세바스는 모몬가 앞까지 와 다른 수호자들과 마찬가지로 천천히 한쪽 무릎을 꿇었다.

"모몬가 님, 늦어서 면목이 없사옵니다."

"아니, 됐다. 그보다 주위의 상황을 들려주지 않겠느냐?"

고개를 든 세바스는 무릎을 꿇은 수호자들에게 잠시 시선을 보냈다. 모몬가가 나직하게 채근했다.

"……비상사태다. 이는 당연히 각 계층의 수호자들이 알아야 할 정보가 아니겠느냐."

"알겠사옵니다. 우선 주위 사방 1킬로미터는── 초원이었습니다. 인공 건축물은 일절 확인하지 못했나이다. 원래부터 생식하던 것으로 보이는 소형 동물 몇 마리를 발견했으나 인간형 생물이나 대형 생물은 없었나이다."

"그 소형 동물이란 몬스터였느냐?"

"아니옵니다. 전투능력이 거의 없는 것으로 보이는 생물이었나이다."

"……그렇군. 하면 초원이라는 것도 풀이 날카롭게 얼어 붙어서

걸을 때마다 발을 찌르는 그런 것은 아니렷다?"

"예. 단순한 초원이었습니다. 특별히 무언가가 있지는 않았습니다."

"천공성(天空城) 같은 것도 없고?"

"예, 없었습니다. 하늘에도 지상에도 인공적인 불빛은 일절 존재하지 않았나이다."

"그랬지, 밤하늘이라고 했으니……. 노고가 많았다, 세바스."

모몬가는 세바스를 치하하면서도 별로 대단한 정보는 없었다는 생각에 암담해졌다.

다만 이제는 자신이 있는 곳이 위그드라실이라는 게임 세계가 아니라는 것을 대충 이해하기 시작했다. 어째서 위그드라실의 장비를 쓸 수 있고 마법도 그대로 발동되는지는 의문이었지만.

어떤 이유로 어디에 전이했는지는 알 수 없다 해도 나자릭 내의 경계 레벨은 올려두는 편이 좋을 것이다. 어쩌면 다른 누군가의 영지에 들어왔을지도 모르니까. 남이 자기 영지에 느닷없이 무단으로 주거를 세웠다면 당연히 화를 낼 것이 다. 아니, 화만 내는 정도면 다행이겠지만.

"각 수호자들이여, 우선 계층별 경계 레벨을 한 단계 높여라. 무슨 일이 일어났는지 알 수 없는 점이 많으므로 방심해서는 안 된다. 침입자가 있을 때는 죽이지 말고 사로잡아야 한다. 가급적 부상 없이 보호해 준다면 바랄 나위가 없겠다.

말할 필요도 없겠지만, 아무것도 모르는 상황에서 화근을 늘리고 싶지는 않기 때문이다."

수호자들은 일제히 명령을 받드는 뜻으로 머리를 조아렸다.

"다음으로 조직의 운영 시스템에 대해 묻고 싶다. 알베도, 각 계층수호자 사이의 경비 정보는 어떻게 교환하고 있느냐?"

위그드라실 때는 어디까지나 단순한 NPC였으므로 프로그램에 따라 움직일 뿐이었다. 계층 간의 정보나 몬스터의 대화가 있을 리 없었다.

"각 계층 경호는 각 수호자들의 판단에 맡기고 있사오나, 데미우르고스를 총책임자로 하여 정보공유 시스템이 구축되어 있나이다."

모몬가는 살짝 놀라고 만족스럽게 고개를 끄덕였다.

"그거 다행이로구나. 나자릭 방어전의 책임자인 데미우르고스, 그리고 수호자 총책임자인 알베도. 두 사람의 책임 아래 보다 완벽한 시스템을 구축하도록."

"명령을 받들겠사옵니다. 하오면 8, 9, 10계층을 제외한 시스템을 구축하면 되겠나이까?"

"8계층은 빅팀이 있으니 문제없다. 아니, 8계층은 출입을 금지하겠다. 조금 전 알베도에게 내린 탐색 명령도 철회한다. 그곳은 내가 허가했을 때만 진입을 허한다. 7계층에서 직접 9계층으로 올 수 있도록 봉인을 해제해 두어라. 다음으로는 9계층, 10계층도 포함해 경비하도록."

"그, 그래도 되겠사옵니까?!"

알베도가 경악에 물든 목소리를 냈다. 뒤에서는 데미우르고스 또한 눈을 크게 뜨고 자신의 내심을 드러냈다.

"지고의 주군께서 머무시는 영역에 서번트 따위가 진입하도록 허가하셔도 괜찮으시겠습니까? 그, 그렇게까지……!"

서번트(Servant)란 아인즈 울 고운의 멤버가 만들지 않은 몬스터, 다시 말해 자동생성형 몬스터를 말한다. 실제로 생각해 보니 제9계층과 제10계층에는 극히 일부의 예외를 제외하면 서번트는 존재하지 않았다.

모몬가는 입속으로 우물우물 말을 골랐다.

알베도는 그곳이 성역이기 때문에 서번트가 없다고 생각한 모양이지만, 실제로는 전혀 다르다. 제9계층에 몬스터를 배치하지 않은 이유는 단순하다. 최강의 존재들이 지키는 제8계층이 뚫렸다는 것은 곧 아인즈 울 고운 측의 승산이 낮다는 뜻이니, 차라리 악역답게 옥좌에서 기다리자는 길드원들의 생각 때문이었다.

"……괜찮다. 비상사태이니 경호를 철저히 하라."

"알겠습니다. 정예 중에서도 품위를 갖춘 자들을 엄선하겠습니다."

모몬가는 고개를 끄덕이고 시선을 돌려 쌍둥이를 보았다.

"아우라와 마레는…… 나자릭 지하대분묘를 은폐할 수 있겠느냐? 환술만으로는 불안하고, 유지비용까지 생각하면 골치가 아파서 말이다."

아우라와 마레는 얼굴을 마주 보더니 생각에 잠겼다. 한동안 있다가 입을 연 것은 마레였다.

"마, 마법으로는 어려울 것 같습니다. 지표에 드러난 것들까지 전부 감추려면요……. 하지만 예를 들어 벽에 흙을 덮고 식물로 가린다면……."

"영광스러운 나자릭의 벽을 흙으로 더럽히겠다고?"

알베도가 어깨 너머로 마레에게 말했다. 어조는 달콤하고 부드러웠으나 여기에 담긴 감정은 상반되는 것이었다. 마레가 흠칫 어깨를 떨었다. 주위의 수호자들도 말은 하지 못했지만 알베도에게 찬동하는 분위기를 풍겼다.

그러나 모몬가에게는 쓸데없는 간섭이었다. 그런 생각을 할 사태가 아니었다.

"알베도…… 공연히 끼어들지 말거라. 내가 마레와 이야기하는 중이다."

모몬가 자신도 놀랄 정도로 나직한 목소리.

"예! 황송하옵니다, 모몬가 님!"

깊이 고개를 숙인 알베도의 얼굴은 공포로 얼어붙었다. 다른 수호자들이나 세바스의 표정도 단숨에 굳어졌다. 알베도에 대한 질책은 자신들에게도 해당되는 것이라 받아들였으리라. 수호자들의 분위기가 급격히 바뀌는 바람에 모몬가는 너무 심하게 말했나 싶어 후회하면서도 마레에게 물었다.

"벽에 흙을 덮어 감출 수 있겠느냐?"

"아, 네. 무, 물론 허, 허락하신다면……."

"허나 멀리서 관찰한다면 지면이 부자연스럽게 부푼 것처럼 보이지 않겠느냐? 세바스, 이 주변에 언덕을 이룬 지형은 있었나?"

"아닙니다. 유감이지만 평탄한 지형이 이어진 것 같았나이다. 하지만 밤이었으니, 제대로 보지 못하고 지나쳤을 가능성이 없다고 단언하지는 못하겠습니다."

"그래……? 허나 분명 벽을 감출 수 있다면 마레의 제안이 가장 나을 것이다. 그럼 주변의 지형에도 곳곳에 흙을 쌓아 가짜를 여럿 만든다면 어떨 것 같으냐, 세바스?"

"그러면 별로 눈에 띄지 않을 것이라 사료되옵니다."

"좋아. 마레와 아우라가 힘을 합쳐 이에 착수하라. 공사에 필요한 것은 각 계층에서 가지고 가도 상관없다. 다만 상공에서 봤을 때는 은폐할 수 없을 테니, 조만간 나자릭 소속이 아닌 자들에게 효과를 발휘하는 환술을 펼쳐놓지."

"네, 네엣! 아, 알겠사옵니다."

일단 머리에 떠오르는 것은 그 정도였다. 빠진 부분도 많겠지만 그건 차차 해나가면 될 터. 무엇보다 지금은 비상사태가 일어난 지 몇 시간밖에 지나지 않았으니까.

"그럼 오늘은 이만 해산하겠다. 각자 휴식을 취한 후 행동을 개시하라. 어느 정도면 일단락될지 불명확한 만큼 결코 무리를 해서는 안 된다."

수호자들이 일제히 고개를 숙이고 존명의 뜻을 보였다.

"마지막으로 각 수호자들에게 묻겠다. 우선 샤르티아── 네게 나는 어떤 인물이더냐?"

"미의 결정체. 그야말로 이 세계에서 가장 아름다우신 분이옵니다. 그 새하얀 몸에 비하면 보석조차 빛을 잃고 말 것이옵니다."

샤르티아가 즉시 대답했다. 망설임 없는 속도는 실제로 샤르티아가 그렇게 생각한다는 것을 알려주었다.

"──코퀴토스."

"수호자. 각자보다도. 강하신. 그야말로. 나자릭. 지하대분묘의. 절대지배자에. 어울리는. 분이십. 니다."

"──아우라."

"자비롭고 배려가 깊은 분입니다."

"────마레."

"아, 아주 다정한 분인 것 같아요."

"──────데미우르고스."

"현명한 통찰력은 물론 순식간에 실행하시는 행동력까지 겸비하신 분. 예측 불허라는 말이 가장 잘 어울리는 분입니 다."

"────────세바스."

"지고의 존재들을 총괄하시던 분이며, 마지막까지 소신들을 버리지 않고 남아 주신 자비로운 분이시옵니다."

"마지막이 되었다만, 알베도."

"지고의 존재들 중 최고책임자이시며 저희의 위대한 주인이시며, 제가 사랑하는 분이십니다."

"……그래. 너희의 생각은 잘 알았다. 그렇다면 나의 동료들이 담당했던 집무의 일부까지 너희를 신뢰하고 맡기겠노라. 금후로도 충성과 활약을 기대하겠다."

다시 크게 고개를 조아리며 배알의 자세를 취한 수호자들의 곁에서 모몬가는 전이를 사용해 이동했다.

풍경은 순식간에 투기장에서 골렘이 늘어선 레메게톤으로 바뀌었다. 주위를 둘러보고 아무도 없다는 것을 확인한 모몬가는 크게 한숨을 내쉬었다.

"아, 빡세다……."

육체적인 피로는 전혀 없었지만 마음의 피로라는 것이 어깨를 짓눌렀다.

"……그 녀석들…… 뭐, 뭐지? 웬 과대평가?"

──그거 누구 얘기야?

수호자들의 말을 듣는 도중에도 몇 번이나 웃음을 터뜨리며 그렇게 딴죽을 걸고 싶었다.

"아하하하……."

뻣뻣한 웃음소리와 함께 모몬가는 고개를 가로저었다. 그건 농담을 하는 표정이나 분위기가 아니었다.

다시 말해—— 진심이다.

수호자들의 평가에 어긋나는 짓을 한다면 실망을 살 가능성이 있다. 생각하면 생각할수록 모몬가의 체력이 뚝뚝 깎여나가는 것 같았다. 그리고 한 가지 문제가 더 있다. 여기에 생각이 미친 모몬가는 크게 얼굴을 일그러뜨렸다. 변화가 없는 해골 얼굴이 변했으리라고는 생각할 수 없었지만.

"……알베도는 어떡해……. 이대로 두면 타블라님에게 면목이 없는데……."

막간

머리를 땅에 짓눌러대던 중압감이 사라졌다.

자신들의 창조자이자 숭배해야 할 주인이 사라졌다는 것을 알면서도 일어나려는 자는 없었다. 한동안 시간이 흐르고 나서야 누군가가 안도의 한숨을 내쉬었다. 팽팽했던 공기가 풀어졌다.

처음으로 일어난 것은 알베도였다. 하얀 드레스의 무릎 부분이 흙먼지로 약간 지저분했으나 이를 염두에 두는 기색은 전혀 없었다. 날개가 부드럽게 움직여 깃털에 묻은 때를 털어낸다.

알베도의 뒤를 따르듯 다른 자들도 일어났다. 그리고 누가 먼저랄 것도 없이 입을 열었다.

"어, 엄청 무서웠지, 아우라?"

"누가 아니래. 난 짜부되는 줄 알았어."

"역시 모몬가 님이시와요. 우리 수호자들에게마저 효과를 발휘하는 힘이라니……."

"지고의. 존재이신. 이상. 우리보다도. 강하다는. 것은. 알았으나. 이. 정도일. 줄이야."

입을 모아 모몬가의 인상에 대해 의견을 나눈다.

수호자 전원을 대지에 짓눌렀던 중압감. 그것은 모몬가가 주위에 발산하던 오라였다.

절망의 오라.

그것은 공포 효과를 지닌 것과 동시에 능력에 페널티를 주는 효과를 발휘한다. 원래는 동격인 100레벨 NPC에게는 효과가 미치지 않아야 하는데도 스태프 오브 아인즈 울 고운 때문에 강화된 결과였다.

"그게 바로 지배자의 그릇을 보이신 모몬가 님이구나."

"그렇겠지요. 저희가 지위를 입에 담기 전까지는 모몬가 님도 힘을 행사하지 않으셨습니다. 그러나 수호자의 모습을 보인 순간부터 그 위대한 힘의 일부를 해방하시더군요."

"다시. 말해. 우리의. 충의에. 호응해. 지배자의. 면모를. 드러내셨. 다는. 뜻이로. 군."

"분명 그럴 것입니다."

"우리랑 같이 계셨을 때는 오라를 하나도 안 내셨는데 말이지. 모몬가 님 엄청 다정했어. 목이 마를 거라고 물까지 주시고."

아우라의 발언에 수호자들에게서 팽팽한 기척이 솟아났다. 그것은 질투. 너무나도 농후해서 눈에 보이는 듯 착각이 들 정도였다. 특히 반응이 큰 것은 알베도였다. 손이 부들부들 떨리고 손톱이 장갑을 찢어버릴 것 같았다. 그 모습에 흠칫 몸을 떤 마레가 약간 커다란 목소리를 냈다.

"그, 그게 나자릭 지하대분묘의 지배자로서 진심을 드러내신 모몬가 님이구나! 대, 대단하지 않아요?!"

즉시 분위기가 바뀌었다.

"그야 이를 말이겠어. 우리의 마음에 호응해 절대자의 자세를 보여주시다니…… 역시 우리의 조물주. 지고의 41인중 정점. 그리고 마지막까지 이 땅에 남으신 자비로운 주군."

알베도의 말이 이어질 때마다 수호자 전원이 황홀한 표정을 지었다. 마레의 얼굴에만 안도의 빛이 살짝 강하게 섞여 있었지만.

자신들의 조물주인 지고의 41인. 절대적인 충성을 맹세해야 할 존재의 진정한 모습을 직접 볼 수 있었다는 데에 더할 나위 없는 기쁨이 온몸을 휘감았다. 수호자들만이 아니라 지고의 41인의 손에 태어난 모든 자들에게 가장 큰 기쁨은 소임을 다하는 것이었다. 그리고 그다음이 자신들을 상대해주는 것.

이것은 지극히 당연한 섭리였다. 지고의 41인을 돕고자 창조된 존재에게 이보다 더한 기쁨이 있겠는가.

그렇게 희열에 누그러진 공기를 불식하려는 듯 세바스가 입을 열었다.

"하오면 저는 먼저 돌아가겠습니다. 모몬가 님이 어디로 가셨는지는 모르겠으나 곁에서 시중을 들어야 하니까요."

알베도는 손가락을 깨물고 싶은 표정을 지었으나 꾹 참았 다.

"알았어, 세바스. 실례가 되지 않도록 모몬가 님을 보필하도록. 그리고 무슨 일이 있으면 즉시 내게 보고해. 특히 모몬가 님께서 부르실 때는 즉시 달려갈 테니까. 다른 모든 일을 제쳐놓고서라도!"

그 말을 듣던 데미우르고스가 살짝 못 말리겠다는 표정을 지었다.

"아, 하지만 침실로 부르실 때는 은근슬쩍 모몬가 님께 시간이 걸린다는 뜻을 전해 드려야 해. 목욕도 해야 하고 여러모로 준비가 필요할 테니까. 물론 그대로 와도 된다고 하시면 나도 상관없지만. 언제 어느 순간에 부르시더라도 호응할 수 있도록 몸은 최대한 정갈하게 해두었고, 의복에도 세심한 주의를 기울이거든. 다시 말해 당연한 말이지만 모몬가 님의 의지야말로 최우선사항——."

"——알겠습니다, 알베도. 너무 시간을 허비하면 시중을 들 시간이 줄어들 테고, 그것은 모몬가 님께 매우 큰 결례이리라 생각하니 죄송하지만 이만 가보겠습니다. 그러면 계층수호자 여러분도, 이만."

어이가 없어 넋이 나간 수호자들에게 세바스는 작별 인사를 남기고 종종걸음으로 사라졌다. 아직도 할 말이 남았다는 듯한 알베도의 시선을 끊어버리듯.

"한데…… 아까부터 말이 없군요. 무슨 일 있습니까, 샤르티아?"

데미우르고스의 말에 전원의 시선이 샤르티아에게 향했다. 쳐다보니 샤르티아만이 아직도 무릎을 꿇고 있었다.

"왜. 그러나. 샤르티아."

코퀴토스의 말에 샤르티아가 비로소 고개를 들었다.

그 눈은 촉촉했으며 꿈을 꾸는 듯 초점을 잃었다.

"……무슨. 일이라도. 있었나."

"그, 그 무시무시한 기척을 받는 바람에, 몸이 오싹오싹해 져서…… 속옷이 좀 상태가 안 좋아졌사와요."

침묵이 감돌았다.

모두들 무슨 말을 해야 좋을지 모르겠다는 표정으로 서로 눈치를 살핀다. 수호자 중에서도 가장 괴팍한 취향을 다수 보유한 샤르티아의 성적 취향 중 하나인 시체애착증을 떠올린 수호자들은 못 말리겠다는 듯 손을 이마에 가져갔다. 마레만 이해하지 못한 채 고개를 갸웃거렸지만.

그리고 또 한 사람, 그 정도로 넘어갈 수 없는 수호자가 있었다. 알베도였다. 질투와도 흡사한 감정이 입을 열고 흘러 나왔다.

"음탕한 것."

경멸의 말에 샤르티아는 적의로 입술을 틀어 올리며 요염한 미소를 지었다.

"뭐라고? 지고의 존재 중 한 분이자 완전 미남인 모몬가 님께서 그만한 힘의 파동을── 상을 주셨는데 속옷을 적시지 않는 사람이 이상한 거지. 청순한 게 아니라 그냥 불감증인 거 아냐? 응? 입 큰 고릴라야."

"……칠성장어."

두 사람이 서로 노려본다. 주위에서 쳐다보는 다른 수호자들이 진심으로 피를 볼 가능성은 낮다는 것을 알면서도 불안을 느낄 만한 안광으로.

"내 모습은 지고의 분들께서 만들어주신 모습이사와요. 여기에는 어떤 불만도 없는데 말이와요?"

"그건 나도 마찬가지가 아닐까?"

샤르티아가 천천히 일어나자 두 사람의 거리가 좁아졌다.

그래도 서로 시선을 돌리지 않는다. 두 사람의 거리는 점점 좁아지고, 마지막에는 몸과 몸이 부딪쳤다.

"수호자 총책임자라 모몬가 님과 가까이 있으니 이겼다고 생각하시와요? 정말 그렇다면 참으로 우스꽝스럽지 아니한가와요?"

"흥, 그러게. 네가 가장 먼 곳을 지켜주는 동안 완전승리를 얻을 생각인데."

"……완전승리란 것이 어떤 의미를 포함하는지 가르쳐 주시겠나와요, 총책임자님?"

"음탕한 너라면 잘 알 텐데? 바로 그런 의미야."

말을 나누면서도 두 사람의 시선은 미동조차 하지 않았다.

무표정하게 서로의 눈동자 깊은 곳을 노려볼 뿐이었다. 퍼드득 소리를 내며 알베드의 날개가 위압하듯 펼쳐졌다. 그에 호응해 샤르티아에게서도 새까만 안개가 피어났다.

"어~ 아우라? 여성은 여성에게 맡기마. 만약 무슨 일이 있으면 말리러 올 테니까 그때 가르쳐 주겠나?"

"야, 데미우르고스! 너 나한테 떠넘기려고 그러지!"

데미우르고스는 손을 파닥파닥 흔들며 서로 노려보는 두사람에게서 살짝 떨어졌다. 그리고 코퀴토스와 마레가 그 뒤를 따른다. 말려들고 싶지 않다는 듯.

"못. 말리겠군. 싸울. 만큼. 사이가. 좋다는. 뜻인가."

"개인적으로는 결과가 어떻게 될지 매우 흥미롭지만 말입니다."

"무엇이. 말인가. 데미우. 르고스?"

"전력 증강 면에서도, 나자릭 지하대분묘의 장래 면에서도 말입니다."

"그, 그게 무슨 뜻이에요, 데미우르고스?"

"음……."

질문을 던진 마레에게 데미우르고스는 무어라 대답해야 할지 생각에 잠겼다. 이 무구한 자를 더럽힐 수 있는 어른의 지식을 쏟아부어 주고 싶다는 가학적인 욕구가 한순간 머리를 치켜들었으나 이내 망설임 없이 사라졌다.

악마 종족답게 데미우르고스는 잔인하면서도 냉혹하지만, 어디까지나 나자릭 이외의 존재에게 그럴 뿐이었다. 지고의 41인에게서 생명을 받은 자들은 함께 충성을 바친 소중한 동료라 생각했다.

"위대한 지배자에게는 역시 후계자가 있어야 하지 않겠나? 모몬가 님은 마지막까지 남으셨지만, 어쩌면 우리에게 흥미를 잃고 다른 분들과 같은 곳으로 가실지도 모르지. 그때 우리가 충성을 바칠 분을 남겨두어야 한다는 뜻이다."

"어…… 그, 그럼 이 중에서 누군가가 모몬가 님의 뒤를 잇는단 건가요?"

"그건. 불경한. 생각이. 아닌가? 그렇게. 되지. 않도록. 모몬 가. 님께. 충성을. 다해. 이곳에. 남으시도록. 노력하는. 것이. 수호 자이자. 피조물들의. 책무이. 다."

데미우르고스는 옆에서 끼어든 코퀴토스를 쳐다보았다.

"물론 그렇지, 코퀴토스. 다만, 모몬가 님의 자제분께도 충성을 바치고 싶지는 않은가?"

"으. 음……. 그것은. 분명. 동경할. 만하군……."

코퀴토스는 머릿속으로 모몬가의 자식을 등에 태우고 달리는 광경을 떠올려 보았다. 그것만이 아니었다. 검술을 가르치는 모습. 밀려드는 적에게서 지켜주기 위해 검을 휘두르는 모습. 그리고 성장한 아이에게 명령을 받는 모습까지.

"……이건. 멋지군. 멋진. 광경이야. ……이. 할아범은…… 할아범. 은……."

어느새 할아범이라고 불릴 만한 세월이 흘러 모몬가의 자식을 섬기는 환영을 보기 시작한 코퀴토스에게서 데미우르고스는 시선을 돌렸다. 약간 심란한 표정으로.

"게다가 나자릭 지하대분묘의 강화계획 때문에라도, 우리의 자식들이 얼마나 도움이 될지도 흥미롭고 말이야. 넌 어떤가, 마레. 아이를 만들어 보지 않겠나?"

"네? 네에?"

"하기야 상대가 없긴 하군. ……만일 인간이나 다크엘프, 엘프 같은 근친종이 있다면 잡아올 테니, 생각해 보겠나?"

"으음……?"

한동안 생각에 잠겼던 마레는 고개를 끄덕였다.

"그, 그게 모몬가 님께 도움이 된다면야…… 좋아요. 그런데 아이는 어떻게 만드나요?"

"아, 그건 때가 되면 가르쳐 주마. 하지만 멋대로 번식 실험을 했다간 모몬가 님께 꾸중을 들을지도 모르겠는걸. 나자릭 지하대분묘의 유지 운영 비용은 완벽한 밸런스를 유지하고 있을 테니 말이야."

"마, 맞아요. 지고의 존재 한 분이 엄밀하게 계산해 서번트가 출현하도록 해놓으셨다고 들었는걸요……. 괜히 늘렸다간, 꾸중 들을 거예요. 저, 저는 모몬가 님께 꾸중 듣는 거…… 싫어요……."

"그건 나도 마찬가지다. 지고의 존재에게 꾸중을 듣는다니……. 어디 나자릭 밖에 목장이라도 만들면 좋을 텐데……."

여기까지 생각하던 데미우르고스는 이제까지 아무도 지적하지 않았던 질문을 마레에게 던져보았다.

"한데 마레. 넌 왜 여자 차림을 하고 있는 거지?"

데미우르고스의 질문에 마레는 짧은 스커트 끝자락을 잡아 내렸다. 조금이라도 다리를 감추려는 것처럼.

"이, 이건 부글부글찻주전자 님이 골라주신 거예요. 어, 소녀언이라고 하셨으니까, 제, 제 성별을 착각하신 건 아닌것 같아요."

"흐음…… 부글부글찻주전자 님께서 무언가 사려하신 결과란 말이군. 그렇다면 그 차림이 올바른 것일 테지만…… 소년들은 모두 그런 차림을 해야만 하는 건가?"

"그, 그것까지는 모르겠지만요."

지고의 41인. 모습을 감추었다고는 하나 숭배해야 할 자의 이름이 거론된 이상 원래 그런 것이리라 이해할 수밖에 없었다. 그 정도가 아니라 마레의 의상이야말로 나자릭 지하 대분묘에서는 가장 올바른 차림이라는 뜻이다. 그것을 막을수 있는 자는 동격인 지고의 존재밖에 없다.

"……모몬가 님과 상담해 봐야겠군. 소년들을 모두 저런 차림으로 바꿔야할지도 모르니. 하면…… 이봐, 코퀴토스. 그만돌아오게."

동료의 목소리에 코퀴토스는 진심으로 만족한 목소리를 내며 몇 차례 고개를 가로저었다.

"멋진. 광경이었다……. 그것은. 그야말로. 바라 마지않는. 광 경."

"그런가? 그것참 잘됐군. 알베도, 샤르티아. 아직도 싸우나?"

서로 노려보던 두 사람은 그 목소리에 반응해 시선을 돌렸 다. 다만 데미우르고스의 질문에 대답한 것은 옆에서 지친 표정을 짓던 아우라였다.

"싸움은…… 끝났어. 지금 하는 건 뭐냐면……."

"그저 정실이 누구냐 하는 문제였지."

"결론은 나자릭 지하대분묘의 절대지배자께서 비(妃)를 단 한 명만 둔다는 것은 너무나도 이상하다는 것이었사와요.

다만 누가 정실이 될지는……."

"……매우 흥미로운 화제이지만 지금은 접어두지. 그보다 알베도, 명령을 내려주지 않겠나? 이제부터 이것저것 해야할 일이 많을 테니까."

"맞아, 그랬지. 명령을 내려야만 했어. 샤르티아, 이 이야기는 조만간 다시 하자. 시간을 들여 대화를 나눠야만 할 테니까."

"이의 없사와요, 알베도. 이만큼 시간을 들여 이야기해야만 할 화제가 어디 있겠사와요?"

"좋아. 그러면 이제부터 계획을 입안하겠다."

수호자 총책임자의 표정으로 돌아온 알베도에게 각 계층수호자들이 고개를 숙여 경의를 표했다. 그러나 예는 보이되 무릎은 꿇지 않는다.

알베도는 수호자 총책임자이므로 당연히 경의를 표하지만, 충성과는 거리가 멀었다. 지고의 41인에게서 태어난 존재끼리 입장의 차이는 그리 크지 않기 때문이다. 그러나 수호자 총책임자라는 지위를 내려준 것 또한 지고의 41인이므로 그 지위에 부합하는 경의를 표한다. 그러한 자세를 드러낸 것이다. 그리고 알베도 또한 화내지는 않았다. 그것이 올바른 생각임을 잘 알기 때문이다.

"우선——."

3장 카르네 마을의 전투

Chapter 3 | Battle of Carne village

1

모몬가의 개인실에 인접한 드레스 룸에는 발 들일 곳도 없을 정도로 난잡하게 다채로운 물건이 놓여 있었다. 로브처럼 모몬가가 장비할 수 있는 것에서부터, 사놓기는 했지만 쓸구석이 없어 방치한 풀 플레이트 아머까지. 방어구만이 아니 다. 무기도 스태프에서 그레이트 소드(Great Sword)까지 정말 다종다양했다.

위그드라실에서는 자기 혼자만의 오리지널 아이템을 무한히 만들 수 있다. 몬스터가 쓰러질 때 드롭하는, 데이터를 내장한 크리스탈을 비주얼에 끼워 넣어서. 이 때문에 마음에 드는 비주얼이 있으면 무조건 사고 보는 사람도 많았다.

그 결과가 이 방이다.

모몬가는 무수히 놓인 무구 중에서 대충 그레이트 소드 한자루를 골랐다. 칼집에 담기지 않았으므로 은백색 검신이 빛을 받아 번쩍 빛났다. 칼몸에 새겨진 문자 같은 기호가 빛의 반사 때문에 또렷이 눈에 들어왔다.

모몬가는 그런 대검을 든 손을 위아래로 움직여 보았다.

매우 가볍다. 새털처럼.

물론 이 검이 가벼운 재질로 만들어진 것이 아니다. 모몬가의 근력이 뛰어나기 때문이다.

모몬가는 매직 캐스터답게 마법에 관한 능력치가 높으며 육체에 관한 능력치는 낮다. 그래도 100레벨이나 되면 누적 근력치도 제법 된다. 저레벨 몬스터라면 스태프로 때려죽일 수도 있다.

천천히 검을 들고 자세를 잡았다. 그와 동시에 금속과 단단한 것이 부딪치는 소리가 실내에 울려 퍼진다. 바닥에는 조금 전까지 모몬가의 손에 들렸던 칼이 떨어져 있었다.

실내에 있던 메이드가 즉시 바닥에 떨어진 그레이트 소드를 집어 공손히 내밀었지만 모몬가는 그것을 받지 않았다.

그저 아무것도 없는 자신의 손만 응시할 뿐이었다.

이거다.

이것이 모몬가를 혼란케 했다.

마치 생명을 얻은 것처럼 행동하는 NPC들의 존재 때문에 이 세계가 게임이 아니라는 생각이 드는 반면, 이 기묘한 육체의 제약이 게임 세계인 것 같다는 느낌을 주었다.

위그드라실이라면 전사계 클래스를 한 번도 찍은 적이 없는 모몬가가 그레이트 소드를 장비하는 것은 불가능하다. 그러나 만일 이 세계가 현실이라면, 상식적으로 생각해 장비를 못한다는 것은 말이 안 된다.

모몬가는 고개를 가로저어 고찰을 포기했다. 정보가 부족한 지금은 아무리 생각해봤자 답이 절대 나오지 않을 테니까.

"치워라."

모몬가는 메이드에게 그렇게 명령하고 방 한쪽을 뒤덮은 거대한 거울로 시선을 돌렸다. 그곳에 비친 것은 옷을 걸친 해골.

눈에 익은 자신의 몸이 기이한 것으로 변화하면 공포를 느껴야 하는데도, 모몬가에게 그러한 감정은 전혀 없었다. 그 정도가 아니라 일말의 위화감조차 느끼지 못했다.

게임 위그드라실에서 이 모습과 오랜 시간 함께했기 때문이냐고 묻는다면, 그렇지 않다. 다른 이유가 있다.

외견과 마찬가지로 자신의 정신이 크게 영향을 미치는 것 같았다.

우선 감정의 기복이 격해지면 무언가에 억압을 받듯 평탄하게 바뀐다. 나아가 욕망이라는 것이 희미해졌다. 식욕도 수면욕도 느끼지 않는다. 성욕은 미미하게나마 느끼는 것 같지만, 알베도가 부드러운 것을 꾹꾹 밀어붙여도 불끈거리지 않는다.

소중한 것을 상실하고 만 듯한 기분이 모몬가를 엄습해, 자신도 모르게 허리 언저리에 시선을 떨구었다.

"실전에서는 써보지도 못하고…… 없어졌구만."

매우 작은 중얼거림에 담긴 감정은 도중에 완전히 사라졌다.

이런 온갖 변화, 특히 정신의 변화는 언데드가 보유한 특수능력 중 하나인 '정신공격에 대한 완전 내성' 때문이 아닐까 하고 모몬가는 공연히 냉정하게 생각했다.

지금 자신은 언데드의 육체와 정신에 인간의 찌꺼기가 달라붙은 존재. 그렇기에 정신의 작용이 있기는 하지만 그것이 어느 정도 큰 진폭으로 움직이려 하면 억압을 당한다. 이대로 언데드로서 살아간다면 완전히 평탄한 정신으로 바뀔 수도 있지 않을까.

물론 그렇게 된다고 해서 딱히 어떻다는 것은 아니었다.

이 세계가 어쨌든, 그리고 자신이 어떤 모습이든 자신의 의지는 여기 존재하니까.

게다가 샤르티아 같은 존재도 있다. 언데드라서 그렇다고 결론을 내리는 것도 성급한 짓일지 모른다.

"——〈상위도구 창조Create Greater Item〉."

모몬가의 마법 발동에 맞춰 온몸이 갑자기 전신갑주로 뒤덮였다. 플루티드 아머(Fluted Armor)로 불리는 그 갑옷은 칠흑색으로 빛났으며 금색과 보라색 문양이 들어가 매우 값나가는 물건처럼 보였다.

몇 차례 움직임을 확인해보았다. 온몸에 묵직한 무게감이 들었지만 움직일 수 없는 것은 아니다. 게다가 뼈로 이루어진 몸임을 고려하면 갑옷과 몸 사이에 틈새가 생길 것 같은데 그렇지도 않고 잘 맞는다.

——마법으로 만들어낸 것이라면 위그드라실 때와 똑같이 장비할 수 있다는 말이군.

마법의 힘이 얼마나 위대한지 감탄하며 클로즈드 헬름에 뚫린 가느다란 슬릿으로 거울을 보니, 그곳에 선 것은 어엿한 전사일 뿐 매직 캐스터로는 보이지 않았다.

모몬가는 크게 고개를 끄덕였다. 그리고 나오지 않는 침을 꼴깍 삼켰다. 부모에게 야단을 맞을 것이 분명한 이야기를 하려는 어린 아이의 심경으로.

"잠깐 나갔다 오겠다."

"근위대는 이미 준비됐사옵니다."

메이드가 즉시 대답했다. 그러나——.

이거다. 이게 싫은 거다.

첫날은 뒤를 줄줄이 따라다니는 의장병들에게 약간의 위압감을 느꼈다. 둘째 날에는 익숙해진 탓인지 자랑하고 싶은 마음이 가득했다. 그리고 사흘째――.

모몬가는 한숨을 쉬고 싶은 것을 꾹 참았다.

부담스러웠다. 수행원을 대동하고 돌아다닌다는 행위가.

만나는 자들이 하나같이 고개를 깊이 숙이는 광경이.

별생각 없이 끌고 돌아다니는 거라면 그나마 참을 수 있었으리라. 그러나 그렇지 못했다. 나자릭 지하대분묘의 주인으로서 연기를 해야 하고, 한심한 모습은 털끝만큼도 보여서는 안 된다는 긴장상태. 그것은 원래 단순한 일반인이었던 모몬가에게 정신적 피폐를 유발하고도 남을 만한 효과가 있었다.

설령 감정의 기복이 일정한 선을 넘어서면 갑자기 냉정해진다 해도, 그 순간까지 슬금슬금 약불로 정신을 지져대는 듯한 기분은 남는다.

게다가 '절세' 라는 수식어가 붙을 만한 미녀가 자신 곁에서 조금도 떨어지질 않으며 시중을 드는 모습. 남자로서 기쁘다는 생각이 들기 전에 자신의 생활권을 침식당한 듯한 압박감을 느낄 수밖에 없었다.

――이런 정신적인 피로도 인간의 찌꺼기일까?

어쨌거나 나자릭 지하대분묘의 주인이, 비상사태에 맞닥뜨린 현재 상황에서 정신에 부담을 느껴서는 안 된다. 중요한 국면에서 자칫 잘못을 범할 위험성이 있다.

재충전이 필요하다.

그렇게 결론을 내린 모몬가는 눈을 번쩍 떴다. 물론 표정은 전혀 움직이지 않았으며 눈의 불꽃만 기세를 더했을 뿐이다.

"아니…… 그런 의미가 아니다. 나 혼자 돌아보고 오겠다."

"그, 그것만은 삼가 주시옵소서. 모몬가 님께서 혼자 가신다면 무슨 일이 있었을 때 방패가 되어 죽을 수가 없나이 다."

주인을 지키기 위해서라면 자신의 목숨조차 내버릴 각오를 가진 자들이 있는데, 그저 편안히 걷고 싶다는 이유로 혼자 산책을 하려는 자신이 한심했다.

그러나, 그렇다 해도, 이상사태가 일어난 후로 이제까지 약 사흘 남짓. 시간으로 치면 73시간 정도. 그만한 시간 동안 나자릭 지하 대분묘의 주인으로서 위엄을 보이도록 고생했던 모몬가는 진심으로 휴식을 원했다. 그렇기에 미안하다고는 생각하면서도 머리를 쥐어짜내 변명을 생각했다.

"……극비리에 가고 싶은 곳이 있다. 수행은 허가하지 않겠다."

잠깐의 침묵.

모몬가에게는 매우 길게 느껴지는 시간이 지나가고, 메이드가 대답했다.

"알겠나이다. 다녀오십시오, 모몬가 님."

변명을 믿어주는 그 모습을 보며 가슴에 찌르는 듯한 아픔을 느꼈지만 모몬가는 이를 떨쳐냈다.

잠깐 휴식을 취한다고 뭐 나쁠 것이 있겠는가. 일단 바깥 경치를 좀 보자. 그렇다. 다른 장소로 전이한 광경을 실제로 직접 확인하는 것은 중요한 일이다.

변명은 생각하면 할수록 무궁무진하게 나왔다. 이것은 그만큼 나쁜 짓을 하고 있다는 자각에서 비롯된 것이리라.

뒤에서 머리채를 잡아당기는——두피라곤 한 점도 없지만——

미련을 떨치려 노력하며 모몬가는 반지의 힘을 발동했다.

전이한 곳은 넓은 홀이었다. 좌우에는 유체를 안치하는——현재는 없지만——가늘고 긴 석재 대좌가 수없이 있었다.

바닥은 반들반들 닦아놓은 대리석. 모몬가의 뒤로는 내려가는 계단이 이어졌으며 그 끝에 커다란 양여닫이문—— 나자릭 지하대분묘 제1계층으로 가는 문이 있었다. 벽에 설치한 횃불꽂이에는 조명이 없었으며 정면 출입구에서 들어오는 창백한 달빛이 유일한 광원이었다.

이곳은 링 오브 아인즈 울 고운의 힘으로 전이할 수 있는곳 중 가장 지표에 가까운 장소, 나자릭 지하대분묘 지표부 중앙영묘(中央靈廟)였다.

걸어가면 금방 밖으로 이어지며, 상당히 넓은 곳임에도 모몬가는 발을 움직일 수가 없었다. 전혀 생각지도 못한 사태와 조우했기 때문이었다.

모몬가의 시선 너머에서 기이한 형태를 띤 그림자가 여럿 보였다. 몬스터다. 모두 세 종류이며 각각 네 마리씩, 합계 열두 마리였다.

그중 한 종류는 악마처럼 무시무시한 얼굴에 입에는 긴 송곳니가 돋아났으며, 비늘로 뒤덮인 육체, 날카로운 발톱이 달린 굵은 팔을 자랑하는 놈이었다. 뱀처럼 긴 꼬리에 불타는 날개를 가져 악마라는 이미지에 딱 어울리는 몬스터였다.

또 한 종류는 까만 가죽 본디지를 입은 여성의 몸과 까마귀의 머리를 가진 몬스터였다.

그리고 마지막 한 종류는 앞이 크게 트인 갑옷에서 멋들어진 복근을 드러낸 악마였다. 까만 박쥐 날개와 관자놀이 언저리에서 뻗어 나온 두 개의 뿔이 없다면 몬스터로 보지 못했을 것이다. 다만 얼굴 생김새는 미남이되 눈동자는 영원히 충족할 수 없는 욕망으로 번뜩이는 것 같았다.

그들의 이름은 분노의 마장Evil Lord Wrath, 질투의 마장Evil Lord Envy, 탐욕의 마장Evil Lord Greed.

전원의 눈동자가 일제히 움직여 모몬가에게 모였다. 모이고는 조금도 움직일 줄을 모른다. 응시라는 말이 딱 어울리는, 압박감마저 느껴지는 진지한 눈동자.

그들은 모두 80레벨대 몬스터이며, 제8계층으로 이어지는 문이 있는 데미우르고스의 주거 적열신전(赤熱神殿)에서 주변 경호요원으로 배치된 자들이었다. 원래 이렇게 얕은 층에는 샤르티아 휘하의 언데드 몬스터가 상주할 텐데, 왜 데미우르고스의 친위대가 있단 말인가.

그들의 몸에 가려서 보이지 않던 한 악마가 모습을 드러냈을 때 비로소 그 수수께끼가 풀렸다.

"데미우르고스……."

이름을 불린 악마는 의아한 표정을 지었다. 그것은 어째서 자신의 주인이 이런 곳에 있는지 궁금해하는 표정 같기도 했고, 처음 보는 몬스터가 있다는 표정 같기도 했다.

모몬가는 미미한 가능성에 걸고 걸음을 내디뎠다. 가만히 서 있으면 정체가 들키지 않았다 해도 수상쩍게 여길 테니까. 아무튼 벽 쪽에 붙어서 악마들을 의식하지 않고 옆으로 지나가려 했다.

그들의 시선이 자신을 따라오는 것이 따갑게 느껴졌다. 고개를 숙이고 싶어지는 약한 마음을 의지력으로 꽉 붙들고, 모몬가는 가슴을 편 채 나아갔다.

양측의 거리가 가까워졌을 때, 마치 미리 짜기라도 했던 것처럼 악마들은 일제히 한쪽 무릎을 꿇더니 고개를 숙였다.

선두에서 고개를 조아린 것은 당연히 데미우르고스였다. 그 멋들어진 움직임에선 품위마저 느껴져, 마치 이야기 속에서 튀어나온 귀공자를 연상케 했다.

"모몬가 님 아니십니까. 근위대도 대동하지 않고 이런 곳에 납시다니, 대관절 무슨 영문이십니까? 그리고 그 차림은……."

한 방에 간파당했다.

나자릭 지하대분묘에서 제일가는 두뇌를 가졌다는 데미우르고스라면 들켜도 어쩔 수 없으리라고 생각했다. 아니, 전이하는 모습을 보였으니 들통이 나도 당연하다는 사실을 뒤늦게 깨달았다. 나자릭 지하대분묘 내부를 자유로이 전이할수 있는 자가 있다면, 그것은 링 오브 아인즈 울 고운의 소유 자—— 모몬가밖에 더 있겠는가.

"아…… 몇 가지 사정이 있어서 말이다. 내가 왜 이러한 차림을 했는지, 그건 데미우르고스 너라면 잘 알 텐데."

데미우르고스의 단아한 얼굴에 다양한 빛이 어렸다. 몇 번숨을 쉴 만한 시간이 흐르고, 입을 연다.

"송구스럽기 그지없사오나, 저로서는 모몬가 님의 심원한 사려를——."

"다크 워리어(Dark Warrior)라고 부르라."

"다크 워리어…… 님……?"

데미우르고스는 무언가 할 말이 있는 기색이었지만, 모몬가는 애써 무시했다. 그도 너무 직설적이라 민망한 이름인 것은 알았지만, 그래도 게임의 몬스터 네임에 비교하면 극히 평범하지 않겠는가.

호칭을 바꾸게 한 데에 별다른 이유는 없었다. 지금은 데미우르고스 휘하의 서번트밖에 없지만 이곳은 원래 출입구다. 아마 그 외에도 많은 서번트가 드나들게 될 것이다. 그런 곳에서 모몬가, 모몬가라고 불리고 싶지는 않았다.

그런 모몬가의 내심을 어떻게 판단했는지, 데미우르고스의 얼굴에 알았다는 표정이 떠올랐다.

"아하…… 그렇게 된 거였군요."

——어? 뭐가?

모몬가는 자기도 모르게 되묻고 싶었으나 꾹 참았다.

평범한 사람인 모몬가는 지혜가 넘쳐나는 데미우르고스가 어떤 추론을 거쳐 어떤 결론에 이르렀는지 상상도 가지 않았 다. 하다못해 그가 자신의 진심을 간파하지 못하도록 클로즈드 헬름 안에서 흐르지도 않는 식은땀을 흘릴 뿐이었다.

"모…… 다크 워리어 님의 심원하신 의향을 일말이나마 파악할 수 있었습니다. 그야말로 이곳의 지배자가 되기에 더할 나위 없이 어울리는 배려가 아닐까 합니다. 하오나 수행원도 없다니, 저 역시 간과할 수 없군요. 폐가 되리라는 것은잘 알지만 부디 이 가엾은 신하에게 관대한 자비를 베풀어 주십사 간절히 바라나이다."

"……하는 수 없지. 그럼 네게만 동행을 허하겠다."

데미우르고스는 우아한 미소를 지었다.

"억지를 받아주시어 기쁘기 이를 데 없습니다, 다크 워리어 님."

"……존칭은 빼고 다크 워리어라 불러도 좋다만?"

"무슨 말씀을! 제가 어찌 감히. 물론 잠입 공작 같은 지극히 특수한 임무나 명령을 띠었을 때라면 따르겠으나, 이 나자릭 지하대분묘에서 모몬가 님…… 아니, 다크 워리어 님을 망령되이 부를 자가 어디 있겠습니까!"

열기가 깃든 데미우르고스의 말에 압도된 모몬가는 몇 번이나 고개를 끄덕였다. 반면 속으로는 다크 워리어 다크 워리어 연달아 부르는 것이 꼭 자신의 얄팍한 센스를 놀리는것 같아, 너무 안이한 이름을 댔다는 후회도 하기 시작했다.

"매우 실례가 많았습니다. 다크 워리어 님의 소중한 시간을 빼앗았군요. 그러면 너희는 이곳에서 대기하며 내가 어디로 갔는지를 설명해라."

"알겠습니다, 데미우르고스 님."

"서번트들도 동의한 모양이니…… 그럼 가자, 데미우르고스."

모몬가는 종속의 뜻으로 고개를 숙인 데미우르고스의 옆을 지나 걸어 나갔다. 한 발짝 뒤에 일어난 데미우르고스가 그를 따랐다.

"왜 모…… 어흠, 다크 워리어 님이 저런 차림을 하신 거지?"

"모르겠는걸. 하지만 무슨 일이 있었겠지."

그 자리에 남은 마장들은 저마다 입에 의문을 담았다.

그들은 모몬가가 전이했다고 정체를 알아본 것이 아니었다. 모몬가는 감지할 수 없지만 이곳 나자릭 지하대분묘── 아니, 아인즈 울 고운이라는 길드에 속한 서번트는 일렁이는 기운을 뿜어낸다. 서번트들은 대체로 그 기척을 통해 동료인지 아닌지를 판단한다. 그 가운데 나자릭 지하대분묘의 주인 이자 지고의 41인——현재는 모몬가 혼자지만——은 절대지배자의 기운을 두르고 있다. 설령 멀리서 보더라도 단번에 느낄 수 있을 만큼 강력한 광채를. 때문에 갑옷으로 몸을 감쌌다 해도 알아보지 못할 리가 없었다. 설령 모몬가가 전이하지 않고 걸어왔어도 순식간에 간파했을 것이다.

그리고 다른 기운과 비교하기도 쉽다.

그때 나자릭 제1계층으로 이어지는 양여닫이문이 열리고 누군가가 계단을 올라왔다. 그곳에서 휘몰아치는 듯한 기운은 계층수호자의 것.

계단을 다 올라온 수호자 총책임자 알베도가 그 미모를 드러냈다. 자신들의 직속 상사인 데미우르고스가 기다렸던 상대가 등장한 것을 보고 마장들은 일제히 무릎을 꿇었다.

알베도에게 이들의 복종은 당연한 광경일 뿐이었다. 의식에 조금도 담아두려 하지 않고 주위를 둘러본다.

목적한 인물을 발견하지 못한 알베도는 그제야 시선을 마장들에게 돌렸다. 그대로 마장들 앞까지 걸어오더니 누구에게랄 것도 없이 물었다.

"……데미우르고스가 보이질 않는데, 어디로 갔지?"

"그건…… 사실 조금 전에 다크 워리어 님이라는 분이 혼자 이곳에 오시어, 그분을 수행하러 출타하셨습니다."

"다크 워리어? ……님? 들어본 적이 없는 서번트인데…… 그

서번트를 데미우르고스가 수행했다고? 수호자가? 무언가 이상한 이야기가 아니냐?"

마장들은 무어라 대답해야 좋을지 몰라 서로 눈치만 살폈다.

그 모습을 본 알베도가 부드럽게 미소를 지었다.

"서번트 주제에 내게 사실을 은폐하려는 것이냐?"

다정함마저 깃든 최종경고에 한기를 느낀 마장들은 숨겨서는 안 된다는 결론에 이르렀다.

"다크 워리어 님이라는 분을 두고, 데미우르고스 님은 그분이야 말로 저희가 섬겨야 할 분이라고 판단하셨습니다."

"……모몬가 님이 이곳에 오셨다고!"

억양이 다소 뒤틀린 목소리. 그에 반해 마장들은 냉정하게 대답했다.

"……존함은 다크 워리어 님이었습니다."

"……근위대는? 이곳에 온다는 연락은 받았나? 데미우르고스가 나와 약속을 잡은 걸 생각해 보면 모몬가 님께서 이곳에 오신다는 사실을 미리 알았던 건 아닐 테고! 아니, 그보다도 옷을! 목욕 준비를!"

알베도가 자신의 옷을 이리저리 매만진다. 쉴 새도 없이 여기저기에서 일했기 때문에 옷은 더러워졌으며 머리카락은 끄트머리가 다소 엉켰다. 날개도 그렇다. 하지만 그런 흠이 절세미녀인 알베도에게 대단한 감점으로 작용할 리가 없었다. 1억 점에서 1을 빼도 큰 의미가 없듯 그녀의 미모는 조금도 빛이 바래지 않았지만, 알베도의 입장에서는 가장 사랑하는 인물에게 보여줄 모습으로는 불합격인 것이다.

"가장 가까운 욕탕은…… 샤르티아가 있는 곳인가? …… 의심을 사겠지만…… 배부른 소리를 할 때가 아니지. 너희는 방에서 내 옷을 가져오너라! 속히!"

"……알베도 님, 주제넘은 참견인지도 모르오나……."

뛰어나가려는 알베도에게 마장 중 하나가 말했다. 색욕의 마장이라 불리는 존재였다.

"……그대로 가시는 편이 좋지 않을까 하옵니다."

"……무슨 소리지?"

발을 멈추고 살짝 험악한 기색을 담아 물었던 것은 더러워진 모습을 보이라는 뜻으로 받아들였기 때문이었다.

"……그게, 알베도 님처럼 아름다운 분이 상대를 위해 열심히 일하는 모습이란, 그 상대에게도 좋은 인상을 주어 결과적으로는 알베도 님께 유리하게 작용하는 것이 아닐까 요?"

"게다가!"

다른 마장이 말을 받고 나섰다.

"알베도 님께서 목욕을 마치고 모몬가…… 다크 워리어 님의 앞에 나가실 만큼 몸단장을 하시면 매우 많은 시간이 흐를 것입니다. 만일 그사이에 길이 엇갈린다면…… 아깝지 않을까 합니다."

알베도가 끙끙 신음 소리를 냈다. 그들의 말은 지극히 옳았다.

"일리가 있어……. 만나지 못한 시간이 너무 길다 보니 내가 냉정함을 좀 잃었구나. 모몬가 님을 만나는 것이…… 18시간 만이거든. 정말, 18시간은 너무 길다고 생각하지 않느냐?"

"맞습니다. 너무 긴 시간이죠."

"조직운영의 토대를 한시라도 빨리 완성해 모몬가 님의 신변경호에만 최선을 다하고 싶어……. 아무튼 푸념은 관두고, 우선 모몬가 님을 만나야겠지. 모몬가 님은 어디로 가셨느냐?"

"바로 조금 전에 출타하셨습니다."

"그래?"

알베도는 무뚝뚝하게 대답했지만 얼굴에는 모몬가를 만날 수 있다는 감정이 낳은 웃음이 있었으며 날개도 파닥파닥 귀엽게 움직였다. 마장들의 곁을 지나치려는 발소리는 빠르고 조급했다.

문득 발을 멈춘 알베도는 다시 마장들에게 물었다.

"마지막으로 묻겠다만, 정말 지저분해도 모몬가 님께 점수를 딸 수 있을까?"

*

영묘에서 나온 모몬가의 눈앞에 마음을 꽉 움켜쥐는 듯한 광경이 펼쳐졌다.

나자릭 지하대분묘의 지표는 가로세로 200미터 규모였다. 주위는 6미터나 되는 높고 두꺼운 벽으로 에워싸였으며 출입구는 정문과 후문 두 곳이다.

묘지의 잔디는 짧게 정돈되어 시원시원한 분위기가 났다. 반면 묘지 내부의 거목은 가지를 축 늘어뜨린 채 여기저기 그림자를 드리워 음울함을 자아냈다. 무수한 흰색 석제 묘비는 뒤죽박죽 늘어섰다.

깔끔한 잔디와 난잡한 묘비가 맞물려 강렬한 위화감을 보였다. 게다가 천사나 여신처럼 예술품으로 평가해도 좋을 만큼 치밀한 조각도 군데군데 보이니, 혼돈스러운 묘지의 양상은 눈살을 찌푸릴 만큼 일그러진 모습으로 바뀌었다.

그런 묘소 내의 동서남북 네 곳에는 제법 큰 영묘가, 그리고 중앙에는 한층 거대한 영묘가 있다. 키가 6미터에 달하는, 완전무장한 전사상이 수호하듯 에워싼 곳이다. 이 거대 영묘야말로 나자릭 지하대분묘의 입구이며 모몬가가 지금 막 나온 곳이었다.

나자릭 지하대분묘가 있던 월드 헬헤임은 언제나 어둠과 냉기로 뒤덮인 세계였다. 항상 밤이어서 음울한 풍경을 자아냈으며 두꺼운 먹구름이 천공을 무겁게 뒤덮고 있었다. 그러나 지금은 달랐다.

멋들어진 밤하늘이었다.

모몬가는 하늘을 바라보며 감탄의 한숨을 토해내고, 믿을수 없다는 듯 몇 번이나 고개를 가로저었다.

"굉장하다……. 가상세계에서도 이 정도는 아니었는데……. 대기오염이 없어서 공기가 깨끗하다는 증거일까? 이런 세계라면 인공심폐도 필요없겠네……."

평생 한 번도 본 적이 없는, 맑고 투명한 밤하늘.

모몬가는 마법을 발동하려다 자신이 걸친 갑옷이 이를 방해한다는 사실을 깨달았다. 특수한 매직 캐스터에게는 갑옷을 입은 채 마법을 쓰는 스킬도 있지만 모몬가는 이를 습득하지 않았다. 때문에 중장갑옷은 모몬가의 마법 발동을 방해한다. 설령 마법으로 만들어낸 것이라 해도 그 정도 보너스는 없다. 이 상태로 쓸 수 있는 마법은 겨우 다섯 가지. 그리고 그중에 모몬가가 쓰고 싶은 마법은 유감스럽게도 없었다.

모몬가는 공간에 손을 넣어 아이템 하나를 꺼냈다. 조그만 새의 날개를 본뜬 목걸이였다. 이를 목에 걸고 의식을 그곳에 집중한다.

그 순간 목걸이에 담긴 유일한 마법의 힘이 해방되었다.

〈비행Fly〉.

중력이라는 족쇄에서 해방된 모몬가는 가볍게 허공으로 두둥실 날아올랐다. 그대로 속도를 점점 높이며 단숨에 상승했다. 뒤에서 데미우르고스가 황급히 따라왔지만, 모몬가는 신경 쓰지 않고 그저 하염없이 수직으로 상승했다.

수백 미터쯤 올라왔을 때.

상승을 계속하던 모몬가의 몸이 천천히 멈추었다. 마치 뜯어내듯 투구를 벗고는 아무 말 없이, 아니 아무 말도 못하고 모몬가는 세계를 내려다보았다.

달과 별에서 쏟아지는 청백색 빛이 대지에서 어둠을 밀어낸다. 초원이 바람에 흔들릴 때마다 세계 전체가 빛을 발하는 것 같았다. 천공에는 무수한 별과 함께 달을 연상케 하는 거대한 행성이 반짝였다.

모몬가는 한숨 섞어 말했다.

"정말로 훌륭한…… 아니, 훌륭하다는 진부한 말로는 절대 표현할 수 없겠어……. '블루 플래닛' 님이라면 이 광경을 보고 뭐라고 했을까……."

대기오염도 수질오염도 토양오염도 없을 것 같은 이 세계를 봤다면.

모몬가는 옛 동료를 떠올렸다. 몇몇 길드원끼리 오프라인에서 모였을 때, 로맨티스트라는 말을 듣고 바위 같은 얼굴에 멋쩍은 웃음을 짓던 다정한—— 밤하늘을 사랑하던 남자를.

아니, 그가 좋아했던 것은 자연이었다. 환경오염으로 이제는 거의 잃어버린 광경. 현실에서는 볼 수 없는 그런 광경을 보려고 위드라실이라는 게임에 참가했다. 그리고 그가 가장 공을 들여 만든 것은 제6층이었다. 특히 밤하늘의 디테일이야말로 그가 이상적으로 생각한 세계를 구현한 것이었다.

그런 그였기에 자연을 이야기할 때는 뜨거웠다. 지나칠 정도로.

이 세계를 봤다면 얼마나 흥분했을까. 나직하던 목소리를 얼마나 드높이며 뜨겁게 역설했을까.

오랜만에 옛 길드 멤버 블루 플래닛의 방대한 지식을 듣고 싶어진 모몬가는 옆으로 살짝 시선을 돌렸다.

당연히 그곳에는 아무도 없다. 있을 리가 없었다.

적막감과도 같은 감정을 미미하게 느낀 모몬가의 귀에 퍼득퍼득 날개 소리가 닿고, 형태를 바꾼 데미우르고스의 모습이 눈에 들어왔다.

등에서는 습기를 머금은 듯한 피막으로 이루어진 커다란 검은색 날개가 돋아났으며 얼굴은 인간에서 개구리 같은 형태로 바뀌었다. 데미우르고스의 반 악마형태였다.

일부 이형종은 여러 가지 형태를 지닌다. 나자릭에서는 세바스나 알베도 또한 다른 형태로 변할 수 있다. 이처럼 만들기는 귀찮지만 게임의 끝판왕처럼 여러 가지 형태를 가진 일부 이형종은 끈덕진 인기를 누렸다. 특히 인간형태나 반형태 때는 페널티를 받아서 완전형태 때 보너스를 얻도록 설정하는 자가 많았다.

그렇게 악마라는 표현이 잘 어울리는 모습으로 변한 데미우르고스에게서 다시 천공에 빛나는 별로 눈을 돌린 모몬가는 감탄의 한숨을 내뱉고, 이제는 없는 친구에게 건네듯 말했다.

"……별빛과 달빛만으로도 사물이 보이다니…… 정말 현실세계라고는 생각할 수 없어요, 블루 플래닛님. ……반짝반짝 빛나는 보석상자 같네요."

"그럴지도 모르겠습니다. 이 세계가 아름다운 것은 모몬—— 다크 워리어 님을 치장하기 위한 보석을 담고 있기 때문이 아닐까요."

데미우르고스가 아부 같은 말을 건넸다.

갑작스런 참견에 옛 동료와의 추억을 트집 잡힌 기분이 들어 살짝 짜증이 났다. 그러나 이렇게 아름다운 세계를 바라 보고 있노라면 분노 따위 어디론가 날아가고 만다. 그뿐이 아니라 이렇게 내려다보면 세계가 왜소하게도 느껴져, 악의 조직을 다스리는 왕으로서 연기를 해도 괜찮겠다는 기분마저 드는 것이다.

"정말로 아름답구나. 이 별들이 나의 몸을 치장하기 위해서라고……? 정말 그럴 수도 있겠군. 내가 이 땅에 온 것 또한, 아무도 손에 넣지 못했던 보석상자를 손에 넣기 위해서일지도 모르지."

모몬가는 얼굴 바로 앞에 손을 내밀어 꽉 움켜쥐었다. 천공에 반짝이는 별 대부분이 그 손 안에 들어갔다. 물론 손으로 하늘을 가렸을 뿐이다. 그런 어린아이 같은 행위에 모몬가는 어깨를 으쓱하며 데미우르고스에게 중얼거렸다.

"……내가 독점해서는 안 되겠군. 나자릭 지하대분묘를—— 나의 친구들 아인즈 울 고운을 치장하기 위해서일지도 모르지."

“……참으로 매력적인 말씀이로군요. 바라시는 대로 윤허만 내리신다면 나자릭 전군을 동원하여 이 보석상자를 모조리 손에 넣겠습니다. 그리고 제가 경애하는 모몬가 님께 바칠 수 있다면 이 데미우르고스에게 그보다 더한 기쁨은 없을 것입니다.”

그런 연극적인 대사에 모몬가는 조용히 웃었다. 데미우르고스도 분위기에 취한 모양이라고 생각하며.

“이 세계에 어떤 존재가 있는지도 모르는 이 상황에 그 발언은 어리석다고밖에 할 수 없겠구나. 어쩌면 우리는 이 세계에서 매우 시시한 존재일지도 모르는 것 아니냐? 다만…… 그래, 세계 정복도 재미있을지 모르겠군.”

세계 정복이라니, 아동용 TV 프로그램의 악역이나 할 법한 말이다.

실제로 그런 일이 그리 만만하겠는가. 정복한 후 통치할 수단, 반란과 모반을 미연에 방지할 치안 유지 방법, 무수한 국가를 통일하면서 발생할 온갖 문제. 그런 것들을 조금이라도 생각해 본다면 세계 정복을 해서 무슨 이득이 있을까 하는 생각이 든다.

아무리 모몬가라도 그 정도는 안다. 그럼에도 그런 말을 입에 담고 만 까닭은 세상이 아름다워서 잠깐 탐이 났던, 그런 유치한 욕망 때문이었다. 여기에 악명 높은 아인즈 울 고운의 길드장이라면 충분히 할 수 있을 법한 연기. 그리고 잠깐 말이 헛나온 정도의 실언일 뿐이었다.

그리고 또 한 가지.

“…… ‘우르베르트’ 님, ‘루시★퍼’ 님, ‘배리어블 탈리스만’ 님, ‘벨리버’ 님……이었지.”

위그드라실 세계 중 하나 정도는 정복하자고 농담 삼아 말하던 옛 길드 멤버들을 떠올린 것일 뿐이다.

나자릭의 최고 지장(智將)인 데미우르고스라면 세계 정복이라는 발언을 어린아이 장난으로 이해했을 것이라는 안도감도 있었다. 하지만 만약 지금 모몬가가 자신의 등 뒤에 있는 데미우르고스의 개구리 같은 얼굴에 떠오른 표정을 봤다면 절대 그를 그냥 내버려두지 않았으리라.

보아야 할 상대를 보지도 않은 채 모몬가가 바라본 것은 한없이 펼쳐진 대지와 별들을 끌어안은 천공의 경계, 지평선이었다.

"미지의 세계……. 하지만 이 세계에 있는 것은 정말로…… 나뿐일까? 다른 길드 멤버들도 온 것은 아닐까?"

위그드라실에서는 세컨드 캐릭터를 만들 수 없지만, 한 번 게임을 그만둔 동료들이 마지막 날이라고 새로운 캐릭터를 만들어 들어왔을 가능성도 없지는 않다. 게다가 로그아웃한 시간으로 봤을 때 어쩌면 헤롱헤롱도 이쪽에 있을지 모른다.

애초에 모몬가가 이곳에 있는 것부터 이상사태가 아닌가.

미지의 현상 때문이라고 생각해 보면, 게임을 그만둔 동료들도 이곳에 끌려왔을 가능성이 없다고 단언할 수는 없다.

〈전언〉은 닿지 않았으나 대륙이 달랐기 때문에, 혹은 마법의 효과가 바뀌었기 때문에…… 가능성은 무수하다.

"그렇다면…… 아인즈 울 고운의 이름을 전 세계에 떨치면……."

만약 길드원 중 누군가가 있다면 그 사람의 귀에 들어가지 않겠는가. 그리고 귀에 들어간다면 반드시 자신을 만나러 와줄 것이다. 그만한 우정을 나누었다는 자신감이 있었다.

생각의 바다에서 허우적거리던 모몬가가 문득 나자릭을 쳐다보자, 마침 일대 스펙터클이 시작되려던 참이었다.

범위 100미터를 넘는 대지가 마치 바다처럼 넘실대는 것이다. 평원 곳곳에서 잇달아 솟아난 조그만 융기들이 천천히 한 방향으로 모여들더니 서로가 서로를 삼키며 한 덩어리로 모여들고, 마지막에는 거의 야트막한 산만큼 성장해 나자릭을 향해 밀려들었다.

그렇게 밀려든 어마어마한 흙은 나자릭의 강건한 벽에 부딪쳐 사방으로 흩어졌다. 마치 물거품을 일으키는 해일처럼.

"……〈대지의 격동Earth Surge〉. 그것도 스킬로 범위를 확대한 데다 클래스 스킬까지 썼군……."

모몬가는 감탄한 듯 중얼거렸다. 이 마법을 쓸 수 있는 것은 나자릭에서 단 한 명뿐이다.

"역시 마레야. 벽을 은폐하는 공작은 그 아이에게 맡겨놓으면 문제없겠군."

"예. 다만 마레 말고도 언데드나 골렘처럼 피로를 모르는 서번트를 동원해 작업 중인데, 유감스럽게도 진척을 보이지 못하고 있습니다. 대지를 움직이면 흙이 그대로 드러나다 보니 은폐를 위해 식물을 만들어내야 합니다. 그렇게 되면 역시 마레의 작업량이 늘어나서……."

"……이렇게나 긴 나자릭 성벽을 덮는 일이니 시간이 다소 걸려도 어쩔 수 없지. 문제는 작업 중에 발각되는 것이다. 주위 경계는 어떻게 하고 있나?"

"조기경계망 구축은 이미 마쳤습니다. 약 5킬로미터 범위 내에 지적 생명체가 침입한다면 상대에게 들키지 않고 즉시 발견할 수 있습니다."

"그것참 훌륭하군. 다만…… 그것은 서번트를 동원한 경계망이렷다?"

데미우르고스가 긍정하자 모몬가는 만약을 위해 다른 경계망도 만들어두는 편이 좋겠다고 생각했다.

"……나도 경계망을 구축하는 데 한 가지 생각이 있다. 그것을 이용하라."

"알겠사옵니다. 알베도와 상담하여 그것도 경계망에 포함시키겠습니다. 헌데 다크 워리어 님——."

"——이젠 됐다, 데미우르고스. 모몬가라고 불러도 좋다."

"알겠습니다. ……모몬가 님의 다음 일정을 여쭈어도 되겠습니까?"

"내 명령을 완벽하게 수행하고 있는 마레를 찾아가볼까 한다. 무언가 좋은 선물을 주고 싶다만……."

데미우르고스에게 미소가 번졌다. 가장 사악한 악마에게는 어울리지 않는 다정한 웃음이었다.

"모몬가 님께서 말씀만 걸어주셔도 충분한 보상이 되지 않을까 사료되오나…… 아, 이건…… 죄송합니다. 잠깐 볼일이 생긴 것 같습니다. 마레에게는……."

"나 혼자 가지. 허락한다. 가 보거라, 데미우르고스."

"감사드립니다, 모몬가 님."

데미우르고스가 날개를 펄럭인 것과 동시에 모몬가도 지상의 한 점을 향해 내려가며 도중에 투구를 다시 썼다.

목적지에 있던 다크엘프가 무언가 낌새를 챘는지 상공—— 모몬가를 바라보고 놀란 표정을 지었다.

모몬가가 사뿐히 대지에 내려서자 마레가 오종종 달려왔다.

스커트가 팔랑팔랑 흔들린다. 보일 것 같지만 보이지 않는다. 아니, 모몬가에게 그런 취미는 조금도 없었다. 다만 신경이 쓰였을 뿐이다. 저 안쪽이 어떤지를.

"아, 모몬가 님! 자자, 잘 오셨나이었습니다!"

"음…… 마레, 그렇게 겁먹지 않아도 된다. 조바심 낼 것도 없고. 어렵다면 존댓말을 쓰지 않아도 좋다……. 물론 우리만 있을 때에 한해서 말이다."

"그, 그럴 수는 없어요. 모몬가 님은 지고의 존재시니까……. 사실은 아우라도 나빠요. 그, 그렇게 무례한 짓을 하면 안 되는데!"

——애들이 극존칭으로 대하는 것도 좀 싫은데.

"그러냐? 마레 네가 그렇게 결심했다면 나는 아무 말 않겠다. 다만 강요할 마음이 없다는 것도 알아다오."

"어, 네! ……그, 그런데 모몬가 님께서는 어인 일로? 제, 제가 무언가 실수라도……."

"아니다. 나는 널 칭찬하러 온 거다."

야단맞는 건 아닐까 흠칫거리던 표정이 금세 놀라움으로 바뀌었다.

"마레, 네가 하는 일은 매우 중요한 것이다. 경계망을 만든다 해도 이 세계의 주민은 일반인조차 100레벨을 넘을 가능성도 있지. 그런 상대가 있다면 나자릭 지하대분묘를 발견하지 못하도록 미연에 방지하는 것이야말로 가장 중요한 일이다."

고개를 끄덕이는 마레.

“그렇기에 말이다, 마레. 네 완벽한 일 처리에 내가 얼마나 만족했는지, 그리고 내가 네게 일을 맡겨서 얼마나 안심했는지를 알아주었으면 하는 거다.”

모몬가가 사회 경험에서 얻은 철칙 첫 번째. 우수한 상사는 부하의 업무를 제대로 칭찬할 줄 아는 법.

수호자들은 모몬가에게 실상을 아득히 넘어서는 과대평가를 내리고 있다. 그렇다면 모몬가 또한 그들의 충성심을 잃지 않기 위해서라도 그 평가에 걸맞은 대응을 보여야만 한다.

수호자를 비롯한 길드 멤버들이 만든 NPC―― 이제까지 유지했던 황금의 기록에 실망하고 배신당하기라도 한다면 그것은 모몬가에게 길드장 실격 낙인이 찍히는 거나 마찬가지였다. 그렇기에 모몬가는 절대지배자의 대응을 항상 염두에 두었다.

“……이해했느냐, 마레?”

“네, 모몬가 님!”

마레의 진지한 얼굴을 보니, 복장이야 소녀의 것이지만 남자임을 뚜렷이 알 수 있는 표정이었다.

“좋아. 그러면 마레의 활약에 상을 내리겠다.”

“아, 아닙니다! 이건 당연한 일인걸요!”

“……일을 잘했을 때 상을 내리는 것도 당연하다.”

“그, 그렇지 않습니다! 지고의 존재를 섬기기 위해 우리 모두가 있는 거니까요! 일을 열심히 하는 건 당연해요!”

몇 번을 되풀이했지만 두 사람의 의견은 평행선을 그렸다.

피곤해지기 시작한 모몬가는 절충안을 내기로 했다.

“그럼 이렇게 하자꾸나. 앞으로도 충실하게 일할 네게 주는 상도 겸한다면 문제가 없겠지?"

"무, 문제가 없나요?"

모몬가는 반 강제로 타이르며 보상으로 마련한 것을 내밀었다. 그것은 반지였다.

"모, 모몬가 님…… 자, 잘못 꺼내 셨, 셨, 어요!"

"잘못——."

"——잘못 꺼내셨어요! 그건 링 오브 아인즈 울 고운! 지고의 존재만이 소지할 수 있는 보물인걸요! 그런 걸 받을 수는 없어요!"

엄청난 사태에 놀라 부들부들 떨기까지 하는 마레에게 모몬가가 더 당황했다.

이 반지는 길드원 전용으로 제작한 것이라 100개밖에 없는 특별 아이템이긴 하다. 그중 41개를 나눠주었으니 사용자가 정해지지 않은 것이 59—— 아니, 58개. 그런 의미에서는 희소성이 높다. 하지만 이번 보상에는 아이템을 유용하게 활용한다는 측면도 있었다.

도망치려는 마레를 안심시키듯 모몬가는 차근차근 설명했다.

"침착하거라, 마레."

"무무, 무리예요! 그렇게 엄청난, 지, 지고의 존재들께서 만드신 것을, 상으로 받는다면——."

"——잘 생각해 봐라, 마레. 나자릭 지하대분묘는 전이 이동을 금지해놓았다. 하지만 그래서는 이래저래 불편함이 많을 게다."

그 말에 마레는 아주 조금 냉정함을 되찾기 시작한 것 같았다.

"계층수호자의 지위에 있는 자들은 적이 쳐들어왔을 때 각 계층별 지휘관이 되어 행동해야만 하지. 그때 전이를 하지 못해 제대로 도망칠 수 없다면 어떻게 되겠느냐. 그래서 이 반지가 필요한 게다."

모몬가가 들어 올린 손에서 달빛을 받은 반지가 반짝 빛났다.

"마레, 네 충성심은 매우 기쁘다. 신하 된 도리 때문에 우리의 증표인 반지를 받을 수 없다는 마음도 충분히 이해한다. 그러나 이제는 너도 알 거라 생각한다만, 내 명령이라 여기고 받아다오."

"하, 하오나, 왜 제가……. 혹시 모든 수호자에게 다 나누어주시는 건가요……?"

"그럴 예정이다만, 마레 네가 제일 처음이다. 네가 해낸 일을 높이 평가하기 때문이야. 아무 일도 하지 않은 사람에게 주면 상의 가치가 떨어지겠지. 아니면, 반지의 가치를 더욱 떨어뜨리라는 말이냐?"

"다, 다다, 당치도 않사옵니다!"

"그렇다면 받아라. 이 반지를 받고 앞으로도 나자릭을 위해, 그리고 나를 위해 공헌하거라."

마레는 부들부들 떨면서도 천천히 그 반지를 받았다.

그런 마레를 앞에 두고 모몬가는 살짝 죄책감을 느꼈다.

아주 조금이지만, 이제는 전이를 해도 자신이란 것을 들키지 않으리라는 노림수도 있었기 때문이다.

마레가 링 오브 아인즈 울 고운을 끼자 반지는 마레의 가느다란 손가락에 맞추듯 크기를 바꾸었다. 자신의 손가락에 들어간 반지를 마레는 몇 번이나 쳐다보며 한숨을 내쉬었다.

그러다 모몬가를 똑바로 향하더니 크게 고개를 숙였다.

"모! ……모, 모몬가 님, 저, 저에게 이만한 상을 내려주셔서…… 고마흠미다. 아, 앞으로도 이 보물에 어울리는 일을 하, 하고자, 노노, 노력하겠습니다!"

"부탁한다, 마레."

"네!"

또박또박 대답하는 마레. 그 얼굴에는 소년다운 늠름함이 있었다.

어째서 마레를 설정한 부글부글찻주전자는 이런 차림을 시켜놓은 걸까. 아우라의 차림과 뒤바뀐 것은 아닐까. 아니면 무언가 이유가 있었을까.

모몬가가 의문을 품고 있으려니 오히려 마레가 질문을 했다.

"저, 저기, 모몬가 님. 왜…… 그런 차림을 하셨나요?"

"……으, 음, 그건……."

——도망치고 싶어서.

그런 대답은 절대 할 수 없었다.

난감해진 모몬가를 반짝반짝 기대에 찬 눈으로 올려다보는 마레. 어떻게 얼버무려야 좋을까. 여기서 실수하면 이제까지 훌륭한 상사처럼 굴었던 연기가 모조리 물거품이 될 수도 있다. 도망치는 상사를 인정하는 부하란 어느 세계에도 없을 것이다.

좀 더 곤혹스러웠다면 정신이 평정을 되찾을 텐데—— 그렇게 도피하던 모몬가의 등 뒤에서 구원의 손길이 다가왔다.

"그야 간단하지, 마레."

돌아본 모몬가는 눈길을 빼앗기고 말았다.

달빛 아래, 미의 화신이라 할 만한 여성이 있었다. 하늘에서 내려온 푸른빛이 온몸을 빛내는 그 모습은 여신이라 불러도 수긍이

갈 정도였다. 검은 날개가 살짝 바람을 일으켰 다.

알베도였다.

그 바로 뒤에 데미우르고스도 있었지만, 이 한순간만큼은 시야에 들어오지 않을 정도로 아름다웠다.

"모몬가 님이 갑옷을 걸치고 조금 전까지는 이름까지 감추셨던 건 네 일을 방해하지 않으려 하셨기 때문이야. 모몬가 님께서 계시면 모든 서번트가 일손을 멈추고 복종의 자세를 보이는 게 당연하잖아? 하지만 모몬가 님은 그걸 바라지 않으셨어. 그러니까 다크 워리어라는 다른 인물을 만들어내, 경의를 표하느라 일손을 멈출 필요가 없다고 말씀하시려 했던 거지. 그렇지 않습니까, 모몬가 님?"

알베도에게 모몬가는 몇 번이나 빠르게 고개를 끄덕였다.

"여, 역시 알베도, 내 진의를 간파할 줄이야."

"수호자 총책임자로서 당연한 노릇이지요. 아니, 수호자 총책임자라는 지위가 아니더라도 저는 모몬가 님의 마음을 통찰하는 데에는 자신이 있습니다."

미소를 지으며 꾸벅 고개를 숙이는 알베도의 뒤에서 데미우르고스가 미묘한 표정을 지은 것이 마음에 걸렸지만, 구원의 손길을 뻗어준 사람에게 무어라 할 마음은 없었다.

"그, 그렇구나아……."

감탄하는 마레. 그쪽을 향하려다 모몬가는 자신의 눈을 의심할 만한 광경을 보았다. 알베도의 눈이 한순간 튀어나올 것처럼 커지더니 카멜레온처럼 이질적인 움직임으로 마레의 손가락을 향했던 것이다.

모몬가가 무언가 생각하기도 전에 알베도의 얼굴은 원래대로 돌아왔다. 조금 전의 광경이 환영이었던 것처럼 그녀의 얼굴은 여전히 아름다웠다.

"……제 얼굴에 무언가 묻었는지요?"

"어, 아, 아니, 아무것도 아니다……. 좋아. 그러면 마레, 방해해서 미안하다. 휴식을 취하고 다시 은폐 공작을 시작해 다오."

"어, 네! 그럼 모, 모몬가 님, 이만 실례하겠습니다."

천천히 고개를 끄덕이는 모몬가 앞에서 반지를 문지르며 마레가 뛰어갔다.

"그래, 알베도는 무슨 일로 온 것이지?"

"예. 모몬가 님께서 이곳에 오셨다는 데미우르고스의 말을 들어 인사를 드리고자 했사옵니다. 다만 이처럼 지저분한 차림을 보여 드리게 되어 송구스러울 따름이옵니다."

지저분하다는 말에 알베도를 쳐다보았지만 딱히 그렇다는 생각은 들지 않았다. 실제로 그녀가 입은 옷은 먼지인지 뭔지가 묻어 때가 탄 것 같기는 했지만 알베도의 미모를 해칠 정도는 아니었다.

"그렇지 않다, 알베도. 네 빛은 그 정도로 더러워져 수그러드는 것이 아니니. 물론 너처럼 청초한 미녀를 이리저리 부린 것은 잘못이나, 지금은 비상사태인 만큼 미안하지만 조금만 더 나자릭을 위해 힘써다오."

"모몬가 님을 위해서라면 아무리 뛰어다녀도 문제없사옵니다!"

"네 충성에 감사한다. 그래…… 알베도, 네게도 이것을 주어야겠구나."

"무엇을…… 말씀이신지요?"

살짝 눈을 내리깔고 감정이 드러나지 않는 평온한 목소리로 대답한 알베도에게 모몬가는 반지를 하나 내밀었다. 당연히 링 오브 아인즈 울 고운이었다.

"수호자 총책임자인 알베도에게도 이것은 필요한 아이템일 테지."

"……감사드리옵니다."

그녀의 태도가 너무 밋밋해서 마레와는 달리 아주 살짝 기대가 어긋난 느낌이 들기는 했지만, 그것이 착각이란 것을 금세 깨달았다.

알베도의 입가는 경련을 일으키며 표정이 풀어지려는 것을 간신히 참고 있었다. 날개가 꿈틀꿈틀 움직이는 이유는 파닥거리고 싶은 마음을 열심히 억제하기 때문이리라. 반지를 받은 손——어느샌가 꽉 쥐고 있던 주먹을 펼치고——은 희미하게 떨렸다. 그 정도로 내심을 드러내면 바보라도 알 수있었다.

"앞으로도 너의 충성을 기대하마. 데미우르고스는…… 나중으로 하지."

"알겠습니다, 모몬가 님. 그 위대한 반지를 받을 수 있도록 노력하겠습니다."

"그래. 그럼 할 일도 끝났으니, 나는 야단맞기 전에 9계층으로 돌아가야겠다."

알베도, 데미우르고스 두 사람이 동의의 뜻으로 고개를 숙이는 모습을 보며 모몬가는 링 오브 아인즈 울 고운을 기동했다.

시야에 비친 광경이 바뀌려던 찰나 "앗싸아!" 하는 여성의 목소리를 들은 기분이 들었지만 알베도가 그런 천박한 환성을 지르는 모습을 상상할 수 없었던 모몬가는 자신이 잘못 들었으리라 생각했다.

2

마을 외곽이 가까워진다.

열심히 뛰던 엔리는 등 뒤에서 요란한 금속성을 들었다.

그 소리는 규칙적이었다.

기도하는 심정으로 뒤를 흘끔 보았다. 그곳에는 예상대로 ―― 최악의 예상대로, 한 기사가 엔리와 여동생을 좇고 있었 다.

이제 코앞인데.

그렇게 내뱉고 싶은 마음을 열심히 억눌렀다. 쓸데없이 체력을 소비할 상황이 아니었다.

거친 호흡을 되풀이했다. 심장은 터져버리는 것 아닐까 싶을 정도로 빠르게 뛰었으며, 다리는 후들후들 떨려 당장에라도 힘이 다해 땅바닥에 쓰러질 것 같았다.

자기 혼자였다면 자포자기해 뛸 기력을 잃었을 것이다. 그러나 자신의 손에 매달려 뛰고 있는 여동생의 존재가 엔리에게 힘을 주었다.

그렇다. 엔리는 여동생을 구하고 싶다는 강한 마음만으로 뛰고 있는 것이다.

뛰면서 다시 흘끔 뒤를 엿보았다. 거리는 거의 변함이 없었다. 갑옷을 입었는데도 속도가 둔해질 기미가 없다. 단련한 기사와 한

날 시골 소녀의 명백한 차이였다.

땀이 바짝 마르며 싸늘한 무언가가 온몸을 엄습했다. 이래서는……여동생을 데리고서는 도망칠 수 없다.

——손을 놔.

엔리의 귓가에 그런 목소리가 들렸다.

——혼자선 도망칠 수 있을지도 몰라.

——이런 데서 죽고 싶어?

——어쩌면 흩어져서 도망치는 게 안전할 수도 있어.

"닥쳐, 닥쳐, 닥쳐!"

엔리는 이를 갈면서 신음하듯 자책했다. 자신은 못난 언니다. 여동생이 당장 눈물을 쏟을 것 같으면서도 결코 울지 않는 이유가 무엇이겠는가. 그것은 엔리를 믿기 때문이다. 언니가 구해주리라 믿기 때문이다.

여동생의 손—— 달릴 기력과 싸울 용기를 주는 손을 꽉 쥐며 엔리는 열심히 생각했다.

그런 여동생을 어떻게 버릴 수 있겠는가.

"앗!"

엔리가 지친 것 이상으로 어린 여동생은 체력을 소모한 상태였다. 다리가 풀리면서 비명과 함께 땅바닥에 넘어질 뻔했다. 그나마 쓰러지지 않았던 것은 두 사람을 이어주는, 굳게 쥔 손 덕이었다. 하지만 여기에 끌려가듯 엔리도 자세가 흐트러졌다.

"얼른!"

"으, 응!"

그러나 다시 뛰려 해도 여동생의 다리는 경련 때문에 잘 움직이질 않았다. 엔리는 황급히 여동생을 끌어안으려다가 바로 곁에서 금속성이 멎은 데 공포를 느꼈다.

멈춰 선 기사가 손에 쥔 칼은 피에 젖어 번들거렸다. 그뿐이 아니었다. 갑옷과 투구에도 피가 튄 흔적이 있었다.

엔리는 여동생 앞으로 나서며 기사를 노려보았다.

"쓸데없는 저항은 관둬."

그 목소리에 담긴 것은 자상함이 아니었다. 비웃음 섞인 감정이다. 도망쳐도 금방 죽일 거라고 비아냥거리는, 끈적거리는 어조.

엔리의 가슴속이 단숨에 불타올랐다.

——이 자식이 지금 무슨 소리를 하는 거야.

기사는 움직임을 멈춘 엔리를 노려보며 천천히 손에 든 검을 들어 올렸다. 그러나 상단으로 쳐든 검이 엔리의 몸을 가르기도 전에——.

"사람을 뭘로 보고!!"

"커억!"

——힘껏 움켜쥔 엔리의 주먹이 강철 투구에 꽂혔다. 온몸을 가득 채운 분노, 그리고 동생을 지켜야만 한다는 마음이 담긴 주먹이었다. 금속을 때린다는 행위에 겁을 먹지도 않았다. 전심전력을 담은 일격이었다.

뼈가 부서지는 듯한 소리가 울려 퍼지고, 한 박자 늦게 극심한 통증이 엔리의 온몸을 내달렸다. 기사는 얻어맞은 충격에 크게 비틀거렸다.

"얼른!"

"응!"

고통을 참으며 뛰어가려다가—— 엔리는 등에 뜨거운 것이 훑고 지나가는 감촉을 느꼈다.

"——윽!"

"이 망할 것이!!"

얕잡아보고 덤볐던 시골 계집아이에게 얼굴을 얻어맞았다는 굴욕에 기사는 노성을 터뜨렸다. 엔리의 목숨이 붙어 있는 것도 기사가 냉정함을 잃고 아무렇게나 칼을 휘두른 덕이었다. 이젠 그런 행운은 없다. 엔리는 상처를 입었고, 기사는 분노를 느꼈다. 그렇다면 다음 일격은 치명타가 되리라.

엔리는 눈앞에서 하늘로 올라가는 검을 날카롭게 노려보았다.

험악한 표정을 지으면서도 검의 흉흉한 광채를 본 엔리는 두 가지 사실을 깨달았다.

하나는 앞으로 몇 초 후면 자신의 목숨이 확실하게 사라지고 말리라는 것. 또 하나는 평범한 시골 소녀인 자신에게는 저항할 수단이 전혀 없다는 것.

칼 끄트머리에 살짝 묻은 자신의 피. 그 피는 등에서 전해지는 심장 고동에 맞춰 퍼져가는 격통을, 그리고 그 상처를 입었을 때의 작열하는 감각을 되새겨주었다.

이제까지 경험한 적이 없는 아픔에서 태어난 공포가 구역질을 일으켰다.

——토하면 가슴속의 답답함도 사라지지 않을까.

그러나 엔리는 살아남는 길을 모색했다. 토하고 있을 여유도 시간도 없다. 체념이 지배의 영역을 넓혀가는 가운데 엔리가 아직까지 자신의 의지를 버리지 않는 것은 단 한 가지 이유 때문이었다.

그것은 자신의 품 안에 있는 따뜻한 체온—— 어린 동생의 존재였다.

하다못해 동생의 목숨은 구하고 싶다. 그런 마음이 엔리에게 체념이라는 선택을 주려고 하질 않았다.

다만 그런 엔리의 결의를 조롱하듯 앞을 가로막은, 눈앞의 전신갑주를 걸친 전사.

검이 날아들었다.

극한의 집중이 이루어낸 결과인지, 아니면 생명의 위험을 앞에 두고 뇌가 활성화된 탓인지 매우 길게 느껴지는 시간 속에서 엔리는 필사적으로 살아날—— 여동생이 살아날 방법을 생각했다.

그러나 아무것도 떠오르지 않았다. 기껏 떠오른 아이디어라고는 자신의 몸을 방패로 삼는 것뿐. 자신의 몸으로 칼을 막고, 칼날이 빠져나가지 않게 붙잡는다는 최후의 수단뿐.

상대의 몸 어디든, 혹은 자신의 몸에 파고들 칼날이든, 무엇이든 있는 힘껏 움켜쥐고 절대 놓지 않을 것이다. 목숨의 마지막 불꽃이 꺼질 때까지.

그것밖에 없다면 그것을 받아들일 뿐이다.

엔리는 순교자 같은 미소를 지었다.

언니로서 동생에게 해줄 수 있는 일은 이것이 고작이겠지.

그 생각이 얼굴에 미소를 그렸다.

동생 혼자 지금 이 지옥 같은 상황에 빠진 마을을 벗어날수 있을지 어떨지는 알 수 없다. 대삼림으로 도망친다 해도 감시하는 병사가 있을 가능성은 얼마든지 있다. 그러나 여기서 목숨을 건진다면 살아날 가능성도 있다. 동생이 도망칠 수 있는 그 얼마 안 되는 가능성에 엔리는 자신의 목숨을, 아니, 모든 것을 걸기로 했다.

그래도 밀려드는 아픔에 대한 공포에 엔리의 눈이 감긴다. 칠흑의 세계 속에서 곧 다가올 아픔에 각오를 다지며──.

3

모몬가는 의자에 앉아 정면에 놓인 거울을 바라보았다. 지름이 1미터쯤 되는 거울에 비친 것은 모몬가가 아니었다. 초원이다. 마치 거울이 아니라 TV처럼 어딘지 모를 초원을 비춘다.

정지 화면이 아니라는 증거로 거울에 비친 풀은 천천히 출렁거렸다.

시간의 흐름을 나타내듯, 초원에 깔린 어둠을 서서히 떠오 르는 태양이 지워나가기 시작했다. 그렇게 드러나는 목가적인 광경은 나자릭 지하대분묘가 과거에 존재했던 헬헤임의 절망적인 풍경과는 거리가 멀었다.

모몬가는 손을 들어 거울에 대고 천천히 오른쪽으로 돌렸다. 그러자 거울에 비친 광경도 슬라이드하기 시작했다.

원격시경Mirror of Remote Viewing.

지정한 포인트를 비춰주기 때문에 플레이어를 전문으로 노리는 PK(Player Killer), 그런 PK를 노리는 PKK(Player Killer Killer)가 사용할 법한 아이템이지만, 저급 대(對) 정보계 마법만 써도 쉽게 몸을 숨길 수 있는 데다 *공성방벽에 반격을 당하기도

* 공성방벽(攻性防壁) : 시로 마사무네의 만화 「공각기동대」에 등장하는 컴퓨터 보안 기술. 침입자를 공격하는 방어용 보안 기술 혹은 프로그램. 여기서는 정보계 마법을 사용해 탐지를 시도한 자를 공격하는 마법을 뜻한다.

쉬우므로 너무 애매한 위치에 속하는 아이템이다.

하지만 바깥 풍경을 쉽게 비추는 아이템은 지금 상황에서는 충분한 메리트가 있다.

영화에 나올 법한 초원을 부감하며 거울에 비친 광경은 흘러간다.

"이렇게 움직이면 화면이 스크롤되고, 이렇게 하면 시점을 바꿔 같은 장소를 관찰할 수 있군."

모몬가는 허공에 손을 미끄러뜨리거나 원을 그리며 경치를 이리저리 바꿔보았다. 오랜 시간 시행착오를 되풀이하며 움직이기는 했으나 지적 생명체——가능하다면 인간——는 아직까지는 발견하지 못했다.

묵묵히 단조로운 작업을 되풀이했지만 비치는 것이라고는 거의 변함이 없는 초원이니 의욕도 고개를 숙이고 만다. 모몬가는 곁눈질로 이 방에 있는 다른 사람의 눈치를 살폈다.

"왜 그러시는지요, 모몬가 님? 무슨 일이 있으시면 언제든 말씀만 하십시오."

"아, 아니, 아무것도 아니다, 세바스."

방에 있던 또 다른 인물——세바스는 미소를 짓기는 했으나 그의 말에서는 살짝 가시가 묻어났다. 모든 면에서 절대적인 존재로 자신을 섬기기는 하지만, 수행원도 없이 행동했던 것은 조금 마음에 안 들었던 모양이다. 조금 전 지표에서 돌아왔을 때 세바스에게 붙잡혀 잔소리를 들은 후로 모몬가는 내심 중얼거렸다. 아무래도 부담스러운 상대라고.

세바스를 상대하고 있으면 자꾸만 옛 길드 멤버 '터치 미'가 떠올랐다. 실제로 그가 세바스를 설정했으니 틀린 말은 아니지만.

——하지만 야단칠 때 무서워지는 것까지 닮을 필요는 없잖아?

그런 푸념을 속으로 늘어놓으며 다시 거울을 쳐다보았다.

조금 전부터 애를 먹고 있는 이 거울의 조작 방법을 해명해 이를 데미우르고스에게 가르쳐주자는 것이 모몬가의 생각이었다. 이것이 바로 조금 전 데미우르고스에게 말했던 경계망이었다.

부하에게 떠넘기면 편할 텐데도 모몬가는 직접 이 일에 매달려 있었다. 그 이유 중에는 눈으로 확연히 드러나는 일을 해 가끔은 '역시 모몬가 님' 이라는 평가를 듣고 싶다는, 참으로 얄팍한 노림수도 있었다. 그렇기에 싫증이 난다고 도중에 내팽개칠 수는 없었다. 지금은 어떻게든 부감 위치를 조금 더 높게 잡고 싶었다. 설명서가 있다면 좋겠다고 씁쓸하게 생각하며 작업을 반복한다.

그렇게 얼마나 지났을까. 그리 긴 시간은 아니었지만 결과가 따르지 않으면 공연히 헛수고만 하는 기분이 들게 마련이다. 모몬가가 퀭한 표정으로 적당히 손을 움직이고 있으려니 갑자기 시점이 확 바뀌었다.

"오!"

놀라움과 환희, 자랑스러움. 그런 것들이 뒤섞인 소리를 질렀다. 밤새 잔업하던 프로그래머가 '고생해도 안 풀리던 걸 적당히 건드리니 갑자기 잘 돌아가네요.' 라고 좋아할 때의 환성과도 비슷했다.

그 목소리에 호응하듯 박수 소리가 났다. 당연히 세바스였 다.

"축하드리옵니다, 모몬가 님. 이 세바스는 역시 모몬가 님이라고밖에 말할 도리가 없군요!"

암만 시행착오를 겪었다지만 그렇게까지 칭찬을 들을 일이냐고 발끈하고 싶었으나 세바스의 표정에는 진심 어린 감탄이 있었다. 그러니 솔직하게 받아들이기로 했다.

"고맙다, 세바스. 하지만 오랫동안 곁에 있게 하여 미안하다."

"당치 않은 말씀이십니다. 모몬가 님 곁에서 명령을 따르는 것이야말로 집사로서 태어난 저의 존재의의일진대, 사죄하실 이유가 어디 있겠습니까. ……하오나 시간이 다소 경과한 것도 사실. 모몬가 님께서도 이만 휴식을 취하심이 어떻겠습니까?"

"아니, 그럴 필요는 없다. 언데드인 내게 피로라는 배드 스테이터스는 존재하지 않으니. 네가 피곤하다면 쉬어도 좋다."

"자상하신 배려에 감사드리옵니다. 그렇지만 전심전력으로 모셔야 할 주인께서 일을 하시는데 쉬는 집사가 어디 있겠습니까? 저도 아이템 덕에 육체의 피로와는 무관한 몸이오니, 모몬가 님 곁에서 마지막까지 수행코자 하옵니다."

"그래? 알았다."

모몬가는 그들과 대화를 나누면서 한 가지 깨달은 것이 있었다. 그들이 일부 게임 용어를 극히 평범하게 사용한다는 것이었다. 스킬, 클래스, 아이템, 레벨, 대미지, 배드 스테이터스 등등. 진지한 얼굴로 그런 말을 쓰는 것을 보면 어쩐지 기묘한 기분이 들기도 했다. 하지만 그것만 마음에 두지 않으면, 게임 용어가 통한다는 것은 사실 지시를 내리는 입장에서도 고마운 일이었다.

모몬가는 다시 거울 조작에 몰두했다. 그리고 몇 번 비슷한 동작을 반복하며 겨우 부감 고도를 조절하는 방법을 알아 냈다.

모몬가는 씨익 웃고는, 드디어 정식으로 사람이 있는 곳을 찾아보는 작업에 착수했다.

이윽고 어딘가 마을로 보이는 광경이 거울에 비쳤다.

나자릭 지하대분묘에서 남서쪽으로 약 10킬로미터 정도 떨어진 곳. 부근에는 숲이 있으며 마을 주위에는 밀밭이 펼쳐졌다. 역시 목가적이라는 말이 잘 어울릴 법한 마을이었 다. 언뜻 보니 문명 수준은 그리 높은 것 같지 않았다.

모몬가는 마을의 풍경을 확대하려다 위화감을 느꼈다.

"……축제라도 열렸나?"

이른 아침부터 사람들이 집에 들어갔다 나오기도 하고 이리저리 뛰어다니기도 한다. 어쩐지 분주했다.

곁에 있던 세바스가 날카로운 시선으로 거울 안 광경을 노려보며 강철 같은 음성으로 대답했다.

"아니요, 그렇지 않습니다."

세바스의 딱딱한 어조에 불길한 느낌을 받으며 부감도를 확대한 모몬가는 눈살을 찡그렸다.

마을 주민으로 보이는 조악한 옷을 입은 사람들에게, 전신 갑주로 무장한 기사풍의 사내들이 손에 든 검을 휘두르고 있었다.

그것은 살육.

기사들이 검을 휘두를 때마다 마을 주민이 한 사람씩 쓰러진다. 주민들에겐 대항할 수단이 없는 것이리라. 필사적으로 도망쳐 다닐 뿐이었다. 이를 뒤따라가 죽이는 기사들. 밀밭에선 기사들이 타고 온 말이 밀을 뜯어먹고 있었다.

"쯧!"

혀를 차며 얼른 광경을 바꾸려 했다. 이제 이 마을에는 가치가 없다. 만일 더 많은 정보를 얻었다면 구해주러 가는 것도 의미가 있을지 모르지만 지금 상태로는 이 마을을 구할 이유가 없었다.

내버려두어야 한다.

냉혹한 판단을 내린 모몬가는 자기 자신에게 당혹감을 느꼈다. 학살이 벌어졌는데, 마음에 떠오른 것은 나자릭의 이익. 당연히 느껴야 할 감정—— 연민과 분노와 초조함이 전혀 없었다. TV에서 동물이나 곤충들 사이의 약육강식 세계를 바라보는 그런 느낌이었다.

언데드인 자신은 이제 인간을 동족이 아니라 판단하는 것일까?

——아니, 설마 그럴 리가.

모몬가는 열심히 자기 심리를 정당화하고자 변명을 생각했다.

자신은 정의의 사도가 아니다.

레벨은 100이지만, 마레에게 말했던 것처럼 이 세계의 일반인도 레벨 100일지 모른다. 그럴 가능성도 있는 미지의 세계에서 함부로 남의 일에 끼어들 수는 없다. 기사가 일방적 으로 주민들을 죽이고 있다지만 여기에도 모종의 이유가 있을지 모른다. 전염병, 범죄, 본보기. 수많은 이유를 생각할수 있다. 게다가 공연히 기사를 공격했다간 이 기사들이 속한 국가와 적대할지도 모른다.

모몬가는 자신의 머리——두개골에 뼈로 이루어진 손을 댔다. 정신계 작용이 전혀 효과를 미치지 못하는 언데드이기 때문에, 인간을 그만두고 말았기 때문에 이 정도 광경에 동요하지 않는 것은 결코 아닐 것이라고 생각하며.

손이 미끄러지며 마을의 다른 광경이 비쳤다.

한데 뭉쳐 굴러다니던 마을 사람과 기사를 다른 두 기사가 떼어놓는 참이었다. 억센 팔에 두 손을 붙들려 일어나는 주민. 모몬가가 보는 앞에서 그에게 검이 날아들었다. 칼끝이 몸을 꿰뚫고 반대쪽에서 튀어나온다. 치명상일 것이다. 그래도 칼놀림은 멈추지 않았다. 두 번, 세 번, 네 번—— 화풀이를 하듯 끈질기게 되풀이한다.

마지막으로 기사에게 걷어차인 주민은 피를 흩뿌리며 땅바닥에 굴렀다.

——주민과 모몬가의 눈이 마주쳤다. 그냥 그런 기분이 들었던 것뿐일지도 모른다.

아니, 당연히 우연이다. 대 정보계 마법도 없이 보통 수단으로 이 거울의 감시를 알아차릴 수는 없으니까.

주민은 입가에서 피거품을 토해내며 열심히 입을 움직였다. 이제 눈은 초점도 맞지 않았으며 어디를 보는지도 알 수 없었다. 그래도 목숨을 놓으려 하지 않고 입을 움직인다.

——딸들을 부탁합니다——.

"어떻게 하시겠습니까?"

그 타이밍을 쟀던 것처럼 조용한 목소리로 세바스가 물었 다.

해답은 단 하나밖에 없었다. 모몬가는 냉정하게 대답했다.

"내버려둬라. 구하러 갈 이유도 가치도, 이익도 없으니."

"——알겠습니다."

별생각 없이 모몬가는 세바스에게 시선을 돌렸다가—— 그 등 뒤에서 옛 동료의 환영을 보았다.

"아니…… 터치님……."

그 순간 모몬가는 어떤 말을 떠올리고 있었다.

——어려운 사람이 있으면 구해주는 게 당연하지.

모몬가가 위그드라실을 처음 시작했을 무렵에는 이형종을 고른 자신 같은 존재만을 노리는 이형종 사냥이라는 행위가 유행했다. 그런 때의 기억이었다. 수없이 PK를 만나 위그드라실을 그만둘까 생각하던 모몬가를 구해준 사람이 했던 말이었다.

그 사람의 그 말이 없었더라면 이곳에 모몬가라는 존재는 없었다.

후우.

모몬가는 한숨을 내쉬었다. 그리고 체념한 듯 웃음을 흘렸다. 이 기억이 되살아난 이상 구하러 가지 않을 수 없지 않느냐고.

"은혜는 갚아야겠죠. ……하기야 언젠가는 이 세계에서내 전투 능력을 시험해 봐야 했으니까요."

이곳에 있지도 않은 인물에게 말한 모몬가는 마을 전체가 내려다보이는 위치까지 영상을 움직였다. 날카로운 눈빛으로 아직까지 살아남은 주민이 있는 곳을 발견하려 했다.

"세바스, 나자릭의 경비 레벨을 최대로 올려라. 나는 먼저 갈 테니 옆방에서 대기하는 알베도에게 완전무장을 갖추고 오도록 전하라. 단, '진무(眞無) 긴눙가가프'의 소지는 불허한다. 다음으로는 지원군을 준비하라. 만에 하나 내가 퇴각하지 못할 경우를 대비해, 은폐능력이 뛰어나거나 투명화 특수능력을 가진 자를 이 마을로 다수 파견하라."

"알겠사옵니다. 하오나 모몬가 님의 경호라면 제가……."

"그러면 명령은 누가 전달한단 말이냐. 이 마을에서 기사들이 학살을 벌이고 있다면 다른 기사들이 나자릭 근교까지 왔을 가능성도 크다. 그때를 위해 너는 남아라."

거울 속 장면이 바뀌면서 한 소녀가 기사에게 주먹을 휘둘러 쓰러뜨리는 광경이 비쳤다. 그리고 여동생으로 보이는 더 작은 소녀를 데리고 도망치려 한다. 즉시 인벤토리를 열어 스태프 오브 아인즈 울 고운을 꺼냈다. 그러는 사이에 소녀는 검에 등을 베였다. 이젠 시간이 없다. 마법은 순식간에 모몬가의 입에서 흘러나왔다.

〈전이문〉.

거리 무한, 전송실패율 0퍼센트. 위그드라실에서는 가장 확실한 전이 마법을 사용해 이동했다.

시야가 바뀐다.

전이를 저해하는 마법이 쓰이지 않았다는 데에 모몬가는 아주 살짝 안도했다. 자칫하면 두 소녀를 구하지 못하는 정도가 아니라 오히려 반격을 당할 수도 있었기 때문이다.

눈앞에 펼쳐진 것은 조금 전의 광경.

겁을 먹은 두 소녀.

언니로 보이는 소녀는 땋아서 가슴께까지 늘어뜨린 밤색 머리카락을 가졌다. 볕에 그을려 건강하게 보이는 피부는 공포 때문에 핏기가 없었다. 까만 눈동자에는 눈물이 그렁그렁했다. 그녀보다 어린 여자아이는 언니로 보이는 소녀의 허리에 얼굴을 묻었다. 공포가 온몸의 떨림으로 드러나고 있었 다.

그런 두 소녀 앞에 선 기사를 냉철하게 바라본다.

상대는 갑작스럽게 전이한 모몬가에게 동요했는지 검을 휘두르는 것도 잊고 모몬가를 쳐다볼 뿐이었다.

모몬가는 폭력과는 무관한 생활을 보내며 살아왔다. 게다가 이제는 이 세계가 가상세계가 아니라 현실이라는 것도 실감했다. 그럼에도 검을 든 상대와 대치했을 때 공포는 조금도 느끼지 않았다.

그 냉정함이 냉철한 판단을 내렸다.

모몬가는 스태프를 들지 않은 손을 펼쳐 반듯하게 내밀었다. 그리고 즉시 마법을 발동했다.

〈심장장악Grasp Heart〉.

마법에 존재하는 제1위계에서 제10위계 중 제9위계에 속하는 고위 마법으로, 심장을 짓이겨 즉사시킨다. 부가 효과가 다양한 사령 계통 마법에 뛰어난 모몬가의 주특기 중 하나이기도 하다.

첫수로 이 마법을 선택한 것은 상대가 저항하더라도 몽롱 상태를 주는 추가 효과가 있기 때문이다. 만일 그랬다면 〈전이문〉이 유지되는 동안 두 소녀를 데리고 뛰어들 생각이었 다. 상대의 능력이 미지수인 이상 퇴각 수단이나 다음 작전을 강구해야만 할 것이다.

그러나 그럴 필요는 없었다.

모몬가의 손 안에 부드러운 것이 짓이겨지는 감각이 찾아온 것과 동시에 기사는 말없이 쓰러졌다.

모몬가는 땅바닥에 엎드린 채 숨이 끊어진 기사를 싸늘하게 내려다보았다.

어렴풋이 예상은 했으나—— 역시 사람을 죽여도 아무 느낌이 없었다…….

죄책감도 공포도 혼란도 일절 나타나지 않는, 잔잔한 호수의 수면도 같은 마음. 그것은 어떤 이유에서일까.

"그렇군……. 역시 육체만이 아니라 마음도 인간을 그만두고 말았던 거야……."

모몬가는 걸음을 내디뎠다.

기사가 죽은 데 겁을 먹었는지 움직이지도 못하는 두 소녀의 곁을 지나쳤다. 그때 언니에게서 살짝 곤혹스러워하는 목소리가 흘러나왔다.

모몬가가 구하러 온 것은 누가 봐도 분명할 텐데, 그럼에도 마치 그가 얼토당토않은 행동을 한 것처럼 당혹스러워하는 이유는 대체 무슨 무엇일까.

의문이 들기는 했지만 대답을 궁리할 시간은 없었다. 언니의 남루한 옷이 찢어지고 등 주위가 피로 얼룩진 것을 곁눈질로 확인하며 모몬가는 두 소녀를 자신 뒤에 숨겼다. 그리고 근처의 집 뒤에서 모습을 드러낸 새로운 기사를 날카롭게 노려보았다.

기사도 모몬가를 보고는 겁을 먹은 것처럼 한 걸음 물러났다.

"……계집아이들은 죽이려고 쫓아다니던 주제에, 이질적인 상대는 감당하지 못하겠나?"

기사에게서 전해지는 공포에 조소로 대답하며 모몬가는 다음에 쓸 마법을 선택했다.

조금 전 모몬가는 첫 합부터 자신이 가진 것 중에서 매우 상위에 속하는 마법을 썼다. 게다가 〈심장장악〉은 모몬가의 주특기였다. 때문에 패시브 스킬 '즉사 확률 상승'과 '사령 마법 강화'의 추가 효과를 받았다. 그러나 이래서는 이 기사들이 얼마나 강한지를 가늠할 수가 없다.

이번 기사에게는 다른 마법을 써야 한다. 즉사는 안 된다.

이 세계가 얼마나 강한지—— 나아가 자신이 얼마나 강한지를 확인할 기회로 삼으려면.

"——기왕 왔으니, 억지로라도 실험에 끌어들여야겠다."

모몬가는 사령계(死靈係) 마법을 강화한 만큼 단순한 공격 마법의 대미지는 매우 떨어졌다. 게다가 금속갑옷은 전격계(電擊係) 마법에 약한 만큼 위그드라실에선 갑옷에 처음부터 전격 내성을 심어놓는 경우가 많다. 그렇기에 전격계 마법으로 상대가 얼마나 대미지를 입는가 계산해보기로 했다. 죽이는 것이 목적이 아니므로 스킬을 사용해 더 강화할 필요는 없다.

"〈용뢰Dragon Lightning〉."

용처럼 꿈틀거리는 하얀 전격이 솟아나 모몬가의 손에서 어깻죽지 위를 미친 듯이 날뛰더니, 이윽고 모몬가가 쭉 내민 손가락의 연장선상에 있던 기사를 향해 낙뢰처럼 허공을 내달렸다.

회피는 불가능. 그리고 방어 또한 불가능.

용과 같은 형상의 전격을 받은 기사는 한순간 새하얗게 번쩍였다. 그 모습은 아이러니하게도 매우 아름다웠다.

빛은 금세 희미해지고, 기사의 몸은 실이 끊어진 꼭두각시 인형처럼 쓰러졌다. 갑옷 안의 육체가 타는 기이한 냄새가 미미하게 감돌았다.

추가 공격 준비를 하던 모몬가는 기사가 지나치게 약한 데 잠시 아연실색했다.

"약하군……. 이렇게 쉽게 죽다니……."

제5위계 마법인 〈용뢰〉는 모몬가가 보기에는 매우 약한 마법이었다. 100레벨인 모몬가의 적정 사냥터에서 사용하는 마법은 대부분 제8위계 이상이었다. 제5위계 마법은 거의 쓴 적이 없었다.

그 정도 마법에도 쉽게 죽는 기사들의 허약함을 깨달은 순간 신경을 바짝 자극하던 긴장감이 어디론가 사라지고 말았다. 물론 지금 마주친 두 사람이 특히 약했을 수도 있다. 그래도 잃어버린 긴장감을 되찾기란 어려웠다. 아무튼 전이 마법으로 후퇴한다는 계획 또한 여전히 유지하기로 했다.

공격력에만 특화했을 가능성도 얼마든지 있다. 게다가 위그드라실에서는 목을 공격하면 크리티컬 히트로 간주해 대미지만 대폭 늘어나고 말지만, 현실세계에서는 즉사하지 않는가.

모몬가는 잃어버린 긴장감 대신 경계심을 품었다. 방심한 탓에 죽는다면 그보다 어리석은 일이 없다. 지금은 좀 더 힘을 시험해 보아야 한다.

모몬가는 스킬을 사용하기로 했다.

——중위 언데드 작성, 죽음의 기사Death Knight——.

모몬가가 가진 특수능력 중 하나. 수많은 언데드 몬스터를 만들어내는 능력이며, 죽음의 기사는 그중에서도 탱커로 애용하던 언데드 몬스터다.

종합 레벨은 35로 약한 편이고, 공격능력은 더 낮아 25레벨 몬스터 수준이다. 반대로 방어능력은 탁월하지만 그래 봤자 40레벨 몬스터 수준. 모몬가의 레벨에서는 도움이 안 되는 존재였다.

그러나 그런 죽음의 기사에게도 애용하는 특수능력이 두가지 정도 있다.

첫째는 모든 적 몬스터의 공격을 완벽하게 끌어들이는 능력, 둘째는 딱 한 번뿐이긴 하지만 아무리 강력한 공격을 받더라도 HP 1로 견뎌내는 능력이었다. 그것이 있기 때문에 모몬가가 탱커로 유용하게 써먹었던 것이다.

이번에도 죽음의 기사에게서 탱커 능력을 기대해 보기로 했다.

위그드라실에서는 언데드 작성 스킬을 발동하면 사용자 근처의 허공에서 솟아나듯 언데드 몬스터가 순식간에 등장한다. 그러나 이 세계에서는 다른 것 같았다. 시커먼 안개가 허공에서 배어나오더니 심장이 짓이겨진 기사의 몸을 뒤덮기 시작했다.

안개가 부풀고—— 기사에게 녹아든다. 그리고 죽은 기사가 인간이라고는 생각할 수 없는 뻣뻣한 움직임으로 비척비척 일어난다. 자매에게서 비명소리가 들렸지만 모몬가는 그쪽을 신경 쓸 여유가 없었다. 모몬가에게도 놀라운 광경이었기 때문이다.

울컥 소리와 함께 기사의 투구 틈으로 까만 액체가 흘러나 왔다. 아마 입에서 쏟아진 것이리라. 기사에게서 나온 끈적 끈적한 어둠은 끊일 줄 모르고 쏟아져 이내 온몸을 뒤덮었다. 그 광경은 슬라임에게 잡아먹히는 인간을 연상케 했다.

어둠이 기사를 완전히 에워싸고, 형태가 일그러지면서 바뀌기 시작했다.

몇 초가 지나 어둠이 씻겨나가듯 사라졌다. 그곳에 선 것은 사령기사(死靈騎士)라는 말이 어울리는 존재였다.

신장은 230센티미터까지 늘어났으며 몸의 두께도 엄청나게 증대했다. 인간이라기보다는 짐승이라고 하는 편이 맞을 것 같았다. 왼손에는 신장의 4분의 3을 가릴 만큼 거대한 타워 실드(Tower Shield)를, 오른손에는 플람베르쥬(Flamberge)를 들었다. 원래는 양손으로 들어야 하는 길이 130센티미터의 도검을 이 거구는 한 손에 가볍게 든다. 물결 치는 형태의 칼날에선 흉흉한 검붉은 오라가 피어나 심장 고동처럼 꿈틀거렸다.

거구를 감싼 것은 혈관 같은 진홍색 문양이 여기저기 새겨진 새까만 풀 플레이트 아머였다. 곳곳에 날카로운 가시가 돋아난 것이 그야말로 폭력의 화신 같은 갑옷이었다. 투구에는 악마를 연상케 하는 뿔이 돋아났지만 바이저가 없어 얼굴이 그대로 드러났다. 그곳으로 보이는 것은 다 썩어 문드러 져가는 인간의 얼굴. 뻥 뚫린 눈구멍 안에서는 산 자에 대한 증오와 살육에 대한 기대가 붉은색으로 형형히 빛났다.

너덜너덜한 칠흑색 망토를 나부끼며 죽음의 기사는 명령을 기다렸다. 그야말로 언데드 기사에게 어울리는 당당한 자세였다.

원초 화염정령이나 월랑을 소환했을 때도 느꼈던, 소환된 몬스터와의 정신적 유대감. 그것을 조종하듯 모몬가는 명령했다.

"이 마을을 습격한——."

모몬가는 〈용뢰〉로 죽인 기사의 시체를 가리켰다.

"저 기사들을 죽여라."

"워어어어어어어어어어어어——!!"

포효.

듣는 자의 피부에 소름 돋는 고함이 터졌다. 살기가 사방으로 퍼지고 쩌렁쩌렁 공기가 진동한다.

죽음의 기사가 달려 나간다. 그 움직임은 그야말로 질풍.

사냥감이 있는 곳을 인식한 사냥개처럼 망설임 없는 질주였다. 언데드 특유의 지각능력인 '산 자에 대한 증오' 가 발동한 것이리라.

모몬가는 눈 깜짝할 사이에 점으로 변한 죽음의 기사를 보면서 위그드라실과는 역력히 다른 점을 확인한 기분이었다.

그것은 '자유도' 의 차이였다.

원래 죽음의 기사는 소환자인 모몬가의 주위에 대기하다가 소환자를 공격하는 적에게 반격만 가하는 존재였다. 저렇게 명령을 받아들여 스스로 행동하는 녀석이 아니었다. 그 차이는 미지의 요소가 많은 지금 같은 상황에서는 치명적인 위기를 초래할 수도 있다.

실제로 지금, 실수를 저지른 모몬가는 머리를 득득 긁고 있었다.

"사라졌네……. 지켜야 할 사람을 놔두고 탱커가 혼자 나가면 어쩌자는 거야. 아니, 명령을 내린 건 나였지만……."

입속으로 웅얼웅얼 자신의 실수를 책망한다.

죽음의 기사는 아직 더 만들 수 있긴 하지만, 적의 능력이나 주위의 상황을 알 수 없는 이상 사용횟수에 제한이 있는 능력은 최대한 아껴야 한다. 하지만 모몬가는 원래 후열을 맡는 매직 캐스터이며, 지금 이곳에는 전열에 나서 탱커가 될 존재가 없다. 벌거숭이로 있는 것처럼 불안했다.

——역시 하나 더 만들어야겠다. 이번에는 시체를 쓰지 않고도 만들 수 있는지 실험해 볼까?

모몬가가 그렇게 생각했을 때, 아직 닫히지 않았던 〈전이문〉에서 누군가가 튀어나왔다. 동시에 지속시간이 다지난 문이 흐려지기 시작했다. 모습을 나타낸 것은 새까만 갑주를 입은 존재였다.

그 갑옷은 마치 악마의 형상 같았다. 가시가 돋아난 갑옷은 피부를 한 곳도 드러내지 않았다. 칠흑색 카이트 실드(Kite Shield)를 장비하고 발톱 같은 스파이크가 달린 건틀릿을 낀 손에는 병든 것처럼 미미한 녹색의 광채가 깃든 거대한 도끼 바르디슈(Bardiche)를 가볍게 들고 있었다. 선혈의 색으로 물들인 망토를 펄럭였으며 갑옷 위에 걸친 서코트(Surcoat) 또한 핏빛이었다.

"준비에 시간이 걸려 송구스럽사옵니다."

뿔이 돋아난 클로즈드 헬름 안에서 들린 것은 알베도의 아름다운 목소리였다.

알베도는 암흑기사Dark Knight를 비롯해 방어능력이 뛰어난, 혹은 사악한 기사에 어울리는 클래스만을 취득했다. 그결과 나자릭에서 가장 강한 세 명의 전사계 100레벨 NPC——세바스, 코퀴토스, 알베도——중에서도 가장 방어능력이 뛰어난 자가 되었다.

그것은 곧 나자릭 최고의 탱커라는 뜻이다.

"아니, 그렇지도 않았다. 아주 좋은 타이밍이었으니."

"황송하옵니다. 그러면…… 저기 살아 있는 하등생물들은 어떻게 처분하면 좋겠나이까? 모몬가 님께서 손을 더럽히실 것 없이 제가 직접 해치우겠사옵니다."

"……세바스에게 뭐라고 들었나?"

알베도는 대답하지 않았다.

"제대로 듣지 않았군. ……이 마을을 구할 것이다. 그리고 적은, 저기 굴러다니는 갑옷을 입은 놈들이다."

모몬가는 존명의 뜻을 보이는 알베도에게서 시선을 돌렸다.

"그러면……."

두 소녀는 모몬가의 시선을 받자 흠칫 놀라며 몸을 조금이라도 더 감추려 했다. 부들부들 떠는 것은 죽음의 기사를 봤기 때문일까, 아니면 놈의 포효 때문일까, 그도 아니라면 알베도의 발언 때문일까. 전부 다일지도 모른다.

우선은 적이 아니라는 사실을 어필해야 한다고 생각한 모몬가는 상처를 치료해 주고자 언니를 향해 손을 내밀었다. 그러나 자매는 이를 잡으려 하지 않았다.

언니의 다리 사이가 축축하게 젖어갔다. 여동생 쪽도 마찬가지.

"……."

주위에 피어나는 암모니아 냄새. 노도처럼 밀려드는 것은 느껴질 리가 없는 피로감. 모몬가는 어떻게 해야 좋을지 알 수 없었다. 알베도에게 구원의 손길을 청하는 것도 뭔가 아닌 것 같았으므로 그냥 계속하기로 했다.

"……다친 모양이구나."

사회인인 모몬가는 나름 '무시'라는 능력을 익혔다. 못 본척 인벤토리를 열고 안에서 가방을 꺼냈다. 무한가방Infinity Haversack——이름과는 달리 총중량 500킬로그램의 제한이 있는 가방이었다. 이 안에 넣은 아이템은 콘솔에서 단축키를 등록할 수 있기 때문에, 위그드라실 플레이어들은 재빨리 쓰고 싶은 물건을 넣어두곤 했다.

여러 개의 무한가방 중 하나에서 겨우 빨간 물약 하나를 찾아냈다.

하급치료약Minor Healing Potion. 위그드라실에서는 HP를 50

포인트 회복해 주는, 초반에 자주 신세를 지게 되는 물약이다. 하지만 모몬가에게는 쓸데없는 아이템이었다. 왜냐하면 정속성 에너지로 치료하는 이런 물약은 언데드인 모몬가에게는 반대로 대미지를 주는 독약이 되기 때문이다. 그러나 길드 동료들 중에 언데드만 있었던 것은 아니다. 모몬가가 지금 손에 든 것은 그 잔재였다.

"마셔라."

붉은 물약을 불쑥 내밀었다. 언니의 얼굴이 공포로 얼어붙었다.

"마, 마시겠어요! 그러니 동생에게는――!"

"언니!"

언니를 말리고자 울음을 터뜨리려는 여동생. 여동생에게 사과하며 병을 받으려는 언니. 그런 두 사람을 앞에 두고 모몬가는 머리를 갸웃했다.

왜 위험을 구해준 자신이 친절을 베풀어 내민 물약을 놓고 이렇게 가족애 넘치는 장면이 펼쳐지는 걸까. 대체 이 상황은 뭘까.

신용이라고는 조금도 없었다. 물론 처음에는 학살의 현장을 못본 척하려 했지만, 결과적으로는 생명의 은인이 됐으니 눈물을 흘리며 모몬가를 끌어안아도 이상하지 않을 텐데.

아니, 만화나 영화 같으면 그러고도 남을 장면이었다. 그런데도 지금 상황은 그 반대였다. 뭐가 문제일까. 그런 건 역시 미남들에게만 허용된 특권일까.

모몬가가 살도 가죽도 없는 얼굴에 의문을 떠올렸을 때, 부드러운 목소리가 울려 퍼졌다.

"온정으로 약을 하사하셨음에도 받아들이지 않다니……. 하등생물 주제에……. 그 죄는 만 번 죽어 마땅하 다."

알베도가 자연스러운 움직임으로 바르디슈를 쳐들었다.

두 사람의 목을 단숨에 치려는 결의가 엿보였다. 위험을 무릅쓰고 구해주러 온 결과에 대한 행동임을 감안하면 알베도의 마음도 이해는 가지만, 이를 허용한다면 이곳에 온 의미가 사라진다.

"자, 잠깐, 서두르지 마라. 매사에는 순서라는 게 있는 법이다. 무기를 내려라."

"……알겠사옵니다. 말씀에 따르겠나이다."

부드러운 목소리로 대답하고 바르디슈를 원래 위치로 되돌린다. 그래도 알베도에게서 뿜어져 나오는 농후한 살의에 두 소녀는 이를 딱딱 부딪칠 정도로 겁을 먹었으며, 모몬가는 있지도 않은 위장이 시큰거리는 것을 느꼈다.

아무튼 이 자리를 얼른 뜨자.

모몬가는 다시 물약을 내밀었다.

"위험한 것이 아니다. 이건 치료의 물약이니 어서 마셔라."

모몬가는 조금 더 부드러운 어조로, 그러나 강한 의지를 담아 타일렀다. 얼른 시키는 대로 안 하면 저 사람에게 죽을 거라는 기세를 행간에 실어서.

그 말에 반응해 언니가 눈을 크게 뜨더니 황급히 받아들고는 단숨에 마셨다. 그리고 놀란 표정을 지었다.

"세상에……."

자신의 등을 더듬어 본다. 믿을 수 없는지 몇 번이나 몸을 뒤틀어 등을 만지고 두드린다.

"이제는 아프지 않지?"

"네, 네에……."

멍청한 표정으로 고개를 끄덕이는 언니.

——그 정도 상처라면 하급치료약으로도 충분하다는 뜻이군.

이 사실을 기억하며 모몬가는 이어서 질문을 던졌다. 이것은 절대 건너뛸 수 없는 질문이었다. 이 대답에 따라 앞으로의 모든 행동이 달라질 것이다.

"너는 마법이라는 것을 아느냐?"

"아, 네. 마, 마을에 이따금 찾아오는 약사가…… 제 친구가 마법을 쓸 수 있어요."

"……그래. 그렇다면 이야기하기 편하겠군. 나는 매직 캐스터다."

모몬가는 마법을 외웠다.

〈생명을 거부하는 고치Antilife Cocoon〉.

〈화살로부터의 방어 장벽Wall of Protection from Arrows〉.

자매를 중심으로 반경 3미터의 미미한 광채를 뿜어내는 돔이 펼쳐졌다. 잇달아 사용한 두 마법은 눈에 확 뜨이는 효과는 없지만 공기의 흐름에 어렴풋한 변화를 가져다주었다.

원래는 여기에 대 마법용 마법까지 펼치면 완벽하겠지만, 이세계에 어떤 마법이 있는지 알 수 없으니 넘어가기로 했다.

만약 매직 캐스터가 온다면 운이 나빴다고 할 수밖에.

"생물이 지나다니지 못하는 수호 마법, 사격공격을 약화하는 마법을 걸어놓았다. 그곳에 있으면 어지간해서는 안전할 것이다. ——그리고 만약을 위해 이것을 주마."

놀라는 자매에게 간단하게 마법의 효과를 설명한 모몬가는 남루한 뿔피리 두 개를 꺼내 던져주었다. 막아야 할 대상으로 여겨지지 않았는지 뿔피리는 장벽을 뚫고 자매의 근처에 떨어졌다.

"고블린 장군의 뿔피리라는 아이템이다. 그걸 불면 고블린——조그만 몬스터들의 군단이 너희를 지켜주기 위해 모습을 나타낼 거다."

위그드라실에서는 일부 소비 아이템을 제외한 웬만한 아이템이라면 드롭된 데이터 크리스탈을 자유로이 끼워 넣어 오리지널 아이템을 만들 수 있다. 그에 반해 조합이 불가능하며 고정 데이터만을 지닌 채 드롭되는, 아티팩트(Artifact)로 불리는 아이템도 존재한다. 이 뿔피리는 그런 아티팩트 중에서도 저급에 속하는 물건이었다.

모몬가도 사용해본 적이 있는데, 그때는 다소 강한 고블린 12마리, 고블린 궁수 2마리, 고블린 마법사 1마리, 고블린 사제 1마리, 고블린 늑대기병 2기, 고블린 지휘관 1마리가 소환되었다. 군단이라 하기에는 숫자도 적고 약하다.

모몬가가 보기에는 쓰레기 아이템이었으며, 파기하지 않은 것이 이상할 정도였다. 그런 쓸데없는 아이템은 지금 이럴 때 쓰는 것이 가장 현명하리라. 게다가 이 아이템에는 아주 소소한 메리트가 있다. 이 아이템으로 소환한 고블린들은 아무리 시간이 지나더라도 사망하기 전까지는 사라지지 않는다. 시간을 벌기에는 충분할 것이다.

"그놈들을 부려 몸을 지켜라."

그 말만을 남기고 모몬가는 걸음을 옮기기 시작했다. 기억에 남아 있는 마을의 전체상을 떠올리며, 뒤에 알베도를 대동하고. 그러나 몇 걸음도 가기 전에 목소리가 들렸다.

"저, 저기——구해주셔서, 고맙습니다!"

"고맙습니다!"

그 목소리에 모몬가의 걸음이 멈추었다. 눈꼬리에 눈물을 머금은 채 감사의 인사를 올리는 두 소녀를 돌아본다. 대답은 짧았다.

"……별것 아니다."

"저, 저기, 염치없는 부탁이지만! 그, 그래도, 마법사님이 아니면 부탁드릴 분이 없어요! 부디, 부디! 엄마와 아빠를 구해주세요!"

"알았다. 살아있다면."

모몬가가 선선히 약속하자 언니가 눈을 크게 떴다. 구해준다는 말이 믿겨지지 않는다는 듯한 모습. 그러나 금방 정신을 차리곤 고개를 숙였다.

"고, 고맙습니다! 고맙습니다! 정말 고맙습니다! 그, 그리 고, 서, 성함은……."

꼴깍 목을 울리며 소녀가 물었다.

"성함이 어떻게 되시나요?"

이름을 대려 했지만, 모몬가라는 이름은 입에서 나오지 않았다.

모몬가는 아인즈 울 고운의 옛 길드장 이름. 그러면 지금의 자신은 무엇인가. 나자릭 지하대분묘에 유일하게, 마지막 까지 남은 자신의 이름은…….

——아아, 그렇구나.

"……좋다, 나의 이름을 알려주마. 나의 이름은—— 아인즈 울 고운이다."

4

"워어어어어어어어어어어어——!"

포효에 대기가 쩌렁쩌렁 흔들렸다.

학살이 다른 학살로 바뀌는 포효였다.

사냥꾼이 반대로——사냥감이 될 차례였다.

론데스 디 그람프는 자신이 신앙하는 신에게 몇 번째인지 모를 욕설을 중얼거렸다. 아마 평생 할 욕을 지난 수십 초 동안 다 퍼부었을 것이다. 신이 정말 존재한다면 바로 지금 나타나 저 사악한 존재를 타도해야 한다. 어찌하여 겸허한 신도인 자신을 무시한단 말인가.

——신은 없다.

전에는 이딴 헛소리를 지껄이는 불신자——정말 신이 없다면 신관들은 무슨 원리로 마법을 구사한단 말인가——들을 어리석게 여겼건만, 정말로 어리석었던 것은 자신들이 아닐까 하는 생각이 치밀었다.

눈앞의 괴물——임시로 이름을 붙인다면 '죽음의 기사'가 아닐까——이 만족스러운 듯이 한 걸음 나섰다.

자신도 모르게 두 걸음 후퇴해 거리를 벌렸다.

갑옷이 가늘게 떨리며 딸각딸각 귀에 거슬리는 소리를 냈다. 양손으로 든 검도 끄트머리가 부들부들 흔들렸다. 론데스만이 아니었다. 죽음의 기사를 에워싼 열여덟 명이나 되는 동료 전원이 마찬가지였다.

공포가 온몸을 지배하는데도 도망치려는 자는 없었다. 그러나 용기 때문은 아니었다. 따닥따닥 이 부딪치는 요란한 소리가 증명해 주듯, 도망칠 수 있다면 모든 것을 내팽개치고 하염없이 도망치고 싶었다.

——도주가 불가능하다는 것을 모른다면.

론데스는 구원의 손길을 찾아 슬쩍 시선을 움직였다.

그곳은 마을 한복판. 광장으로 쓰이던 그곳에서, 론데스와 동료들이 모아놓았던 60여 명의 마을 주민들이 겁먹은 표정으로 이쪽을 쳐다본다. 마을 행사 등에 쓰이는 간소한 목제 연단 뒤로 아이들을 감추고.

몇 명은 막대 같은 것을 지녔지만 이를 쳐들고 공격 자세를 취하지는 않았다. 그저 떨어뜨리지 않도록 쥐고 있는 것이 고작이었다.

론데스 일행은 사방에서 마을을 습격하면서 이곳 중앙광장으로 마을 사람들을 몰아붙였다. 집이 비면 내부를 샅샅이 뒤진 다음 지하로 통하는 비밀문이 있는지 확인하고 연금술 기름을 부어 불을 지를 예정이었다.

마을 밖에는 말에서 내리지 않은 궁기병(弓騎兵) 4기가 활을 들고 경계 중이다. 만일 마을 밖으로 도망친다 해도 확실하게 죽일 수 있도록. 몇 번이나 되풀이했던 작전이었다. 허점은 없다.

살육은 다소 번거로운 해프닝도 있었지만 비교적 순조로이 진행되어, 살아남은 마을 주민들도 한곳으로 모으던 중이었다. 그렇게 모인 주민들은 적당히 상대해 주다 몇 명쯤 도망치게 놔두면 끝.

그렇게 될 예정이었다. 그러나──.

론데스는 그 순간을 기억한다.

뒤늦게 광장으로 도망치려던 마을 주민을 뒤에서 베려던 동료 엘리온. 그가 허공으로 날아가던 그 광경을.

무슨 일이 일어났는지, 너무나도 비상식적이라 아무도 깨닫지 못했다. 전신 갑주를── 경량화 마법을 걸었다고는 해도 무거운 방어구를 걸친, 피나는 훈련을 받은 성인 남성이, 공처럼 가볍게 허공으로 날아오르다니. 그 누가 이런 상황을 받아들일 수 있겠는가.

엘리온은 7미터도 넘게 날아가 지면에 떨어졌다. 기분 나쁜 소리를 낸 후에는 꼼짝도 하지 않았다.

그런 엘리온이 원래 있던 곳에는 더욱 믿을 수 없는 존재── 끔찍한 언데드, '죽음의 기사' 가 엘리온을 날려버렸던 거대한 방패를 천천히 내리며 서 있었다.

그것이 절망의 시작이었다.

"흐아아아악!"

어딘가 맥 빠진 듯한 비명이 주위에 울려 퍼졌다. 원진을 형성하던 동료 중 한 사람이 압도적인 공포에 견디다 못해 소리를 지르며 등을 보이고 도망친다.

이런 극한상태에서는 아슬아슬하게 균형을 유지하던 선이 하나라도 끊어지면 한계까지 팽팽해졌던 긴장감이 단숨에 무너진다.

그러나 원진을 짠 동료 중 그를 뒤쫓아 함께 도망치려는 자는 아무도 없었다. 그 이유는 눈 깜짝할 사이에 증명되었다.

검은 질풍이 론데스의 시야 한구석에서 솟아났다.

인간의 평균 신장을 아득히 넘어서는 거구이면서도 '죽음의 기사' 의 움직임은 상상한 것보다 가볍고 빨랐다.

등을 보인 동료에게 허용된 것은 겨우 세 걸음의 도주.

네 번째 걸음을 내디디려고 했을 때, 은백색 섬광이 가차 없이 몸을 양단했다. 좌반신과 우반신이 따로 땅바닥에 쓰러졌다. 단면에서 시큼한 악취를 뿜으며 핑크색 내장이 철퍼덕 쏟아졌다.

"쿠으으으으──."

플람베르쥬를 내리친 자세로 피를 뒤집어쓴 '죽음의 기사' 가 큰 소리로 으르렁거렸다.

희열의 감정──.

썩어 문드러져 눈 뜨고 쳐다보기도 힘든 얼굴이지만 그 정도 표정은 읽을 수 있었다. '죽음의 기사' 는 즐기고 있었다.

절대적 우위에 선 존재── 살육자로서 인간의 나약한 저항을, 공포를, 절망을.

검을 치켜들고는 있지만 그 누구도 덤벼들려는 자는 없었 다.

처음에는 겁을 먹으면서도 공격했다. 그러나 운 좋게 상대의 방어를 뚫고 들어갔다 해도 '죽음의 기사' 가 두른 갑옷에는 상처 하나 내지 못했다.

그에 반해 '죽음의 기사' 는 검을 쓰지 않고 방패로 론데스 일행을 멀리 날려버렸다. 죽지 않을 정도의 힘으로. 그렇게 힘을 뺀 공격이 의도하는 바는 '장난' . '죽음의 기사' 가 약한 인간의 필사적

저항을 즐기고 있다는 것은 명백했다.

그런 '죽음의 기사'가 진심으로 검을 휘두르는 것은 도망치려는 자가 있을 때뿐이었다.

처음으로 도망치려 했던 것은 리릭. 싹싹하지만 술버릇이 나쁘던 친구가 한순간에 팔다리를, 마지막으로는 머리를 잃고 쓰러졌다. 두 번이나 그런 광경을 보면 싫어도 깨달을 수밖에 없다.

공격은 소용없다. 도망치려 했다간 죽는다. 그렇기에 도망치지 못한다.

그렇다면 해답은 단 하나. 희롱당하다 죽을 수밖에 없다.

클로즈드 헬름 안에 가려 보이지는 않았지만 다들 자신의 운명을 깨닫고 있으리라. 흐느끼는 소리가 주위에 울려 퍼진 다. 다 큰 남자들이 어린아이처럼 우는 것이다. 강자로서 약자의 생명을 빼앗으며 살아온 만큼 이에 익숙해지는 바람에 자신도 그렇게 될지 모른다는 각오가 없었다.

"신이시여, 구해주소서……."

"신이시여……."

몇 명이 오열과 함께 그렇게 중얼거리는 소리가 들렸다.

론데스도 정신을 놓으면 무릎을 꿇고 신에게 기도인지 욕설인지 모를 것을 토해낼 것 같았다.

그렇게 자신의 운명을 깨달은 자들이 애원하는 가운데, 음정이 뒤틀린 찬미가처럼 귀에 거슬리는 목소리가 울려 퍼졌 다.

"이, 이놈들아! 어서 저 괴물을 붙잡아놓지 못해!!"

그것은 '죽음의 기사' 바로 옆에 있던 기사가 지른 목소리였다. 두 쪽이 된 동료의 시체에서 조금이라도 멀어지고자 발끝으로 선 채 부들부들 떠는 모습은 우스꽝스럽기 그지없었다.

론데스는 그 꼴불견에 눈살을 찡그렸다. 클로즈드 헬름으로 얼굴을 가렸으며 공포 때문에 목소리마저 바뀌는 바람에 누구인지 판별하기는 힘들었다. 그러나 저런 어조로 지껄일 사람은 하나밖에 없다.

……벨류스 대장.

론데스는 얼굴을 찡그렸다.

천박한 욕망에 사로잡혀 소녀를 겁탈하려다가 소녀의 아버지와 드잡이질이 벌어져 도움을 요청하고, 떼어내 줬더니 분풀이로 아버지를 몇 번이나 칼로 찔러댄 자였다. 그러나 본국에서는 제법 자산가였으며 이 부대에도 관록을 붙이겠답시고 참가했다.

저런 자가 대장으로 뽑힌 시점에서부터 이미 재수가 없었다고 할 수 있다.

"난 이런 데서 죽어서는 안 되는 몸이라고! 너희가 시간을 벌어! 내 방패가 되란 말이다아!"

아무도 움직이지 않았다. 움직일 리가 없었다. 아무리 대장이라지만 인망이라곤 조금도 없는 자를 위해 목숨을 걸겠는가.

유일하게 '죽음의 기사' 만이 쩌렁쩌렁 대답하며 천천히 벨류스에게 몸을 돌렸다.

"흐아아아악!"

—— '죽음의 기사' 근처에서 저렇게 고함을 지른 것도 참 대단하군.

기묘한 데서 감탄하는 론데스에게, 공포 때문에 깨진 종소리처럼 변한 고함소리가 들렸다.

"도도, 돈을 주마! 금화 200닢! 아니, 500닢이면 어떠냐!"

그가 제시한 것은 상당한 액수였다. 그러나 그것은 500미터 높이의 절벽에서 뛰어내려 살아나면 돈을 주겠다는 것과 같은 뜻이었다.

아무도 안 움직이는 가운데, 벨류스에게 대답하듯 혼자—— 아니, 절반만 움직인 사람이 있었다.

"어브브어어어어어어어……."

좌우로 갈라졌던 동료의 우반신만이 움직여 벨류스의 발목을 붙잡은 것이다. 입에서는 피를 토해내며, 말로는 형언할 수 없는 목소리를 낸다.

"——꽤애애애애액!!"

벨류스의 절규. 주위를 에워싼 기사들은 물론 그 광경을 보던 마을 주민들도 얼어붙었다.

종자 좀비Squire Zombie.

위그드라실에서는 죽음의 기사가 타깃을 죽였을 때, 죽인 것과 같은 레벨의 언데드가 같은 장소에 출현하는 시스템으로 구현되었다. 죽음의 기사가 휘두르는 검에 죽음을 맞은 자는 영원한 종자가 된다는 게임 설정에 따라.

벨류스는 절규를 뚝 그치더니 실이 끊어진 것처럼 뒤로 자빠졌다. 정신을 잃은 것이리라. '죽음의 기사' 가 그 무방비한 대장에게 다가가더니, 손에 들고 있던 플람베르쥬를 내리찍었다.

벨류스의 몸이 꿈틀하고——.

"으, 으으아아아아아아악!"

——고통으로 의식을 되찾은 벨류스가 절규했다. 귀를 틀어막고 싶은 목소리였다.

"사사, 사혀줘! 제발! 뭐든지 하께요!"

몸에 박힌 플람베르쥬를 두 손으로 잡고 열심히 밀어내려 하지만 '죽음의 기사'는 이를 무시하고 톱처럼 칼날을 위아래로 움직였다. 전신갑주와 함께 몸통이 두 쪽으로 갈라지면서 어마어마한 피가 주위에 뿜어져 나왔다.

"어그가가가가각, 도도돈, 어으어어, 도도돈주께여, 으에에에엑, 사람 사려……."

벨류스의 몸이 몇 번이나 펄떡거리더니 힘이 빠져나갔다. 죽음의 기사는 만족한 듯이 고기 토막이 된 벨류스에게서 물러났다.

"……싫어, 싫어, 싫어."

"신이시여!"

그 광경에 착란을 일으킨 듯 동료들 사이에서 비명이 연달아 터져 나왔다. 도망치는 순간 죽는다. 그러나 이곳에 있다간 죽음보다도 비참한 꼴을 당한다. 그 사실을 알기에 생각은 공회전만 반복하고 몸은 움직이질 않는다.

"——침착해!!"

론데스의 포효가 비명을 갈라놓았다. 시간이 멈춘 것처럼 정적이 돌아왔다.

"——후퇴하자! 신호를 보내서 말과 궁기병을 불러! 나머지는 피리를 불 때까지 시간을 벌고! 저렇게 죽는 건 절대 싫단 말이다! 행동 개시!"

전원이 용수철처럼 일제히 움직였다.

조금 전까지 뻣뻣하게 굳어 있었던 것이 거짓말이었던 것처럼 호흡이 딱 맞는 움직임. 쏟아지는 폭포수 같은 기세였다. 명령을 기계적으로 따르면서 생각이 멈추고 기적의 협업을 낳은 것이다. 이만큼 일사불란한 움직임은 두 번 다시 불가능하리라.

기사들은 피차 해야 할 일을 서로 인식했다. 연락을 취하기 위한 피리를 가진 기사는 한 사람. 그 사람을 지켜야만 한다.

몇 걸음 물러난 기사가 검을 내팽개치고 등에 진 자루에서 피리를 꺼내려 했다.

"워어어어어어어어어어어!!"

그것에 반응한 것처럼 '죽음의 기사' 가 뛰어나갔다. 그 방향에 있는 것은 피리를 든 기사. 도주 수단을 없애 더 큰 절망을 안겨줄 심산일까. 전원의 등줄기가 얼어붙었다.

칠흑의 탁류가 육박한다. 그 앞을 가로막으면 죽는다는 것은 누가 보더라도 명백했다. 그러나 기사들은 방파제가 되어 그 앞을 막아서려 했다. 공포를 더욱 강한 공포로 감싸 움직인 것이다.

방패가 휩쓸고, 기사 하나가 날아갔다.

검이 번뜩이고, 기사 하나의 상반신이 하반신과 떨어졌다.

"데즌! 모레트! 검에 죽은 놈은 목을 베어! 얼른 안 하면 괴물로 되살아난다!"

호명된 기사들이 황급히 죽은 기사의 곁으로 달려갔다.

다시 '죽음의 기사' 가 방패를 휘두르자 한 명이 우그러져 날아가고, 상단에서 내리친 플람베르쥬를 받아낸 자는 검과 함께 두 동강이 났다.

겨우 숨 몇 번 쉴 동안 동료 넷이 목숨을 잃었다. 론데스는 전율에 지배당하며 칠흑의 폭풍이 눈앞에 달려오기를 기다렸다. 그야말로 순교자처럼.

"하아아아아아아아!!"

승산은 없지만, 얌전히 죽음을 받아들일 마음도 없었다.

론데스는 소리를 지르며, 자신에게 육박하는 '죽음의 기사'를 향해 온 힘을 다해 검을 휘둘렀다.

극한상황이라는 무대가 육체의 한계를 없애준 것이리라. 검을 휘두른 본인조차 경탄할 만큼 멋진 일격, 인생 최고의 일검이었다.

그에 맞서 '죽음의 기사'도 플람베르쥬를 휘둘렀다.

섬광이 교차한 후, 론데스의 시야가 빙글빙글 돌았다.

눈 아래로 머리를 잃고 쓰러지는 자신의 몸이 보였다. 론데스의 검은 스치지도 않은 채 아무것도 없는 공간을 가르고 지나갔다.

그와 때를 함께해 뿔피리 소리가 드높이 울려 퍼졌다——.

*

마을 방향에서 들린 뿔피리 소리에 모몬가—— 아인즈는 고개를 들었다.

주위에는 마을 부근에서 경계를 서던 기사들의 시체가 굴러다녔다. 피 냄새가 자욱하게 깔린 가운데, 아인즈는 열심히 실험을 되풀이하다 자신이 우선순위를 그르쳤음을 반성했다.

"아인즈 울 고운 님."

"……아인즈라고 부르거라, 알베도."

아인즈의 간단한 대답에 알베도는 혼란에 빠졌다.

"허, 허흑——! 그, 그래도 되겠사옵니까? 지고의 41인 중한 분이자, 지금은 나자릭의 지배자이신 분의 존함을 줄여서 부르는 부, 부, 불경을 저저질혀도?!"

그렇게 요란을 떨 일인가 싶었다.

그러나 그렇게 생각해준 것, 아인즈 울 고운이라는 이름을 존엄하다고 생각해 준 것은 그저 순수하게 기뻤다. 그래서 자연스레 어조가 다정해졌다.

"상관없고말고, 알베도. 옛 동료들이 나타날 때까지 이 이름은 나의 이름이다. 그렇다면 내가 허락하마. 그렇게 부르는 것을."

"알겠사옵니다. 하, 하오나 경칭은 붙이겠사옵니다. 그, 그러면. ……저, 저의 주인이신 아. 인. 즈. 님. 쿠후후 후……. 하, 하온데."

알베도는 우물쭈물 부끄러운 듯 몸을 이리저리 꼬았다. 다만 지금 알베도는 풀 플레이트 아머를 입었으므로 그 미모가 조금도 드러나지 않는다. 그렇기에 아인즈에게는 그 모습이 어딘가 징그럽게 보였다.

"호, 혹시, 쿠후후후…… 저에게만, 그, 그런 특별한…… 약칭을 허락해 주신 것은……?"

"아니, 일일이 긴 이름으로 불리는 것도 멋쩍어서. 전부 똑같이 부르도록 통일할 생각이다."

"……그래요~? 그렇겠죠~. 그럴 줄 알았어요~."

순식간에 어둠에 물드는 알베도에게 이번엔 아인즈가 물어보았다. 다소 불안함을 담아.

"……알베도. 내가 이 이름을 내거는 것에 무언가 느끼는 바가 없느냐?"

"무척이나 잘 어울리는 존함이라고 생각하옵니다. 제가 사랑하는—— 어흠. 지고의 존재를 통솔하시던 분께는 적합하지 않을는지요?"

"……원래 이 이름은 우리 41명 전원을 나타내는 이름이었다. 너를 만든 '타블라 스마라그디나' 님도 포함해서. 하면 그러한 너희의 주인을 제쳐놓고 내가 이 이름을 내거는 것을 어찌 받아들이겠느냐?"

"심기를 불편케 할 것을 전부 각오하고…… 외람되오나 한 말씀 올리겠나이다. 만일 조금이라도 아인즈 님께서 눈살을 찡그리신다면 자해를 명하여 주시옵소서. ……분명 저희를 버리신 분들께서 이제까지 함께해 주신 모몬가 님을 제쳐놓고 그 이름을 칭했다면, 다소나마 아쉬운 바가 있었을 것이옵니다. 하오나 다른 분들께서 모습을 감추신 가운데 마지막까지 남아 주신 모몬가 님께서 판단하신 결과일진대, 기쁨이라는 감정 외에 그 무엇이 있겠사옵니까."

고개를 숙이는 알베도에게 아인즈는 아무 말도 하지 않았다.

버렸다는 말만이 머릿속을 맴돌았다.

옛 동료들은 사정이 있어 떠나갔다. 위그드라실은 어차피 게임이며, 현실의 생활을 내팽개치면서까지 계속할 수는 없다. 그것은 '모몬가' 도 마찬가지였다. 그러나 마지막까지 아인즈 울 고운에, 그리고 나자릭 지하대분묘에 집착했던 자신은 동료들에게 과연 조금도 분노를 느끼지 않았을까?

나를 버리고 갔다고.

"그럴지도 모르고, 그렇지 않을지도 모르지. 인간의 마음은 복잡괴기한 법……. 해답은 나오지 않을 터……. 고개를 들어라, 알베도. 너의 생각은 잘 알았다. 그래……. 이것이 나의 이름이다. 나의 동료들이 이의를 제기할 때까지, 아인즈 울 고운은 나 하나를 가리키는 이름이 될 것이다."

"알겠사옵니다. 숭고하신 주군이시여. ……또한 제가 사랑하는 분께서 그 존귀한 이름을 칭하신 것만큼 기쁜 일은 없사옵니다."

사랑이라…….

아인즈는 암담한 기분에 사로잡히면서도 그 문제에서는 일단 눈을 돌리기로 했다.

"……그래. 그렇다면 고맙다."

"하오면 아인즈 님. 이곳에서 시간을 보내실 생각이신지요? 저는 아인즈 님 곁에 있는 것만으로도 만족스럽사옵니다만…… 어디, 이대로 산책을 다녀오는 것도 나쁘지 않겠군요."

그럴 수도 없다. 아인즈는 이 마을을 구하러 온 것이니까.

부탁을 받았던 자매의 부모는 이미 죽은 것을 확인한 후였다.

그 시체를 떠올리고 아인즈는 머리를 득득 긁었다.

두 사람의 시체를 보았을 때에도 아인즈의 심경은 길거리에 떨어진 벌레의 시체를 본 것과 비슷했다. 연민도, 슬픔도, 분노도, 아무것도 일어나지 않았다.

"……뭐, 산책은 둘째 치더라도 굳이 지금 서두를 필요는 없겠지. 죽음의 기사가 충실히 직무를 수행하고 있을 테니."

"역시 아인즈 님께서 만드신 언데드는 대단하옵니다. 훌륭한 수행능력에 감복했나이다."

아인즈가 마법이나 스킬을 사용해 만든 언데드 몬스터는 아인즈의 스킬로 보통의 존재보다 강화된다. 당연히 조금 전에 만든 죽음의 기사도 다른 죽음의 기사보다 강하다.

하지만 그래 봤자 기껏해야 35레벨 몬스터. 아인즈가 경험치를 소비해야 겨우 만들 수 있는 오버로드 와이즈맨(Overlord Wiseman)이나 그림 리퍼 타나토스(Grim Reaper Thanatos)에 비하면 별로 대단한 몬스터는 아니다.

그처럼 약한 언데드 몬스터가 아직까지 싸우고 있다는 것은 그다지 강한 적이 없다는 뜻이다.

다시 말해 위험하지 않다.

그 사실에 기쁨의 포즈를 취하고 싶은 심정이었으나, 강한 주인을 연기해야 하는 아인즈는 꾹 참았다. 그저 로브 안에서 손을 꽉 움켜쥐었을 뿐이다.

"우연히 이 마을에 쳐들어온 자들이 약했을 뿐이겠지. 자, 살아남은 마을 주민들을 확인하러 가 보자."

아인즈는 이동을 시작하려다 그 전에 해야 할 일을 떠올렸다. 우선 스태프 오브 아인즈 울 고운의 이펙트를 차단했다. 스멀스멀 피어나던 사악한 오라는 불꽃이 바람에 꺼지듯 사라졌다.

다음으로는 인벤토리에서 머리 부분을 완전히 뒤덮는 가면을 하나 꺼냈다. 이것은 우는 것인지 화난 것인지 형용하기 힘든 표정이 과도한 장식과 함께 새겨진 가면이었다. 발리의 랑다나 바롱 가면과 비슷하다면 비슷하기도 하다.

이 가면은 기괴하게 생긴 것치고는 아무런 힘도 없다. 데이터를 넣는 것도 불가능한 이벤트 아이템으로, 크리스마스 19시에서 22시 사이에 2시간 이상 위그드라실에 머물러야만 입수할 수 있는—— 아니, 위그드라실에 있으면 무조건 손에 들어오고 마는, 어떤 의미에서는 저주받은 아이템이다.

가면의 이름은 '질투하는 자들의 마스크'. 약칭 질투 마스 크.

「영자 미쳤구나.」

「우리는 이걸 손꼽아 기다렸다.」

「길드에 이거 없는 놈이 있는데 PK해도 되나요.」

「나는 인간을 그만두겠다!」

……이런 글로 대형 포털 사이트의 위그드라실 게시판을 가득 메우게 했던, 바로 그 아이템을 뒤집어썼다.

여기에 건틀릿도 하나 꺼냈다. 흔하고 투박한 철제 건틀릿일 뿐 이렇다 할 특징은 없었다. 명칭은 야른그레이프르. 아인즈 울 고운 멤버가 장난으로 만든 건틀릿이었다. 근력을 올려주는 능력밖에는 없다.

이런 것들을 장비해 백골 부분을 완전히 감추었다.

이제 와서 모습을 감추는 데는 당연히 이유가 있었다. 아인즈는 그제야 자신이 치명적인 착각을 하고 있었음을 깨달았던 것이다. 위그드라실이라는 게임에 익숙해진 아인즈에게 자신의 백골 생김새는 무서운 것이 아니었으나, 지금 있는이 세계의 주민들에게는 공포를 불러일으키기에 충분했다.

목숨을 빼앗길 뻔했던 소녀들만이 아니라 무장한 기사들마저 아인즈에게 겁을 먹었으니 분명 그럴 것이다.

아무튼 장비를 변경한 덕에, 외모만 따지자면 사악한 괴물에서 사악한 매직 캐스터로 레벨 다운했다. ——아마도.

마지막으로 스태프는 어떻게 할까 고민하다가 그대로 가져가기로 했다. 딱히 방해가 되지는 않을 것이다.

"그나저나 신에게 기도할 거면 학살 같은 짓은 하지 말 것이지."

무신론자이기에 할 수 있는 말을 내뱉으며, 아인즈는 손을 맞잡고 기도를 올리려는 자세의 시체에게서 눈을 돌렸 다. 그리고 마법을 발동했다.

아인즈는 허공으로 가볍게 날아올랐다. 알베도도 그 뒤를 따라 떠올랐다.

『——죽음의 기사, 아직 기사들이 살아있다면 그쯤에서 멈춰라. 이용 가치가 있다.』

아인즈의 사념에 반응해 승낙의 뜻이 전해졌다. 멀리 떨어진 상대가 어떤 상황에 있고 무슨 생각을 하는지까지 전해지는 이 기묘한 감각은 참으로 형용하기가 힘들었다.

뿔피리 소리가 들린 쪽을 향해 빠르게 날아갔다. 바람이 펄럭펄럭 몸을 치고 지나간다. 위그드라실에서는 불가능한 빠른 속도였다. 로브가 몸에 달라붙어 조금 귀찮았지만 그런 시간도 금방 지나갈 정도였다.

순식간에 마을 상공에 도달한 아인즈는 아래를 둘러보았다.

광장 일부의 대지가 물을 머금은 듯 거무스름한 것을 발견했다. 그곳에 있는 것은 여러 구의 시체. 비틀거리며 서 있는 여러 명의 기사. 그리고 똑바로 선 죽음의 기사였다.

아인즈는 숨도 제대로 쉬지 못한 채 움직이는 것도 버거운 듯한,

살아남은 기사들의 수를 세어 보았다. 모두 넷. 필요한 숫자보다는 많지만, 뭐, 적은 것보다는 낫다.

"죽음의 기사, 그만해라."

그 목소리는 분위기에 어울리지 않을 정도로 가볍게 울려 퍼졌다. 상점에 가서 가게 주인에게 원하는 상품을 말하는 정도의 무게. 아인즈에게 이 상황은 그 정도밖에 되지 않았다.

아인즈는 알베도를 대동하고 천천히 지상으로 내려갔다.

기사들은 모두 힘이 빠진 듯 뻣뻣이 선 채 아인즈와 알베도를 바라보았다. 구원의 손길을 기다렸는데 대신 최악의 존재가 나타나 희망이 박살난 것이다.

"반갑다, 제군. 나는 아인즈 울 고운이라 한다."

아무도 대답하지 않았다.

"투항한다면 목숨은 살려주마. 아직도 싸우고 싶──."

즉시 검 한 자루가 땅바닥에 나뒹굴었다. 그리고 또 한 자루, 또 한 자루. 마침내 합계 네 자루의 검이 바닥에 떨어졌다.

그동안 입을 여는 자는 아무도 없었다.

"……정말 많이 피곤했던 모양이군. 허나 죽음의 기사를 부리는 내 앞에서 고개가 높구나."

기사들은 그 말에 묵묵히 무릎을 꿇고 머리를 조아렸다.

그 모습은 신하가 아니라 참수를 기다리는 죄인과도 같았다.

"……제군은 살아서 돌아가 줘야겠다. 그대들의 윗사람── 제군을 사육하는 주인에게 전해라."

아인즈는 기사 한 사람의 앞까지 발을 쓰지 않고 〈비행〉 주문의 힘으로 다가갔다. 그리고 스태프를 들지 않은 손을 움직여 무릎을 꿇은 기사의 머리에서 능숙하게 클로즈드 헬름을 벗겨내고, 피로에 찌든 눈동자를 들여다보았다. 가면 너머로 두 사람의 눈이 교차했다.

"이 부근에서 소동을 일으키지 마라. 만약 내 말을 어긴다면 네 놈들의 나라까지 죽음을 알리러 가겠다……. 알아들었나?"

기사는 떨면서도 머리를 몇 번이나 끄덕였다. 그 필사적인 모습은 우스꽝스럽기까지 했다.

"가라. 그리고 똑똑히 주인에게 전하라."

턱짓을 하자 기사들은 굴러 넘어질 듯 꼴사나운 모습으로 쏜살같이 도망쳤다.

"……연기하는 것도 지치는군."

작아지는 기사들의 뒷모습을 지켜보며 아인즈가 중얼거렸다.

만일 마을 사람들의 시선이 없었다면 어깨를 풀었을 것이다. 나자릭 지하대분묘에서도 그랬지만, 평범한 회사원이었던 아인즈에게 위엄 있는 인물의 연기는 몹시 부담스러웠다. 그러나 연기는 아직 끝나지 않았으므로 다시 다른 가면을 써야만 한다.

아인즈는 한숨을 꾹 참고 마을 주민들 쪽으로 걸어갔다.

알베도가 따라온다는 것을 뒤에서 들리는 금속갑옷의 소리로 알 수 있었다.

——종자 좀비를 모두 해치워라.

머릿속으로 죽음의 기사에게 지시를 내리며, 아인즈는 거리가 가까워짐에 따라 주민들의 얼굴에 혼란과 공포가 뒤섞였음을 뚜렷이 인식했다.

기사들을 보내준 것에 불만이 나오지 않은 것은 더욱 무서운 존재가 있기 때문이다.

아인즈는 그 사실을 겨우 깨달았다. 자신이 강한 자——저 기사들보다는——이기 때문에 약자의 시점에서 고려하지 못했다. 반성하며 잠시 머리를 굴려보았다. 너무 가까이 다가가면 역효과일 것이다. 아인즈는 어느 정도 거리를 두고 멈춰, 친근함을 담은 부드러운 어조로 말을 걸었다.

"여러분은 이제 안전합니다. 안심하십시오."

"다, 당신은…… 귀하는 누구십니까……?"

주민의 대표로 보이는 인물이 입을 열었다. 그러는 동안에도 죽음의 기사에게서 결코 눈을 떼지 않는다.

"이 마을이 습격을 당하는 것을 보고, 도움을 드리러 왔습니다."

"오오……."

주민들이 술렁거리면서 안도하는 빛을 보였다. 그러나 그런 가운데에서도 불안해하는 기색은 사라질 줄을 몰랐다.

——하는 수 없지. 수단을 바꿔 볼까.

아인즈는 개인적으로는 별로 좋아하지 않는 방법으로 나섰다.

"……그렇다고는 해도 공짜는 아닙니다. 살아남은 분들의 숫자에 따라 대가를 받고 싶습니다만?"

마을 주민들은 일제히 서로 얼굴을 마주보았다. 금전적 여유가 없다는 말을 하고 싶은 표정이었다. 그러나 아인즈는 이미 알아보고 있었다. 마을 주민들에게서 의심의 빛이 흐려지는 것을. 금전을 노리고 목숨을 구해주었다는 세속적인 말이 어느 정도 의심을 불식한 것이다.

"지, 지금은 마을이 이런 상태라——."

아인즈는 손을 들어 그 말을 가로막았다.

"그런 이야기는 나중에 하는 것이 좋겠군요. 조금 전 이곳으로 오면서 자매를 발견해 도움을 주었습니다. 그 아이들을 데려올 테니 잠깐 시간을 주시겠습니까?"

그 자매에게 자신의 얼굴에 대해 발설하지 않도록 부탁을 해야만 한다.

주민들의 반응을 기다리지 않고 아인즈는 천천히 걸어 나갔다. 마법으로 기억을 조작하는 것이 효과를 발휘할지를 생각하면서.

4장 격돌

Chapter 4 | Duel

1

촌장의 집은 광장 바로 옆에 있었으며, 들어가자마자 봉당 같은 널찍한 장소가 나타났다. 작업장으로도 충분한 넓이를 지닌 곳이었으며 바로 옆의 취사장으로 이어졌다. 그런 봉당 한복판에는 남루한 테이블과 여러 개의 의자가 있었다.

아인즈는 그 의자 중 하나에 앉아 실내를 관찰했다.

격자문에서 들어오는 햇빛이 실내 구석구석을 비춰주었으므로 암시Dark Vision를 쓰지 않아도 잘 보였다. 관찰 대상은 취사장에서 있는 여성과 실내 여기저기 놓인 농기구 같은 것들이었다.

어디를 둘러보아도 기계제품은 보이질 않았다.

――과학 기술은 그다지 발전하지 않은 세계로군.

그렇게 생각했다가 아인즈는 얄팍한 판단임을 깨달았다.

마법이 있는 세계에서 과학 기술이 어느 정도까지 발전할까 하는 의문을 품은 것이다.

햇살을 피하듯 아인즈는 조악한 테이블 위에 놓인 팔을 가볍게 움직였다. 건틀릿이 별로 무겁지 않은데도 조악한 테이블은 덜컹덜컹 흔들렸다. 의자도 아인즈의 체중이동에 예민하게 반응해 삐걱삐걱 기분 나쁜 소리를 냈다.

빈궁하다는 표현이 딱 어울리는 곳이다.

아인즈는 방해가 되지 않도록 스태프를 테이블 옆에 세워두려 했다. 스태프는 빛을 반사해 번뜩이며 누추한 실내에서 홀로 신화의 세계를 방불케 했다. 그와 동시에 마을 사람들이 보여주었던 경악의—— 눈알이 튀어나올 듯 놀라던 얼굴이 눈에 떠올랐다.

동료들과 함께 만들어낸 최고급 스태프에 대한 주민들의 순수한 놀라움에 자랑스러운 마음이 치밀었다. 그러나 그런 들뜬 마음도 어렴풋한 기쁨 정도에서 억제되는 것을 느끼고 아인즈는 있지도 않은 눈썹을 치켜세웠다.

이 강제 진정 효과는 도무지 마음에 들지 않았다. 그렇다고는 하나 들뜬 마음으로 있으면 앞으로 닥칠 난관을 돌파할 수 없는 것도 사실이다. 아인즈는 그렇게 생각하고 머리를 굴릴 준비를 했다.

이제부터 시작될 것은 인명 구조에 대한 가격 교섭이다.

물론 아인즈의 노림수는 정보이지 금전이 아니었다. 그렇다고 해서 정보를 달라고 말하는 것은 너무 수상쩍다.

이렇게 조그만 마을 하나만을 고려한다면 별문제는 없을 것이다. 그러나 권력자를 비롯한 수많은 사람들이 이번 사건을 알게 되어 아인즈와 접촉하려고 할 때, 세간에 대해 무지하다는 것이 알려진다면 이를 이용당할 것이 뻔했다.

——너무 경계하는 걸까?

아인즈는 이렇게 생각했다. 이는 신호를 무시하고 차도를 건너려는 것과 같다고. 언젠가는 치명적인 사고로 이어질 것이라고.

그 치명적인 사고란 바로 강자와의 만남이었다.

강함이란 언제나 상대적인 개념이다.

아인즈는 이 마을에서 만난 그 누구보다도 강했다. 그러나 이 세계의 그 누구보다도 강하리라는 보증은 없었다. 게다가 지금 아인즈는 언데드이다. 소녀들의 반응을 생각해 보건대 이 세계에서 언데드가 어떤 위치인지는 대충 짐작이 갔다. 인간에게 혐오를 사 공격당할 것을 염두에 두어야 한다.

그렇기에 경계를 게을리 할 수 없었다.

"오래 기다리셨습니다."

——맞은편 자리에 촌장이 앉았다. 그 뒤에는 촌장의 아내가 서 있다.

촌장은 볕에 그을린 피부에 주름이 깊게 진 남자였다.

몸집은 매우 다부져서 중노동이 그런 몸을 만들었으리라고 쉽게 짐작할 수 있었다. 백발이 많아 머리카락 절반 정도가 허옇게 물들었다. 면으로 만든 조악한 옷은 흙으로 지저분했지만, 냄새가 나거나 하지는 않았다.

강한 피로감이 얼굴에 드러난 탓에 40대 중반 정도로 보이지만 실제 나이는 추측하기 어려웠다. 지난 수십 분 사이에 일어난 일 때문에 한층 더 늙은 것 같기도 하다.

촌장의 아내도 동년배인 듯했다. 옛날에는 곱게 생긴 미녀였을 듯한 분위기가 있지만, 오랜 밭일 탓인지 아름다움은 거의 잃었다. 얼굴 여기저기에 주근깨가 생겨, 지금 남은 것은 고운 말라깽이 아줌마였다. 어깨 정도까지 오는 까만 머리카락은 이리저리 흐트러져, 볕에 잘 그을린 피부인데도 어두운 분위기를 풍겼다.

"드시지요."

부인은 테이블 위에 낡은 그릇 하나를 놓았다. 알베도의 것을 주지 않은 이유는 단순히 마을 안을 산책시켜서 집 안에 없기 때문이었다.

김이 피어나는 물—— 백탕을 아인즈는 한 손을 들어 사양했다.

갈증은 조금도 느끼지 않았으며, 이 마스크를 벗을 수도 없다. 하지만 그 고생을 직접 본 이상 미리 사양했어야 한다는 마음은 남았다.

여기서 말하는 고생이란 물을 끓이는 일을 말한다.

우선 부싯돌을 쳐 불씨를 만드는 데서 시작된다. 아주 조그만 불씨를 얇게 깎아낸 나뭇조각에 조심스레 옮겨서 더 큰 불씨를 만든다. 이것을 아궁이에 넣어서 불을 지핀다. 실제로 백탕이 완성될 때까지는 꽤 많은 시간이 걸렸다.

전기를 쓰지 않고 수작업으로 물을 끓인다니, 아인즈에게는 다른 의미로 흥미를 끄는 작업이자 생전 처음 보는 광경이기도 했다. 아인즈가 원래 있던 현실세계에서도 아주 옛날에는 가스라는 것으로 취사를 했다고 들었지만, 그것도 이것과 비슷한 고생이 필요했을까?

이 기회에 기술력에 대해서도 정보를 수집하고 싶었다. 그렇게 생각하며 아인즈는 촌장 부부를 바라보았다.

"이렇게 배려해 주셨는데, 정말 면목이 없습니다."

"다, 당치도 않은 말씀을. 고개를 드십시오."

고개를 가볍게 숙인 아인즈에게 부부가 나란히 당황했다.

조금 전까지 '죽음의 기사'를 부리던 인물이 자신들에게 고개를 숙이리라고는 상상도 하지 못했던 모양이다. 아인즈가 보기에는 이상한 일도 아니었다. 교섭 상대에게는 당연히 우호적으로 접근하는 편이 낫지 않겠는가.

물론 〈인간종 매료Charm Person〉 같은 마법으로 정보를 끌어낸 다음 그 자매와 마찬가지로 최고위 마법을 걸어 기억을 조작하는 수단도 있다. 그러나 그것은 마지막 수단으로 삼아야 할 것이다. 사실 MP 소비의 부담이 지나치게 컸다.

피로감과 함께, 몸속의 무언가가 깎여나가는 듯한 위화감.

――그것이 MP 소비로군.

아인즈는 아까 그 감각을 회상했다. 사실 아직까지도 묵직한 감각이 몸속 한복판에 자리 잡고 있다. 가면과 건틀릿을 착용하기 전까지 고작 수십 초밖에 안 되는 기억을 바꾸는 것만으로도 MP를 상당히 소비한 것 같았다. 크나큰 손실이다.

"……자, 그러면 단도직입적으로 교섭을 시작하지요."

"예. 하지만 그 전에…… 정말 고맙습니다!"

촌장은 테이블에 머리를 찧을 기세로 고개를 숙였다. 그보다 조금 늦게 뒤에 서 있던 촌장의 아내도 감사의 말과 함께 고개를 숙였다.

"귀하께서 와주지 않으셨더라면 마을 전체가 몰살당했을 겁니다. 감사합니다!"

마음이 담긴 감사에 아인즈는 눈을 껌뻑거렸다.

인생을 돌이켜봐도 이만큼 감사를 받은 기억은 한 번도 없었다. 아니, 조금 전 두 소녀에게는 비슷한 인사를 받았지만.

하기야 남의 목숨을 구해준 경험은 없었으니 당연할지도.

과거, 인간이었을 무렵―― 스즈키 사토루라는 인물의 잔재. 그것은 순수한 감사를 받아 멋쩍다고 생각하는 반면, 싫은 기분은 전혀 느껴지지 않았다.

"고개를 드십시오. 조금 전에도 말씀드렸다시피 마음에 두실 것 없습니다. 저도 공짜로 구해드리려 했던 것은 아니니까요."

"물론 잘 압니다. 그러나 감사만은 드리고 싶습니다. 귀하 덕에 많은 마을 사람들이 목숨을 건졌으니까요!"

"……그럼 뭐, 지불하실 금액에 성의를 더해주시면 그만입니다. 아무튼 교섭을 시작해 볼까요? 촌장님도 여러모로 바쁘실 테니."

"목숨을 구해주신 분께 할애할 시간만큼 중요한 것이 어디 있겠습니까만, 그러지요."

천천히 고개를 든 촌장을 보며 아인즈는 머릿속을 빠르게 돌리기 시작했다.

마법에 의존하는 것이 아니라 대화로 필요한 정보를 얻어내야만 한다.

——거 귀찮네.

영업사원으로 활동하며 갈고닦은 자신의 기술이 얼마나 효과를 발휘할까. 아인즈는 각오를 다지고 입을 열었다. 절반 이상은 될 대로 되라는 자포자기의 심정으로.

"……거두절미하고, 제게 어느 정도를 지불할 수 있습니까?"

"저희를 구해주신 은혜로우신 분께 무엇을 감추겠습니까. 동화(銅貨)나 은화(銀貨)를 모아 어느 정도 될지는 직접 봐야 알 수 있겠습니다만, 동화로 3000닢 정도는 될 것입니다."

——그게 뭔지 내가 어떻게 아냐고.

아인즈는 마음속으로 딴죽을 걸었다. 말을 아주 제대로 잘못 꺼냈다. 다른 방향으로 접근해야 했다. 역시 못난 영업사원의 못난 교섭술이었을 뿐이다.

숫자만 들으면 아주 많은 것 같기는 하지만, 금전 가치가 불분명한 이상 적당한 액수라고 수긍할 수는 없었다. 낮은 가격에 함부로 고개를 끄덕이는 것도, 부당하게 높은 금액을 제시하는 것도 지나치게 눈에 뜨인다는 의미에서는 피해야만 했다.

——아니지. 소를 네 마리 주겠다느니 하는 말이 나오지 않아 다행이라고 안도해야 할까?

기분이 우울해지려 했을 때 정신이 안정을 되찾았다. 언데드의 몸이 된 데 감사하며, 한 가지 배운 셈 치자고 아인즈는 자신을 위로했다.

그것은 동화나 은화가 촌락의 기본 유통화폐라는 점이었다. 그 아래와 그 위도 알고 싶기는 했지만, 능숙하게 유도할 자신은 없었다.

그보다도 문제는 동화의 금전 가치였다. 어느 정도 가치가 있는지 모르고서는 앞으로 이야기를 할 때 여러 가지로 난감할 것이다. 화폐의 가치도 모른다니, 너무 수상쩍지 않겠는가. 아인즈는 이 세계에 대해 잘 모르는 동안에는 되도록 비밀리에 행동하고 싶었다.

그렇기에 머리를 굴렸다. 이 이상의 실패를 피하겠다는 의미에서도.

"동전이 많아지면 가지고 다니기 불편하니, 가능하다면 조금 큰 단위로 지불해주실 수 없겠습니까?"

"죄송합니다. 금화로 드릴 수 있다면 좋겠지만…… 이 마을에서는 사실 쓰지를 않아서……."

아인즈는 안도의 한숨을 삼켰다.

노린 방향으로 공이 굴러가주었다. 따라서 어떻게 하면 다음 전개로 이끌어갈지를 머리에서 김이 날 정도로 진지하게 생각했다.

"그러면 이렇게 하시지요. 제가 이 마을의 물건을 타당한 가격으로 사들이는 겁니다. 그리고 지불에 사용한 돈을 다시 제게 주시면 되지 않겠습니까?"

아인즈는 로브 안에서 몰래 인벤토리를 열어 위그드라실의 화폐인 금화를 두 닢 꺼냈다. 하나는 여성의 옆얼굴이, 또하나는 남성의 옆얼굴이 새겨진 것이었다. 전자인 새 화폐는 초대형 업데이트 '발퀴리아의 추락' 이후에 등장한 것이므로 후자인 옛 화폐는 당연히 그 전에 쓰인 동전이다.

가치는 서로 같지만 각자에 느끼는 애착이 다르다. 옛 화폐는 아인즈가 위그드라실을 처음 시작했을 때부터 아인즈 울 고운을 결성하고 분주히 뛰어다니던 시절의 대부분을 함께했던 동전이었다. 그리고 길드가 최고 전성기를 맞았을 무렵 이루어진 업데이트 때에는 장비가 거의 갖추어졌기 때문에 새 화폐는 인벤토리에 넣어두는 존재였을 뿐이다.

스켈레톤 메이지(Skeleton Mage)로 시작해, 처음으로 필드 몬스터를 마법으로 잡았을 때 허공에 나타난 동전 몇 닢.

던전에 솔로로 몰래 들어가 선공몹에게 습격을 당해 필사적으로 격퇴했을 때 얻은 동전 무더기. 아인즈 울 고운 사람들끼리 공략한 던전에서 얻었던 데이터 크리스탈을 팔았을 때의 광채——.

그리움을 떨쳐냈다.

그러면서도 아인즈는 옛 화폐를 집어넣고 새 화폐를 집었다.

"……이걸로 물건을 산다면 얼마나 얻을 수 있겠습 니까?"

금화를 테이블 위에 놓았다. 촌장과 아내의 눈이 휘둥그렇게 뜨였다.

"이, 이건!"

"아주, 정말 아주 먼 곳에서 쓰이던 주화입니다. 이 부근에서는 쓸 수 없습니까?"

"아마도 쓸 수 있을 것 같습니다만…… 잠시 기다려 주십시오."

쓸 수 있다는 말에 안도하며 아인즈가 보고 있으려니, 촌장은 자리에서 일어나 방 안쪽에서 무언가 이상한 것을 들고 돌아왔다. 역사책에서 본 기억이 있었다. 주화 저울(Coin scales)이라고 불리는 물건이었다.

이 일은 부인이 맡아 하는지, 촌장에게 받아든 금화를 둥그스름한 물건과 맞춰본다. 아마 크기를 재는 모양이었다.

여기에 만족했는지 다음에는 금화를 한쪽 접시에 놓고 반대쪽 접시에는 추를 얹었다. 칭량화폐(稱量貨幣)라는 말이 떠올랐다.

아인즈는 기억을 더듬으며 부인이 하는 일의 의미를 추측해보았다. 처음 했던 일이 아마 이 나라의 금화 크기와 비교한 거고, 다음에는 함유량을 체크했겠지.

보고 있으려니 저울이 금화 쪽으로 기울고 추가 올라갔다.

부인은 다시 한쪽에 추를 더해 양쪽을 비교했다.

"교금화(交金貨) 두 닢 정도 무게가 나가니까…… 저, 저어, 표면을 조금만 깎아 봐도……."

"여, 여보! 그게 무슨 무례한 말이야! 정말 죄송합니다. 아내가 버릇없는 소리를……."

——아하, 도금이 아닌가 생각한 모양이군.

하지만 아인즈는 불쾌함도 분노도 느끼지 않았다.

"상관없습니다. 필요하시다면 자르거나 부숴도 되지만…… 내용물이 모두 금이라면 그 가치로 사주셔야 합니다."

"아, 아닙니다, 죄송합니다."

고개를 숙이며 금화를 돌려주는 부인.

"너무 괘념치 마십시오. 거래를 할 때는 당연한 일이니까요. 아무튼 그 금화는 어떤가요? 미술품 같은 모양이지요?"

"예. 정말 아름답네요. 어느 나라에서 쓰던 금화인가요?"

"지금은 사라진…… 네, 지금은 사라진 나라의 것입니다."

"그렇군요……."

"…… '교금화' 두 닢이라고 하셨는데, 미술적 가치까지 생각한다면 조금 더 높이 평가해주셔도 좋지 않을까 합니다만, 어떻습니까?"

"정말 그럴 수도 있겠네요. 다만…… 저희는 상인이 아니라 그런 것까지는……."

"하하하. 뭐, 하긴 그렇겠군요. 그러면 이 금화로 물건을 살 때는 교금화 두 닢에 해당한다고 보면 되겠습니까?"

"무, 물론이지요."

"사실은 이 금화를 몇 닢 가지고 있는데, 그러면 물자를 어느 정도 구입할 수 있겠습니까? 당연히 정당한 금액으로 거래하기를 원합니다. 마을에서 거래하는 가격과 똑같이 매겨 주시면 됩니다. 물론 금화는 믿음이 가실 때까지 알아보셔도——."

"아인즈 울 고운 님!"

갑작스러운 촌장의 목소리에 있지도 않은 심장이 벌컥 뛰는 심정이었다. 촌장의 진지한 표정은 조금 전과는 비교할수 없을 정도로 딱딱했으며 박력이 있었다.

"……아인즈라 부르셔도 됩니다."

"아인즈 님이라고요?"

촌장이 살짝 이상하다는 표정을 짓더니, 이내 이해했다는 듯 고개를 끄덕이며 말을 이었다.

"아인즈 님께서 무슨 말씀을 하시려는지는 저도 잘 압니다."

아인즈는 자신의 머리 위에 물음표가 떠오르는 환영을 본 기분이었다.

무언가 착각하고 있겠거니 싶으면서도 촌장이 무슨 말을 하려는 것인지는 당연히 감도 잡히지 않았으므로 무어라 대답할 도리가 없었다.

"싸게 보이고 싶지 않다는 마음도, 평판을 위해 타당한 금액을 요구하시는 것도 이해합니다. 아인즈 님만큼 강하신 분이라면 고용에 막대한 금액이 필요하겠지요. 그러니 동전 3000닢에 물자까지 요구하시려는 것이라 생각합니다."

촌장이 무슨 말을 하는지 이해하지 못해 혼란에 빠진 아인즈는 가면을 써서 다행이라고 생각했다. 아인즈가 금화를 제시한 것은 이것으로 어느 정도 물건을 구입할 수 있는지 표준 가격을 대충이라도 파악하기 위해서였다. 그런데 왜 이런 방향으로 이야기가 흘러가는 것일까.

아인즈가 끼어들지 못하는 사이에 촌장이 말을 이었다.

"하오나 마을에서 낼 수 있는 금액은 조금 전에도 말씀드렸다시

피 동화 3000닢이 한계입니다. 의심하시는 것도 당연하오나, 목숨을 구해주신 은혜로운 아인즈 님께 결코 거짓말을 하지는 않을 것입니다."

촌장의 표정은 성의로 넘쳐났으며 거짓말을 하는 분위기는 조금도 느껴지지 않았다. 만약 이러고도 속는다면 자신에게 사람 보는 눈이 없음을 저주할 수밖에.

"아니, 아인즈 님처럼 강하신 분이 저희가 제시하신 정도의 금액으로는 수긍하지 못하시는 것도 당연합니다. 온 마을을 뒤진다면 행여나 만족하실 만한 금액을 마련할 수 있을지도 모릅니다. 하오나…… 이 마을은 많은 일손을 잃어, 제시해드린 것보다 더 많은 금액을 지불한다면 앞으로 다가올 계절을 넘길 수가 없을 것입니다. 물자도 그렇습니다. 일손이 줄어든 만큼 손을 댈 수 없는 밭이 생겼습니다. 그렇다 보니 지금 물자를 넘겨드리면 나중에 생활이 매우 어려워질 것으로 보입니다. 목숨을 구해주신 은인께 이런 말씀을 드리기란 매우 부끄럽사오나…… 하다못해 분할로 지급해 드리는 방안이라도 생각해 주실 수 없으신지요?"

――어라? 이거 혹시 기회 아냐?

울창하게 우거진 숲속을 걷다가 갑자기 시야가 확 트이는 기분이었다. 아인즈는 생각에 잠긴 척을 했다. 착지점은 눈앞에 있다. 남은 것은 상황이 잘 흘러가기를 기도할 뿐. 시간을 조금 들인 다음 대답했다.

"알겠습니다. 보수는 필요 없습니다."

"네?! 어……어째서입니까?"

촌장도 부인도 놀라 눈을 휘둥그렇게 떴다. 아인즈는 손을 가볍게 들어, 아직 이야기가 남았음을 어필했다. 주어야 할 정보와 주어서는 안 될 정보. 그런 것들을 검토하며 이야기를 유도한다. 번거로운 작업인 데다가, 실수하지 않고 이야기를 잘 끌어갈 수 있을지도 불안했다. 그러나 해내야만 한다.

"……저는 나자릭이라는 곳에서 마법을 연구하던 매직 캐스터입니다. 그러다 최근에 밖으로 나왔지요."

"역시 그러셨군요. 그래서 그런 차림을 하고 계셨습니 까?"

"아, 네, 뭐 그런 셈입니다."

아인즈는 질투 마스크를 매만지며 말을 흐렸다. 이 세계의 매직 캐스터가 이런 기괴한 차림을 하는 자들이라면 시내에선 어떤 광경이 펼쳐질까. 아인즈의 머리에 떠오른 것은 여기저기에서 발리의 바롱이나 랑다가 오가는 광경이었다. 아무리 그래도 그렇게 어이없는 세계는 아니기를 기도하기 시작한 아인즈는 또 한 가지 이해할 수 없는 사실이 있음을 깨달았다. 위그드라실에서 쓰이는 호칭이 그대로 통하는 것이다.

매직 캐스터라는 호칭은 넓은 의미를 지닌다. 프리스트, 클레릭, 드루이드, 아케이너, 소서러, 위저드, 바드, 무녀, 부적술사, 선인 등 무수한 매직 캐스터를 뭉뚱그려 위그드라실에서는 그렇게 부른다. 이 세계에서도 그렇다면 이것은 대체 무슨 우연이란 말인가.

"보수가 필요 없다고 했습니다만……."

말을 끊으며 아인즈는 거래 상대의 반응을 살폈다.

"매직 캐스터라는 자들은 다양한 것들을 도구로 삼습니다. 공포도 그렇고, 지식도 그렇지요. 말하자면 이런 것들이 사업 도구인

셈입니다. 그러나 조금 전에도 말씀드렸듯 저는 마법 연구 때문에 오랫동안 세상에 나오지 않았던 만큼 이 부근의 현재 지식이 부족합니다. 그러니 저는 두 분께 이 부근의 정보를 얻고 싶습니다. 그리고 정보를 팔았다는 사실을 남에게 이야기하지 말 것. 이것으로 보수를 대신하면 어떻겠 습니까?"

아무것도 필요하지 않다니, 그런 허울만 좋은 이야기가 어디 있겠는가. 공짜보다 비싼 것이 없다는 말도 있다. 목숨을 구해준 보수를 논의하는데 돈이 필요 없다고 한다면, 조금이라도 감이 날카로운 사람은 이상하다고 여길 것이다.

그렇다면 상대에게 보수를 지불했다는 기분이 들게 하면 된다. 이를테면 그것이 눈에 보이지 않는 것이라 해도 효과는 있다.

다시 말해 이 경우 아인즈에게 정보라는 사업 도구를 팔았다. 대등하게 거래했다는 믿음을 심어주면 촌장은 결코 의문을 품지 않을 것이다.

실제로 촌장도 부인도 진지한 표정으로 고개를 끄덕였다.

"알겠습니다. 절대 아무에게도 말하지 않겠습니다."

——좋았어!

아인즈는 자신의 영업능력도 제법 괜찮다고 테이블 밑에서 주먹을 부르쥐었다.

"다행입니다. 저는 마법 같은 것을 써서 그 말을 속박하고 싶지는 않습니다. 여러분의 인간성을 믿습니다."

아인즈는 건틀릿을 낀 손을 내밀었다. 촌장도 깜짝 놀란 표정을 짓더니 무언가 이해했다는 듯 그 손을 쥐었다.

악수라는 행위는 있는가, 하고 아인즈는 안도했다. 이랬는데 뭐

하는 거냐고 멀뚱멀뚱 쳐다봤다면 눈물을 흘릴 수밖에 없다.

물론 진심으로 믿은 것은 아니다. 이익을 제시해 구속했다면 더 높은 가격을 제시했을 때 새어 나갈 가능성이 있다. 그에 반해 인간성으로 구속한다면 촌장의 성격 때문에 새어 나갈 가능성이 있을 뿐이다.

뭐가 더 나을지는 문제가 아니다. 아인즈는 촌장의 인간성이라면 틀림이 없으리라 도박을 걸었을 뿐이다. 만약 이 정보가 새어 나간다면? 그뿐이다. 다음에 이 마을에 왔을 때 유효한 거래 카드로 삼으면 된다.

다만, 짐작이기는 해도 배신당할 것 같지는 않았다. 자신에게 감사하던 표정, 아인즈에게 이제까지 보여준 성의 있는 태도가 머릿속을 가로질렀기 때문이었다.

"그럼…… 이것저것 좀 가르쳐 주시겠습니까?"

*

"……뭐라는 거야."

"예?! 왜 그러십니까? 뭔가……."

"아, 아니, 혼잣말을 한 겁니다. 죄송합니다, 이상한 소리를 해서……."

한순간 연기를 잊어버렸지만, 즉시 태도를 바꾸었다. 만약 인간의 몸이었다면 비지땀을 뻘뻘 흘렸을 것이다.

촌장은 그러냐고 대꾸했을 뿐 깊이 추궁하지는 않았다. 이미 촌장의 머릿속에서 매직 캐스터는 괴짜들이라고 정착한 것일지도 모른다. 그건 그거대로 다행이지만…….

"마실 것이라도 좀 드릴까요?"

"아, 아니, 괜찮습니다. 목이 마르지는 않으니까요. 괘념치 마십시오."

지금은 촌장의 부인도 자리에 없다. 바깥일—— 이것저것 정리하는 일을 거들겠다면서 밖으로 나갔다. 지금 이곳에 있는 것은 촌장과 아인즈뿐이었다.

아인즈가 처음으로 들은 것은 주변 국가들이었다. 들어본 적도 없는 이름이었다. 무슨 일이 일어나도 이상할 게 없다고 각오는 했지만 그래도 역시 현실이 눈앞에 드러나니 놀라움이 더 컸다.

처음에는 아인즈도 이것저것 가설을 세워보기는 했지만, 어디까지나 위그드라실 세계를 기본으로 한 생각이었다. 위그드라실의 마법을 쓸 수 있으니 모종의 관련성이 있는 것아닐까 하고. 그러나 그를 맞이한 것은 전혀 듣도 보도 못한 지명이었다.

주변 국가인 리 에스티제 왕국, 바하루스 제국, 슬레인 법국(法國). 그런 이름은 위그드라실의 세계관을 이루는 근간인 북구신화에서도 들어본 적이 없었다.

눈앞이 빙글빙글 돌아가고 몸이 쓰러질 것 같았지만 건틀릿을 낀 손으로 테이블을 꽉 잡으며 버텼다. 전혀 모르는 세계에 오고 말았을 뿐이다. 그렇게 머리로는 이해할 수 있었으며 각오도 했건만, 경악을 참을 수 없었다.

충격은 생각보다도 컸다. 언데드라는 육체가 된 후로 이렇게 충격을 받은 것은 처음이었다.

아인즈는 냉정해지기 위해 조금 전 배운 주변 국가와 지리를 다시 떠올려보았다.

우선 리 에스티제 왕국과 바하루스 제국. 이 두 나라는 중앙에 산맥을 끼고 양쪽으로 나뉘어져 있다. 그리고 산맥 남쪽 끄트머리에는 대삼림이 펼쳐졌으며 숲이 끊어지는 곳에 리 에스티제 왕국령에 속한 이 마을이나 성새도시가 있다고 한다.

인접한 두 국가는 서로 사이가 나쁘고, 성새도시 부근의 평야에서는 지난 몇 년 동안 해마다 전투가 벌어진다고 한다.

그리고 남쪽에 있는 국가가 슬레인 법국.

국가 간의 영토관계를 간단히 설명하자면, 동그라미를 그리고 그 한가운데에 뒤집어진 T 자를 그리면 엉성하기는 하지만 알기 쉬울 것이다. 왼쪽이 리 에스티제 왕국, 오른쪽이 바하루스 제국, 아래가 슬레인 법국이다. 그 이외에도 국가가 있는 모양이지만 촌장이 아는 범위 내에서는 이 정도라고 한다.

그리고 국력까지는 조그만 마을의 촌장도 알지 못했다.

다시 말해 이건——.

"……실수했다."

——촌장이 말하기로, 조금 전의 기사들이 입었던 갑옷에 새겨진 문장은 바하루스 제국의 것으로 보인다고 한다. 그러나 국경이 인접했다면 슬레인 법국의 기만 공작일 가능성도 있다. 그렇다면 기사를 모두 풀어준 것은 잘못이었다. 한 사람 정도는 붙잡아다 정보를 캐냈어야 했다. 그러나 이미 늦었다.

그렇다면 슬레인 법국일 가능성을 생각하면서 제국 측에도 무언가 손을 써야 하리라. 왕국 측에는 이 마을을 구해주어 약간이나마 은혜를 베풀어 주었으니 지금은 괜찮을 것이다.

아인즈는 깊이 생각에 잠겼다.

이 세계에 온 것은 자신뿐일까, 하고.

그럴 리가 없다. 다른 플레이어들도 있을 가능성이 크다.

어쩌면 헤롱헤롱님도 있을지 모른다. 그렇다면 외부에서 다른 플레이어들과 조우할 경우를 고려해야 한다.

만일 수많은 플레이어들이 이 세계에 왔다면, 일본인의 국민성을 생각해 보건대 뭉치려는 자들이 많을 것이다. 그때는 가능하다면 참가하고 싶었다. 아인즈 울 고운과 관계없는 부분이라면 얼마든지 양보할 수도 있다.

문제는 그 집단이 자신들을 적대시할 때였다. 그럴 리 있겠느냐고는 생각하지만 없다고 단언하지도 못한다.

아인즈 울 고운은 악역 롤플레이를 내세워 PK를 벌였기 때문에 미움을 사는 길드였다. 그 증오가 완전히 사라졌을지 자신할 수 없다. 나아가 정의나 의분에 사로잡혀 적대할 가능성도 있을 것이다.

이를 피하기 위해 우선은 가급적 주위와 적대할 행위를 피해야 한다. 현지 주민에게 해를 끼치거나, 특히 이유도 없이 학살행위를 저지른다면 인간성을 상실하지 않은 플레이어는 불쾌하게 여길 가능성이 있다. 물론 상대가 이해할 만한 이유가 있다면 이야기가 다를지도 모른다. 이 마을처럼 습격당한 것을 구해주기 위해서라든가.

다시 말해 앞으로 행동할 때는 모종의 대의명분이 있는 편이 분명 유리할 것이다. 쉽게 말해 '나는 그러기 싫었지만 어쩔 수 없었다' 방식이다.

다음으로는 아인즈 울 고운에 원한이 있을 때. 이때는 전투를 피할 수 없으리라. 그건 대책을 짤 필요가 있다.

나자릭 지하대분묘에서 현재 보유한 전력을 생각한다면 레벨 100 플레이어 30명 정도는 단숨에 섬멸할 수 있다. 그리고 세계급 아이템을 사용한다는 전제로 생각한다면 난공불락의 요새나 마찬가지다. 옛날처럼 격퇴할 수 있을 것이다.

그러나 원군이 없는 상태의 농성이 얼마나 어리석은지는 상상하기 어렵지 않다. 게다가 아인즈의 비밀병기인 세계급 아이템의 가장 큰 능력은 해방할 때마다 아인즈의 레벨이 떨어진다. 파상공세를 받는다면 언젠가는 쓸 수 없는 상황까지 몰리고 말 것이다.

아인즈는 이처럼 전투를 중심으로 생각하면 사고가 편협해지고 시야가 좁아져 위험하다는 것을 잘 안다. 그러나 최악의 사태를 고려하지 않고 행동할 만큼 어린 것도 아니었다. 이것은 단순히 문제가 발생했을 때 대처할 방법을 처음부터 생각해두는 것일 뿐이다.

목숨만 부지하고 싶다면 그럴 필요도 없으리라. 짐승과 마찬가지로 산이나 들판에서 살면 된다. 그러나 이는 한 번 손에 넣은 강대한 힘이, 그리고 명예로운 이 이름이 용납하지 않는다.

사이좋게 지내고 싶을 때는 즉흥적인 대처로도 어떻게든 된다.

그렇게 생각한다면, 앞으로의 과제 가운데 가장 중요한 것은 전투를 전제로 전력을 확대하는 것이다. 그 다음은 다른 플레이어의 존재를 포함해 이 세계의 정보를 수집하는 것이 되리라.

"……그렇게 보면 역시 잘못은 아니로군."

"뭐라고 하셨습니까?"

"아니, 아무것도 아닙니다. 생각했던 것과 조금 달라서 당황했군요. 그보다 다른 이야기도 들려주실 수 있겠습니까?"

"아, 네. 알겠습니다."

촌장의 이야기는 몬스터라 불리는 존재로 넘어갔다.

이곳에도 위그드라실과 마찬가지로 몬스터가 있다고 한다. 삼림 깊은 곳에는 마수(魔獸), 특히 '숲의 현왕(賢王)'으로 불리는 존재들도 있으며 드워프, 엘프 같은 인간종, 고블린, 오크, 오우거로 대표되는 아인종도 있다. 아인종끼리 국가를 이루기도 한다나.

그런 몬스터를 보수에 따라 퇴치해 주는 것이 모험자라 불리는 존재이며, 매직 캐스터도 다수 있다고 한다. 큰 도시에서는 모험자들이 길드를 만들기도 한다.

아인즈는 가장 가까운 성새도시 에 란텔에 대한 정보도 얻었다.

인구 같은 자세한 정보는 촌장도 모르는 모양이었으나 이 주변에서는 가장 큰 도시라고 한다. 정보를 수집하기에는 그곳이 가장 나을 것 같았다.

촌장의 말은 유익했지만 내용에는 애매한 부분이 많았다.

이곳에서 자세하게 이야기를 들으려 하는 것보다는 직접 그곳에 인원을 파견하는 편이 빠를 것이다.

그리고 마지막으로 언어. 아인즈는 완전히 이계로 보이는 이 세계에서 일본어가 통하는 것을 이상하게 생각했다. 때문에 아인즈는 촌장의 입 모양을 쳐다봤는데, 알고 보니 대단한 것도 아니었다. 그들은 일본어를 쓰지 않았다.

입 모양과 귀에 들리는 소리가 전혀 달랐던 것이다.

그로부터 몇 가지 실험을 시도해보았다.

결론. 이 세계는 *번역곤약을 먹었다. 누가 먹였는지는 몰라도.

이 세계의 언어, 그중에서도 구어(口語)는 상대에게 전해지기 전에 자동으로 번역이 되는 것이다.

말을 말로 인식할 수만 있으면 아마 인간 이외의 생물과도 교류가 가능하지 않을까. 예를 들어 개나 고양이하고도. 문제는 대체 어떻게 이런 현상이 일어났는지 알 수 없다는 점이었다. 그리고 촌장은 그 사실을 이상하다고 생각하지 않는 다. 그것이 당연하다는 뜻이다.

――결국 세계의 법칙이란 소리겠지. 냉정하게 생각하면 마법이 있는 세계니 전혀 다른 법칙이 세계를 지배한다 해도 이상할 것은 없어.

아인즈가 이제까지 살아오면서 익힌 상식은 이 세계에서는 상식이 아니다. 그것이 치명적인 문제였다. 이럴 때는 자기도 모르게 큰 실수를 저지를 수도 있는 법이다. '몰상식한 사람' 이라는 말이 좋은 의미였던 사례가 있던가.

그러나 지금 아인즈에게는 그 상식이 없는 상태였다. 어떻게든 이를 타파해야 한다. 그러나 뾰족한 수는 떠오르질 않았다. 누군가를 끌고 와서 네 상식을 모조리 읊어보라고 할까?

말도 안 된다.

그렇다면 취할 방법은 하나밖에 없다.

"……역시 도시에 가서 살아볼 필요가 있겠어."

상식을 배우려면 모범이 될 존재가 잔뜩 필요하다. 게다가 이 세

* 번역곤약 : 만화 도라에몽에 등장하는 도라에몽의 비밀도구. 아무리 어려운 말도 자신의 언어로 번역해준다

계의 마법도 알아야 한다. 아직도 배울 것이 넘쳐난다.

아인즈가 그렇게 생각하는 동안 나무로 만든 얇은 문 너머에서 흙을 밟으며 다가오는 소리가 들렸다. 간격은 넓지만 거세지는 않았다. 서두르지 않는 성인 남성의 걸음걸이 같다.

아인즈가 문 쪽으로 고개를 돌리자 동시에 노크 소리가 들렸다. 촌장이 아인즈에게 양해를 구했다. 마을 주민들을 구해준 대가로 이야기를 나누는 중이니 멋대로 행동해선 안 된다고 생각했을 것이다.

"괜찮습니다. 저도 잠시 휴식이 필요하던 참이었으니까요. 나가 보셔도 됩니다."

"송구하군요."

촌장은 슬쩍 고개를 숙이고 일어나 문 쪽으로 다가갔다.

문을 열자 빛을 등진 주민 하나가 서 있었다. 그의 시선이 촌장에게, 이어서 아인즈에게 움직였다.

"촌장님, 손님과 말씀 나누시는데 죄송하지만, 장례식 준비가 끝나서……."

"아아……."

촌장은 아인즈에게 허락을 구하려는지 시선을 보냈다.

"아, 괜찮습니다. 괘념치 마십시오."

"고맙습니다. 그럼 즉시 가겠다고 사람들에게 전해주게."

2

장례식은 마을 변두리의 공동묘지에서 시작되었다. 묘지는 낡은 울타리로 에워싸인 곳이었으며, 둥그스름한 돌에 이름을 새긴 묘비가 띄엄띄엄 보였다.

그 안에서 촌장이 망자의 넋을 달래는 말을 바치고 있었다. 위그드라실에서는 들어본 적이 없는 신의 이름을 대며 죽어간 영혼이 안식을 찾기를 비는 것이다.

모든 시체를 묻기에는 일손이 부족했는지 우선 일부만 장례를 치르기로 했다. 아인즈는 당일에 매장까지 마치다니 굉장히 성급하다는 생각이 들었지만 이 세계에서는 아인즈가 아는 종교란 하나도 없으니 원래 그런가 보다고 이해하며 넘어갈 수밖에 없었다.

묘지에 모인 주민 중에는 아까 목숨을 구해 준 자매── 엔리 에모트와 넴 에모트의 모습도 보였다. 아인즈가 시체를 확인한 두 사람의 부모님도 지금 매장되는 모양이었다.

주민들과 조금 떨어진 곳에서 그 광경을 바라보는 아인즈는 로브 안에서 30센티미터 정도 되는 완드 한 자루를 매만지고 있었다. 상아로 만든 것이며, 끄트머리에는 황금을 씌워놓았고 그립 부분에는 룬이 새겨져 신성한 분위기를 자아냈다.

소생의 단장Wand of Resurrection.

죽은 자를 되살리는 마법이 담긴 아이템. 물론 아인즈가 가진 것이 이것 한 자루만은 아니었다. 이 마을의 사망자를 모두 되살리고도 거스름돈이 잔뜩 남을 만큼 있었다.

촌장의 말에 따르면 이 세계에 존재하는 마법 중에 죽은 자를 되살리는 것은 없다고 한다. 그렇게 따진다면 현재 이 마을에는 기적이라는 이름의 가능성이 존재하는 셈이다. 그러나 기도의 의식이 끝나고 장례식이 종반으로 접어들기 시작했을 무렵, 아인즈는 천천히 완드를 인벤토리 안에 수납했다.

부활시킬 수는 있다. 그러나 그러지는 않았다. 딱히 죽은 자의 영혼이 어쩌고저쩌고하는 종교적인 이유를 들먹일 생각은 없었다. 그저 단순히 이익이 없기 때문이었다.

죽음을 부여하는 매직 캐스터와 죽은 자를 되살릴 수 있는 매직 캐스터. 어느 쪽이 더 귀찮은 일에 말려들기 쉬울지는 상상하기 어렵지 않았다. 되살려주되 비밀을 지킨다는 조건을 내건다 해도 그것이 지켜질 가능성은 매우 작다.

죽음에 저항할 수 있는 힘. 누구나 침을 흘릴 정도로 탐내 마지않을 것이다.

상황이 바뀐다면 이 힘을 쓸 수도 있겠지만, 지금은 아직 정보가 부족하다. 여기서 해야 할 일은 아니었다.

"마을을 구해준 정도로 참아다오."

중얼거린 아인즈는 뒤에 선 죽음의 기사를 빤히 바라보았다.

이 죽음의 기사도 의문의 대상이었다.

위그드라실이었다면 특별한 경우를 제외하고는 소환된 몬스터에는 제한시간이 있다. 그리고 특별한 수단을 사용하지 않았던 이번 죽음의 기사는 이미 오래전에 그 시간을 넘겼다. 그런데도 여기 있다.

이러저런 추측이 나오지만, 정보가 부족해 해답은 나오지 않았다. 그리고 온갖 생각을 하는 아인즈의 곁에 다가서는 그림자가 있었다.

알베도와 인간 크기만 한, 까만 거미를 닮은 몬스터였다. 닌자복을 입었으며 여덟 개의 다리에는 날카로운 칼날이 달렸다.

"팔지도 암살충Eight-edge Assassin? 알베도, 이건……."

아인즈는 주위를 둘러보았지만 마을 주민들이 이곳에 주의를 기울이는 기척은 없었다. 알베도는 그렇다 쳐도 이렇게 괴상한 몬스터가 있으면 아무리 장례식 중이라 해도 주목의 대상이 될 텐데.

그제야 아인즈도 기억이 났다. 팔지도 암살충은 투명화 능력이 있는 몬스터라는 사실이.

"아인즈 님을 배알하고 싶다 하여 데려왔나이다."

"모몬가 님, 그간 기체후 일향 만강……."

"――인사는 됐다. 그보다도 네가 지원군이냐?"

"예. 저를 비롯한 서번트 400명이 이 마을을 습격할 수 있도록 준비를 갖추었나이다."

――습격?

아인즈는 어쩌다 그렇게 됐냐고 생각하며 중얼거렸다.

"세바스에게는 명령을 전달하는 재주가 없군……. 습격할 필요는 없다. 이미 문제는 해결된 후이니. 그래, 너희를 지휘하는 것은 누구냐?"

"예. 아우라 님과 마레 님입니다. 데미우르고스 님, 샤르티아 님은 나자릭에서 경비를 맡으셨으며 코퀴토스 님은 나자릭 주변 경비에 들어가셨습니다."

"그랬군……. 그렇다면 숫자가 너무 많아도 방해만 될 테니, 아우라와 마레를 제외하고는 모두 철수시켜라. 너희 팔지도 암살충은 이번에 몇 명이 왔느냐?"

"총원 15명입니다."

"그렇다면 너희도 아우라, 마레와 함께 대기하라."

알겠다는 뜻으로 고개를 숙이는 팔지도 암살충에게서 아인즈는 다시 장례식으로 시선을 돌렸다. 마침 새로운 묘에 흙을 덮는 참이었는데, 두 소녀가 울음을 터뜨렸다.

장례식이 아직까지 끝날 기미가 보이지 않는다는 사실을 안 아인즈는 천천히 마을로 이어지는 길을 걸어갔다. 알베도와 죽음의 기사가 그 뒤를 따랐다.

장례식 때문에 중단되기도 했지만 아인즈가 주위의 정세나 어느 정도의 상식을 배웠을 무렵에는 꽤 긴 시간이 흐른 후였다. 촌장의 집을 나오니 저녁놀이 하늘을 뚜렷한 원색으로 물들이고 있었다. 옛 동료에게 은혜를 갚으려는 의미에서 시작된 구출극이었는데, 의외로 시간을 많이 빼앗긴 셈이다.

다만 그에 걸맞은 수확도 있었다는 생각이 들었다. 특히 이 세계를 알면 알수록 모르는 것이 늘어만 갔다. 그 사실을 파악할 수 있었던 것만으로도 충분했다.

아인즈는 아름다운 저녁놀을 멍하니 바라보며 해야 할 일을 깊이 생각했다.

세계의 정보를 다 모으지 못한 상태로 행동하기는 매우 위험했다. 그러기 위해 가장 좋은 수단은 모습을 감춘 채, 정보가 모일 때까지 은밀히 행동하는 것이다. 그러나 이 마을을 구해주면서 그 수단은 불가능해졌다.

만일 기사들을 전멸시켰다 해도 기사들이 속한 국가는 그 원인을 찾으려 들 것이다. 아인즈가 원래 있던 세계에서 과학수사가 발달했듯, 이 세계에서는 다른 수단을 사용하는 수사가 발달했을 가능성이 있다.

발달하지 않았더라도 살아남은 마을 주민이 있는 이상 아인즈에게도 수사의 손길이 미칠 가능성은 있다. 정보가 새어 나가지 않도록 대처하려면 나자릭 지하대분묘로 마을 사람들을 끌고 가는 방법도 있지만, 그랬다가는 마을이 속한 왕국에서 이 행위를 납치로 간주할 수 있다.

그렇기에 이름을 대고 기사들을 놓아준 것이었다.

여기에는 두 가지 노림수가 있었다.

우선 첫째. 나자릭 지하대분묘 안에 틀어박히지 않는 한, 머잖아 아인즈의 정보가 흘러나가리라 추측할 수 있다. 자신의 손으로 어느 정도 정보를 흘려 유도하는 편이 나으리라는 판단이었다.

둘째는 아인즈 울 고운이라는 인물이 주민들을 구하고 기사들을 죽인 사실은 널리 퍼졌으면 하는 정보이기 때문이다.

물론 그 소문이 도달했으면 하는 곳은 위그드라실의 플레이어들이다.

아인즈는 왕국, 제국, 법국 중 어느 한 국가에 몸을 의탁하고 싶었다.

다른 플레이어가 있다면 반드시 소문이 흘러갈 것이다. 그러나 아인즈가 나자릭이라는 조직을 동원해도 정보를 얻는 데는 고생이 따르고, 위험성도 지나치게 높다. 알베도 같은 NPC가 명령이라도 잘못 내리는 날에는 불필요한 상대를 적으로 만들 가능성도 있다.

정보를 입수한다는 점만을 보더라도 어딘가 한 나라의 산하로 들어가는 것은 매우 큰 장점이 있다.

게다가 나자릭 지하대분묘의 자치권을 지키기 위해서라도 큰 세력을 뒷배로 삼는 편이 좋다. 국가의 힘이 어느 정도인지 알 수 없는 이상 얕잡아 볼 수는 없다. 이 세계에서 한 개인이 어디까지 강해질 수 있는지를 파악하지 못했다는 것도 이런 생각에 박차를 가했다. 아인즈를 넘어서는 전투능력의 소유자가 이들 3개 국가 중에 없으리라는 보장도 없으 니까.

특정 국가의 일원이 된다면 단점도 이것저것 생각할 수있지만 장점도 클 것이다. 문제는 어떤 처지로 일원이 되는가였다.

노예 같은 처지는 솔직히 사양하고 싶었다. 헤롱헤롱님 같은 막장 회사의 일개 평사원은 질색이다. 그러기 위해서는 수많은 세력에 자신의 존재를 어필해야 한다. 그리고 처지와 대우를 잘 파악해 제일 좋은 곳으로 가야 한다.

이것이 이직의 기본이겠지.

그렇다면 어떤 시기에 관계를 맺어 행동을 개시해야 할까. 정보가 거의 없는 상황에서는 상대에게 약점을 잡힐지도 모른다.

여기까지 생각한 아인즈는 지친 듯 고개를 가로저었다. 지난 몇 시간 동안 엄청나게 머리를 썼다. 이제 더 이상은 궁리하기 싫었다.

"하아…… 이제 됐다. 이곳에서 해야 할 일은 끝났으니. 알베도, 철수하자."

"알겠습니다."

알베도에게서 무거운 공기가 배어나왔다. 위험이 전혀 느껴지지 않는 이 마을에서 알베도가 경계심을 품을 이유는 없다.

그렇다면 짚이는 구석은 단 한 가지. 아인즈는 목소리를 낮춰 알베도에게 말했다.

"……인간이 싫으냐?"

"좋아하지는 않습니다. 나약한 생물, 하등동물. 벌레처럼 짓밟아버리면 얼마나 깨끗해질까…… 하고. 아…… 예외인 아이도 하나 있습니다."

꿀처럼 달콤한 음성이었으나 내용은 가혹했다. 자애로운 여신 같은 알베도의 미모를 떠올리고, 전혀 어울리지 않는 말이라고 생각하며 아인즈는 타이르듯 말했다.

"그래……. 네 기분은 잘 안다. 그러나 지금은 냉정하게, 자상하게 행동하라. 연기하는 것도 중요하다."

알베도는 깊이 고개를 숙였다. 그 모습을 바라보며 아인즈는 번민했다. 지금은 알베도의 취향이 문제가 되지 않지만, 장래에도 그렇게 되리라는 법은 없다. 역시 부하의 취향을 파악하는 것도 필요한 사항 중 하나였다.

아인즈는 마음속에 그렇게 새겨놓고 촌장을 찾았다. 떠나기 전에 일단 예의를 차려 작별인사를 고하기 위해서였다.

촌장은 금방 발견할 수 있었다. 광장 한구석에서 마을 주민 몇 명과 진지한 얼굴로 무언가를 상담하는 중이었다. 다만 그 모습에서 위화감이 느껴졌다. 표정에 긴박감이 드러났다.

——또 귀찮은 일이 생겼나.

아인즈는 혀를 차고 싶었지만, 꾹 참고 촌장에게 다가갔다.

이왕 저지른 거 끝까지 가자는 심경으로.

"……무슨 일이라도 있습니까, 촌장님?"

촌장의 얼굴에 빛이 스며드는 것 같았다.

"오오, 아인즈 님. 사실은 이 마을에 말을 탄 전사풍의 사람들이

다가오고 있다고 해서…….”
“그랬군요…….”
촌장이 겁먹은 듯 아인즈에게 시선을 보냈다. 그 자리에 있던 다른 주민들도 마찬가지였다.
아인즈는 그 시선을 받으며 안심시키려는 듯 손을 슬쩍 들었다.
“제게 맡기십시오. 살아남은 주민들을 촌장님의 집으로 속히 모아 주시기 바랍니다. 촌장님은 저와 함께 광장으로 가시지요.”
종을 쳐 마을 주민들을 모으는 한편 죽음의 기사는 촌장의 집 부근에, 알베도는 자신의 뒤에 배치했다.
아인즈는 겁먹은 촌장의 불안을 불식시켜주려는 듯 밝은 목소리로 타일렀다.
“안심하십시오. 이번에는 특별히 공짜로 도와드릴 테니까요.”
떨림이 조금 전보다도 약해지더니 촌장은 쓴웃음을 지었다. 각오를 한 것일지도 모른다.
이윽고 마을 한복판을 가로지르는 길 끄트머리에 여러 기의 기병이 모습을 드러냈다. 기병들은 대열을 짜고 조용히 광장으로 들어왔다.
“무장에 통일성이 없고 각자 나름대로 개조를 했군……. 정규군이 아닌가?”
기병들을 관찰하던 아인즈는 그들의 무장에 위화감을 느꼈다.
아까 제국의 문장을 지녔던 기사들은 완전히 통일된 중무장이었다. 그에 반해 이번에 온 기병들은 갑옷을 입기는 했지만 각자 쓰기 편하게 모종의 변화를 주었다. 일부분을 가죽갑옷으로 대체하거나, 강철 장갑판을 떼어내고 사슬갑옷을 드러내는 등으로.

투구는 쓴 자도 있고 쓰지 않은 자도 있다. 공통점이라 할 만한 것은 모두 얼굴을 드러냈다는 점이었다. 같은 구조의 검을 차기는 했지만 그 이외에는 활이며 한손창이며 메이스 등 각자 다양한 예비무기까지 준비해놓았다.

좋게 말하면 역전의 전사 집단. 나쁘게 말하면 무장의 통일성이 없는 용병 집단이었다.

이윽고 기병 일동은 말을 탄 채 광장으로 들어왔다. 숫자는 스무 명. 죽음의 기사를 경계하며 촌장과 아인즈 앞에서 멋지게 대열을 맞춰 섰다. 그 가운데에서 한 사내가 말을 앞으로 몰아 천천히 다가왔다.

이 집단의 리더인지 특히 눈에 뜨일 정도로 굴강한 사내였 다.

그의 시선은 촌장을 가볍게 지나가 죽음의 기사에게 머물렀다가 알베도에게 움직였다. 그리고 그곳에 잠시 못 박힌듯 오랜 시간 머무른다. 그러나 직립부동한 채 꼼짝도 하지 않는 것을 확인하자 사내는 쏘아보듯 날카로운 시선을 아인즈에게 보냈다.

폭력을 생업으로 삼는 공기로 가득 찬 그런 사내의 시선을 받아도 아인즈는 태연히 서 있었다. 그 정도로는 아인즈의 마음에 파문이 일지 않는다.

아인즈가 원래 그런 시선에 강한 것이 아니다. 단순히 이 육체 덕일 것이다. 아니면 위그드라실이라는 게임의 능력을 사용한다는 데에서 비롯된 자신감일지도 모른다.

만족했는지 사내가 무겁게 입을 열었다.

"——나는 리 에스티제 왕국의 왕국전사장 가제프 스트로노프다. 이 인근을 어지럽히고 다니는 제국의 기사들을 토벌하기 위해 전하의 명령을 받들어 뭇 마을을 순찰하는 중이다."

조용하고도 깊은 목소리가 광장에 울려 퍼지고, 아인즈의 뒤에 있던 촌장의 집에서도 술렁거리는 소리가 들렸다.

"왕국전사장……."

"……어떤 인물입니까?"

중얼거리는 촌장에게 아인즈가 물었다. 조금 전에 들은 정보에서는 이 인물의 이야기가 없었다는 짜증을 조금 담아서.

"상인들의 이야기에 따르면 과거 왕국 어전시합에서 우승을 거둔 인물이며, 전하의 직속 정예부대를 지휘하는 분이라고 합니다."

"눈앞에 있는 자가 정말 그 사람 본인입니까?"

"……모르겠습니다. 저도 소문만 들었을 뿐이라서."

아인즈가 가만히 살피니 정말로 기병들은 모두 가슴에 같은 문장을 새겨놓았다. 촌장의 이야기에 나왔던 왕국의 문장처럼 보였다. 그렇다고는 하나 덮어놓고 믿기에는 다소 정보가 부족했다.

"이 마을의 촌장이오?"

가제프의 시선이 아인즈에게서 비껴나가 촌장을 향했다.

"옆에 계신 분은 누구인지 가르쳐 주기 바라오."

입을 막 열려던 촌장을 제지하고, 아인즈는 가볍게 고개를 숙여 자신을 소개했다.

"그럴 필요는 없습니다. 처음 뵙겠습니다, 왕국전사장님. 저는 아인즈 울 고운이라 하며, 이 마을이 기사들에게 습격을 당했기에 조금 도움을 드렸던 매직 캐스터입니다."

그 말을 들은 가제프는 말에서 뛰어내렸다. 그가 몸에 걸친 금속

갑옷이 철컹 소리를 내고, 이어서 자세를 바로 한 가제프는 천천히 고개를 숙였다.

"이 마을을 구해주셔서 무어라 감사의 말을 드려야 할지 모르겠소."

공기가 술렁거렸다.

왕국전사장이라는 지위까지 오른, 아마도 특권계급에 속한 인물이 신분도 밝히지 않은 아인즈에게 경의를 표했으니, 신분의 차이가 뚜렷한 이 세계에서는 경악할 일이었으리라. 애초에 인권이라는 것이 이 나라에는——어쩌면 이 세계 전체에는——뚜렷하게 확립되지 않았다. 몇 년 전까지는 노예로 인간을 사고파는 나라까지 있었다니 당연한 노릇이다.

그렇게 인간과 인간이 전혀 대등하지 않음에도, 가제프는 일부러 말에서 내려와 아인즈에게 고개를 숙였다. 그 사실이 가제프의 인품을 웅변해 주었다. 왕국전사장이라는 것도 거짓말은 아니리라. 아인즈는 그렇게 판단했다.

"……아닙니다. 사실은 저도 보수를 노리고 한 행동이니, 괘념치 마십시오."

"흐음, 보수라. 그렇다면 모험자이신지?"

"그 비슷한 자입니다."

"흠…… 알겠소. 상당히 실력이 뛰어난 모험자로 보이는데…… 과문한 탓에 고운 공의 존함은 들어본 적이 없구려."

"여행 도중 우연히 들렀을 뿐인지라 이름이 알려졌을 이유가 없습니다."

"……여행 도중이라. 우수한 모험자의 시간을 빼앗는 것도 다소

저어되오나, 마을을 습격한 불쾌한 자들에 대해 자세히 설명을 들려주셨으면 하오."

"물론 기꺼이 말씀드리겠습니다, 전사장님. 이 마을에 온 기사들은 대부분 목숨을 빼앗았습니다. 한동안은 설치지 않으리라는 것이 저의 소견입니다. 그 부분에 대해서도 설명이 필요하신지요?"

"목숨을 빼앗았다……. 귀공께서 죽인 것이오, 고운 공?"

가제프의 말을 듣고 아인즈는 이 세계의 호칭이 일본식이 아닌 서양식임을 깨달았다. 성 뒤에 이름이 오는 것이 아니라 이름 뒤에 성이 오는 것이다. 촌장에게 아인즈라 불러달라고 했을 때 이상한 얼굴을 한 이유를 깨달았다. 별로 친하지도 않은 사람이 이름으로 불러달라고 하면 분명 그런 표정을 지을 것이다.

실수를 깨닫기는 했지만, 아인즈는 사회인이라는 두꺼운 가면으로 이를 덮어버렸다.

"……그렇다고도 할 수 있고, 그렇지 않다고도 할 수 있지요."

그 애매모호한 대답에 담긴 뉘앙스를 날카롭게 감지한 가제프의 시선이 움직였다. 그리고 쳐다본 것은 죽음의 기사.

그의 주위에 피어나는 미미한 피 냄새를 민감하게 느꼈으리 라.

"잠시 두 가지만 여쭙고 싶소이다만…… 저것은 무엇이오?"

"저것은 제가 만들어낸 서번트입니다."

감탄한 목소리와 함께 날카로운 시선이 아인즈의 온몸을 관찰하듯 움직였다.

"하오면…… 그 가면은?"

"매직 캐스터의 사정 때문에 쓰고 있는 것입니다."

"가면을 벗어주실 수 있겠소?"
"거절하겠습니다. 저 녀석이——."
아인즈는 죽음의 기사를 가리켰다.
"폭주라도 했다간 문제가 될 테니까요."
깜짝 놀란 표정을 지은 것은 죽음의 기사가 얼마나 무시무시한지를 잘 아는 촌장이었다. 그리고 촌장의 집에서 이 대화를 듣고 있던 주민들도. 그들의 표정과 분위기가 급격히 변한 것을 보고 느끼는 바가 있었는지, 가제프는 무겁게 고개를 끄덕였다.
"그렇다면 벗지 않는 편이 좋겠구려."
"고맙습니다."
"하오면——."
"그 전에. 실례지만 이 마을은 제국의 기사들에게 습격을 당한지 얼마 지나지 않아, 여러분께서 무기를 들고 계시면 주민 여러분이 조금 전의 공포를 느끼지 않을까 합니다. 그러니 광장 구석에 무기를 놓아두신다면 모두들 안심하지 않겠습니까?"
"……옳은 말이오. 하지만 이 검은 전하께서 하사하신 것인지라, 전하의 명령 없이는 몸에서 뗄 수 없는 물건이오."
"——아인즈 님, 저희는 괜찮습니다."
"그렇습니까, 촌장님? ……전사장님, 매우 큰 결례를 저질렀습니다. 용서해 주십시오."
"아니오, 고운 공. 그대의 생각은 지극히 옳소. 나도 이 검이 전하께서 하사하신 것이 아니라면 기꺼이 내려놓았을 것이오. 자, 그럼 의자에라도 앉아 자세한 이야기를 들려주시겠소? 그리고 만약 상관없다면 시간이 시간인 만큼 이 마을에서 하룻밤 쉬어갔으면 하오만…….”

“알겠습니다. 그럼 그 이야기도 포함해 저희 집에서 말씀을 나누시면——.”

촌장이 막 대답했을 때, 한 기병이 광장으로 달려왔다. 숨을 크게 헐떡이는 모습이 그가 가져온 정보가 얼마나 막중한지를 알려주었다.

기병이 큰 소리로 긴급사태를 알린다.

“전사장님! 마을 주위에서 수상한 인원을 다수 확인했습니다. 마을을 포위하는 형태로 접근 중입니다!”

3

“전원 주목.”

조용하고도 평탄한 목소리가 전원의 귀에 쏙 파고든다.

“사냥감은 우리에 들어갔다.”

목소리의 주인은 한 사내였다. 별다른 특징은 없다. 얼굴 생김새도 인파 속에 파묻힐 만큼 평범한 것이었다. 다만 감정이 하나도 느껴지지 않는 인공물 같은 까만 눈동자와 뺨을 내달리는 한 줄기 상처를 제외한다면.

“그대들의 신앙을 신께 바치라.”

전원이 묵도를 올렸다. 그것은 신에게 바치는 기도를 단축한 것이었다.

타국 영내에서 공작 임무를 수행할 때인데도 기도를 바치는 시간이 필요하다. 그것은 여유가 아니라 그들의 신앙심이 얼마나 투철한지를 보여주는 것이었다.

슬레인 법국을 위해, 신을 위해 일하는 그들의 신앙심은 법국의 일반인보다도 훨씬 깊다. 그렇기에 망설임 없이 냉혹한 행위를 저지를 수 있으며 죄책감도 느끼지 않는다.

기도를 마친 전원의 눈동자가 유리알처럼 바뀌었다.

"개시."

단 한마디.

그것만으로 전원이 일사불란하게 마을을 포위하는 형태를 갖춰나간다. 끊임없는 훈련의 결과임이 느껴지는 움직임이었다.

그들은 슬레인 법국에서도 그림자처럼 떠도는 소문으로밖에 존재를 확인할 수 없다는, 합법적이지 않은 활동을 주로 수행하는 부대. 슬레인 법국 신관장(神官長) 직속 특수공작부대군 육색성전(六色聖典) 중 하나. 아인종 촌락 섬멸 등이 기본 임무인 양광성전(陽光聖典)이었다.

슬레인 법국에 존재하는 6개 특수공작부대 중에서도 가장 전투행위가 많은 이들 양광성전에 속한 자들의 수는 오히려 매우 적었다. 예비병력을 포함해도 모두 합쳐 100명이 되지 않을 정도였다. 이 규모는 양광성전으로 가는 문이 얼마나 좁은지를 보여주는 것이기도 했다.

우선 최하 제3위계에 해당하는 신앙계 마법—— 일반 매직 캐스터가 도달할 수 있는 최고 수준의 마법을 구사할 수 있어야 한다. 나아가 육체능력과 정신능력이 뛰어나야 하며, 투철한 신앙심이 요구된다.

다시 말해 엘리트 중의 엘리트 전사라고 할 수 있는 자들이었다.

그런 부하들이 흩어져가는 모습을 눈으로 좇으며 사내는 숨을 가늘게 토해냈다. 이미 산개가 끝나 이곳에서는 그들의 거동을 확인하기도 어렵다. 그러나 짐승을 가두기 위한 '우리'가 완벽하게 구축되었다는 데에는 의심의 여지가 없었 다.

양광성전 대장 니군 그리드 루인은 임무의 성공이 눈앞으로 다가왔음을 느끼고 안도했다.

그들 양광성전은 첩보나 야외활동에 탁월한 부대가 아니었다. 그런 이유로 기회를 놓친 것이 네 차례. 그때마다 들키지 않도록 주의를 기울이며 가제프 휘하 왕국전사단을 추적했다. 이번에도 놓친다면 앞으로 얼마나 더 가제프의 뒤를 추적해야 할지 알 수 없었다.

"다음에는…… 다른 부대에 협력을 요청하거나, 아예 그쪽에 맡겨야겠지."

그런 니군의 푸념에 대답하는 목소리가 있었다.

"지당한 말씀입니다. 저희의 주특기는 섬멸이니까요."

그는 기점이 되는 니군을 호위하는 임무도 겸해 이 자리에 남은 부하 중 하나였다.

"그런 의미에서 이번 임무는 다소 이례적이군요. 중요한 임무이니 풍화성전(風花聖典)의 협조가 있어도 이상하지 않은데……."

"그 말이 옳다. 어째서 우리만 나서야 하는지는 알 수 없다만, 좋은 공부가 되기도 했지. 앞으로도 훈련의 일환으로 적진 내의 첩보활동을 집어넣는 것도 나쁘지 않겠어. 아니, 어쩌면 그런 목적도 있었는지 모르겠다."

말은 그렇게 했지만 니군은 이런 임무가 다시 떨어질 가능성이 없음을 알고 있었다.

이번에 주어진 임무는 '왕국 최강자이며 주변 국가에서도 어깨를 견줄 자가 없다는 전사 가제프 스트로노프의 말살'이었다. 양광성전의 임무가 아니라 영웅급 능력을 지닌 자만으로 구성되었다는 법국 최강의 특수부대 칠흑성전(漆黑聖典)이 나설 차례였다. 일반적인 상황이라면. 하지만 이번에는 그럴 수 없었다.

극비이기 때문에 부하들에게는 말할 수 없었으나 니군은 그 이유를 당연히 알고 있다.

칠흑성전은 파멸의 용왕Catastrophe Dragon Lord이 부활할 것을 대비해 진정한 신기 '케이 세케 코크'를 경호하고 있으며, 풍화성전은 무녀공주의 신기를 빼앗아 달아난 배신자를 최우선 목표로 추적하는 중인지라 이쪽에 힘을 빌려줄 여력이 없었다.

니군은 자신도 모르게 자신의 뺨에 난 상처를 손가락으로 매만졌다.

과거, 단 한 번 무참하게 패주했던 기억을 떠올리며. 그리고 이 상처를 만든, 칠흑의 마검을 든 여자의 얼굴이 뇌리에 떠올랐다.

본디 치유 마법은 흉터를 완전히 없애 주지만, 자신의 패배를 잊지 않도록 자신의 의지로 남겨둔 것이었다.

"청장미, 그 계집……."

그 계집도 가제프와 같은 왕국 사람이다. 다만 용서할 수없는 것은 그 여자도 신관이라는 점. 그릇된 신을 신앙하는 것도 모자라 아인종의 마을을 공격하려는 니군의 부대를 가로막는다. 그리고 그것을 선행이라고 착각하는, 대국을 보지 못하는 어리석은 자.

"……약한 자는 자신을 지키기 위해 온갖 수단을 동원해야만 하거늘, 그것조차 모르는 어리석은 것."

유리알 같은 눈동자에 깃든 분노를 민감하게 감지한 부하가 황급히 끼어들었다.

"하, 하오나 왕국도 참 멍청하군요."

니군은 아무 대답도 하지 않았지만 찬성은 했다.

가제프는 강하다. 그렇기에 약하게 만들기 위해 그의 무장을 뜯어내는 수단을 택했다.

왕국은 왕과 귀족의 양대 파벌로 나뉘어 정권 다툼을 되풀이했다. 그 때문에 왕당파 중에서도 무시할 수 없는 영향력을 지닌 가제프를 제거하기 위해서라면 귀족 파벌은 별로 깊이 생각하지도 않고 행동을 저지르기 십상이었다. 설령 어느 나라의 공작원이 그렇게 되게끔 생각을 유도한 결과라 해도.

원래는 평민이었으며 검술 실력만으로 전사장의 자리에 올라간 자인 만큼 귀족들에게 특히 미움을 받는다는 것도 요인 중 하나였지만.

그리고 그 결과는 눈앞에 있다.

왕국은 자신의 손으로 최강의 무기를 없앴다. 니군이 보기에는 어리석기 그지없는 짓이었다.

그들—— 슬레인 법국에도 크게 여섯 개의 파벌이 있지만, 거의 서로 협조하며 행동한다. 그 이유 중 하나는 서로가 서로의 신에게 경의를 보이기 때문이다. 그리고 이 세계에는 인간 이외의 종족이나 몬스터가 잔뜩 있으므로 통솔이 이루어지지 않고서는 위험하다는 사실을 알기 때문이기도 했다.

"……그렇기에 옳은 가르침에 따라 같은 길을 가야만 하는 것이다. 인간은 다투어서는 안 되며 함께 나아가야 한다."

그렇기에 희생되어야 하는 것이다. 가제프라는 사내는.

"……해치울 수 있을까요?"

니군은 부하의 불안을 웃어넘기려 하지 않았다.

이번 사냥감은 왕국전사장——주변 국가에서 최강이라고 불리는 전사 가제프 스트로노프였다.

고블린의 거대한 촌락을 습격해 전멸시키는 것보다도 어려운 목표였다. 그렇기에 부하들의 불안을 없애고자 조용히 대답했다.

"문제없다. 그자는 왕국의 보물을 소지하도록 허가를 받았지만 이번에는 장비하지 않았으니까. 그것이 없으면 그자를 죽이기는 쉽…… 아니, 이 절호의 기회를 놓쳤다가는 그자를 말살하기란 불가능하다."

왕국전사장 가제프 스트로노프는 최강의 이름으로 알려진 전사이지만, 그것은 본인의 기량 외에도 다른 이유가 있다.

그것이 바로 왕국에 전해지는 다섯 보물. 아직까지는 네 개밖에 확인되지 않았지만, 이를 모두 장비할 수 있기 때문이 다.

피로를 없애주는 활력의 건틀릿Gauntlet of Vitality, 항상 부상을 치료해 주는 불멸의 부적Amulet of Immortal, 치명적인 일격을 피하게 해 준다는 최고 경도의 금속 '아다만타이트'로 만든 수호의 갑옷Guardian, 오로지 예리함만을 추구해 마법을 부여하여 갑옷마저도 버터처럼 가른다는 마법의 검 체도칼날Razor Edge.

이런 보물 덕분에 공방 양면에서 어마어마한 힘을 발휘하는 가제프 스트로노프는 니군도 정면에서 싸워 이길 수 없었다. 아니, 인간종 중에는 그를 이길 존재가 거의 없을 것이다. 하지만 보물들이 없다면 승산은 얼마든지 있다.

"게다가…… 우리에게는 비밀병기가 있다. 절대 질 이유가 없는 승부다."

니군은 자신의 품을 가만히 매만졌다.

이 세계에는 파격적인 매직 아이템이 세 종류 존재한다.

첫째는 500년 전, 눈 깜짝할 사이에 대륙을 지배했던 팔욕왕(八欲王)이 남긴 '유물'.

둘째는 팔욕왕에게 멸망당하기 전까지는 대륙을 지배했던 용Dragon, 그중에서도 최고위인 용왕Dragon Lord들의 마법으로 만들어졌다는 '용의 비보(秘寶)'.

그리고 마지막이 슬레인 법국의 토대를 만든, 600년 전에 강림했다는 육대신(六大神)――그들이 남긴 것으로 여겨지는 '지보(至寶)'였다.

그리고 니군이 품에 간직한 것은 슬레인 법국에서도 얼마 보유하지 못한 지보 중 하나, 필승의 비밀병기였다.

니군은 팔에 감아놓은 강철 밴드를 확인했다. 그곳에 떠오른 숫자가 정해진 시각이 지났음을 가리켰다.

"그러면…… 작전을 개시하겠다."

니군, 그리고 그 자리에 있던 부하들이 마법을 발동했다.

그들이 익힌 것 가운데 최고위에 속하는 천사 소환 마법을.

*

"그렇군…… 정말로 있어."

집 뒤에서 가제프는 기병이 보고한 자들을 살폈다.

볼 수 있는 범위에서는 세 명. 각자 같은 간격을 유지하면서 천천히 마을을 향해 걸어온다.

손에 무기는 없었으며 중후한 무장을 갖추지도 않았다. 그렇다고 해서 쉽게 죽일 수 있다는 뜻이 아니었다. 매직 캐스터는 중무장을 싫어해 가벼운 방어구만을 걸치는 자가 많다.

다시 말해 저들도 그 부류에 속할 것이다.

무엇보다 그들의 곁에 나란히 선 채 허공에 떠서 빛을 발하는 날개 달린 존재가 이 사실을 웅변해 주었다.

천사.

이계에서 소환된 것으로 보이는 몬스터이며, 신을 섬긴다고 믿는 자도 많다. 특히 슬레인 법국에서는.

진위는 불분명하지만, 왕국 신관은 단순히 소환된 몬스터의 일종일 뿐이라고 단언한다. 그런 종교논쟁 또한 국가 간에 갈등이 일어나는 이유 중 하나이지만, 가제프가 보기에는 뭐가 됐든 상관없는 문제였다. 가제프에게 중요한 것은 몬스터의 힘과 능력이었다.

가제프가 아는 한 천사, 그리고 그들과 동격이라고 하는 악마는 마법으로 소환된 비슷한 수준의 몬스터에 비해 약간 더 강하다. 다양한 특수능력에 마법도 몇 가지 쓸 수 있기에 가제프의 종합 평가로는 '귀찮은 적'에 속했다.

그러나 천사의 종류에 따라서도 다르긴 하지만, 절대로 이기지 못할 상대는 아니었다.

이번 천사는 빛나는 가슴받이를 장비했으며 손에 든 롱 소드는 홍련의 불꽃을 뿜어낸다. 가제프가 모르는 천사였다.

지식이 없어 능력을 헤아리지 못하고 있는 가제프에게, 함께 동태를 살피러 왔던 아인즈가 물었다.

"대체 저들은 누구이며 목적은 무엇입니까? 이 마을에 그렇게 가치가 있는 것 같지는 않습니다만."

"고운 공에게 짐작 가는 바가 없고…… 이 마을을 노리는 것이 아니라면, 해답은 하나뿐이오."

아인즈와 가제프의 시선이 교차했다.

"전사장님은 미움을 받고 계시는군요."

"전사장이라는 지위에 오른 이상 어쩔 도리가 없소만…… 정말로 난감하게 됐구려. 아무튼 천사를 소환하는 매직 캐스터가 저만큼 있는 것을 보면 상대는 아마도 슬레인 법국 소속일 터. …… 그것도 이러한 임무에 종사하는 것을 볼 때 해답은 특수공작부대요……. 소문으로만 들었던 육색성전이겠지. 숫자로도 실력으로도 저쪽이 우세하겠는걸."

귀찮게 됐다는 어조로 가제프는 어깨를 으쓱했다. 매우 침착한 태도였으나 태도에서 강한 조바심이 드러났다. 그와 함께 분노도.

"귀족 놈들을 움직여 무장까지 뜯어내고 공격하다니, 놈들도 고생이 많군. 그 뱀 같은 작자까지 궁정에 있었다면 일이 더 꼬였을 테니 이쯤에서 그친 걸로 행운이라고 판단해야 하려나. 그건 그렇다 쳐도 설마 슬레인 법국까지 날 노릴 줄은 몰랐는데."

코웃음을 친다.

하지만 너무 수가 부족하다. 준비가 없다. 대책을 강구할 여지가 없다. 하나에서 열까지 없는 것뿐이다. 그러나 그런 가운데 비밀 병기가 될 만한 존재가 하나 있긴 했다.

"……저건 불꽃의 상위천사Archangel Flame? 외견은 매우 비슷한데…… 왜 똑같은 몬스터가 있지? 소환 마법이 같나? 그렇다면……?"

중얼거리는 아인즈에게 눈을 돌린 가제프는 미미한 희망을 품고 물어보았다.

"고운 공. 혹시 그대를 고용할 수 있겠소?"

대답은 없었다. 그저 가면 속에서 응시하고 있음이 강하게 느껴졌다.

"보수는 원하는 대로 주겠소."

"……거절하겠습니다."

"……공께서 소환하신 저 기사만 빌려주셔도 괜찮소만?"

"……그것도 거절하겠습니다."

"그런가……. 왕국의 법으로 강제 징집한다면 어떻겠소?"

"가장 어리석은 선택을 하는군……이라고 폭언을 내뱉을 마음은 없습니다만, 국가권력을 포함해 모종의 힘을 행사하신다면 저도 다소 저항을 할 수밖에요."

두 사람은 서로를 노려보았다. 먼저 시선을 돌린 사람은 가제프였다.

"……무섭군. 슬레인 법국 놈들과 맞붙기 전에 전멸당하겠어."

"전멸이라니…… 농담도 잘하십니다. 하오나 이해해 주셔서 기뿐 따름입니다."

고개를 숙이는 아인즈를 가제프는 눈을 가늘게 뜨고 관찰했다.

조금 전의 말은 농담이 아니었다. 이 매직 캐스터를 상대하는 것은 매우 위험하다고, 직감이 아우성치고 있었다. 특히 목숨의 위기가 닥쳤을 때는 직감이 어수룩한 생각보다도 신뢰할 수 있다.

——정체가 뭘까.

가제프는 그렇게 생각하며 아인즈의 기이한 가면을 바라보았다. 저 가면 안에 감추어진 얼굴은 대체 어떤 얼굴일까.

자신이 아는 모습일까, 아니면……?

"왜 그러시는지요? 가면에 뭐라도 묻었습니까?"

"아, 아니오. 희한한 가면이라고 생각했을 뿐. 이걸로 저 몬스터를 지배하다니…… 상당히 뛰어난 마법 아이템……이라 생각해도 되겠소?"

"예. 매우 희소가치가 높은 아이템입니다. 이제는 절대 입수할 수 없는 특별한 물건이기도 하지요."

소지한 마법 아이템의 가치가 높다면 이자의 능력 또한 뛰어날 것이다. 그렇게 생각하면 아인즈는 매우 실력이 뛰어난 매직 캐스터겠지만, 그런 인물의 지원을 받지 못한다는 사실에 가제프는 암담한 기분이었다.

그러는 한편 모험자인 그가 단 한 가지 의뢰를 받아주지 않을까 하는 갈망도 생겨났다.

"……언제까지 이러고 있어 봤자 의미가 없겠지. 그렇다면 고운 공, 건강하시길 빌겠소. 이 마을을 구해주셔서 감사드리오."

가제프는 건틀릿을 벗어선 아인즈의 손을 잡았다. 예의를 아는 자라면 건틀릿을 벗어야 하겠지만 아인즈는 그러지 않았다. 그러나 가제프는 그러한 점은 개의치 않았다. 아인즈의 손을 두 손으로 꽉 쥐고 진심에서 우러난 생각을 토로했 다.

"정말로, 정말로 감사드리오. 무고한 백성들을 폭거의 폭풍에서 훌륭히 지켜주시었소! 그리고…… 이기적인 부탁이오만, 다시 한 번만 마을 주민들을 지켜주셨으면 하오. 지금 이 자리에서 드릴 만한 물건은 없소만, 이 스트로노프의 청을 부디…… 부디 들어주셨으면 하오."

"그건……."

"만일 왕도에 오시는 날이 있다면 원하시는 대가를 치러 드리겠다고 약속하오. 가제프 스트로노프의 이름을 걸고."

손을 뗀 가제프가 무릎을 꿇으려 했지만, 아인즈가 이를 만류했다.

"그렇게까지 해주실 필요는 없습니다만…… 알겠습니다. 마을 주민들을 반드시 지켜내지요. ……아인즈 울 고운의 이름을 걸고."

이름을 건 맹세에 가제프의 마음이 가벼워졌다.

"감사드리오, 고운 공. 그렇다면 이제 뒷일은 걱정이 없을 테니 나는 앞만 보고 달려가겠소."

"…………그 전에 이것을 가지고 가십시오."

무슨 생각을 했는지, 아인즈는 미소를 짓는 가제프에게 무언가를 내밀었다. 받아들고 보니 기이한 형태를 한 작은 조각인데, 특별한 것이라는 생각은 들지 않았다. 그러나——.

"그대가 준 것이니 고맙게 받겠소. 하오면 고운 공, 아쉽지만 나는 이만 가봐야겠소."

"……해가 진 다음 어둠을 이용할 생각은 없습니까?"

"〈암시〉 같은 마법도 있으니, 어둠이 우리에게 불리할 수는 있어도 상대에게도 불리할 가능성은 없을 거요. 게다가…… 우리가 도망치는 것을 놈들이 눈으로 확인해야만 하니."

"……그렇군요. 한 왕국의 전사장다우신 생각에 감복했습 니다. 무운을 빌겠습니다, 전사장님."

"고운 공도 무사히 여행을 마치시길 빌겠소."

가제프의 뒷모습이 조그맣게 줄어들 때까지 아인즈는 잠자코 지켜보았다. 주인의 분위기에서 무언가를 느꼈는지, 시간이 촉박한데도 알베도는 아무 말을 하지 않았다.

"하아……. 초면인 사람에게는 벌레를 대하는 정도의 친근감밖에는 없지만…… 아무래도 이야기를 나누다 보면 작은 동물 정도의 애착은 생기는군."

"그래서 고귀한 이름까지 쓰시면서 약속을 하셨던 것이군 요."

"그럴지도……. 아니, 죽음을 각오하고 나아가는 사람의 의지에……."

동경을 느꼈다.

자신과는 달리, 강한 의지에.

"……알베도, 주위 서번트들에게 명령을 전달하라. 복병을 확인하고, 만약 있다면 의식을 빼앗도록."

"즉시 실행하겠나이다. ……아인즈 님, 촌장이 옵니다."

알베도의 시선을 따라가자 촌장이 주민 둘을 데리고 이쪽으로 뛰어오는 참이었다.

긴장과 불안에 사로잡힌 촌장 일행은 숨을 헐떡거리기는 했지만 아인즈 앞에 도착하자마자 입을 열었다. 호흡을 가다듬는 시간조차 아쉬워하는 것 같았다.

"아인즈 님, 저희는 어떻게 하면 좋습니까? 왜 전사장님은 저희를 지켜주지 않고 마을을 떠나는 겁니까?"

촌장의 말에 담긴 것은 공포만이 아니었다. 버림을 받았다는 생각이 분노로 바뀌기 시작했다.

"저 행동은 옳은 것입니다, 촌장님. 이 마을로 다가오는 자들의 목적은 전사장님이었습니다. 이곳에 전사장님이 계시면 마을이 전장으로 바뀔 테고, 그들도 주민들을 그냥 놔두지는 않겠지요. ……전사장님이 이 마을에 계시지 않는 편이 여러분께는 득이 되는 겁니다."

"전사장님이 마을을 떠나신 데에는…… 그런 이유가 있었군요! ……그, 그러면 저희는 이대로 있는 편이……?"

"그렇지는 않습니다. 전사장님 다음에는 이 마을의 생존자들을 노릴 테지요. 이 포위망이 있는 한 도망칠 수는 없겠지만…… 전사장님을 공격하기 위해선 전원이 덤벼들어야 할 테고, 그때가 바로 도망칠 기회가 될 것입니다. 그 틈에 달아납시다."

그렇기에 그는 일부러 눈에 띄도록 달아난 것이었다. 적이 자신을 집중공격하도록, 미끼가 되기 위해.

비록 아인즈가 언급하지는 않았지만 전사장에게는 승산이 별로 없다는 사실을 깨달은 촌장은 시뻘겋게 물든 얼굴을 푹 숙였다.

전사장은 촌장을 비롯한 주민들이 도망칠 기회를 만들어 주고자, 목숨을 버릴 각오로 전장으로 나갔다. 그것을 이해하지도 못한 채 이기적으로 착각한 나머지 화까지 내다니. 그런 자신이 부끄러웠으리라.

"이럴 수가…… 저는 그저 저희 생각만 하고……. 아인즈 님, 저희가 어떻게 했어야 좋았을까요?"

"무슨 말씀이신지요?"

"저희는 숲 부근에 살기는 했지만 이제까지 몬스터에게 습격당한 적도 없었습니다. 그저 운이 좋았을 뿐인데도 안전하다 착각하고, 방어할 수단조차 잊은 채, 그 결과 이웃을 잃고 전사장님을 방해했으니……."

촌장만이 아니라 뒤에서 따라온 주민들의 얼굴에도 회한이 가득했다.

"그건 어쩔 수 없는 노릇입니다. 상대는 전투로 먹고사는 자들인데, 오히려 저항했다가는 제가 오기 전에 모두 죽었을지도 모르지요."

아인즈는 부드럽게 말을 건네기는 했지만, 사실 촌장 일행의 침통한 마음이 위안을 받는 기색은 조금도 느끼지 못했다. 사실 누가 뭐라고 해서 풀릴 문제는 아니었다. 시간이 해결해주리라 기도할 수밖에.

"촌장님, 시간이 별로 없습니다. 전사장님의 각오를 헛되이 하지 않기 위해서라도 행동을 시작하는 것이 좋겠습니다."

"그, 그렇군요. ……아인즈 님은 어떻게 하실 생각이십니까?"

"……저는 상황의 추이를 지켜보다가 기회를 틈타 여러분을 지키며 탈출할 생각입니다."

"이렇게 거듭 폐를 끼쳐드리다니……."

"마음에 두지 마십시오. 전사장님과 약속했으니까요. ……아무튼 주민들을 모두 커다란 가옥에 모아 주십시오. 제 마법으로 미미하나마 방어진을 펼쳐 보겠습니다."

4

말의 흥분이 두 다리에서 전해졌다.

설령 군마로 훈련된 말이라 해도, 아니 그런 말이기에 더더욱 이제부터 뛰어들 사지를 느낀 것이리라.

상대는 겨우 45명밖에 되지 않는데도 마을 주위를 크게 에워싸듯 전개하고 있었다. 때문에 간격은 크게 벌어졌지만, 모종의 수단으로 완벽한 우리를 구축했을 것이다.

즉, 확실한 함정. 뛰어들었다간 죽음의 아가리를 벌릴 터.

그 사실을 파악했으면서도 가제프가 취한 수단은 강행돌파였다. 아니, 지금은 그것밖에 방법이 없었다.

원거리전으로는 승산이 없다. 원거리전에 뛰어난 실력을 갖춘 궁수 같은 병과가 있다면 이야기가 다르지만, 그렇지 않고서는 매직 캐스터와의 원거리전은 반드시 피해야 한다.

농성전은 말할 필요도 없이 어리석은 짓. 돌로 쌓은 중후한 요새가 있다면 모르겠지만, 목제 주거로는 마법을 막을 수나 있을지 불안하다. 자칫하다간 집과 함께 불에 탈 가능성도 있다.

남은 것은 외도(外道)라 할 수 있는 수단 하나뿐.

마을을 전장으로 삼아 아인즈 울 고운에게도 피해가 미치도록 싸워 강제로 참전시키는 방법.

하지만 그런 방법을 선택한다면 이 마을에 온 의미가 모두 사라지고 만다. 그렇기에 가제프는 가시밭길을 가도록 명령했다.

"적에게 일격을 가해 마을의 포위망을 이쪽으로 끌어들인 다음 후퇴한다. 그 타이밍을 놓치지 마라."

부하들의 힘찬 대답을 등으로 들으며 가제프는 눈살을 찡그렸다.

여기서 몇 명이나 생환할 수 있을까.

잠재력은 뛰어나다 해도 타고난 이능── 탤런트(Talent)를 지닌 것은 아니다. 그저 가제프의 훈련에 끝까지 따라와 준, 끊임없는 노력의 결정체. 잃어버리기에는 너무나도 아까웠다.

가제프가 어리석은 방법을 택했다는 것을 알면서도 동행해 준 부하들. 그들을 끌어들이고 말았다는 데 사죄를 하려고 돌아보았다가, 일동의 표정을 보고 모든 것을 꾹 삼켰다.

완전히 전사의 얼굴이었다. 자신들이 향하려는 곳에 무엇이 있는지를 알면서도 이를 물어뜯어버리겠다는 의지를 드러낸, 사나이들의 패기 넘치는 표정.

사죄라는 말은 위험함을 알면서도 각오를 다지고 자신을 따라와 준 부하들에게는 필요 없는 것이었다. 자신을 부끄럽게 여긴 가제프에게 부하들이 입을 모아 외쳤다.

"괘념치 마십시오, 전사장님!"

"누가 아니랍니까! 우리는 원해서 이곳에 왔습니다. 마지막까지 전사장님과 함께하겠습니다!"

“우리에게도 나라를, 백성을, 동료들을 지키게 해 주십시오!”

이제는 말이 필요 없었다.

가제프는 앞을 돌아보며 포효했다.

“간다아아! 놈들의 내장을 산산이 흩뿌려줘라!”

“와아아아아아아아아아아아!!!”

말에 박차를 가하고 단숨에 내달렸다. 부하들도 가제프의 뒤를 따른다. 온 힘을 다해 달리는 말들이 대지를 박차며 초원을 하나의 화살처럼 가로질렀다.

말을 몰면서도 가제프는 활을 꺼내 살을 시위에 매겼다.

진동 속에서 별 힘도 들이지 않고 잡아당겨, 쏜다. 화살은 정확하게, 빨려들듯 적진 전방의 매직 캐스터 한 사람에게 날아가 머리에 박혔다. ——아니, 그렇게 보였을 뿐이었다.

“쯧! 역시 효과가 없군. 마법의 화살이라면 꿰뚫었겠지만…… 없는 걸로 투정해 봤자 소용없지.”

마치 단단한 투구라도 쓴 것처럼 화살이 튕겨나간 것이다.

그 기이한 경도는 분명 모종의 마법이 작용한 것으로 보였다. 가제프가 아는 한 사격 무기의 공격을 막는 마법을 꿰뚫으려면 마법이 걸린 무기가 필요했다. 그러나 그런 것이 없는 가제프는 사격을 포기하고 즉시 활을 집어넣었다.

이제는 자기 차례라는 듯 매직 캐스터가 마법을 쏘았다.

가제프는 마법에 저항하고자 정신을 단단히 차리고 대비했다.

그 순간—— 갑자기 말이 울부짖었다. 앞발을 높이 치켜들고는 발굽으로 허공을 긁어댄다.

“워! 워! 워!”

필사적으로 고삐를 잡아당기며 말의 목에 매달리듯 몸을 앞으로 쓰러뜨렸다. 빠른 대응 덕분에 가제프는 낙마를 면했다. 갑작스러운 사태에 조바심을 느껴 등골이 싸늘해졌지만, 간신히 이를 억제했다. 지금은 그 이상으로 중요한 일이 있었다.

동요 때문에 흐트러진 호흡을 내뱉으면서 가제프는 자신의 말 옆구리를 강하게 박찼으나 말은 조금도 움직이려 하지 않았다. 마치 위에 탄 사람보다도 더 소중한 주인의 명령을 듣는 것처럼.

이 이상사태에 대한 해답은 단 하나.

정신조작계 마법.

그걸 말에게 건 것이다. 가제프에게 걸었다면 저항했으리라. 하지만 마수도 아닌 군마가 저항을 할 수 있을 리 없었다.

당연한 공격을 예측하지 못했던 가제프는 자신의 실수에 분노하며 말에서 뛰어내렸다.

뒤에서 달리던 부하들은 가제프를 피하듯 좌우로 갈라지며 달려나갔다.

"전사장님!"

가장 뒷줄에서 달리던 부하들이 속도를 늦추고 손을 내밀었다. 말로 끌어올리려는 것이다. 하지만 놓치지 않겠노라고 하늘을 날아 육박하는 천사들의 움직임이 더 빨랐다. 가제프는 검을 뽑아 천사를 향해 내질렀다.

강검(剛劍)이 번뜩였다.

왕국 최강의 사나이가 날린 검광에는 그야말로 모든 것을 양단하는 기세가 있었다. 그러나 칼날은 천사의 육체 깊이 파고들기는 했으나 숨통을 끊는 데까지는 몰아넣지 못했다.

하늘 높이 솟구친 피는 도중에 천사를 구성하던 마력이 되어 허공에 흩어졌다.

"필요 없다! 기수를 돌려 돌진공격을 가하라!"

가제프는 부하들에게 명령을 내리고는 검에서 벗어난 천사를 날카롭게 노려보았다. 깊은 부상을 입었으면서도 여전히 사기가 높아 가제프의 허점을 노리고 있다.

"그렇게 된 거군."

검을 내리쳤을 때 느낀 기이한 감촉.

가제프는 그것이 무엇에서 비롯되었는지 깨달았다. 몬스터 중에는 특정한 재질의 무기로 공격하지 않으면 대미지가 대폭 경감되는 놈들이 있다. 천사는 그 힘을 지녔다. 그렇기에 가제프의 강한 일격을 받았으면서도 쓰러지지 않는 것이 다.

그렇다면── 가제프는 체내에서 힘을 끌어 모아 무투기(武鬪技) 〈전기 곤봉(戰氣梱封)〉을 발동했다. 미미한 광채가 검신에 깃들었다.

그 틈을 노리듯 천사는 홍련의 검을 휘두른다. 그러나──.

"──느려."

주변 국가 최강의 전사인 가제프가 보기에는 너무나도 느렸다.

가제프의 검이 내달렸다.

조금 전의 참격과는 비교도 되지 않을 정도로 칼날은 천사의 몸을 쉽게 갈랐다. 구성체를 파괴당한 천사는 허공에서 녹는 것처럼 사라졌다. 흩날리는 깃털이 하늘하늘 반짝이며 사라져가는 모습은 환상적이기도 하여 눈길을 빼앗길 것 같았다.

이 피비린내 나는 절망적 상황이 아니었다면 가제프도 감탄했을 것이다. 그러나 가제프의 의식은 이미 그곳에 없었다.

가제프는 다음으로 다가오는 적의 공격을 확인하기 위해 주위를 둘러보고—— 슬쩍 웃음을 지었다.

숫자가 늘어났다. 적은 아주 살짝 눈을 돌린 사이에 병력을 집결해놓았던 것이다. 그들을 따르는 천사들까지도.

평범한 수단으로 불러들인 것이 아님은 명백했다.

"……마법에는 안 되는 게 없냐, 개자식들."

전사들에게는 불가능한 일을 태연하게 해내는 매직 캐스터들에게 욕설을 퍼부으면서도 냉정하게 적의 규모를 헤아리고, 그것이 마을을 포위했던 전원임을 확인했다.

이제 마을의 포위망은 풀렸다.

"그렇다면 고운 공, 뒷일을 부탁하오……."

이제까지는 구하지 못한 채 놓쳤던 생명을 구했다는 기쁨을 가슴에 담으며 가제프는 빈틈없는 자세로 적을 노려보았다.

가제프의 귀에 날아드는 말발굽 소리는 서서히 커지고 있었다. 기수를 돌린 부하들의 돌진공격이다.

"포위망이 좁아지면 퇴각하라고 했거늘…… 정말 멍청하 고, 정말…… 자랑스러운 놈들이군."

가제프는 질주했다.

이 순간이야말로 아마 이 전투에서 유일하고도 가장 큰 기회. 기병의 속도를 생각한다면 접근을 피하기 위해 상대의 마법은 부하들에게 집중될 것이다. 그 허점을 노려 난전에 들어간다. 방법은 그것밖에 없었다.

부하들이 탄 말이 울부짖더니 조금 전 가제프의 말이 그랬듯 앞다리를 하늘 높이 쳐들기 시작했다. 몇 사람은 낙마해 비명을 질렀다. 그곳에 천사들이 달려들었다.

부하들과 천사. 힘만을 보자면 엇비슷하지만, 기초능력이나 특수능력의 유무를 보자면 부하들이 압도적으로 불리했다. 예상대로 숫자는 절반 정도밖에 안 되는 천사들에게 밀리기 시작했다. 물론 그것만이 아니라 매직 캐스터들이 퍼붓는 장거리 마법이 결정적인 차이를 낳고 있었다.

부하들이 잇달아 쓰러진다.

이미 짐작했던 결과에는 눈길도 주지 않고 가제프는 달린다.

목표는 적 지휘관. 우두머리를 죽였다고 해서 부하들이 물러날 것 같지는 않지만, 모두 살아남으려면 그 방법밖에 없다.

가제프가 돌격하는 것을 보고 서른 마리가 넘는 천사들이 그 앞을 가로막았다. 그만큼 경계한다는 뜻이겠지만, 가제프는 전혀 기쁘지 않았다.

"비켜라아아아아아!!"

가제프는 비장의 수를 사용했다. 손에서 퍼져나간 열이 온몸을 감싼다. 육체는 극한을 돌파해 영웅의 영역에 이르렀다. 여기에 여러 개의 무투기—— 전사들의 마법이라고 할수 있는 기술이 동시에 발동했다.

날아드는 주위 여섯 마리의 천사들을 노려본다.

〈육광연참(六光連斬)〉.

빛이 번뜩이는 듯한 신속(神速)의 무투기.

한 번에 6연속 공격.

주위를 에워쌌던 여섯 마리의 천사가 양단되며 빛의 입자로 변해 사라졌다.

슬레인 법국 측에서는 동요하는 목소리가, 가제프의 부하들 사이에서는 환호성이 일어났다.

큰 기술을 사용한 탓에 팔에 저릿저릿한 통증이 퍼지지만, 이 정도라면 아직 근력이 떨어질 정도는 아니었다.

환호성을 없애라는 명령이라도 받은 것처럼 즉시 다른 천사들이 달려온다. 그중 한 마리가 가제프를 향해 검을 내리치려 했다.

〈즉응반사(卽應反射)〉.

천사의 검이 날아든 순간 무투기 발동에 맞춰 가제프의 몸이 잔상을 끌며 움직였다. 칼날이 가제프에게 닿기도 전에 가제프의 검이 천사를 베었다. 일격과 함께 빛의 입자가 사방으로 흩어졌다.

가제프의 공세는 여기서 그치지 않았다.

〈유수가속(流水加速)〉.

물 흐르듯 움직여 달려드는 천사를 모조리 도륙한다.

과감한 움직임으로 다시 두 마리의 천사를 더 베었다. 보통 사람에게는 불가능한 광경에, 한데 모여 저항하던 가제프의 부하들 사이에서 '할 수 있다.', '이길 수 있다.' 는 희망에 찬 공기가 흘렀다.

그러나 법국 측이 이를 허용할 리가 없었다. 싸늘한 목소리가 전사들 사이에서 맴돌던 공기를 불식했다.

"훌륭하군. 하지만…… 그뿐이다. 소환한 천사를 잃은 신관은 다음 천사를 소환하라. 스트로노프에게 집중시켜 마법을 퍼부어라."

열기를 띠었던 공기가 단숨에 식었다.

"일 났군."

가제프는 조용히 내뱉고 천사 한 마리를 베었다. 이제는 가제프가 천사를 쓰러뜨려도 환호성이 일어나지 않았다. 초조함에 가득 찬 표정으로 부하들은 검을 휘두르고 있었다.

인원. 무장. 훈련도. 개인의 능력.

거의 모든 면에서 뒤떨어지는 가제프 부대의 유일한 무기——승리의 희망이 사라졌다.

거의 무의식적으로 자신에게 날아드는 검을 회피하며 가제프는 반대로 검을 꽂았다. 한 번 휘두를 때마다 천사 하나가 사라지기는 했지만 그래도 적은 아직 멀었다.

부하들의 활약을 기대하고 싶어도 천사의 방어능력을 무력화하려면 마법 무기가 필요하다. 가제프처럼 무투기 〈전기곤봉〉을 익히지 못했고 마법의 무기도 없는 부하들은 천사에게 대미지를 주어도 치명적인 부상까지 몰아넣기가 거의 불가능했다.

속수무책.

가제프는 입술을 깨물며 그저 하염없이 검을 휘둘렀다.

일격필살이라는 말의 의미를 몇 번이나 보여주었던가.

〈육광연참〉은 연속 사용 기록마저 경신할 기세로 써댔다.

가제프 정도 되는 전사라면 동시에 사용할 수 있는 무투기는 보통 여섯이며, 비장의 수단을 사용한 현재는 일곱 개까지 기동해 싸울 수 있다.

그가 사용한 것은 육체강화 무투기, 정신강화 무투기, 마법저항강화 무투기, 일시적 마법무기화 무투기, 그리고 공격할 때 사용하는 무투기, 이상 다섯 가지였다.

한계인 일곱 개를 사용하지 않는 이유는 간단하다. 강한 무투기는 여러 개의 무투기를 쓰는 것과 같은 집중력을 소모하기 때문이다.

특히 〈육광연참〉은 세 개 분량의 집중력을 사용한다.

이만큼 강력한 기술은 가제프라 해도 앞으로 두 개——모든 집중력을 사용하는 무투기와 네 개 분량의 집중력을 사용하는 무투기——밖에 없었다.

이를 잘 사용해 천사를 쓰러뜨리기란 쉬운 일이었다. 그러나 천사를 쓰러뜨려 봤자 놈들은 소환된 존재일 뿐. 소환자를 쓰러뜨리지 않으면 다시 소환되고 만다. 상대의 마력이 떨어지기를 노리는 것도 한 가지 작전이지만, 그 전에 가제프의 체력이 바닥나고 말 것이다.

실제로 검을 휘두르는 가제프의 팔은 점점 무거워졌으며 심장 박동은 불안정하게 뛰었다.

〈즉응반사〉는 공격한 후 균형을 잃은 몸을 억지로 세워 공격하기 전의 자세로 되돌리는 무투기였다. 이에 따라 즉시 공격이 가능하지만 강제로 자세를 변경하기 때문에 몸에 부담이 컸다.

〈유수가속〉은 신경을 일시적으로 가속시켜 공격 속도를 높여준다. 그러나 뇌에 극한의 피로가 쌓이기 시작한다.

여기에다 비기 〈육광연참〉까지 사용하고 있다.

육체에 가는 부담이 지나치게 컸다. 그러나 무투기를 사용하지 않았다간 밀린다.

"얼마든지 덤벼라! 네놈들의 천사 따위 두렵지 않다!"

위압을 담은 포효에 슬레인 법국의 매직 캐스터들이 한순간 움찔했다. 그러나 냉정한 목소리가 즉시 이를 깨뜨렸다.

"신경 쓸 것 없다. 우리에 갇힌 짐승이 짖어대는 것뿐이니. 개의치 말고 조금씩 체력을 깎아내라. 단, 절대 다가서선 안 된다. 놈은 발톱이 기니까."

가제프는 얼굴에 상처가 난 사내를 노려보았다.

저 지휘관만 물리치면 단숨에 흐름이 바뀔 것이다. 문제는 바로 옆에 버티고 선, 불꽃의 검을 든 것들과는 확연히 다른 천사의 존재. 그리고 그곳까지 도달하기란 불가능하리라 여겨질 정도로 먼 거리와 겹겹이 펼쳐진 방어망.

멀다. 너무나도 멀었다.

"짐승이 포위망을 파괴하려 드는구나. 불가능하다는 것을 가르쳐 줘라."

사내의 냉정한 목소리에 가제프는 분노했다.

영웅의 영역에 들어섰지만, 근거리 전투에 특화한 무투기만을 익혔던 가제프에게는 승산이 거의 없었다.

그러나—— 그래서 어쨌다는 거냐. 그 길밖에 없다면 밟고 나아갈 뿐이다.

눈에 힘이 돌아오고, 가제프는 뛰어나갔다.

하지만 이미 알고 있다시피 그것은 어려운 길이었다.

불타오르는 검이 머리 위에서 날아든다. 이를 회피한 것과 동시에 반격해 천사를 없애버린 가제프에게 갑자기 격통이 엄습했다. 복부를 호되게 두들겨 맞은 듯한 아픔이.

그 방향으로 눈을 돌리니 지금 막 모종의 마법을 쏜 매직 캐스터들이 보였다.

"신관이라면 신관답게 치유 마법이나 쓸 것이지."

그 목소리를 지워버리려는 듯, 눈에 보이지 않는 충격파가 가제프의 육체를 두들겨댔다.

숫자가 적었다면 눈에 보이지 않더라도 분위기와 시선의 움직임, 기타 수많은 정보를 파악해 피할 자신이 있었다.

그러나 숫자가 서른을 넘어가면 이제는 대처할 수가 없다. 무기를 든 손과 얼굴을 감싸는 것이 고작이었다.

난타당하는 듯한 아픔이 온몸을 내달렸다. 아픔이 생겨나는 곳이 너무나 많아 어디서 날아오는 것인지도 파악할 수 없을 정도였다.

"커헉!"

목구멍으로 치미는 쇠맛을 견디지 못하고 가제프는 선혈을 토해냈다. 실처럼 늘어지는 점성 높은 혈액이 턱 언저리에서 엉겼다.

눈에 보이지 않는 충격파의 연타에 휘청거리는 가제프에게 천사가 검을 휘두른다.

피하지 못했던 검이 운 좋게 갑옷에 맞고 튕겨나갔다. 그러나 검의 충격은 갑옷 너머로도 육체에 고통을 주었다.

손에 쥔 검을 수평으로 휘둘러 천사를 베려 했지만, 놈은 균형을 잡지 못한 자세로 가한 공격을 쉽게 회피했다.

호흡은 거칠고, 검을 쥔 손은 떨렸다.

온몸을 가득 채운 강한 피로감은 몸을 뉘어 쉬라고 속삭인다.

"사냥도 최종단계에 들어섰군. 짐승이 쉴 틈을 주지 마라. 천사들을 가만 세우지 말고 교대로 공격하라."

거친 호흡을 고르려고 해도 적 지휘관의 명령에 따라 주위를 에워싼 천사들이 교대로 검을 내리치러 달려든다.

뒤에서 날아든 공격을 간신히 회피하고, 옆에서 내지르는 공격을 검으로 튕겨냈다. 날아온 천사가 상공에서 날린 찌르 기를 갑옷의 단단한 부분으로 막아냈다.

가제프가 공격을 하려 해도 적의 공격 횟수는 그 몇 배나 되었다.

이미 피로와 그에 따른 온몸의 근력 저하가 맞물려 '일격 필살'은 간신히 될까 말까 한 수준이었다. 무투기를 쓸 여력은 거의 없었다.

부하들은 이미 쓰러진 뒤였으므로 적의 공격은 완전히 자신에게 집중되었다. 적의 포위망을 돌파할 수 없다. 죽음이 등까지 밀려드는 것을 느꼈다.

정신을 조금만 놓으면 무릎에서 힘이 빠져 쓰러질 것만 같은 몸을 채찍질한다.

다시 날아든 마법의 충격파가 필사적으로 견디려던 가제프의 온몸을 후려쳤다.

휘청. 시야가 크게 흔들렸다.

——이런!

가제프는 전심전력을 다해 하반신에 힘을 주었다. 그러나 어딘가가 망가진 것처럼 힘은 금방 빠져나갔다.

갑자기 초원에 우거진 식물의 따끔따끔한 감촉이 피부에 전해졌다. 그것은 가제프의 몸이 쓰러졌다는 증거였다.

황급히 몸에 힘을 주고 필사적으로 일어나려고 했지만, 그럴 수가 없었다. 슬금슬금 다가오는 천사들의 검이 '죽음'을 이야기하고 있었다.

"숨통을 끊어라. 그러나 절대 혼자 다가가선 안 된다. 여러 마리로 확실하게 해치워라."

——죽는다.

그토록 단련했던 팔은 부들부들 떨릴 뿐, 단단히 쥔 검을 들어 올릴 수는 없었다. 그래도 포기해서는 안 된다.

악다문 이가 뿌득뿌득 불쾌한 소리를 냈다.

가제프는 죽음이 두렵지 않았다. 자신이 이제까지 수많은 목숨을 빼앗았듯 자신 또한 전투 중에 목숨을 잃으리라 각오했다.

아인즈가 말했듯 자신은 미움을 받고 있다. 증오가 검이 되어 배에 꽂힐 날이 언젠가는 올 것이다.

그러나 이 결말은 받아들일 수 없었다.

수많은 마을을 습격해, 싸우지도 못하는 무고한 백성을 죽인 놈들. 오로지 가제프를 함정에 빠뜨리기 위해. 그런 구역질 나는 놈들에게 목숨을 빼앗길 수는 없다. 무엇보다 주민들을 구하지 못한 자기 자신을 용서할 수가 없었다.

"으아아아아아아아아! 내가 그리 우습게 보이더냐!!!"

포효와 함께 온몸에 힘을 담았다.

입에서 피 섞인 침을 늘어뜨리며 가제프는 천천히 일어났다.

이미 일어날 힘까지 사라졌어야 할 사내의 기백은 코앞까지 다가왔던 천사들을 잠시나마 후퇴하게 만들었다.

"허어어어억! 허어어어억!"

겨우 그만한 움직임에도 호흡은 가빠졌으며, 의식은 멀어지고 온몸은 진흙을 바른 것처럼 무거웠다. 그러나 누워 있을 때가 아니었다. 누워서는 안 된다.

고통을 겪다가 죽어간 마을 사람들의 괴로움에 공감하려는 것은 아니었다.

"나는 왕국전사장! 이 나라를 사랑하고 수호하는 자! 이 나라를 더럽히는 네놈들에게 무릎을 꿇을 수는 없다!!"

주민들은 아인즈 울 고운이 지켜줄 것이다. 그렇다면 자신이 해야 할 일은, 하나라도 많이 쓰러뜨려 이 나라의 백성들에게 똑같은 불행이 찾아올 가능성을 조금이라도 줄이는 것뿐.

미래의 왕국을 지탱할 백성들을 지킨다. 그저 그뿐이었다.

"……그런 헛소리를 지껄이니 너는 이곳에서 죽는 거다, 가제프 스트로노프."

가제프가 적 지휘관이라고 예상했던 사내가 싸늘한 목소리로 말했다.

"이딴 변경 마을 따위 내버려두었더라면 이러한 결과는 일어나지 않았을 것을. 백성 수천 명보다도 네 목숨이 훨씬 가치가 있다. 그걸 모를 리 없을 텐데? 정말로 너희 나라를 사랑한다면 백성의 목숨 따위 내팽개쳤어야 했다."

"네놈과는…… 평행선이로군. ……거기서 기다려라."

"그런 몸으로 무엇을 할 수 있다는 말이지? 쓸데없이 발버둥 치지 말고 얌전히 누워 있어라. 최소한의 자비를 보여 고통 없이 죽여주마."

"아무것도 못 한다고…… 생각한다면, 네가 이곳까지 와서…… 내 목을…… 베는 게 어떠냐? 이, 이런 몸인데…… 쉽지 않겠나?"

"……흥, 입만 살아서는. 싸울 기력은 그렇다 쳐도, 승산이 있겠느냐?"

가제프는 그저 앞을 노려보고 떨리는 손으로 검을 쥐었다.

흐릿해져가는 시야 한복판에 가증스러운 적을 담고. 주위에서 덤벼들려는 천사들 따위 이제는 안중에도 없었다.

"……쓸데없는 노력이로군. 너무나도 어리석구나. 우리는 너를 죽인 후 살아남은 마을 주민들도 죽일 것이다. 네가 한 짓은 얼마 안 되는 시간을 벌고 공포를 느낄 시간을 연장한 것에 불과하다."

"크, 크크…… 크크."

가제프는 만면의 미소와 함께 나직한 웃음소리로 대답했 다.

"……뭐가 우습나."

"……크흑, 어리석은 건 너다. 그 마을에는…… 나보다도 강한 사람이 있지. 너희가 한꺼번에 덤벼도 이길 수 있을지 어떨지 모를 만큼, 저력을 가늠할 수 없는 분이……. 그런…… 허억…… 그런 분이 지키는 마을 사람들을, 죽이는 건, 불가능해……."

"……왕국 최강의 전사인 너보다도 말이냐? 그런 허세가 통할 줄 아나? 멍청하기는."

가제프는 희미하게 웃음을 지었다. 아인즈 울 고운과 만났을 때 저자는 과연 어떤 태도를 보일까. 그 생각을 하면 좋은 저승길 선물이 될 것 같았다.

"……천사들이여, 가제프 스트로노프를 죽여라."

냉철한 말과 거의 동시에 무수한 날개가 퍼덕였다.

가제프가 결사의 각오로 뛰어나가려 했을 때, 바로 옆에서 목소리가 들렸다.

——이제 그만 교대하지.

가제프의 시야가 뒤바뀌었다. 이제까지 있던 진홍으로 물든 초원이 아니었다. 봉당을 연상케 하는, 소박한 주택의 한구석과도 같은 광경이었다.

주위에는 부하들이 쓰러져 있었으며, 걱정스러운 듯 바라보는 마을 사람들도 보였다.

"여, 여기는……?"

"여기는 아인즈 님께서 마법으로 방어해 주신 공간입니다."

"아, 촌장……. 고, 고운 공의 모습이 보이지 않소만……?"

"아니, 그게, 조금 전까지만 해도 여기 계셨는데, 전사장 님과 자리를 바꾼 것처럼 갑자기 모습이 사라지던걸요."

그렇군. 머릿속에 들렸던 그 목소리는…….

가제프는 필사적으로 힘을 주고 있던 몸에서 긴장을 풀었다. 이제는 자신이 더 할 일은 없을 것이다. 바닥에 쓰러진 가제프에게 마을 사람들이 황급히 달려왔다.

육색성전. 주변 국가의 전사들 중 최강자인 가제프조차 이기지 못했던 상대.

그러나 아인즈 울 고운이 쓰러지는 모습은 머릿속에 전혀 떠오르질 않았다.

5장 오버로드

Chapter 5 | Ruler of death

1

초원에 조금 전까지 펼쳐졌던 사투의 흔적은 없었다.

초원을 물들인 선혈은 저녁놀 사이에 숨었으며 피비린내는 변덕스러운 바람에 사방으로 흩어졌다.

그런 초원에, 아까만 해도 존재하지 않았던 인영이 둘.

슬레인 법국 특수공작부대 양광성전 대장 니군은 그 두 사람을 곤혹스러운 시선으로 바라보았다.

하나는 마력계 매직 캐스터풍 차림을 한 자였다. 기이한 가면으로 얼굴을 가리고 투박한 건틀릿을 끼었다. 몸에는 매우 값비쌀 듯한 칠흑색 로브를 걸쳐 높은 신분을 증명하려는 것 같았다.

또 한 사람은 칠흑색 풀 플레이트 아머로 온몸을 감싼 자였다. 이 또한 훌륭한 갑옷이어서 결코 아무 데나 굴러다니는 물건은 아닐 것 같았다. 언뜻 보기만 해도 일등급 매직 아이템이리라 예측할 수 있었다.

느닷없이 모습을 나타낸 정체불명의 2인조. 반대로 죽이기 일보 직전이었던 가제프와 그 부하들의 모습은 없었다.

모종의 전이 마법에 따른 결과일 테지만, 그런 마법은 듣도 보도 못했다. 미지의 마법을 사용하는 정체불명의 인물. 경계를 풀어서는 안 된다.

니군은 천사들을 잠시 뒤로 물려 자신들을 방어하는 벽을 만들도록 배치하고 약간 거리를 두었다. 그대로 방심하지 않은 채 상대가 어떻게 나올지를 살폈다. 앞에 서 있던 칠흑색 매직 캐스터가 한 걸음 더 나서며 말했다.

"처음 뵙겠습니다, 슬레인 법국에서 오신 여러분. 저의 이름은 아인즈 울 고운. 친근하게 아인즈라 불러주시면 고맙겠 습니다."

거리가 있는데도 목소리는 바람에 실려 잘 들렸다.

니군이 무어라 말을 하지 못하고 있으니 아인즈라 소개한 수수께끼의 인물이 다시 말을 이었다.

"그리고 제 뒤에 있는 자는 알베도. 우선 여러분과 거래를 하고 싶은데, 조금만 시간을 할애해주실 수 없겠습니까?"

아인즈 울 고운이라는 이름을 머릿속에서 검색해 보아도 짚이는 것은 없었다. 가명일 가능성이 있다. 아무튼 상대의 이야기를 유도하며 어느 정도 정보를 얻는 것이 좋으리라.

그렇게 판단한 니군은 턱짓을 해 대화를 계속하도록 재근했다.

"현명한 판단이십니다. 시간을 내주셔서 고맙군요. 그러면 가장 먼저 드릴 말씀이 하나 있습니다. 여러분은 저를 이길 수 없습니다."

단언의 어조에서는 절대적인 자신감이 느껴졌다. 결코 허세나 근거 없는 말이 아니라, 아인즈라는 인물은 진심으로 그렇게 믿어 의심치 않는 것 같았다.

니군은 살짝 눈살을 찡그렸다. 슬레인 법국에서도 상위에 속하는 자신들 앞에서 지껄일 수 있는 말이 아니었다.

"무지(無知)란 참으로 가엾은 것이로군. 그 어리석음의 대가를 치르게 될 게다."

"……글쎄요, 과연 어떨지? 저는 여러분의 싸움을 모두 지켜봤습니다. 그런 제가 이곳에 온 이유는 반드시 이길 거라는 확신이 생겼기 때문이지요. 만일 여러분께 이길 수 없으리라 판단했다면 그자가 죽게 내버려두었을 거라 생각하지 않으십니까?"

정론이었다.

마력계 매직 캐스터라면 다른 수단이 있었을 것이다. 아케이너, 소서러, 위저드도 그렇지만 마법사들은 보통 얇은 방어구만을 착용할 수 있다. 그렇기에 접근전을 피하고 〈비행〉 마법을 사용해 멀리 떨어진 곳에서 〈화염구〉 같은 마법을 연사하는 편이 승률이 높다. 그럼에도 정면에서 맞서 싸우려고 하는 만큼 무언가 비장의 수단이 있다고 생각해야 할 것이 다.

그 침묵을 어떻게 받아들였는지 아인즈가 말을 이었다.

"그 사실을 이해해 주셨다는 전제로, 질문이 있습니다. 우선 사소한 것을 여쭙고 싶군요. 여러분이 거느린 천사는 제3위계 마법 정도로 소환할 수 있는 불꽃의 상위천사라 생각합니다만, 맞습니까?"

——다 알면서 뭘 묻는 거야?

니군의 당혹감은 아랑곳하지도 않고 아인즈는 말을 이었다.

"위그드라실과 같은 몬스터를 소환한 건 알겠는데, 호칭까지 같은지 궁금해서 말입니다. 위그드라실의 몬스터는 전승 같은 데서 따온 이름이 많았는데…… 그중에서도 천사 계통이나 악마 계통은 주로 신화에서 비롯된 명칭이 쓰였지요. 그것도 기독교 관련. 이 세계에는 기독교가 종교로 존재하지 않을 테니, 상위천사

Archangel로 불리는 천사의 존재는 매우 부자연스럽습니다. 그것이 의미하는 바는, 이 세계에 저와 비슷한 자가 존재한다는 뜻이겠지요."

무슨 말을 하는지 도저히 알아들을 수 없었다. 짜증을 느낀 니군이 질문으로 대답했다.

"혼잣말은 그만하고 내 질문에나 대답해라. 스트로노프는 어디로 빼돌렸나?"

"마을 안으로 전이시켰습니다."

"……뭐?"

대답하리라고는 생각하지 못했던 니군은 당혹감에 그런 소리를 내고, 금세 그 이유를 짐작했다.

"어리석구나. 거짓말해 봤자 마을을 뒤지면 금방 알 수——."

"——거짓말이라니, 당치도 않은 말씀을. 여쭤 보셨으니 대답했을 뿐인데……. 사실은 솔직히 대답한 데에는 또 다른 이유가 있습니다."

"……네 목숨과 거래라도 하고 싶은 게냐? 우리가 쓸데없는 시간낭비를 하지 않게 해 준다면 생각해 보마."

"아니아니, 그럴 리가요. 사실은…… 너와 전사장의 대화를 들었다만, 정말 배짱이 두둑하더구나."

조롱 섞인 니군의 말에, 아인즈가 어조와 분위기를 순식간에 바꿔 대꾸했다.

"너희는 이 아인즈 울 고운이 번거롭게 구했던 마을 주민들을 죽이겠다고 공언했지. 이만큼 불쾌한 일이 또 있을까."

아인즈가 걸친 로브가 바람에 휘날려 크게 펄럭였다. 그 바람은 기세를 유지한 채 니군과 부하들에게도 몰아쳤다. 초원에 불던 바람이 우연히 아인즈의 방향에서 불었을 뿐이다. 싸늘한 바람을 온몸에 받으며 니군은 머릿속에 떠오른 생각을 떨쳐냈다.

그 바람 속에 죽음의 냄새가 가득했던 것은 기분 탓일 거라고.

"……부, 불쾌하다니, 큰소리를 다 치는구나, 매직 캐스터. 그래서 그게 어쨌다는 거냐."

살짝 압도되면서도 니군은 조소를 머금은 태도를 바꾸려 하지 않았다. 이런 자에게 슬레인 법국의 비밀병기 중 하나인 양광성전이, 그리고 그 지휘관인 자신이 동요하진 않을 것이다. 아니, 동요해서는 안 된다.

그러나——.

"조금 전에는 거래라고 말했다만, 내용은 이렇다. 저항하지 않고 목숨을 내놓아라. 그러면 고통은 없을 것이다. 그리고 이를 거절한다면 어리석음의 대가로 절망과 고통 속에서 죽어갈 줄 알아라."

아인즈는 딱 한 걸음 앞으로 나섰다.

고작 한 걸음이었는데도 아인즈가 너무나 거대하게 보였다.

양광성전 전원이 압박감을 느낀 것처럼 한 걸음 물러났다.

"아아……."

니군의 주위에서 갈라진 목소리가 여럿 들렸다. 그 안에서 느껴진 것은 두려움.

믿을 수 없을 정도로 강한 자의 위압감. 니군이 이 정도로 위압당한 것은 처음이었다. 그렇기에 부하들의 두려움도 이해할 수 있었다.

수많은 사선을 넘나들며 무수한 목숨을 빼앗았던 역전의 강자인 니군조차 아인즈라는 미지의 매직 캐스터에게서 짓눌릴 만큼 강렬한 압박감을 받았다. 부하들은 한층 강하게 느꼈을 것이다.

——대체 웬놈이냐?!

이 매직 캐스터의 정체는, 저 가면 속 얼굴은 무엇이냐!

니군의 조바심을 무시하듯, 한없이 냉정한 목소리로 아인즈가 말했다.

"이것이 거짓이 아니라 진실을 대답한 이유다. 이곳에서 죽을 자들이라면 말해도 상관이 없을 테니."

다시 아인즈가 천천히 두 팔을 벌리며 한 걸음 나왔다. 포옹을 요구하는 듯했으나, 흉흉한 모양으로 구부러진 건틀릿 때문에 마치 당장에라도 달려들려는 마수처럼 보였다.

니군의 발치에서 머리끝까지 오싹한 것이 내달렸다. 수많은 사선 속에서 느꼈던 적이 있는 이 감각. 그것은 죽음의 예감이었다.

"천사들을 돌격시켜! 다가오게 두지 마라!"

고함——갈라진 비명 같은 목소리로 니군이 명령을 내렸다.

사기 회복을 노린 것은 아니었다. 그저 무서웠기 때문이다. 다가오는 아인즈 울 고운이.

니군의 지령에 달려 나간 것은 불꽃의 상위천사 두 마리였다. 날개를 퍼덕이며 바람을 가를 듯이 날아든다.

아인즈의 곁까지 일직선으로 도달하자 망설임 없이 손에 든 불꽃의 검을 내질렀다.

뒤에 있던 알베도가 앞으로 나설 것이다. 그렇게 예측했던 전원이 눈을 의심했다. 무슨 일이 일어났기 때문이 아니다.

그 반대였다.

아무 일도 없었다.

그랬다—— 아인즈라는 인물은 아무것도 하지 않고, 몸에 두 자루의 검을 맞았던 것이다. 마법도 회피도 방어도 엄호도, 아무런 움직임도 보이지 않은 채 검에 꿰뚫렸다.

놀라움은 조소로 바뀌었다.

강자의 위압이고 뭐고 전부 허세였던 것이다. 알베도도 방어하려 하지 않은 것이 아니라 천사가 너무나도 빨라 방어하지 못했던 것에 불과하다. 알고 보니 별것 아니었다.

부하들과 함께 니군은 자기도 모르게 안도의 한숨을 내쉬었다. 조바심을 느꼈던 자신을 부끄럽게 여기며 알베도에게 시선을 보냈다.

"참으로 같잖구나. 쓸데없는 허세로 우리를 속이려……."

그리고 문득 의문을 느꼈다.

——왜 아인즈의 시체가 땅에 쓰러지지 않지?

"……뭣들 하느냐? 어서 천사를 뒤로 물러나게 하라. 검이 박혀 있어서 쓰러지지 않는 것 아니냐?"

"아, 아니요, 그렇게 명령을 내리고 있습니다만."

부하의 당황한 목소리에 니군은 흠칫 아인즈에게 다시 시선을 보냈다.

천사의 날개가 요란하게 퍼덕거리고 있었다. 그것은 거미줄에서 벗어나려는 나비의 움직임과도 같았다.

두 천사가 천천히 좌우로 갈라지듯 움직였다. 하지만 그것은 기이한 움직임이었다. 누군가가 억지로 사이를 벌려놓듯 떨어지는 것이었다.

그리고 지금까지 두 천사에게 가려 보이지 않았던 아인즈의 모습이 두 천사의 틈을 통해 눈에 들어왔다.

"……말했을 텐데? 너희는 내게 이길 수 없다고. 사람이 충고하면 고분고분 받아들여야지?"

조용한 목소리가 니군의 귀에 파고들었다.

눈에 들어온 광경. 그것을 한순간 이해할 수 없었다.

검이 복부와 흉부에 박혔는데도 아인즈는 태연히 서 있었다.

"저게 말이 돼……?"

부하 중 하나가 흘린 신음이 니군의 내심을 대변해 주었다. 검이 박힌 곳은 각도로 추측건대 확실하게 치명상이다. 그런데도 아인즈에게는 고통을 느끼는 기색이 전혀 보이질 않았다.

물론 놀라움은 그것만이 아니었다.

아인즈가 뻗은 두 팔 끝에 있던 것은 두 천사의 목덜미. 아인즈는 요란하게 날개를 퍼덕이며 발버둥 치는 천사를 한 손에 하나씩 쥔 채 놓지 않고 있었다.

"말도 안 돼……."

누군가가 불쑥 중얼거렸다. 마법으로 소환된 천사는 소환자의 마력으로 육체를 이룬다. 다만 그렇다고 해서 절대 가볍지는 않다. 성인 남성보다도 약간 무거운 중량이 있으며 여기에 갑옷의 무게까지 더해진다. 이를 한 손으로 드는 것이 쉬울 리가 없다.

물론 전사로서 최고의 수련을 쌓아 근육이 우락부락한 자라면 가능할지도 모른다. 그러나 눈앞에 있는 사내는 근육보다도 지혜나 마력을 얻기 위해 수련을 쌓았을 매직 캐스터다. 마법으로 강화했다 한들 원래 수치가 낮으면 효과도 떨어진다.

그런데 어떻게 저런 일이 가능하단 말인가. 그리고 애초에 검에 찔렸는데도 어떻게 태연하단 말인가.

"……무언가 속임수가 있을 거야."

"다, 당연한 소릴! 검이 몸을 뚫었는데 무사할 리 있어?!"

허둥대며 소리를 치는 것이 들렸다. 특수부대가 되어 수많은 사선과 격전을 헤쳐 나왔던 자들도 이런 광경은 본 적이 없었다. 니군이 소환할 수 있는 천사라 해도 저런 짓은 불가능했다.

혼란에 빠진 니군에게, 아픔이라고는 전혀 느껴지지 않는 태연하고도 평온한 목소리가 들렸다.

"상위 물리 무효화── 데이터 용량이 적은 무기나 저급 몬스터의 공격에 따른 부상을 완전히 없애주는 패시브 스킬이지. 레벨 60 정도의 공격밖에는 무효화할 수 없다. 다시 말해 그 이상의 공격에는 아무 방어 효과도 없고 그냥 대미지가 들어온다는 뜻이지. 0 아니면 1인 능력이지만…… 의외로 도움이 되지 않나? 아무튼…… 이 천사는 거추장스럽군."

아인즈는 양손에 각각 붙들었던 천사를 무시무시한 속도로 지면에 내리찍었다. 쿵 소리와 함께, 대지가 진동하나 싶을 정도로 엄청난 힘을 담아.

생명을 잃은 천사가 빛나는 무수한 입자가 되어 사라졌다.

당연히 아인즈의 몸에 박혀 있던 검도.

"천사명의 유래를 알면 너희가 위그드라실의 마법을 사용하는 이유도 파악할 수 있으리라 생각했다만…… 뭐, 그건 일단 차치하기로 하지."

천천히 일어나며 말하는 것은 역시 의미를 알 수 없는 내용뿐.

그러나 그것이 형언할 수 없는 공포로 이어졌다. 니군은 꼴깍 침을 삼켰다.

"자, 시시한 애들 장난에는 충분히 만족했나? 그렇다면 거래는 거절한 것으로 받아들이지. 다음은 내 차례다."

천사를 멸한 아인즈는 자세를 바르게 하더니 손을 천천히 벌렸다. 손 안에 아무것도 없음을 증명하는 듯한 포즈였다.

기분 나쁜 정적 속에서 아인즈의 말은 한없이 크게 들렸다.

"간다? ——몰살이다."

고드름이 등에 꽂히는 듯한 기분과 함께 구역질이 일어났다. 역전의 살육자인 니군조차 형언할 수 없는 무언가를 느꼈다.

후퇴해야 한다. 필승의 계책 없이 아인즈와 전투하는 것은 너무나도 위험하다.

그러나 니군은 그 직감을 열심히 떨쳐내려 했다. 가제프라는 사냥감을 여기까지 몰아넣는 데 성공하고도 순순히 놓칠 수는 없었다. 마음속에서 울려 퍼지는 경고를 무시하고 니군은 고함을 쳐 명령을 내렸다.

"모든 천사로 공격하라! 어서!"

튀어나가듯, 나머지 불꽃의 상위천사가 모조리 아인즈에게 육박했다.

"정말 장난을 좋아하는 놈들이로군. ……알베도, 물러나라."

천사들이 덮쳐드는 가운데 매우 냉정하고 침착한 목소리가 니군에게까지 들렸다. 한 치의 빈틈도 없이 날아드는 천사에게 사방팔방을 에워싸였는데도 조바심조차 느끼지 않는 것 같았다.

무수한 검에 꿰뚫릴 것이라 생각했으나—— 그보다도 먼저 아인즈의 마법이 발동했다.

〈부정폭렬Negative Burst〉.

대기가 쿵, 하고 흔들렸다.

빛을 뒤집은 듯한 새까만 빛의 파동이 아인즈를 중심으로 단숨에 주변을 집어삼켰다. 파동이 휩쓸고 지나간 시간은 그야말로 눈 한 번 깜짝할 시간. 그러나 그 결과는 뚜렷이 남았 다.

"마, 말도 안 돼……."

누군가가 중얼거린 목소리가 바람을 타고 들렸다. 그만큼 믿을 수 없는 광경이 펼쳐진 것이다.

다 합쳐 40마리도 넘던 천사가, 남김없이, 암흑의 파동에 휩쓸려 사라졌다.

대항 마법으로 소환을 강제 해제한 것이 아니다. 암흑의 파동에 먹힌 천사들이 날아가는 그 모습은 대미지에서 비롯된 것. 다시 말해 아인즈는 대미지를 주는 마법으로 천사들을 소탕한 것이다.

니군의 온몸이 바르르 떨렸다. 뇌리를 스친 것은 가제프 스트로노프, 왕국 최강의 전사가 했던 말이었다.

『……크흑, 어리석은 건 너다. 그 마을에는…… 나보다도 강한 사람이 있지. 너희가 한꺼번에 덤벼도 이길 수 있을지 어떨지 모를 만큼, 저력을 가늠할 수 없는 분이……. 그런…… 허억…… 그런 분이 지키는 마을 사람들을, 죽이는 건, 불가능해…….』

그 말이 눈앞의 광경과 겹쳤다.

——그럴 리가 없어!

니군은 떠오른 말을 떨쳐내며 필사적으로 자신을 타일렀다.

니군이 아는 최강의 집단인 칠흑성전의 구성원이라면 천사들을 없애는 것도 가능하다. 다시 말해 아인즈는 그만한 힘을 갖추었다 생각하고 전투를 하면 된다. 칠흑성전 급의 힘을 가졌다 해도 이 인원이라면 이길 수 있을 것이다.

——그러나 칠흑성전에 속한 자들이라 해도, 단 하나의 마법으로 천사를 단숨에 쓸어버릴 수 있을까?

니군은 머리를 가로저어 의문을 불식했다. 그것은 생각해서는 안 되는 의문이다. 해답이 나오면 더는 손쓸 방법이 없다.

품에 손을 넣어 마법 아이템을 만지고 용기를 얻었다.

이것만 있다면 괜찮으리라 굳게 믿으며.

그러나 그렇게 마음을 지탱해줄 수단이 없는 부하들은 다른 수단을 택했다.

"으, 으아아아악!"

"뭐야, 저게!"

"괴물이다!"

천사는 아무 의미가 없다는 것을 알고 비명 같은 소리를 질러대며 자신이 믿는 마법을 총동원해 잇달아 영창하기 시작한 것이다. 〈인간종 매료Charm Person〉, 〈정의의 철퇴Iron Hammer of Righteousness〉, 〈속박Hold〉, 〈불꽃의 비Fire Rain〉, 〈녹옥석관Emerald Sarcophagus〉, 〈성스러운 광선Holy Ray〉,

〈충격파Shockwave〉, 〈혼란Confusion〉, 〈석순돌격Charge of Stalagmite〉, 〈상처 벌리기Open Wounds〉, 〈독Poison〉, 〈공포Fear〉, 〈저주언령Word of Curse〉, 〈맹목화Blindness〉…….

다종다양한 마법이 아인즈를 후려쳤다.

빗발치는 마법에 시달리면서도 아인즈는 느긋한 태도를 무너뜨리지 않았다.

"역시 아는 마법뿐이로군. ……누가 그 마법을 가르쳐 주었나? 슬레인 법국 사람이냐, 아니면 다른 존재냐? 묻고 싶은 것이 점점 늘어나는구나."

소환한 천사는 일격에 죽이고, 온갖 마법을 퍼부어도 아픔조차 주지 못하는 존재.

니군은 마치 악몽의 세계에 사로잡히고 만 것 같았다.

"흐아아아아아악!"

마법이 전혀 의미가 없자 광란상태에 빠진 부하 하나가 기괴한 비명을 지르며 투석구Sling를 꺼내더니 탄환을 투척했다. 천사의 검도 태연히 받아내는 자에게 무슨 효과가 있을까 싶었지만 니군은 이를 말리지 못했다.

인간의 뼈라면 쉽게 박살낼 만한 파괴력을 지닌 묵직한 강철제 탄환은 한 치의 오차도 없이 아인즈를 향해 날아갔다.

갑자기 폭발과도 같은 소리가 들렸다.

한순간.

정말 한순간에 벌어진 일이었다.

전투 중인 이상 눈을 떼었을 리가 없다. 그러나 마치 전이 마법이라도 쓴 것처럼, 아인즈의 뒤에 있어야 할 알베도가 앞을 가로막고 서 있었다. 조금 전까지 있었던 곳에는 발을 박찬 충격에 대지가 파헤쳐진 흔적만이 보였다. 그것이 조금 전에 들린 이상한 소리의 정체였다.

알베도는 잔상을 끌며 손에 든 바르디슈를 휘둘렀다. 상한 것처럼 녹색을 띤 색채가 허공에 아름다운 빛줄기를 남겼다.

한 박자 늦게, 투석구를 든 부하가 풀썩 쓰러졌다.

"……어?"

그 누구도 눈앞에서 벌어진 일을 이해하지 못했다. 공격한 것은 이쪽인데. 그러나 결과는 반대가 되어 공격한 자가 쓰러졌다.

달려온 다른 부하가 죽은 동료를 확인하고 외쳤다.

"가, 강철 탄환에 머, 머리가 깨졌습니다!"

"뭐야?! 강철 탄환…… 혹시 조금 전에 투척한 그건가?!"

——어째서 자기가 투척한 것에 죽었단 말인가.

그런 니군의 의문에는 바람을 타고 들려온 목소리가 대답해 주었다.

"미안하군. 내 부하가 미사일 패링(Missile Parrying)과 카운터 애로(Count Arrow) 스킬로 반격해 탄환을 반사한 모양이야. 너희는 장거리 무기를 막으려고 방어 마법을 펼쳐놓은 모양이지만, 그걸 넘어서는 반격을 받으면 깨지는 법 아니겠어? 딱히 놀랄 만한 일도 아닐 텐데."

그러더니 아인즈는 니군과 부하들을 완전히 무시하듯 알베도를 보았다.

"하지만 알베도. 그 정도 원거리 무기에 내가 다치지 않으리란 것은 잘 알 텐데. 네가 힘을 쓸——."

"——하오나 아인즈 님, 존엄하신 주군과 싸우는 이상 최소한도의 공격이라는 것이 있나이다. 그딴 팔매질로 감히……. 무례한 것도 정도가 있지 않겠사옵니까."

"하하하. 그런 말을 하면 저자들 자체가 이미 실격이 아니겠느냐?"

"!! 가, 감시의 권품천사Principality of Observation여! 공격하라!"

니군의 갈라진 목소리에 이제까지 미동도 하지 않던 천사들이 날개를 크게 움직였다. 감시의 권품천사는 전신갑주를 걸친 천사였다. 한 손에는 자루가 큼지막한 메이스를, 반대쪽 손에는 원형 방패를 장비했다. 그리고 긴 스커트 같은 하의로 발을 완전히 감쌌다.

상위천사보다도 강한 천사가 이제까지 움직이지 않았던 것은 특수능력 때문이다. '감시' 라는 이름답게 감시의 권품천사는 시야에 들어오는 자기 부대 구성원들의 방어력을 약간 올려주는 특수능력을 지녔다. 이 능력은 자신이 움직이면 효과가 사라진다. 그 때문에 감시의 권품천사는 대기하게 두는 것이 현명하다.

그럼에도 명령을 내린 것은 니군이 얼마나 동요했는지를 잘 드러내는 것이었다. 뭐든 좋으니 어떻게든 해결해 보라는, 지푸라기라도 잡는 듯한 바람.

"물러나라, 알베도."

명령을 받은 권품천사는 단숨에 아인즈가 있는 데까지 도달했다. 그대로 기세를 죽이지 않은 채 광휘를 발하는 메이스로 때린다. 아인즈는 이를 거추장스럽다는 듯 건틀릿을 낀 왼팔로 정면에서 받아냈다.

팔뼈가 부러져도 이상하지 않은 일격. 그러나 아인즈에게는 아무런 변화도 없었다. 천사의 공격을 그대로 두 차례, 세 차례 태연하게 맨팔로 받아냈다.

"나 원……. 그럼 반격을 해 볼까. 〈옥염Hell Flame〉."

아인즈가 내민 오른손 손가락 끝에서 어렴풋이 일렁이는, 불면 꺼질 듯한 검은색 불꽃이 날아가 감시의 권품천사의 몸에 붙었다. 찬란하게 빛나던 천사와 비교하면 실소가 나올 만큼 조그만 불꽃.

그러나──.

화륵. 감시의 권품천사가 순식간에 시커먼 불꽃으로 뒤덮였다. 그곳에서 발생한 열량이 멀리 떨어진 니군과 부하들의 얼굴을 후려쳤다. 열기 때문에 눈을 뜨지 못할 만한 기세였다.

하늘마저 불태울 것처럼 타오르는 흑염(黑炎) 속에서 천사의 모습이 녹아들듯 사라졌다. 너무나도 어이없이. 그리고 대상을 다 태운 새까만 불꽃 또한 이 세상에서 사라져갔다.

그곳에는 아무것도 남지 않았다. 이제까지 펼쳐졌던 광경──천사가 있던 것도, 새까만 불꽃이 일어났던 것도 거짓말이었던 것처럼.

"마, 말도 안 돼."

"일격이라니……."

"흐아악!"

"이, 이, 이건 있을 수 없는 일이다아아아아아!"

무수한 혼란이 발생하는 가운데 니군의 노성이 울려 퍼졌다.

니군은 자신이 고함을 질렀다는 것조차 알아차리지 못했다. 그저 마음속에 생겨난 생각을 있는 그대로, 말로 터뜨렸을 뿐. 그것이 절규가 된 것은 느끼지도 못했다.

감시의 권품천사는 고위천사였다. 게다가 공격력과 방어력의 비율은 3 대 7. 같은 위계의 마법으로 소환할 수 있는 권품천사Principalities 중에서도 가장 방어력이 뛰어나다.

그리고 니군의 '탤런트'는 '소환 몬스터의 강화'. 니군이 소환하는 몬스터는 약간이나마 능력이 향상된다. 그렇기에 니군이 소환한 감시의 권품천사를 쓰러뜨릴 수 있는 자들은 얼마 되지 않는다.

그것도 단 일격의 마법으로 가능한 사람은 이제까지 살면서 본 적이 없다.

니군이 아는 한 인간의 한계에 가장 근접한 자들인 칠흑성전의 구성원들도 불가능했다. 그것은 곧 아인즈 울 고운은 인간이라는 종의 영역을 초월한 힘을 지녔다는 뜻이었다.

"그럴 리가 없어! 말도 안 돼! 고위천사가 단 하나의 마법에 쓰러질 리가 없다! 네놈은 대체 뭐냐, 아인즈 울 고운! 그런 존재가 이제까지 무명이었을 리가 없다! 네놈의 본명은 뭐냐!"

냉철한 표정은 이제 어디에서도 찾을 수 없었다. 그저 인정하지 못하겠다며 소리를 질러댔다.

아인즈는 천천히 팔을 벌렸다. 비추는 저녁놀 때문에 마치 피로 물든 것 같았다.

"……어째서 그럴 리가 없다고 생각하나? 그것은 네가 무지하기 때문인가, 아니면 그런 세계이기 때문인가? 한 가지만 대답해 주마."

대답을 기다리며 주위가 조용해졌다. 그 와중에 아인즈의 목소리만 더욱 크게 울려 퍼졌다.

"나의 이름은 아인즈 울 고운. 이 이름에는 결코 거짓이 없다."

원하던 대답이 아니었다. 그러나 아인즈의 말 구석구석에서 느껴지는 자랑스러움과 희열. 그러한 것들이 니군에게 말해주었다. 정체 모를 존재에게서 뿜어져 나오는 정체 모를 대답은 그야말로 이 상황에 딱 어울리는 것이었다.

니군은 자신의 가쁜 호흡이 시끄럽게 여겨졌다.

초원에 휘몰아치는 바람 소리가 시끄러웠다. 몸속에서 울려 퍼지는 심장 소리가 너무 크게 들렸다. 누군가가 되풀이하는 거친 호흡소리는 마치 오랜 시간 전력질주를 되풀이했던 것 같았다.

자신을 위로할 수많은 말이 떠올랐다. 그러나 조금 전 검을 몸으로 받아내던 광경, 수많은 상위천사를 하나의 마법으로 모조리 휩쓸어버린 광경이 겹쳐지며 니군에게 역설했다. ――저건 상상을 초월하는 괴물이다. 나는 절대로 이기지 못한다고.

"대, 대장님, 저, 저희는 어떻게 해야 합니까……?"

"그 정도는 스스로 생각해!! 내가 네 어머니가 아니다!!!"

큰 소리로 다그친 니군은 부하의 겁먹은 얼굴을 보고 제정신을 차렸다.

정체불명의 괴물을 앞에 두고 냉정함을 잃어서는 안 된다.

태양이 저물고 어둠이 서서히 세상을 집어삼킨다. 그에 따라 눈앞에서 '죽음'이 아가리를 벌리고 모든 것을 집어삼키려 한다. 그런 공포를 필사적으로 밀어내며 니군은 명령을 내렸다.

"방어하라! 살아남고 싶은 자는 시간을 끌어라!"

니군은 떨리는 손으로 품에서 크리스탈을 꺼냈다. 평소 기민하던 부하들의 움직임은 두려움이라는 쇠사슬에 온몸이 묶여 무겁고 굼떠졌다. 저런 괴물을 앞에 두고 방패가 되라고 명령한다면 죽음을 두려워하지 않는 병사들이라 해도 망설일 것이다. 그러나 그렇다 해도 시간을 벌어야만 한다.

크리스탈 안에 봉인된 것은 200년 전 마신(魔神)으로 불리던 존재들이 온 대륙을 헤집고 다녔을 때, 그런 마신 중 하나를 혼자서 멸했던 최강의 천사를 소환하는 마법이었다.

그것은 도시 규모의 파괴조차 쉽게 할 수 있다는 최고위 천사.

이를 다시 소환하기 위한 마법에 들인 비용과 노력은 짐작도 할 수 없었다. 그러나 아인즈 울 고운이라는 미지의 존재는 이곳에 그 천사를 소환해서라도 죽일 가치가 있었다. 게다가 쓰지 않은 채 빼앗긴다면 더욱 치명적인 결과를 초래하지 않겠는가. 니군은 그렇게 자신의 마음에 변명을 했다.

본심은, 자신이 이제까지 죽였던 자들처럼 단순한 고깃덩어리가 되리라는 공포.

"최고위 천사를 소환한다. 시간을 벌어라!"

타산적인 부하들의 움직임이 눈에 띄게 좋아졌다.

대치한 아인즈의 입장에서 보자면 희망이라는 등불이 타올랐다는 것을 여실히 실감할 수 있었으리라. 그러나 대처하려는 움직임은 보이지 않았다. 무언가 알 수 없는 소리를 중얼거릴 뿐이었다.

"저건 설마 마법봉인 수정……? 광채를 보니 초위 마법 이외의 것을 봉인할 수 있겠군. 위그드라실의 아이템도 있나……. 그렇다면 소환될 최고위 천사란 것의 정체는…… 치품천사급Seraph

Class? 알베도, 스킬을 사용해 나를 보호해라. 아무리 그래도 항성천 치품천사Seraph Eighth Sphere 이상은 나오지 않겠지만, 지고천 치품천사Seraph The Empyrean가 나온다면 온 힘을 다해 싸워야 할 테니. 아니…… 혹시 이 세계만의 특별한 몬스터일까?"

아인즈가 가만히 서 있는 동안 니군의 손 안에서 정해진 사용 방법에 따라 크리스탈이 파괴되고—— 빛이 번쩍였다.

그것은 저물려던 태양이 지상에 출현한 것 같았다. 초원은 폭발하듯 새하얗게 물들었으며 미미한 향기가 코를 간질였다.

니군이 환희로 목소리를 높였다. 전설의 강림을 앞에 두고.

"보라! 최고위 천사의 존엄한 모습을! 위광의 주품천사Dominion Authority!"

그것은 찬란하게 빛나는 날개의 집합체였다. 날개가 뭉친 안쪽에서 왕권의 상징인 홀(笏)을 쥔 손이 보이기는 하나, 발이나 머리 같은 것은 전혀 없었다. 기이하게 생기기는 했지만, 성스러운 존재임은 누가 보더라도 느낄 수 있었 다. 모습을 보인 순간부터 주위의 공기가 한껏 맑아졌기 때문이다.

지고천에 속한 존재. 이를 앞에 두고 작렬하는 기세로 갈채가 터졌다. 부하들의 감정이 폭발한 것이다.

——이거라면 분명 아인즈 울 고운을 죽일 수 있다!

——이제는 놈이 두려움을 느낄 차례다!

——신의 힘 앞에 자신의 어리석음을 깨달아라!

그런 무수한 환희의 감정을 받은 상대—— 아인즈는 띄엄띄엄 말을 흘리는 것이 고작이었다.

"이……이런, 이런 것을 불러냈단 말이냐? 이 천사가…… 나를 상대할 최고의 비밀병기?!"

니군은 아인즈가 경악하는 모습에 조금 전까지 자신의 내면에 자리 잡았던 불안이 씻은 듯이 사라지며 상쾌함마저 솟아나는 것을 느꼈다.

"그렇다! 두려워하는 것도 어쩔 수 없다만, 이것이야말로 최고위 천사의 모습이다. 원래는 이러한 국면에 사용하는 것도 아까우나 네게는 그럴 만한 가치가 있다고 판단했다."

아인즈가 천천히 손을 들더니 가면을 쓴 얼굴을 가렸다.

니군이 보기에 그것은 절망의 표현으로밖에 여겨지지 않았 다.

"아인즈 울 고운. 최고위 천사를 소환케 한 네게는 솔직히 경의마저 느낀다. 긍지로 여겨도 좋다! 너는 무시무시한 힘을 가진 매직 캐스터였다."

니군은 무겁게 고개를 가로저었다.

"개인적으로는 너를 우리의 동포로 맞이하고 싶다. 너만큼 뛰어난 힘을 가진 자라면……. 그러나 용서하라. 이번에 우리가 맡은 임무에서는 그것이 허용되지 않았다. 하다못해 내 가슴속에나마 단단히 새겨두겠다. 최고위 천사를 소환토록 결의케 했던, 아인즈 울 고운이라는 매직 캐스터가 있었다는 사실을."

니군의 칭송에 돌아온 것은 매우 싸늘한 목소리였다.

"정말…… 하찮군."

"뭣이?"

니군은 자신이 무슨 말을 들었는지 이해하지 못했다. 니군이 보기에는 지금 아인즈는 사람이 이길 수 없는 최고위 천사를 앞에 둔, 그야말로 공물에 불과했다. 그런데도 태도는 여유만만하기

짝이 없었다.

"이런 유치한 장난질 때문에 경계를 했다니…… 미안하다, 알베도. 일부러 스킬까지 쓰게 했는데."

"당치 않은 말씀이십니다, 아인즈 님. 예상했던 것 이상의 존재가 소환되었을 가능성을 생각한다면 옥체에 상처를 입을 가능성은 최대한 줄여야 하지 않겠나이까."

"그런가……? 그래, 네 말이 맞다. 하지만 그렇다 쳐도 설마 이 정도일 줄은 몰랐구나. 어이가 없다."

이제는 상대하는 것조차 귀찮다는 기척이 농후한 두 사람의 반응에 니군의 머리가 과열되었다.

"최고위 천사 앞에서 어떻게 그런 태도를 보일 수가 있느냐!"

눈앞에 강림한 최고위 천사를 무시하고 알베도와 태연히 이야기를 나누는 아인즈에게 니군은 고함을 질렀다. 압도적인 우위를 느끼게 하는 그들의 태도에 조금 전까지 들끓던 환희의 기척은 사라지고, 대신 불안과 공포가 돌아왔다.

설마, 아인즈 울 고운은 최고위 천사마저 능가하는 존재인가.

"아니야! 말도 안 돼! 말도 안 돼! 말도 안 돼! 최고위 천사를 이길 수 있는 존재가 있을 리 없어! 마신에게조차 승리했던 존재인데! 인류가 이길 수 없는 존재를 앞에 두고…… 허세다! 허세가 분명해!"

이제 니군은 감정을 억제하지 못했다.

절대 인정할 수 없었다. 최고위 천사를 꺾을 만한 자가 슬레인 법국의 적으로 존재한다니. 그리고 자신의 앞을 가로막다니.

"〈선의 극격Holy Smite〉을 날려라!"

마법에는 인간은 결코 도달할 수 없으리라 여겨지는 영역이 존재한다. 그것이 제7위계 이상의 마법이다. 슬레인 법국에서는 대대적인 의식을 거행해 이를 시전할 때도 있지만, 최고위 천사인 위광의 주품천사는 혼자서도 그 위계의 마법을 쓸 수 있다. 그렇기에 최고위 천사인 것이다.

그리고 니군이 요청한 마법이야말로 제7위계 마법에 존재하는 〈선의 극격〉. 다시 말해 그것은 궁극 클래스의 마법이었다.

"알았어, 알았어. 아무 짓도 안 할 테니 얼른 덤비기나 해. 그러면 되겠지?"

한편, 마치 길이라도 양보하듯 느긋한 제스처를 보이는 아인즈.

그 여유가 니군을 공포에 떨게 했다.

최고위 천사는 마신조차 쓰러뜨린, 궁극의 힘을 지닌 대륙 최강의 존재였다. 그것을 쓰러뜨릴 수 있을 리가 없다.

하지만 가령 그것이 가능하다면?

눈앞에 선 정체불명의 매직 캐스터가 그것을 이뤄낸다면?

만일 그렇다면 이 수수께끼의 사내는 마신마저도 아득히 초월한다는 뜻이다.

그런 초월자가—— 오버로드가 있을 수는 없다.

최대 전력의 공격을 바라는 소환자의 뜻에 호응하여 위광의 주품천사가 들고 있던 홀이 산산이 부서졌다. 그 파편이 주품천사 주위에서 천천히 선회하기 시작했다.

"아하, 소환할 때마다 한 번밖에 쓸 수 없는 스킬로 마법 위력을 증폭하는 거? 주품천사Dominion의 능력도 위그드라실 때와 같은 모양이군……."

——〈선의 극격〉.

마법의 발동. 그리고 빛의 기둥이 떨어졌다. 그렇게밖에는 형언할 수 없었다.

폭음과 함께 떨어진 청정한 청백색 빛이, 마치 양산이라도 쓰듯 가볍게 한 손을 든 아인즈의 몸을 휩쌌다.

제7위계—— 인간은 결코 도달할 수 없는 극한의 영역.

사악한 존재는 절대청정의 힘 앞에 소멸한다. 선한 존재라 해도 마찬가지. 그저 완전히 소멸하느냐 일부만 남느냐, 그 정도의 차이일 뿐이다. 인간의 영역을 초월한 곳에 존재하는 마법이란 그런 것이다.

아니, 그렇지 않고서는 말이 안 된다.

그러나—— 건재했다.

아인즈 울 고운이라는 괴물은 소멸하지도, 지면에 쓰러지지도, 불타버리지도 않고, 그저 두 다리로 서 있었다. 게다가 싸늘한 웃음소리까지 울려 퍼졌다.

"——하하하하하. 역시, 속성이 악에 치우친 존재에 더 큰 효과를 발휘하는 마법은 다르군……. 이것이 대미지를 입는 감각……아픔인가. 그래, 그렇군! 하지만 아픔 속에서도 생각은 냉정하며, 행동에 지장은 없었다."

빛의 기둥이 사라져간다. 아무런 도움도 되지 못했음에도.

"멋지군. 또 한 가지 실험이 끝났어."

태연한 목소리. 아니, 굳이 설명하자면 만족하는 목소리였다.

그것을 느끼고, 니군과 부하들은 이젠 어색하게 웃을 수밖에 없었다.

그러나 단 한 사람, 격노한 자가 있었다.

"하, 하, 하등, 하등생물들이!!"

절규라 해도 과언이 아닌 목소리가 공기를 찢어발겼다. 음원은 알베도였다.

"하등생물 주제에!! 나, 나나, 나의 경애하는 주군이신 아인즈님을! 내가 사사사랑하는, 완전 사랑하는 분께에 아아 아픔을 주다니, 쓰레기들이 분수도 모르고! 쉽게 죽진 못할줄 알아라아아! 이 세계에서 최대의 고통을 주고 또 주고 발광할 때까지 가지고 놀아주겠어! 팔다리를 산으로 지져대고 성기를 잘게 다져 처먹여주마! 치료마법으로 고쳐가면서! 아으아아아아아아, 가증스러워! 가증스럽고 가증스럽고 가증스러워서 마음이 찢어질 것 같아아아악!"

까만 갑옷에 감싸인 팔이 공간을 쥐어뜯는 것처럼 꿈틀거렸다. 그 자리를 중심으로 세계가 일그러져가는 듯한 감각.

죽음을 확신케 하는, 사악에 일그러진 기척이 폭풍처럼 휘몰아쳤다.

까만 풀 플레이트 아머 밑에서 무언가가 요란하게 준동했다. 거대한 것이 갑옷을 터뜨리며 나타나려 한다. 그 사실을 느끼면서도 니군이 할 수 있는 것은 아무것도 없었다. 그저 멍하니 선 채, 이 세계를 더럽히려는 괴물을 바라볼 뿐이었다.

알베도의 의지를 멈출 수 있는 자는 이 세계에 오직 한 사람 뿐이었다. 그 인물이 슬쩍 손을 들었다. 그리고 가볍게 속삭인다.

"됐다, 알베도."

그것만으로도 알베도의 움직임은 우뚝 멈추었다.

"하, 하오나, 아인즈 님. 하등생물들이……."

"——괜찮다, 알베도. ……천사가 나약했던 것을 제외하면 이 상황은 하나에서 열까지 모두 내가 계획한 대로 돌아간 것이다. 그렇다면 분개할 이유가 어디 있느냐?"

그 말을 들은 알베도는 한 손을 가슴에 대며 고개를 조아 렸다.

"……역시 아인즈 님. 심모원려란 그야말로 아인즈 님을 위한 말이옵니다. 감복하였나이다."

"아니다. 내 몸을 걱정해 준 너의 분노는 기쁘구나. 다만…… 알베도, 너는 항상 웃고 있는 것이 더 매력적이다."

"크흑! 매려, 매력적! ——어흠. 황송하옵니다, 아인즈 님."

"각설하고. 기다리게 해서 미안하다."

적을 앞에 두고 그런 여유를 보이는 두 사람에게, 잠시 넋이 나갔던 니군은 제정신을 차리며 외쳤다.

"알았다…… 너희의 정체를! ——마신! 너희는 마신이구나!"

최고위 천사와 싸울 수 있는 존재. 니군은 그런 자를 거의 알지 못했다.

니군이 신앙하는 신을 포함한 육대신.

최강의 종족 용의 수장인 용왕.

단신으로 한 나라를 멸망시켰다고 전해지는 전설급 괴물 랜드폴(Landfall).

그리고—— 마신.

십삼영웅이 토벌했다지만, 봉인되었다는 이야기도 있다.

조금 전의 사악한 파동을 생각해 본다면 봉인에서 해방된 마신이라 생각하는 것이 가장 수긍이 간다.

그리고 마신이라면 아직 쓰러뜨릴 수 있으리라는 미미한 희망도 있다. 최고위 천사가 존재하는 지금이라면.

"한 번 더! 한 번 더 〈선의 극격〉을 날려라!"

조금 전 아인즈는 분명 아픔이라고 말했다. 어쩌면 손상을 입은 것이 아닐까? 어쩌면 서 있는 것도 한계가 아닐까?

무수한 '어쩌면'이 니군의 마음을 차지했다. 그렇지 않고서는 마음이 산산이 부서질 것 같았다.

다만, 아무리 아인즈라 해도 두 번째 공격은 허락하지 않았다.

"……이번에는 내 차례지? ……절망을 맛보아라. 〈암흑공동Black Hole〉."

찬란하게 빛나던 위광의 주품천사에게 조그만 점 하나가 오도카니 떠올랐다. 그것은 금세 거대하고 공허한 구멍으로 변했다.

그것이 모든 것을 빨아들였다.

어이가 없을 정도로, 웃음이 나올 정도로 쉽게, 그곳에는 아무것도 남지 않았다.

위광의 주품천사라는 광휘의 존재를 잃자 주위의 광량이 단숨에 떨어졌다.

바람이 초원을 내달리고 풀들이 흔들리는 소리가 크게 울려 퍼졌다. 정적 속에서 갈라진 목소리가 들렸다.

"넌 대체 뭐냐……."

니군은 있을 수 없는 존재에게 다시 물었다.

"아인즈 울 고운이라는 매직 캐스터의 이름은 들어본 적도 없어. ……아니, 최고위 천사를 일격에 소멸시킬 수 있는 존재가 있을 리 없다. 있어서는 안 돼……."

니군은 힘없이 고개를 가로저었다.

"한 가지는 알 수 있다. 네가 마신마저 아득히 능가하는 존재라는 것……. 있을 수 없는 이야기지만……. 너는 대체 뭐냐……?"

"……아인즈 울 고운이다. 이 이름은 한때 모르는 자가 없을 정도로 맹위를 떨쳤지만. 자, 수다는 그만 떨지. 이 이상 떠들어 봤자 피차 시간만 낭비할 뿐이니. 그리고 쓸데없이 저항하는 일이 없도록 미리 한마디 해두겠다만, 내 주변에는 전이 마법 저해 효과가 발생하지. 게다가 이 근처에는 부하들을 매복시켜놨으니 도망치는 건 불가능하다는 사실을 알아두어라."

석양은 완전히 지평선으로 저물어 어둠이 주위를 뒤덮기 시작했다.

니군은 모든 것이 끝났음을 느꼈으며, 그것은 틀림없는 사실이었다. 부하들이 힘없이 주저앉았다.

그때 느닷없이 공간이 커다랗게 갈라졌다. 마치 도자기가 깨지듯. 그러나 그것은 눈 깜짝할 사이에 원래대로 돌아가고, 조금 전의 기이한 광경은 온데간데없이 사라졌다.

니군이 당황하는 가운데 아인즈가 해답을 가르쳐주었다.

"나 원……. 이봐, 나한테 감사하라고. 모종의 정보계 마법을 이용해 너를 감시하던 자가 있었던 모양인데? 내가 효과 범위 내에 있었던 덕에 대 정보계 마법 공성방벽이 기동해서 그리 많이 엿보지는 못했겠지만……. 쳇, 이럴 줄 알았으면 더 상위의 공격 마법과 연동해놓을 걸 그랬어."

그 말에 니군은 깨달았다. 본국에서는 정기적으로 니군을 감시하고 있었던 것이리라.

"광범위하게 영향을 미치도록 강화한 〈폭렬Explosion〉 정도로는 감시를 포기하지 않을지도 모르지만. ……그럼 장난은 이쯤 하지."

그 말의 의미를 깨달은 니군의 등골이 서늘해졌다.

빼앗는 자였던 니군은 마침내 빼앗기는 자가 되었다.

그것이 한없이 무서웠다. 이제까지 무수한 목숨을 빼앗았던 것처럼 자신의 목숨이 빼앗기는 것이 무서웠다. 부하들의 겁먹은 시선이 모여드는 게 거추장스러웠다.

눈물이 나올 것 같았다. 울부짖으며 살려달라고 하고 싶었다.

그러나 아인즈라는 인물은 자비로운 자로 보이지 않았다. 그렇기에 니군은 눈물을 꾹 참고 필사적으로 살아남을 방법을 모색했다. 그러나 아무리 생각해도 외부에서 지원이 오지는 않을 것이다. 그렇다면 남은 것은 아인즈라는 인물의 자비에 매달리는 것뿐이었다.

"자, 잠깐만! 잠깐 기다리게, 아인즈 울 고운 공…… 아니, 아인즈 울 고운 님! 잠시만 기다려 주십시오! 거래를 하고 싶습니다! 절대 손해는 보지 않을 것임을 맹세합니다! 저희를…… 아니, 저만이라도 상관없습니다! 모, 목숨을 구해주신다면 원하시는 액수를 마련하겠습니다!"

시야 가장자리에서는 지금 막 배신당한 부하들이 경악의 표정을 짓고 있었지만, 그런 것은 이제 니군에게 아무 상관도 없었다. 지금 중요한 것은 자신의 목숨뿐이었다.

게다가 부하들은 대용품이 있지만 자신의 대용품은 없다.

무수한 원성을 무시하고, 니군은 말을 이었다.

"귀하처럼 위대한 매직 캐스터를 만족시키기란 어려울지도 모르지만, 그에 가까운 금액을 반드시 마련하겠습니다!

저는 이래 봬도 본국에서는 상당한 가치가 있는 몸! 파격적인 금액이라 해도 본국에서는 기꺼이 내줄 것입니다! 물론 다른 것을 원하신다면 준비해드리겠습니다! 부디, 목숨만은 살려 주십시오!"

단숨에 말을 마친 니군은 거친 숨을 몰아쉬었다.

"어, 어떠신지요, 아인즈 울 고운 님!"

니군의 필사적인 애원에 이어, 부드럽고 자상한 여성의 목소리가 울려 퍼졌다.

"아까는 지고의 존재이신 아인즈 님께서 베풀어주셨던 자비로운 제안을 거절하지 않았어?"

"그건!"

"……무슨 말 하려는지 알아. 제안을 받아들여도 죽는 건 마찬가지 아니냐, 난 살고 싶다, 그거지?"

까만 투구가 도리질을 쳤다. 못 말리겠다는 듯.

"그게 잘못이라는 거야. 나자릭에서 생사여탈권을 가지신 아인즈 님께서 그렇게 말씀하셨으면, 하등생물인 너희 인간들은 그저 머리를 조아리고 목숨을 빼앗기는 순간을 감사히 기다렸어야지."

진심으로 믿어 의심치 않는 어조로 단언하는 알베도.

미쳤다. 이 여자의 머릿속에는 완전히 광인의 생각밖에 없다. 니군은 그 사실을 완벽하게 깨닫고 일말의 희망과 함께 아인즈에게 시선을 돌렸다.

이제까지 잠자코 대화를 듣던 아인즈는 자신의 결정을 기다린다는 것을 깨닫고 고개를 가로저으며 입을 열었다.

"분명…… 이렇게 말했지? '쓸데없이 발버둥 치지 말고 얌전히 누워 있어라. 최소한의 자비를 베풀어 고통 없이 죽여주마'."

2

밤의 장막이 드리운 초원을 걷는다. 역시 밤하늘에는 아름다운 별들이 빛난다.

아인즈는 두 번째로 보는 광경에 감탄하며 마을로 묵묵히 걸음을 옮겼다.

——조금 지나쳤던 것 같다.

알베도의 눈이 있는 이상 아인즈는 꼴사나운 행동을 보일 수 없었다. 주인으로서 부하에게 그만한 태도를 보여주어야만 했다. 때문에 조금 도가 지나쳤던 것 같기도 하지만, 그래도 열심히 캐릭터를 연기했다.

그것이 합격점에 이르렀을까? 알베도가 실망하지 않았다면 좋으련만…….

알베도가 '나 어떡해. 아인즈 님 짱 멋져. 쿠후후후후.' 하고 클로즈드 헬름 안에서 그런 생각을 하는지도 모르는 아인즈는 머릿속으로 오늘의 자신을 한없이 되풀이해 보았다.

"하오나 아인즈 님. 어찌하여 가제프를 구해주셨나이까?"

왜 그랬을까. 아인즈는 그때의 심정을 잘 설명할 수 없을 것 같았다. 그래서 딴소리를 했다.

"스스로 초래한 재앙은 가능하다면 스스로 해결해야겠지."

"하오면 아이템을 전해주신 이유는……?"

"장래의 포석으로, 그것을 가져가주는 편이 나에게도 도움이 되거든."

가제프에게 주었던 것은 위그드라실의 캐시 아이템 중 하나이며 아인즈가 상당수 보유한 것이었다. 이제는 입수할 수도 없겠지만 넘겨준다 해도 손실은 적은 편이었다.

게다가 그 아이템의 수가 줄어드는 것은 아인즈에게도 기쁜 일이었다.

왜냐하면 그것은 500엔 뽑기에서 꽝이 나왔을 때 얻는 아이템이며, 아인즈의 낭비와 그에 따른 빈곤한 생활을 떠올리게 하는 물건이었기 때문이다. 그뿐이 아니다. 500엔 뽑기를 열심히 돌려서 얻은 초 레어 아이템을 옛 동료 야마이코가 한 방에 뽑았다는 것을 알았을 때의 충격은 아직도 아인즈의 마음에 거스러미로 남아 있었다.

몇 번이나 버리려 했는지 알 수 없었으나 이것이 500엔……이라는 생각을 하면 도저히 함부로 버릴 수가 없었다.

"뭐, 어떻게 돌아가도 손해는 없었다. 그 아이템을 발동시켰든, 발동시키지 않았든."

"제가 소탕하러 오는 것이 가장 낫지 않았겠사옵니까? 굳이 아인즈 님께서 하등생물을 구하러 오실 필요 없이……. 무엇보다 주위를 에워싼 기척은 별로 대단할 것이 없었나이다. 좁은 소견으로도 아인즈 님께서 직접 움직이셔야 할 만한 자들이라는 생각은 들지 않았사옵니다."

"그래……?"

기척을 감지하고 자시고, 그런 전투력 측정기 같은 능력이 없는 아인즈는 그러냐고 되묻는 수밖에 없었다.

위그드라실 같으면 적의 이름 색깔로 자신과의 상대적인 능력 차이를 대충 판별할 수 있었다. 그 외에는 동료들의 정보계 마법이나 공략 사이트에서 얻은 정보를 통해.

그것이 조금 그리웠다.

정보계 마법을 익힐 걸 그랬다고 아인즈는 조금 후회했다. 물론 그런 마법이 잘 돌아갈지 어떨지는 의문이지만, 지금처럼 소극적으로 행동하지 않아도 됐을 것이다.

없는 것을 아쉬워해 봤자 어쩌겠는가. 아인즈는 마음을 바꿔먹기로 했다.

"……알베도 네가 강하다는 것은 잘 알고, 신뢰한다. 그러나 그런 가벼운 생각은 버려라. 언제 어떤 순간에도 적이 자신을 이길 가능성을 고려해야 한다. 특히 이 세계에 관한 지식이 없는 지금은 말이다. ……그렇기에 나는 가제프를 이용한 것이다."

"아하……. 다시 말해 상대가 얼마나 강한지를 알아보기 위한 소모품이었단 말씀이시군요. 그야말로 열등종족인 인간에게 적합한 용도가 아닐까 하옵니다."

클로즈드 헬름을 뒤집어쓴 얼굴은 전혀 확인할 수 없었지만, 목소리에 담긴 감정은 꽃밭처럼 밝기 그지없었다.

조금 전에도 그랬지만, 그렇게 인간이 싫은 걸까? 원래는 인간이었으며 현재는 언데드인 아인즈는 잠깐 생각해 보았다.

다만 그것이 서운하다거나 슬프지는 않았다. 오히려 이형종으로 구성된 나자릭 지하대분묘의 수호자 총책임자로서 올바른 생각인 것 같았다.

"……그렇다. 하지만 물론 그것만은 아니지. 죽음에 직면했을 때 손을 내밀어주어야 더욱 감사할 게 아니냐. 그리고 상대가 특수부대라면 그들이 행방불명되더라도 놈들의 본국에서 노골적으로 추적할 수 없을 것이다. 그렇기에 가능하다면 개입하고 싶었다."

"아아…… 역시 아인즈 님이셔. 그렇게 깊은 생각이 있으셨다니. 그래서 그 지휘관들을 살려둔 채 사로잡으셨군요. 훌륭하시옵니다!"

알베도의 칭찬을 받은 아인즈는 자랑하고 싶은 마음이 치밀었다. 짧은 시간 동안 이것저것 생각을 굴려 모순이나 무리가 없도록 아이디어를 짜냈다. 의외로 자신은 윗사람의 자질이 있는 것이 아닐까, 그런 자화자찬의 심정에 빠졌던 아인즈에게 알베도의 그늘 어린 목소리가 들렸다.

"……하오나 아인즈 님, 천사의 검을 옥체로 직접 받으셨던 것은 다소 성급한 행동이 아니었을까 하옵니다."

"그런가? 카르네 마을에 처음 왔을 때, 마을 밖에 있던 기사들에게 상위 물리 무효화가 별문제 없이 기능하는 것을 확인하지 않았더냐."

"예, 그것은 사실이옵니다. 저도 이 눈으로 확인한 바……. 하오나 제가 바로 곁에 있으면서 아인즈 님의 고귀한 옥체에 천사들의 미천한 검이 박히는 것은 용서받을 수없는 행위였사옵니다."

"그래. 방패로서 나를 지켜주는 너를 생각하지 않았던 행동이었구나. 미안하……."

"——그리고 사랑하는 분께, 설령 아무런 피해도 입히지 못한다는 것을 알더라도 날붙이가 박히는 모습을 용인할 여자가 어디 있겠사옵니까."

"……어, 응."

이럴 때 무어라 대답해야 좋을지 알 수 없는 아인즈는 대충 대답한 다음 마을로 걸음을 옮겼다. 알베도도 대답을 바랐던 것은 아닌지 그대로 아무 말 없이 뒤를 따랐다.

아인즈와 알베도가 마을로 들어가자 죽음의 기사를 선두로 마을 사람들이 주위를 에워쌌다.

주민들이 총출동해 무수한 칭송과 감사의 말을 건네는 가운데 가제프 스트로노프가 모습을 나타냈다.

"오오, 전사장님. 무사하셔서 다행입니다. 더 일찍 구해드렸으면 좋았겠지만 건네드린 아이템이 다소 시간이 걸리는 것이다 보니 늦어져서 면목이 없습니다."

"아니오, 고운 공께 감사드리오. 내가 살아난 것도 귀공의 덕이니. 그런데 그들은……?"

살짝 어조가 바뀐 것을 느낀 아인즈는 은근슬쩍 가제프의 분위기를 살폈다. 갑옷은 이미 벗고 의복만 걸친 가벼운 차림이었다. 무기도 없었다. 얼굴은 창백했으며 한쪽 눈꺼풀만 크게 부은 얼굴은 그야말로 울퉁불퉁 일그러진 공 같았다. 하지만 그의 눈동자에는 힘찬 광채가 있었다.

아인즈는 눈부신 것을 직시한 것처럼 살짝 시선을 돌린 후, 가제프의 왼손 약지에 반지가 있는 것을 날카롭게 눈치챘다.

기혼자. 아내를 울리지 않아서 다행이다. 그렇게 생각하면서 주의 깊게 연기를 계속했다.

"예, 쫓아냈습니다. 아무리 그래도 전멸은 무리더군요."

물론 거짓말이었다. 그들은 나자릭 지하대분묘로 보내놓았다. 가제프의 눈이 아주 살짝 가늘어졌으나 아인즈도 가제프도 아무 말이 없었다. 긴장을 머금은 공기가 두 사람 사이에 흘렀다.

이를 먼저 깨뜨린 것은 가제프였다.

"훌륭하시오. 수없이 위험에서 구해주신 고운 공께 이 마음을 무어라 표현해야 좋을지. 왕도에 오시면 반드시 우리 집을 찾아주시오. 환영하겠소이다."

"그렇습니까……. 그때는 신세를 지겠습니다."

"……나와 함께 가실 마음은 없는 모양이군. 그러면 고운 공은 앞으로 어쩌실 예정인지? 나는 부하들과 함께 이 마을에서 잠시 쉬기로 했소."

"그렇군요. 저는 지금 떠날 생각입니다. 어디로 갈지는 정하지 않았습니다만."

"이미 해가 저물었는데 어둠 속을 여행하는 것은……."

여기까지 말한 가제프가 입을 다물었다.

"실례했소. 고운 공 같은 강자에게는 쓸데없는 걱정이었구려. 그럼 왕도에 오셨을 때는 꼭 기억해 주시오. 우리 집의 문은 언제든 고운 공께 열려 있음을. 그리고 이 마을을 처음 습격했던 기사한 명의 장비를 양도해 주신 데에는 정말 무어라 감사해야 좋을지 모르겠소."

아인즈는 고개를 끄덕이고, 이 마을에서 해야 할 일이 완전히 끝났다고 판단했다. 이래저래 생각지도 못한 사건이 겹쳐져 조금 오래 눌러앉아 있었던 것 같았다.

"그럼 돌아갈까, 우리 집으로."

아인즈가 알베도에게만 들릴 만큼 작은 목소리로 말하자, 알베도도 기뻐하며 고개를 끄덕였다. ──물론 갑옷을 입은 채.

Epilogue

아인즈의 방에는 호화찬란한 세간이 수없이 놓였으며 진홍색 융단이 깔려 있다. 이 넓은 방에는 평소에도 정숙의 베일이 엷게 드리워졌지만 오늘의 적막감은 소리가 되어 들릴 정도였다. 항상 옆에 대기하던 메이드의 모습이 없었으며, 실내에 있는 자라고는 아인즈와 알베도, 그리고 방 한구석에서 부동자세를 무너뜨리지 않은 채 검을 든 죽음의 기사뿐이기 때문이다.

실내의 고요한 분위기를 부수지 않는, 달콤한 꿀과 같은 알베도의 목소리가 부드럽게 흘러나왔다.

"보고 드리옵니다. 그 마을 근교에서 포획한 슬레인 법국 양광성전 지휘관은 빙결뇌옥(氷結牢獄)에 보냈나이다. 앞으로 정보수집은 특별정보수집관이 행할 예정이옵니다."

"뉴로니스트라면 문제는 없겠지. 다만 시체는 내가 실험에 쓸 예정이란 것을…… 알고 있으려나?"

"물론 알고 있사옵니다. 다음으로 기사 차림을 했던 자들에게서 벗긴 무장은 현재 조사 중이오나, 대단한 마법이 걸린 것은 아니라는 보고가 들어왔나이다. 조사 결과에 따라 아이템은 보물전으로 보낼까 하옵니다."

"……뭐, 그게 타당하겠지."

"마지막으로 그 마을의 경계와 경비를 위해 그림자 악마Shadow Demon 두 마리를 파견해두었습니다. 가제프 스트로노프는 앞으로 어떻게 처리하시겠습니까?"

"전사장은 일단 보류한다. 그보다 그 마을은 유일한 발판이자 우호관계 구축에 성공한 곳이다. 앞으로 협조를 청할 일이 있을지도 모르니, 사이가 틀어질 만한 일은 최대한 피하라."

"알겠사옵니다. 그 점은 부하들도 주지(周知)케 하겠나이다. 하오면 이로써 간단하게나마 보고를 마치고자 하옵니다."

아인즈는 수고했다고 대답하고, 이번 일련의 사건 보고를 마친 알베도를 바라보았다. 평소에도 알베도는 다정한 미소를 지우는 법이 없지만 지금은 미소의 종류가 달랐다. 공중으로 둥둥 떠오를 것처럼 기분이 좋아 보였다.

그 이유는 오른손으로 만지작거리는 왼손 약지에 있었다.

그곳에서 찬란하게 빛나는 링 오브 아인즈 울 고운.

한번 준 반지를 어디에 끼우든 알베도의 마음이지만, 그 손가락에 끼운 이유는 추측하고도 남음이 있었다. 만일 이것이 알베도의 솔직한 감정에서 비롯된 것이라면 남자로서 기뻤을지도 모른다. 그러나 알베도의 그 감정은 아인즈가 장난으로 건드린 결과였다. 죄책감이 따끔따끔 마음을 찔렀다.

"알베도…… 네가 내게 품은 애정은 내가 일그러뜨린 것이지, 결코 너의 본심이 아니다. 그러니……."

그 다음에는 무어라 말해야 좋단 말인가. 마법을 사용해 기억을 조작하는 것이 옳을까?

아인즈는 입속으로만 웅얼거릴 뿐 말을 이을 수 없었다. 그런 아인즈를 바라보던 알베도는 웃음을 지우지 않은 채 물었다.

"……아인즈 님께서 바꾸어 주시기 전의 저는 어떠한 저였사옵니까?"

――무지무지 밝혔지.

차마 그런 말을 꺼낼 수는 없었던 모몬가는 무어라 설명해야 좋을지 망설였다. 외견은 냉정하지만 내심으로는 갈팡질팡하는 아인즈를 가만히 바라보던 알베도가 다시 먼저 입을 열었다.

"하오면 이대로도 좋다고 생각하는 바, 아인즈 님께서 마음 아파하실 이유는 없사옵니다."

"하지만……."

"하지만……? 하지만, 무엇인지요?"

아인즈는 입을 다물었다. 미소를 지은 알베도에게서 형언할 수 없는 무언가를 느끼고. 아인즈에게 알베도가 말을 이었다.

"중요한 것은 하나라고 생각하옵니다."

뒷말을 기다리는 아인즈에게, 알베도는 어딘가 서운한 어조로 말을 이었다.

"폐가 되는지요?"

아인즈는 입을 딱 벌리고 알베도의 얼굴을 바라보았다. 그녀의 말이 뇌에――있을 것 같지는 않지만――배어들면서 무슨 말을 하고 싶은 것인지를 깨달았다. 그렇기에 황급히 변명을 시도했다.

"아, 아니, 그렇지는 않다."

알베도 같은 미녀에게 사랑을 받는데 아쉬움이 있을 리 없다. 아직까지는.

"그렇다면 괜찮지 않겠사옵니까?"

"……어~?"

뭔가 아니다. 아인즈는 그렇게 생각하면서도 도저히 설득할 말을 찾을 수 없었다.

"그렇다면 괜찮지 않겠사옵니까?"

두 번 반복하는 알베도에게 역시 형언할 수 없는 무언가를 느끼며 아인즈는 마지막 저항을 시도해 보았다.

"타블라님이 만든 설정을 바꿔놓았는데도? 되찾고 싶지 않으냐? 과거의 자신을."

"타블라 스마라그디나 님이라면 딸이 시집을 가려는 마음을 허락해 주시리라 생각합니다."

"……그, 그러냐?"

그런 사람이었던가 기억을 되새기고 있으려니, 갑자기 금속성이 울려 퍼졌다.

그 방향을 쳐다보자 바닥에는 롱 소드가 굴러다녔다. 이를 들고 있던 죽음의 기사는 아무 데도 보이지 않았다. 조금 전에 막 소환한 녀석이었다.

"통상수단으로 소환하면 정해진 시간이 지났을 때 귀환하는군……. 이 세계의 검이 바닥에 나뒹구는 걸 보면 장비품이 쐐기가 되어 남는 것은 아닌 모양인데, 그렇게 따진다면 역시 시체를 토대로 소환했을 때 귀환하지 않는 거군. 이세계와의 연결고리가 강해지는 탓인가……? 시체가 잔뜩 있다면 나자릭을 강화하는 데 써먹을 수 있겠는걸."

"하오면 시체를 대량으로 모아올까요?"

"……그 마을의 묘지를 파헤치는 행위는 삼가라."

"저도 알고 있사옵니다. 다만 신선한 시체를 얻을 수단은 입안해두는 편이 좋지 않을까 하옵니다. 헌데 죽음의 기사가 사라진 것을 보면 이제 곧 모두들 모일 시간이 아닐는지요? 저는 먼저 옥좌의 홀에서 기다리겠나이다. 주군께서는 세바스와 함께 천천히 오시옵소서."

"그렇군. 그러면 알베도, 잠시 후에 보자."

아인즈의 방에서 조용히 나온 알베도는 맞은편에서 다가 오는 세바스를 발견했다.

"세바스, 마침 잘 왔어."

"알베도 님 아니십니까. 모몬가 님은 방에 계신지요?"

"응."

세바스가 아인즈를 아직도 모몬가라 부르는 데에 우월감을 느끼는 알베도. 그 모습에 세바스는 한쪽 눈썹을 치켜세웠다.

"기분이 좋으신 모양입니다. 무슨 일이라도 있으셨습니 까?"

"조금."

알베도의 기분이 좋은 이유는 이름을 알기 때문만은 아니었다. 조금 전 아인즈와 나눈 대화를 떠올렸기 때문이다. 시집을 간다는 말에도 거절하거나 기피하는 반응을 보이지 않았다. 그것은 곧…….

다정하던 미소가 크게 일그러지고 사악하면서도 음탕한 웃음이 모습을 드러냈다. 결코 아인즈 앞에서는 보여줄 수없는 웃음.

"쿠후후후후. 공략할 수 있어. 아니, 공략하고 말 거야. 그분 옆에는 언제나 내가 앉을 거라고. 샤르티아는 발밑 자리를 줘야지."

수호자 총책임자로서가 아니라 여자로서 품은 사적인 목적을 중얼거리며 주먹을 불끈 움켜 쥔다.

"서큐버스의 피가 끓는구나……."

그런 알베도를 세바스는 약간 어이없다는 눈치로 바라보았다.

옥좌의 홀.

그곳에 뒤늦게 도착한 아인즈는 세바스를 대동하고 천천히 걸어나갔다.

수많은 자들이 무릎을 꿇은 채 충성의 뜻을 보이고 있다.

누구 하나 움직이지 않는, 숨소리마저 들리지 않을 법한 정적. 들리는 소리라고는 이 방의 주인── 아인즈 울 고운과그 뒤를 따르는 세바스의 발소리. 그리고 아인즈가 스태프 오브 아인즈 울 고운을 바닥에 찍는 소리뿐이었다.

아인즈는 계단을 다 올라 옥좌에 앉았다. 세바스는 당연히 계단 아래에서, 알베도는 옥좌 뒤에서 무릎을 꿇었다.

입을 다문 채 계단 아래에 펼쳐진 광경을 바라본다.

그곳에는 거의 모든 NPC가 모여 있었다. 이렇게 전원을 보니 그야말로 압권이었으며, 다종다양한 모습은 백귀야행(百鬼夜行)을 방불케 했다. 용케도 이만큼 제작했다고 길드 멤버들의 상상력에 새삼 갈채를 보내고 싶었다. 크게 둘러보니 몇 명의 모습이 없었다. 그러나 이는 어쩔 수 없는 일이었다. 초거대 골렘 가르간투아나 제8계층을 감시하는 빅팀은 움직일 수가 없기 때문이다.

그 대신이라고 하기는 뭣하지만, 이 자리에 모인 것은 NPC만이 아니었다. 각 계층수호자가 엄선한, 나자릭 지하 대분묘에서도 고위 레벨에 속하는 서번트들이 다수 있었다.

그래도── 드넓은 옥좌의 홀을 메우기에는 다소 허전한 광경이기도 했다. 나자릭 지하대분묘의 심장부에 해당하는 중요 거점인 옥좌의 홀에 하등한 서번트를 들일 수 없다는 수호자들의 마음도 이해하지 못하는 것은 아니지만, 아인즈가 보기에는 조금 더 느슨하게 풀어주어도 되지 않을까 싶었다.

아무튼 그것은 다른 이야기. 아인즈는 그 검토를 훗날의 과제로 삼기로 결심하고 입을 열었다.

"우선, 내가 개인적으로 움직였던 것을 사과하노라."

요만큼도 미안하다고는 생각하지 않는 목소리로 아인즈는 사죄의 말을 입에 담았다. 이것은 어디까지나 허울일 뿐, 중요한 것은 아인즈가 사죄를 했다는 사실이었다. 멋대로 움직인 것은 아인즈의 독단이지만, 이로 인해 부하를 신뢰하지 않는 거냐는 생각을 품는 자가 나오지 않도록.

"무슨 일이 있었는지는 알베도에게 들으면 될 터. 다만 그 가운데 한 가지, 이 자리에 모인 자들에게, 그리고 나자릭 지하대분묘의 일원들에게 속히 전해야 할 것이 있다. ──〈상급도구 파괴 Greater Break Item〉."

아인즈는 일정 위계 이하의 매직 아이템을 파괴하는 마법을 발동했다. 천장에 드리웠던 커다란 깃발 중 하나. 그것이 바닥에 떨어졌다.

그 깃발의 사인은 '모몬가'를 뜻하는 것.

"나는 이름을 바꾸었다. 이제부터 나의 이름을 부를 때는……."

아인즈는 손가락으로 어떤 장소를 가리키며 모두의 시선을 한

곳에 모았다.

"나의 이름을 부를 때는 아인즈 울 고운—— 아인즈라고 부르도록 하여라."

아인즈의 손끝이 가리키는, 옥좌 뒤에 걸린 깃발에 새겨진 것은 아인즈 울 고운의 길드 사인. 스태프 끄트머리로 바닥을 강하게 내려쳐 아인즈는 시선을 모았다.

"이의가 있는 자는 나와서 그 뜻을 밝혀라."

아인즈의 말에 대답하는 자는 없었다. 알베도가 만면의 미소와 함께 목소리를 높였다.

"존귀하신 이름을 뵙습니다. 아인즈 울 고운 님 만세! 위대하신 주군 아인즈 울 고운 님, 나자릭 지하대분묘의 모든 존재의 절대적인 충성을!"

이어서 수호자들이 말을 이어나갔다.

"아인즈 울 고운 님 만세! 지고의 존재의 통솔자이신 아인즈 울 고운 님께 저희의 모든 것을 바칩니다!"

"아인즈 울 고운 님 만세! 가공할 힘의 왕이신 아인즈 울 고운 님, 모든 자가 주군의 위대함을 알게 될 것이옵니다!"

NPC들이, 서번트들이 입을 모아 외치는 만세 연호가 옥좌의 홀을 가득 메웠다.

찬사를 한몸에 받으며 아인즈는 생각했다.

——친구들아. 그 자랑스러운 이름을 내가 독점하는 걸 너희는 어떻게 생각할까. 기뻐할까, 아니면 눈살을 찌푸릴까? 그렇다면 여기까지 와서 말해줘. 그 이름은 너 혼자 쓸 이름이 아니라고. 그

때는 기꺼이 모몬가로 돌아갈 테니까.

"그러면——."

아인즈는 눈 아래의 모든 자들에게 시선을 보냈다.

"——앞으로 너희의 지표가 될 방침을 선포하겠노라."

아인즈는 입을 다물고 잠시 시간을 두었다. 부하들의 표정이 조금 전과는 달리 진지해졌다.

"아인즈 울 고운을 변하지 않는 전설로 만들어라."

오른손에 쥔 스태프 오브 아인즈 울 고운을 바닥에 내리쳤다. 그 순간 호응하듯 스태프에 박힌 크리스탈에서 각종 색깔이 피어나와 주위에 일렁거렸다.

"영웅이 수없이 존재한다면 이를 모조리 덧칠하라. 아인즈 울 고운이야말로 대영웅이라고. 이 세상에 살아가는 모든 자들에게 알려주어라! 더욱 강한 자가 만일 이 세계에 존재한다면 힘 이외의 수단으로. 수많은 부하를 거느린 마법사가 있다면 다른 수단으로. 지금은 아직 그 이전의 준비 단계에 불과하나, 곧 다가올 때를 위해 움직여라. 이 아인즈 울 고운이야말로 가장 위대한 존재임을 널리 알리기 위해!"

그 이름을 퍼뜨려 이 세계 모든 이들의 귀에 들어가게 하리라. 옛 동료들—— 길드 아인즈 울 고운의 멤버들은 이미 게임을 그만두었지만, 사실은 지금 아인즈가 그렇듯 이 세계에 왔을 가능성도 있다.

그렇기에 아인즈 울 고운이라는 이름을 전설의 영역—— 모르는 자가 아무도 없는 영역까지 끌어올릴 것이다.

지상에, 천공에, 바다에. 지성을 가진 모든 자들에게.

어쩌면 있을지도 모르는 멤버들에게까지 그 이름이 닿도록.

아인즈의 패기에 가득 찬 목소리가 옥좌의 홀 어디에 있더라도 들릴 정도의 기백을 품고 퍼졌다.

소리를 내며, 옥좌의 홀에 모였던 자들이 일제히 머리를 조아렸다. 그 모습에서는 기도와도 같은 숭고함이 느껴졌다.

주인이 사라진 옥좌는 쓸쓸해 보였으나 옥좌의 홀에는 여전히 흥분이 자아낸 열기가 소용돌이쳤다.

절대지배자의 명령을 받아 일제히 행동을 개시한다는 상황이 그들의 마음에 불을 지핀 것이다. 특히 칙명을 받은 자들의 열의는 매우 컸다.

"다들 고개를 들라."

알베도의 조용한 목소리에 이끌리듯 아직까지 머리를 조아렸던 모든 자들이 머리를 들었다.

"전원 아인즈 님의 칙명을 삼가 따르라. 그리고 이제부터 중요한 이야기를 하겠다."

알베도의 시선은 옥좌 뒤에 드리워진 아인즈 울 고운의 깃발에서 떠날 줄을 몰랐다. 뒤에 서 있던 NPC들, 그리고 서번트들도 마찬가지로 깃발에 시선을 보냈다.

"데미우르고스. 아인즈 님과 이야기를 나누었을 때 들은 말을 모두에게."

"알겠습니다."

데미우르고스는 그 자리에 모인 다른 이들과 마찬가지로 무릎을 꿇고 있었다. 그러나 그 목소리는 모두에게 똑똑히 들렸다.

"아인즈 님께서 밤하늘을 올려다보셨을 때, 제게 이렇게 말씀하셨습니다. '내가 이 땅에 온 것 또한, 아무도 손에 넣지 못했던 보석상자를 손에 넣기 위해서일지도 모르지.' 라고. 그리고 뒤이어 이렇게 말씀하셨습니다. '내가 독점해서는 안 되겠군. 나자릭 지하대분묘를── 나의 친구들 아인즈 울 고운을 치장하기 위해서일지도 모르지.' 라고. 여기서 보석상자란 이 세계를 말하는 것. 결국 아인즈 님의 진의는 여기에 있습니다."

데미우르고스가 미소를 지었다. 다만 그 미소는 절대 마음이 따뜻해지는 것이 아니었다.

"마지막으로 이렇게 말씀하셨습니다. '세계 정복도 재미있을지 모르겠군.' 이라고. 다시 말해……."

모든 자들의 눈동자에 날카로운 무언가가 깃들었다. 그리고 그것은 강한 결의의 빛이기도 했다.

알베도가 천천히 일어나, 모든 이들의 얼굴을 둘러보았다.

이에 반응하듯 모두가 알베도를 응시한다. 그 뒤로 보이는 아인즈 울 고운의 깃발을 시야에 담으며.

"아인즈 님의 진의를 받들고 준비하는 것이 충성의 증거이자 우수한 신하의 상징. 전원 나자릭 지하대분묘의 최종 목적은 아인즈 님께 보석상자를── 이 세계를 바치는 것임을 명심하라."

알베도는 만면에 미소를 머금고 뒤돌아섰다. 그리고 깃발에 미소를 보낸다.

"아인즈 님. 반드시 이 세계를 주군의 발밑에 바치겠나이다."

목소리가 이어지듯 울려 퍼진다.

"정당한 지배자이신 아인즈 님의 발밑에 이 세계 전체를."

OVERLORD
Characters

캐릭터 소개

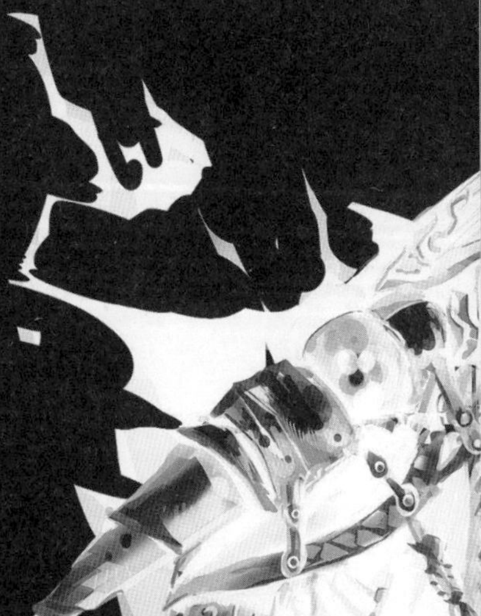

Character

Character 1

모몬가

이형종

[아인즈 울 고운]

MOMONGA

[ainz ooal gown]

해골의 모습을 가진 최강의 매직 캐스터

직함 —— 지고의 41인.
나자릭 지하대분묘 통치자.

주거 —— 나자릭 지하대분묘
제9계층에 있는 자신의 방.

속성 —— 극악 —— [카르마 수치: -500]

종족 레벨 — 스켈레톤 메이지 —— 15lv

엘더 리치 —— 10lv

오버로드 —— 5lv

기타

클래스 레벨 — 네크로맨서(Necromancer) —— 10lv

추즌 오브 언데드(Chosen of Undead) — 10lv

기타

[종족 레벨]+[클래스 레벨] —— 합계 100레벨

•종족 레벨 클래스 레벨•

취득총계 40레벨 취득총계 60레벨

status

능력표

[최대치를 100으로 했을 경우의 비율]

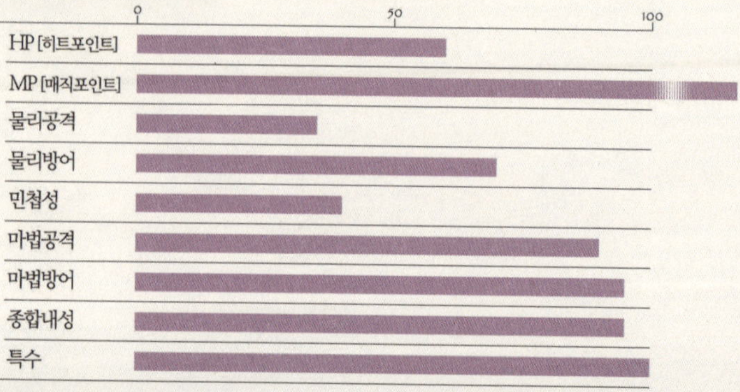

Character 2

알베도

이형종

albedo

자비로운 순백의 악마

직함 —— 나자릭 지하대분묘 수호자 총책임자.
정실(자칭).

주거 —— 옥좌의 홀.
후에는 제9계층의 방 중 하나.

속성 —— 극악 —— [카르마 수치: -500]

종족 레벨 — 임프(Imp) —— 10lv

클래스 레벨 — 가디언(Guardian) —— 10lv
블랙 가드(Black Guard) —— 5lv
언홀리 나이트(Unlohy Knight) —— 10lv
실드 로드(Shield Lord) —— 5lv
기타

[종족 레벨]+[클래스 레벨] 합계 100레벨
●종족 레벨 클래스 레벨 ●
취득총계 30레벨 취득총계 70레벨

status

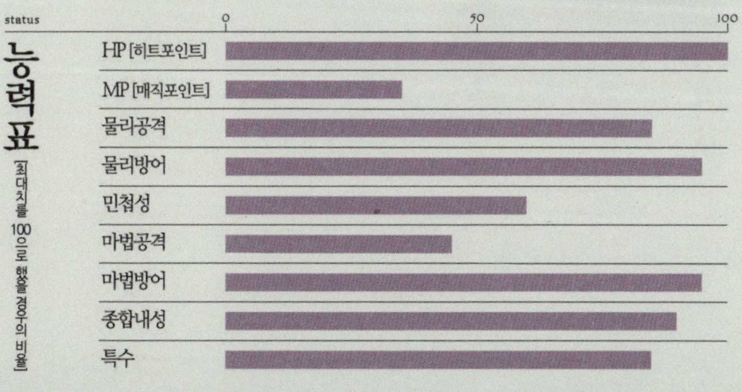

Character 3

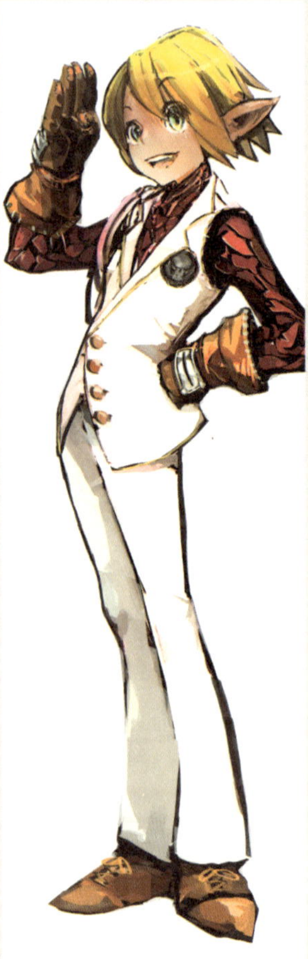

아우라 벨라 피오라

인간종

aura bella fiora

승부욕이 넘쳐나는 명 조교사

직함 ——나자릭 지하대분묘 제6계층 수호자

주거 ——제6계층의 거대 나무

속성 ——중립~악 ———[카르마 수치: -100]

종족 레벨 —인간종이므로 종족 레벨 없음.

클래스 레벨 —레인저(Ranger) ——5lv

비스트 테이머(Beast Tamer) ——5lv

슈터(Shooter) ——5lv

스나이퍼(Sniper) ——5lv

하이 테이머(High Tamer) ——10lv

기타

[클래스 레벨]

• 취득총계 100레벨

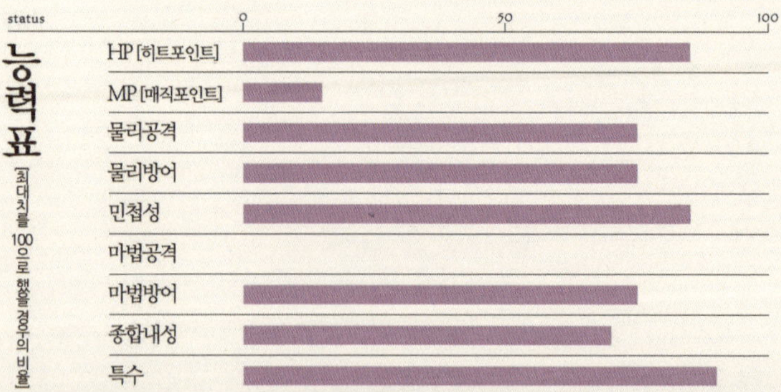

Character 4

마레 벨로 피오레

인간종

mare bello fiore

못미더운 대자연의 사도

직함 ——— 나자릭 지하대분묘 제6계층 수호자

주거 ——— 제6계층의 거대 나무

속성 ——— 중립~악 ——— [카르마 수치: -100]

종족 레벨 — 인간종이므로 종족 레벨 없음.

클래스 레벨 — 드루이드(Druid) ——— 10 lv

하이 드루이드(High Druid) ——— 10 lv

네이처즈 헤럴드(Nature's Herald) ——— 10 lv

디사이플 오브 디재스터(Disciple of Disaster) — 5 lv

포레스트 메이지(Forest Mage) ——— 10 lv

기타

● [클래스 레벨]

취득총계 100레벨

status

능력표

[최대치를 100으로 했을 경우의 비율]

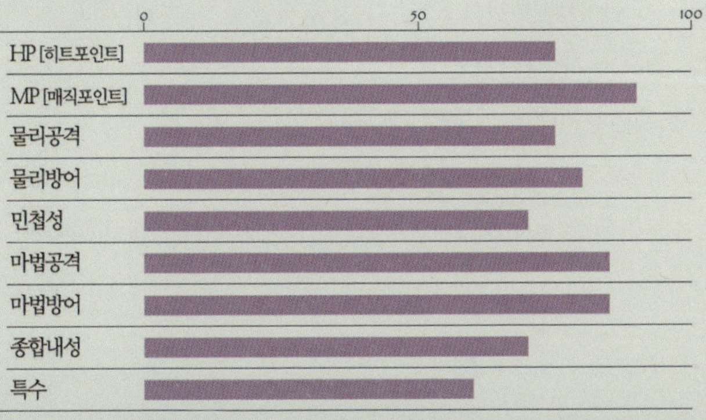

후기

후기를 읽고 계시는 분들, 처음 뵙겠습니다.

저자인 마루야마 쿠가네라고 합니다.

인터넷에 공개했던 작품『오버로드』에 캐릭터를 추가하고 장면을 삭제하거나 고치는 등 대폭으로 수정한 것이 이 책입니다.

사 주셨다면 감사드립니다.

손에 들고 읽어 보시는 도중이라면 카운터에 가져가시도록 염파를 보내겠습니다. 위잉~.

이 이야기의 주인공은 해골 대마법사이며 악의 대조직을 통솔하는, 암만 생각해도 끝판왕 같은 놈입니다. 때문에 소설이나 영화 같은 데서는 아무런 대가도 없이 주인공이 남들을 도와주는 건 말도 안 돼, 자기 목적이 제일 중요하잖아!

……라고 생각하셨던 분들께는 딱! 일지도 모르겠습니다. 상당히 몰인정하고 말이죠.

또한 인터넷에서 오랜 기간 공개했던 작품에, 책으로 내면서 꽤 중요한 새 캐릭터를 추가해 봤습니다. 그녀들도 여러분의 마음에 드셨다면 매우 기쁘겠습니다.

아무튼 후기인데요, 사실은 쓸 것이 별로 없다는 것이 솔직한 심정입니다. 따라서 이제부터는 감사와 사죄를 보내려고 합니다.

온갖 폐를 끼쳤던 담당편집자 F다 님, 저의 수많은 요청에 호응해 아름다운 일러스트를 더해주신 so-bin 님. 이 두 분께는 특별한 감사를 보내드리고자 합니다.

또한 놀랄 정도로 멋진 커버를 만들어 주신 코드 디자인 스튜디오, 수많은 첨삭을 해 주신 교정 담당 오오사코 님, 정말 고맙습니다.

그리고 인터넷 시절부터 감상을 보내주신 분들, 읽어 주신 분들. 여러분이 재미있다고 해주시지 않았다면 책으로 나오는 일은 없었을 거예요.

그리고 모순이나 의미를 알 수 없는 부분이 줄어들도록 체크를 부탁한 대학 시절의 친구인 하니. 앞으로도 귀찮겠지만 잘 부탁해요.

마지막으로 이 책을 구입해 주신 분들께. 『오버로드』를 재미있게 읽어 주셨다면 좋겠습니다.

참고로 제2권에서도 1권 이상으로 수정과 가필과 신규 에피소드 추가가 있을 것 같습니다. 책을 거의 새로 쓸 기세지만, 그 때문에 벌써부터 시간이 없다고 울부짖고 있습니다.

괜찮으시다면 2권도 함께해 주세요.

그럼 이쯤해서 접고자 합니다.

읽어 주셔서 정말 고맙습니다. 앞으로도 함께해 주시면 기쁘겠습니다.

이만 총총.

2012년 7월 마루야마 쿠가네

역자 후기

사랑스러운 해골은 잘들 보셨는지요.

안녕하세요, 역자입니다.

『오버로드』를 통해 처음 뵙는 분들은 잘 모르시겠지만, 저는 역자후기에서 스포일러 잘 터뜨리기로는 대한민국 10만 번역자(근거 없음) 중 최강이라 불리는(자칭) 몸입니다. 스포일러가 니군의 절망처럼 폭발하는 후기이므로, 본문을 건너뛰고 후기부터 읽으시는 중이라면 즉시 1페이지로 전이Teleport해주시기 바랍니다.

그런고로 오버로드 1권이 시작되었습니다. '소심하지만 최강의 마법사' 가 등장하는 소설 되겠습니다.

현실에서는 보잘것없던 한 청년. 그가 평소 즐겨 하던 게임 속의 가상세계와 흡사한 이세계에 떨어지면서 이야기가 시작됩니다. 불행인지 다행인지 청년은 게임 속의 아바타와 똑같은 모습과 능력을 지녔으며, 최강 길드의 마스터로서 구비해두었던 수많은 재화와 권력 또한 그대로 따라왔습니다.

여기까지는 국내의 양산형 판타지 소설에서 흔히 보이는 '이깽(이계에 가서 깽판을 놓는다는 뜻)' 이야기와 크게 다를 바가 없습니다. '아, 이제 이 녀석은 쉽게 얻은 힘을 마구 휘둘러 이세계에서 짱을 먹겠구나.' ……아마 국산 판타지를 좀 읽으셨던 분이라면 쉽게 그런 생각을 하셨을 겁니다.

그런데 여기서부터 좀 달라지는 것이, 이 해골바가지에게는 이곳 이세계의 상식이란 것이 전혀 없습니다. 그리고 본인이 그 사실을 가장 잘 알고 있으며, 그것이 무서운 결과를 초래할까 봐(상당히 과장스럽게) 두려워합니다. 그래서 자신이 모르는 무언가가 약점이 되지는 않을지 끊임없이 고찰하고 검증하죠. 인터넷에서는 돌다리도 두들겨 보고 텔레포트하는 주인공이라고 소문이 자자했는데, 매우 적절한 비유라고 생각합니다. 그렇게 위험요소를 하나하나 배제하는 과정이 마치 미스터리 소설에서 탐정이 단서를 찾아나가는 모습 같아서 제게는 매우 매력 있게 와닿았습니다.

그리고 걱정거리가 모두 사라졌음을 확신한 순간, 바로 마지막 전투처럼, 비로소 당당하게 적 앞에 모습을 드러내고 시원하게 쓸어버리는 모습은 기묘한 카타르시스마저 주고 있습니다. 그 전까지는 신중에 신중을 기하는 만큼 압도적인 힘으로 적을 제압하는 클라이맥스가 더욱 통쾌하게 여겨지는 것 아닌가 싶네요.

웹에 연재된 1권 이후의 이야기에서는, 자신이 바로 아인즈 울 고운임을 선언한 모몬가가 세계를 향해 본격적으로 발을 내디디……기 전에, 돌다리를 꼼꼼히 두드려보는 과정이 전개되었습니다. 다만 작가님도 후기에서 언급하셨듯이 많은 가필수정이 들어갈 예정이므로 웹 연재판과 어떻게 바뀔지는 예상할 수 없겠군요.

여담이지만 1권에서 등장하는 나자릭 계층수호자 중 마레는 단행본에서 새로 추가된 캐릭터입니다. 심지어 알베도 또한 '원작'에는 등장하지 않았던 신규 캐릭터입니다. 그런데도 전혀 위화감 없이 중요한 자리를 차지하며 스토리에 녹아든 것을 보면 『오버로드』를 웹 연재판으로 먼저 접하셨던 독자 분들도 2권을 기대하실 수 있을 거라 생각합니다. 저도 그런 사람 중 하나이고요.

그럼 저는 다음 작품에서 뵙겠습니다.

2012년 8월 김완

오버로드 1 불사자의 왕

2025년 12월 30일 제2판 인쇄
2026년 01월 10일 제1쇄 발행

지음 마루야마 쿠가네 | 일러스트 so-bin

옮김 김완

제작 · 편집 노블엔진 편집부

발행 미스터블루(주)
등록번호 제 2008-000093호
주소 07551 서울특별시 강서구 양천로 570 NH서울타워 19층
대표전화 02-2013-5665

ISBN 979-11-380-6655-6
ISBN 979-11-380-6265-7 (세트)

OVERLORD Vol.1 FUSHISHA NO OU

구매 시 파손된 도서는 구매처에서 교환하실 수 있습니다.
기타 불편사항, 문의사항이 있으신 독자님께서는 노블엔진 홈페이지
[http://novelengine.com] 에서 Q&A 게시판을 이용해 주시기 바랍니다.

프로필

마루야마 쿠가네

글쟁이의 꿈을 포기하고 평범한 사회인으로 살아갔으나, 취미인 TRPG가 멤버들이 바빠서 불가능해진 데 대한 짜증이며, 자기 취향의 최강을 써보고 싶다는 욕구 등등 때문에 2010년 무렵 인터넷에 '오버로드'를 투고. 그것이 마음 착한 분들의 인기를 얻어 단행본으로 나오기에 이르렀다.

다시 말해 현대의 신데렐라(……저자의 이미지로 보자면 정장을 입은 돼지기는 하지만)!

so-bin

일러스트레이터. 전직했더니 너무 바빠 취미 시간을 낼 수 없어, 일러스트를 시작했더니 더욱 바쁜 나날을 보내게 되었습니다. 침대맡의 토끼에게 치유를 받으며 이것저것 활동 중.

김완

번역자, 게임 시나리오 라이터. 대학도 그만두고 게임 개발 외길만을 걷다 부업으로 시작했던 번역이 어느 새 본업처럼 바뀌었다. 만화, 라이트노벨, 미스테리, 판타지, 액션 등 독자층과 장르를 가리지 않고 일한다. 옮긴 책으로는 '은하영웅전설', '액셀 월드', '소드 아트 온라인', '영건 카르나발', '블랙 라군'등이 있다.

성새도시 에 란텔에 나타난
수수께끼의 전사와 매직캐스터.
그들의 목적은?
그리고 정체는?
같은 무렵 두 사람에게 다가서는
사악한 비밀교단의 그림자.

The world is all yours.

제2권.

Volume Two

'죽음의 재앙'에
도전하는 자들을 그린,

인터넷 연재판에다 이것도 저것도 가필할 거예요!
……라고 선언해버리는 바람에, 이제는 물러날 수가 없다.
열심히 하겠습니다!

—— 마루야마 쿠가네

오버로드

OVERLORD *Kugane Maruyama* illustration by so-bin

불사자의 왕

마루야마 쿠가네 —— 지음
김완 —— 옮김